EEN LANGE ONTSNAPPING & DE KOPGROEP

5

Mart Smeets

Een lange ontsnapping & De kopgroep

AMSTEL SPORT
Amsterdam/Antwerpen

Amstel Sport maakt deel uit van Amstel Uitgevers BV
Een lange ontsnapping en *De kopgroep* zijn eerder afzonderlijk verschenen bij Uitgeverij L.J. Veen

Omslagontwerp Annemarie van Pruyssen
Omslagillustratie Hollandse Hoogte

ISBN 978 90 482 0059 7
NUR 301/408

amstel-sport.nl

Ontsnapping

Stijn Miller liet een langzame, mooi rollende boer en zette het colablikje terug naast de monitor. Naast hem waren technici van de Franse tv begonnen met het afbreken van de apparatuur. De Duitsers, zijn buren tijdens deze Tour de France, waren al weg, zoals altijd de eersten, waarom wist niemand. Links van Miller waren de Vlaamsche Belgen nog bezig met een interview met Johan Museeuw, verder weg op het podium heerste drukte van belang rond de Italiaanse commentaarplaats; drie renners zaten te wachten om door de paus van de RAI, de grijze Adriano Dazan, ondervraagd te worden.

Miller keek rond en vroeg zich af hoe vaak hij zo niet gestaan had; tweeënhalf decennium Tour de France, elke keer weer een finishreportage en daarna het inpakken van de naslagwerken, de *Guides* en vaak slordig bijgehouden schriftjes waarin wetenswaardigheden over renners en ploegleiders opgeslagen waren. In al die jaren had hij drie keer iets laten liggen, maar driemaal had hij de volgende dag een aardige Fransman naast zich gekregen die dan met een wat triomfantelijk gebaar een pen, een exemplaar van *Vélo* of ook zijn mooie Tour-boek omhoog had gehouden.

Miller pakte zijn tas in, nam nog een ferme slok uit het blikje en trok de telefoon naar zich toe. Terwijl hij het nummer in Amsterdam intikte, voelde hij dat er niet opgenomen zou worden, maar toch luisterde hij hoe het toestel vijftienmaal schel overging. Hij snoof even, keek op zijn horloge en zei zacht: ‘Waarschijnlijk even boodschappen doen.’ Hij lachte dat hij in zichzelf stond te praten, maar ook omdat hij nog altijd die merkwaardige, niet te verklaren argwaan voelde als hij haar belde en zij niet opnam. Ooit had hij daar met haar over willen praten, maar dat was er nauwelijks van gekomen, omdat ze hem had voorgehouden dat hij spoken zag. ‘Ik heb geen zin om vreemd te gaan,' had ze hem strak toegevoegd, en ze had hem een korte natte kus op de mond gegeven.

Miller keek nogmaals rond, zag dat hij nu ruim baan had om de televisietribune te verlaten en pakte zijn spullen bij elkaar. Precies op het moment dat hij het trapje bereikte, zag hij dat Alex Zülle, de winnaar van de proloog, omstuwd door een kleine horde wild geworden journalisten, onder aan de treden was gearriveerd. Miller stapte achteruit, had heel even oogcontact met de Zwitser-met-Nederlandse moeder en liep weer terug naar zijn plaats op de tribune. Zolang Zülle en diens opgewonden gevolg hier in de buurt waren, had het geen zin de auto te gaan zoeken.

Hij ging zitten, stak een sigaret op, besefte dat hij met zichzelf had afgesproken dat hij er drie per dag zou roken en dat dit al nummer zeven was en pakte weer de telefoon. Gedachteloos tikte hij de nummers in en wachtte. Na vijftienmaal overgaan legde hij de hoorn langzaam neer. Waar zou ze zijn? Boodschappen doen? Naar vrienden? Of was ze ergens...? Hij schudde zijn hoofd. Nee, bullshit, hij moest ophouden met die idiote gedachten.

Meteen nadat hij de hoorn had neergelegd, rinkelde het toestel luid. '*Oui,*' zei hij duidelijk articulerend en hij luisterde. Hij wist onmiddellijk wiens ademhaling hij aan de andere kant hoorde. Hij herkende, ook door de telefoon, het zware gesnuif van Bart van der Heyden, de algemeen directeur van Sportkanaal, zijn hoogste baas dus.

'*Hello, hello...*' brieste de stem.

Miller haalde adem en zei nogmaals: '*Oui, j'écoute,*' en kreeg '*Good afternoon... can I speak with Mr. Miller?*' terug. Miller glimlachte. Van der Heyden was toch een eersteklas lul. Belde hij met de Tour de France, met een rottig nummer in Rouen en kon hij, in zijn onbeholpenheid, niets anders doen dan gebrekkig Engels brabbelen.

'*Un instant,*' zei Miller met fraaie Franse tongval, en hij hield zijn hand op de hoorn. Hoelang moest hij nu wachten?

Waarom belde de goede man? Moest hij het spel verder doorspelen en in één razendsnel uitgesproken volzin melden dat Stijn Miller er niet meer was? Hij haalde diep adem en zei: 'Met Miller, met wie spreek ik?'

Hij hoorde de opluchting aan de andere kant: 'Stijn, hallo, ben jij het? Van der Heyden hier.'

Miller zei: 'Goeiemiddag,' en liet twee seconden zware stilte vallen.

'Ik wil je even complimenteren met de uitzending van vanmiddag,' zei de stem uit Holland. Miller glimlachte voor zich uit. Hij had zulke woorden al vaker gehoord. Altijd weer als er een nieuw programma voor het eerst de lucht in gegaan was, had er wel een hoge ome gestaan, en heel vaak had hij herhalingen van herhalingen moeten aanhoren. Soms was er weleens iemand geweest die tenminste had durven zeggen dat 'dit programma zeker potentie had, maar nog moest doorgroeien', maar meestal was hij overladen met complimenten, en niets was erger dan dat.

Nu dus weer.

'Merci,' zei hij en hij wist even niet wat hij hieraan moest toevoegen.

'Ik vond je analyse sterk, en ook het feit dat je al snel doorhad dat die Zwitserse jongen zo goed reed, maakte me duidelijk dat je je huiswerk goed had gedaan,' zei Van der Heyden.

Miller trok zijn mond in een flauwe glimlach en antwoordde: 'Meer dan twintig jaar ervaring, en daar hebben jullie me toch voor aangetrokken?'

Even bleef het stil aan de andere kant. Toen zei Van der Heyden: 'Prima dus, ik heb met plezier gekeken en ben benieuwd wat de nabeschouwing van vanavond oplevert. Ik hoop dat die Eric zijn zaakjes voor elkaar heeft en dat dat meisje zonder zenuwen zal presenteren. Dat is jouw pakkie-an niet, dus nogmaals mijn complimenten. Ik spreek je volgende week. Ik kom in Bordeaux bij jullie. Succes de komende dagen; als je dit toontje aanhoudt, zit je volgens mij wel goed. Ik zal zorgen dat je de kijkcijfers van het weekend op maandagochtend in je hotel hebt.'

Miller wist niet goed wat hij terug moest zeggen en knikte. Pas toen hij inzag dat dit een wel erg nietszeggend slot van het telefoongesprek was, haastte hij zich met: 'O ja, leuk. Aardig dat je gebeld hebt. Tot volgende week dan maar.' Hij legde de hoorn neer, keek om zich heen, zag dat de drukte rond Zülle nog steeds groot was en tikte snel de Amsterdamse cijferreeks in. Weer liet hij het toestel precies vijftienmaal overgaan.

Op weg naar de auto, die Edgard, zijn chauffeur, op loopafstand had weten te parkeren, liep hij een collega van *de Volkskrant* tegen het lijf. Miller lachte de veertiger toe en zocht naar de naam van de man. Deze liep met hem op en vroeg hem wanneer hij een uurtje vrij had voor een interview.

'Eh... waarom nu?' vroeg Miller verbaasd, terwijl hij bij de Sportkanaal-auto stilhield.

De *Volkskrant*-collega zei dat het een verhaal voor het zaterdagkatern van de week daarop betrof. Het verhaal moest gaan over Miller, maar ook over het verschil in de manier van werken bij de publieke omroep en zijn nieuwe werkgever, het kleine, machtige en financieel sterke commerciële bedrijf waar hij vijf maanden geleden bij in dienst was getreden.

Miller wachtte even en overwoog of hij een smoes zou verzinnen. Ooit had hij echter als medewerker bij deze krant gewerkt en met diverse voorgangers van deze jongen had hij het altijd goed kunnen vinden.

'Laat me eerst een paar dagen verslag geven, dan weet ik meer,' zei hij, en dat voorstel werd met een knik ontvangen. 'Woensdag of zo... Dan zitten we ergens in Le Puy. Zoek me dan na de etappe maar op,' zei hij, en hij sloeg het achterportier van de grote Citroën dicht.

De collega groette en liep verder. Miller liet zich in de lekkere kussens van de Franse auto zakken. Jarenlang had hij bij de Tour zijn rug gebroken in een veilige, keurige, maar wel erg stugge Mercedes, maar twee weken voor het begin van de Tour was de hele equipe van Sportkanaal in Amsterdam opgetrommeld voor een uitgebreide fotosessie bij Citroën. In auto- en roddelbladen zouden foto's komen van ontspannen kijkende, tevreden Citroën-rijders in spe, want tijdens de sessie was uitgekomen dat niemand van de Sportkanaal-crew bij de Tour de France in een Citroën reed. De deal was echter te goed geweest, had Joost Geersink, de commerciële baas, hardop geroepen. Dus reden er nu drie grote Citroëns door het peloton; mooie onopvallende wagens, blauw van kleur met vrij bescheiden opschriften op het voorportier: SPORTKANAAL, TÉLÉVISION HOLLANDE. Waarom dat gedaan was en wie die tekst had bedacht, wist Miller niet. Hij had de wagens in Hilversum voor het eerst gezien, had plaatsgenomen en geroepen dat alles beter zou zijn dan de stugge stoelen in een Mercedes. Hij hield niet van auto's en had zeker geen voorkeur. Hij wilde alleen maar een lekkere, niet al te harde stoel waarop hij zijn rug niet zou breken. Als hij zijn lange benen maar kwijt kon en de chauffeurs er maar tevreden mee waren.

Die goede stoel had hij nu, de rest was een beslissing van hogerhand en hij bemoeide zich daar niet mee. In de eerste plaats omdat er niets meer aan welke beslissing dan ook kon worden veranderd, maar ook omdat hij in de loop der jaren geleerd had dat het helemaal geen zin had je te mengen in de beslissingen van types die in de directie terechtgekomen waren. Hij kende ze allemaal, had ze zien komen en gaan, had ze van omroep zien veranderen alsof ze een schoon overhemd aantrokken, en hij wist dat hij niets met dit slag mensen aankon.

Hij dacht terug aan het gesprek met Van der Heyden van tien minuten geleden. Hij kende hem nog van de VARA. Daar had hij een jaar of tien geleden rondgelopen als jong commercieel genie, en vervolgens was hij gaan dwalen. Via een swingend reclamebureau in Den Haag en een vage job bij NBC in Londen was hij boven komen drijven. Ineens had hij een grote mond en veel macht in Hilversum en iedereen in Nederland had zijn naam weleens gehoord. Hoewel hij niets briljants deed, heette hij toch een tycoon in televisieland te zijn, en dat kwam mede door zijn verschrikkelijk grote waffel.

Miller had Van der Heyden tweemaal meegemaakt; eerst op een feestje bij Theo Kinsbergen, een man die hij uit de basketbalwereld kende, en later bij contractbesprekingen met mensen van de NBA. Op dat feestje, waar Miller overigens voor het eerst Trix mee naartoe genomen had, had Van der Heyden hem gevraagd of hij nou echt niets om geld gaf, zoals het verhaal in Hilversum ging. Ze hadden samen een kwartier staan praten, totdat Trix hem had weggehaald. Op weg naar de hapjes had ze nog gezegd: 'Die man stinkt geweldig uit zijn strot; die deugt dus niet.'

Die tweede ontmoeting, ergens in een duur hotel in Brussel, was Miller duidelijker bijgebleven. Van der Heyden had het hoogste woord gehad en had geargumenteerd dat een grote spectaculaire sport als NBA-basketbal ook bij een commerciële zender hoorde. Miller was het daar niet mee eens geweest en had om een betere argumentatie gevraagd, maar de mensen van de NBA, drie supersnelle mannen in pak en een jonge vrouw die ooit een goede basketbalster in Nederland was geweest, waren snel gezwicht voor de gelden van de commerciëlen. Van der Heyden had hem toen toegevoegd: 'Er komt een dag dat je wel bij ons in dienst móét komen, want we kopen gewoon alle sporten die jij leuk vindt, en dan blijft er voor jou bij die publieke omroep helemaal niets meer over.'

Miller had toen niets gezegd, maar later die avond, in de trein terug naar Amsterdam, had hij bedacht dat Van der Heyden waarschijnlijk gelijk had.

Edgard deed het portier aan de linkerkant van de auto open en schoof zijn kleine lijf behendig naar binnen. Hij knikte, startte en zei dat er, via de autotelefoon, twee keer was gebeld uit Amsterdam. 'Door haar,' zei hij erbij.

Miller keek zijn trouwe maat van al die jaren fronsend aan. Edgard zei: 'Je hoefde niet terug te bellen. Ze zou 's avonds pas laat thuis zijn.'

Miller knikte en wilde wat zeggen, maar bedacht dat hij zijn eigen ongerustheid en onrust niet op zijn chauffeur over hoefde te brengen. 'Dank je,' zei hij kort.

Edgard gaf gas en schoof de wagen in de stoet van perswagens die richting perszaal trok. 'Nog iets speciaals?' vroeg hij.

Miller schudde zijn hoofd. Hij dacht van niet. 'Ik hoop dat Zülle vanavond in ons hotel zal zijn. Ik heb gezien dat het hotel waar zijn ploeg logeert ongeveer tien minuten rijden is. Eric zei dat hij tachtig procent kans van slagen had.'

Het was warm in Rouen en het verkeer stond vast. In al die jaren had Miller nooit een proloog meegemaakt waar alles ordelijk en goed verliep; het leek bijna wel alsof de Tour de France-directie, samen met welk stadsbestuur dan ook, het als een eer beschouwde om van de eerste zaterdag in de Tour een chaos te maken. Zo ook nu. Miller deed het raampje open en voelde de warme zomeravondlucht; hij hield van deze temperatuur, hij hield van Frankrijk in juli, hij hield van de prettige wanorde van de Tour de France. Hij was er zo verschrikkelijk aan gewend, want hij had nu meer dan twintig jaar achtereen niets anders gedaan: in juli woonde en werkte en leefde hij in Frankrijk. Ooit was hij, in Scheveningen of all places, met dit avontuur begonnen; wanneer en of het ooit zou ophouden, wist hij niet.

Hij herinnerde zich een mooi gesprek met Bert Wagendorp, een jonge vent die voor *de Volkskrant* een paar jaar juweeltjes vanuit Frankrijk had geschreven, maar die er ineens achter was gekomen dat hij het gedraai en gelieg van de heren renners niet meer aankon, en ook het herhalingselement van deze job te eng vond. Wagendorp was weggevlucht voor de grote liefde die hij, Miller, nog steeds koesterde voor de Tour, maar zijn jongere collega had die stap zomaar kunnen maken, schijnbaar zonder spijt, zonder aarzeling ook. Miller lachte voor zich uit; hij kon niets anders dan over wielrennen praten in de maand juli, dat was zijn kracht en tegelijkertijd zijn enorme zwakte. Dat wist hij.

De telefoon ging. Tweemaal, driemaal. Miller keek naar links en zag de aarzeling bij Edgard. 'Neem 'm maar,' zei hij, en de chauffeur zei: 'Hallo,' en even later: 'Moment,' en gaf de hoorn door. Miller pakte de kleine Ericsson aan en luisterde. Het was Eric, de producer van de hele Sportkanaal-operatie in de Tour. Eric was okay, vond Miller. Hij zei: 'Zeg het maar,' en wachtte even.

Pruttelend kwam het stemgeluid van Eric door. Er waren problemen. De ploegleider van Zülle was dwars gaan liggen. Michael Boogerd zou zeker komen; Peter Post ook, en het filmpje over Rouen was prachtig geworden.

Miller knikte. Prima.

'Kun je om kwart voor acht met jasje en dasje aan klaar zijn?' vroeg Eric.

Miller zei dat hij op dat moment vaststond in de binnenstad van Rouen omdat de halve Normandische kust hier leek rond te rijden, en dat hij geen idee had hoe laat hij uit deze troep los zou kunnen komen.

Eric maande hem tot spoed, maar Miller antwoordde slechts: 'We doen ons best,' en schoof de hoorn in een houdertje dat links van hem aan het dashboard was bevestigd. Heel even wilde hij het toestel weer pakken om Amsterdam te bellen, maar de boodschap was duidelijk. Vanavond laat dus.

In de tuin van de Hostellerie St. Pierre, daar waar de Sportkanaal-ploeg vijf dagen eerder was neergestreken, stonden de camera's al klaar toen Miller snel van de parkeerplaats naar zijn kamer liep. Hij had Eric toegezwaaid ten teken dat hij er was en hij had ook snel gekeken hoe de setting was. Er stonden drie camera's, er was licht neergezet, er liepen meer mensen dan hem lief was, maar zo moest het dus gaan gebeuren. Dit was een idee van Martijn Lust, de nieuwe man van Commerciële Zaken van Sportkanaal, en voor dit vroege avondprogramma hadden de sponsors in de rij gestaan. Dus had ook hij, Stijn Miller, moeten aanschuiven.

Hij moest elke avond met een klein verslag komen – hooguit zeventig seconden, was hem opgedragen – en aan het einde mocht hij de kijkers in Nederland vertellen hoe het de volgende dag zou worden. Dat was zijn avondbijdrage.

Terwijl hij zijn polo uittrok, liep hij naar het raam van zijn kamer. Hij had vanuit deze positie goed zicht op het grasveld buiten deze formidabele hostellerie. Hij zag de presentatrice, Joyce, een meisje dat hij nauwelijks kende, heftig naar een van de cameramensen gebaren en hij zag ook dat een auto van de Rabobank-ploeg de oprijlaan opreed: in elk geval was er één gast op deze eerste avond, bedacht hij toen hij de badkamer inliep en de douche aanzette.

Hij had nog een halfuur. Dan moest hij de tweede viool spelen in een kort avondprogramma dat de lucht inging onder de naam *Wat een Tour*, een nabeschouwing in Franse sfeer met Joyce van Veen als sterpresentatrice en met een leger aan jonge hardwerkende stafleden. Terwijl het water hem rond de buik liep, probeerde Miller te tellen. Hoeveel mensen ook weer? Twaalf alleen al voor het avondprogramma, inclusief die soms zo vreselijk enge Lust, die zichzelf een extra vakantie had gegeven en als *head of operations* was meegegaan. Hij had niet de journalistieke eindverantwoordelijkheid, want die lag bij Eric, maar eigenlijk had die helemaal niets te vertellen en regelde Lust alles.

Miller droogde zich af, pakte een nieuw Hilfiger-hemd uit de lade van de antieke klerenkast en schoof zijn oude, vertrouwde instappers aan zijn voeten. Die had hij ooit bij Oger in de P.C. Hooft gekocht, misschien wel zeven jaar geleden, maar bij elke Tour de France opnieuw reisden ze met hem mee, hoe *outdated* ze nu ook waren. Ze zaten heerlijk en ooit had Trix hem gezegd dat ze hem iets gedistingeerds gaven, iets Engels.

Hij haalde een kam door zijn haar, keurde snel zijn uiterlijk en gaf het rapportcijfer 7,5. Vooral de mooie rode das moest het in deze combinatie doen, vond hij, terwijl hij naar de deur liep.

Het was kwart voor acht in de zwoele avond en Nederland was een kwartier verwijderd van de eerste, frisse, geheel vernieuwende, opbeurende, soms spectaculaire, maar steeds weer ontroerende Tour de France-nabeschouwing. Helemaal live uit Frankrijk, gesponsord door wel vijf of zeven grote bedrijven en voor u gepresenteerd door Joyce van Veen.

Miller liep het gras op en hoorde gevloek. De stem van Martijn Lust klonk boven alles uit: 'Waar is die kolere-Zwitser nou?' Miller wachtte even, zag Eric, de producer, met een telefoon in de weer en stapte de kring van drukdoeners binnen.

'Hallo jongens, wat is er?' vroeg hij met een pesterige ondertoon in zijn stem. Eric gaf hem van tien meter afstand een teken dat het wel in orde zou komen, maar Lust brieste: 'Die Zülle komt niet. We zitten met een gat van vier minuten, of jij moet nog een aardig verhaal hebben.'

Miller ging in de stoel van de schminkster zitten en keek naar de set op het grasveld. Ongelofelijk, maar het gebeurde wel. Drie cameramensen, twee jongens die met licht aan het rommelen waren, een techneut die ook monteerde, een schakeltechnicus, een assistente – waarschijnlijk wel een dochter van een of andere tv-hotemetoot – drie chauffeurs, een schminkster, een productieleider, een regisseur en een directeur, en juist deze man stond nu als een varken te schreeuwen dat de eerste gele-truidrager uit de ronde er nog niet was.

Lust kwam naderbij, keek Miller aan en riep: 'Kun jij niet wat doen? Jij kent 'm toch persoonlijk? We móéten hem vanavond hebben.'

Miller zei niets en liet de schminkster haar gang gaan. Ze streek wat poeder over zijn voorhoofd en complimenteerde hem met de keus van zijn das. Hij lachte haar toe.

Om halfnegen was de eerste avonduitzending voorbij. Miller bleef even zitten en keek naar het gezelschap om zich heen. Hij had eerder al zo'n beetje gezien dat hij de oudste van het gezelschap was. De anderen waren over het algemeen dertigers, met uitzondering van Lust, die half in de veertig moest zijn, en presentatrice Van Veen. Hij keek haar van een afstandje na. Ze had een natuurlijke zwier in haar manier van presenteren die je niet vaak zag. Ze was brutaal en maakte koeien van fouten, maar ze zeilde langs al die obstakels heen of het niets was. Ze zag er goed uit, was smaakvol gekleed en had iets dat Angelsaksen vaak met *it* willen uitdrukken. Een natuurlijke nonchalance, gevoed door wat weinig mensen hebben: geen angst om fouten te maken. Zo had ze deze avond Boogerd tweemaal met 'Michiel' aangesproken, terwijl het 'Michael' had moeten zijn, en had ze de om kwart over acht binnengevallen Alex Zülle opgezadeld met een Zwitserse moeder en een Nederlandse vader, terwijl het toch andersom was. Toch had Miller met plezier naar de jonge vrouw gekeken. Ze had in mei een spoedcursus wielrennen gevolgd, ze had naar video's en foto's zitten kijken, kende nu al bijna de hele startlijst van dit jaar uit haar hoofd en had een prettige manier van werken. Eigenlijk zoals Miller het al die jaren bij de publieke omroepen gedaan had, toen hij twintig en tien jaar jonger was. Toen hij, gedreven door werklust en een hopeloos gevoel van eenzaamheid en onrust, steeds maar weer de wereld introk om programma's te maken. Toen hij oorlogen versloeg alsof het hockeywedstrijden waren, toen hij staatsbezoeken ontregelde zoals hij het met tennisverslagen deed. Toen hij gewoon vertelde wat hij zag en dacht. Toen hij zware studioprogramma's behandelde met een luchtigheid die anderen hoofdpijn bezorgde. Toen hij een nieuwe trend zette in de televisiepresentatie: de nieuwe nuchterheid, zoals zijn oude mentor Ruud van den Hende het ooit, bijna bestraffend, had genoemd.

Miller knoopte zijn das los en liep naar de hoek van het grasveld waar de schminkster bezig was met een natte doek het gezicht van Zülle schoon te maken. De Zwitser had haast, maar had toch nog net kans gezien om hier in St. Pierre de Vauvray langs te komen.

'Hoe doen we het met het geld?' vroeg hij.

Miller dacht eerst dat hij het niet goed hoorde, maar hij begreep de boodschap na drie seconden. Deze avondshow betaalde wielrenners, en waarom ook niet? Hij knikte Zülle toe. Dat zou wel goed komen. Nadat hij zijn hoofd had laten schoonmaken, liep Miller langs de set waar Lust stond te bellen. Hij maakte Van Veen een compliment met haar optreden: '*Nice show,*' zei hij, en hij meende het. Hijzelf had een belangrijk bijrolletje gehad, hij had een kort verhaal verteld over Jacques Anquetil, de vroegere Franse vedette die hier uit de buurt kwam, en hij had een voorbeschouwing gegeven van de zondagse etappe. Hij hield het op een massasprint, een moeilijke, dat wel, in de straten van Forges-les-Eaux, maar een sprint zou het worden, met Jeroen Blijlevens in de hoofdrol. Verder had Boogerd over zijn hobby's mogen praten, waren er drie filmpjes vertoond: eentje van de proloog, een over de streek met fraaie beelden en stroperige muziek en eentje over een optreden van Gérard Lenorman, de Franse zanger die in Rouen een openluchtconcert gegeven had waar bijna de hele Sportkanaal-ploeg naartoe was gegaan. Millers verhaal over Anquetil was goed gevallen, merkte hij. Vreemd, want op Eric na wist niemand hier ook maar iets van fietsen, laat staan van wielrennen en van de helden uit een nabij verleden.

Dat laatste stak Miller, zo had hij gevoeld tijdens de momenten dat ze aan tafel hadden gezeten. Jarenlang had hij met dezelfde collega's de Tour gedaan. Jarenlang ook hadden ze met dat gezelschap dezelfde verhalen verteld, elk jaar wat meer gekruid en een tikje uitgebreider, maar het was vertrouwd terrein geweest; mannen die de Tour kenden, die allemaal een arsenaal aan verhalen meetorsten en die in elk geval dezelfde taal spraken.

Dat laatste miste Miller nu al. Met de avondploeg had hij weinig te maken. Van Veen reisde soms vooruit en vertrok met haar gevolg dan naar een ander hotel, zodat hij met vijf man overbleef. En van die vijf wist dus niemand wie Jean Robic was en had nog nooit iemand het Pontiac-verhaal van Wim van Est gehoord. Dat stak, en niet zo'n beetje ook. Maar had Trix hem een week eerder, toen ze in Hilversum zaten te eten, niet voorgehouden dat zijn nieuwe baan hem meer geld dan vreugde zou opleveren, en had hij toen niet geknikt en had hij toen ook niet gesteld dat die twee begrippen omgedraaid moesten worden voordat het jaar om was? Ja, dat had hij, maar hij wist nu wel beter.

Hij was nu iets meer dan vijf maanden bij het nieuwe station bezig, maar hij had zichzelf nog niet kunnen betrappen op één goed en gelukzalig moment. Hij had een paar studiopresentaties gedaan, had een portret van Bjarne Riis in Denemarken gemaakt en een groot interviewprogramma vanuit de RAI in Amsterdam gedaan, een bijna twee uur durende uitzending met vier gasten die allemaal iets te zeggen hadden: Herman Brood, Herman van Run, Erica Terpstra en Els Borst. Over dat laatste programma had hij even het idee gehad dat het redelijk liep, maar toen hij alles gemonteerd terugzag, inclusief affreuze reclameblokken, schaamde hij zich voor zijn opgefokte manier van vragen stellen.

Nee, in de Tour de France, zo wist hij, kon hij weer zichzelf worden. Daar, achter de microfoon op die bekende Eurovisie-tribune in Frankrijk, kon hij zijn oude ritme weer terugkrijgen en kon hij laten zien dat het niet uitmaakt voor wie of wat je werkt... als je maar jezelf bent. Commentaar voor

Sportkanaal zou toch hetzelfde moeten zijn als commentaar voor de NOS?

Miller liep zijn hotelkamer binnen, zette de tv aan, liep naar het grote donkerbruine bureau in de hoek, pakte de hoorn van de haak, tikte vier cijfers in, maar legde direct weer neer. Het was nog te vroeg: het was pas tien voor negen op zaterdagavond.

Hij keek rond in zijn kamer, knipte Antenne 2 weg voor Eurosport en zag weer Zülle door de straten van Rouen rossen. Hij herkende het stemgeluid van Laurent Fignon. De Franse kampioen van weleer was tweede commentator bij de Franse tak van Eurosport en vertelde nu dat Zülle een perfecte zit had.

'Jij niet, op die zondag dat Lemond je op de Champs Elysées naaide,' sprak Miller tegen het televisietoestel. Hij ging op de rand van zijn bed zitten en vroeg zich af wat hij nu eens zou gaan doen. Lust had hem toegeroepen dat er om halftien een tafel gereserveerd was en dat het een goed idee was om dan de komende week door te nemen. Miller keek op zijn horloge; bijna negen uur, hij had dus nog even.

Hij stond op, koerste naar het ruime toilet, liet zijn broek zakken en ging zitten. Er waren weinig dingen zo lekker als op je gemak kunnen poepen. Pas een kwartier later vouwde hij voorzichtig vier kleine roze papiertjes in elkaar. Hoe Fransen op een verantwoorde manier hun billen konden afvegen, was hem altijd al een raadsel geweest. Miller had vijf series van vier velletjes nodig en was toen nog niet tevreden, zodat hij, een tikje onhandig, met zijn broek strak om zijn kuiten, naar de badkamer liep om daar een van de zelf meegenomen washandjes te gebruiken.

Cipollini

Op weg naar Ploemel, vijfentwintig kilometer van de finish in Plumelec verwijderd, kreeg Miller koppijn. De hele dag al had hij de aanval voelen aankomen. Net als vroeger, toen hij, gesponsord door de gehele aspirine-industrie van West-Europa, door Frankrijk trok. Mensen die nooit hoofdpijn hadden gehad, wisten niet wat het was. Zelfs diegenen die weleens klaagden over koppijn en dan de restanten van een ferme kater bedoelden, hadden geen idee wat echte hoofdpijn was.

Miller voelde een zwaar hogedrukgebied opkomen en viste een doosje pijnstillers uit zijn tas. Achter zijn stoel vond hij een plastic flesje Badoit, lekker koel nog, en met zijn ogen gesloten klokte hij bijna een halve liter achter twee pillen aan. Als het goed was, zou hij over een halfuur in orde zijn. Hoe hij aan deze aanval kwam, wist hij niet. Het was geen koppijn van de stress, hij had de afgelopen dagen niet veel alcohol gedronken, en er zat geen omslag in het weer, zoals hij wel eerder had meegemaakt, maar dan vooral in de winter.

Terwijl Edgard de wagen hard over een stille Route Nationale joeg, hield Miller zijn ogen vijf minuten dicht. Niet dat hij probeerde te slapen, helemaal niet. In de loop der jaren had hij geleerd hoe een mens zich kon ontspannen in een hard rijdende auto. Edgard wist dat. Hij had de dansende beweging van de pijnstillers in de hand van zijn medepassagier gezien en had de boodschap begrepen; er hoefde het volgende kwartier niets gezegd te worden.

Miller lag onderuit, zijn spieren ontspannen, zijn ogen dicht. Hij dacht na. Wat had hij vandaag het onderste uit de kan moeten halen, want de etappe was saai begonnen, en zo mogelijk nog saaier geëindigd. Het was zo'n typische dinsdagetappe geweest, redelijk boven de tweehonderd kilometer, met de hele dag een bochtig parcours en tegenwind.

De uitzending was om twee uur begonnen, maar omdat de heren coureurs geen zin hadden, was de finale pas tegen halfvijf op gang gekomen, nadat het peloton in drie delen was opgesplitst en de meeste Nederlandse renners zich hadden laten verrassen en in de tweede grote waaier terecht waren gekomen.

Miller lachte zacht om het begrip 'waaier', een typische wielerterm, waar, misschien wel tien jaar geleden, zijn toenmalige jonge collega's Marks, Kloosterhuis en Van der Loos voortdurend grappen over maakten. De drie jonge geleerden – althans, zo vonden zijzelf – waren, nadat ze niet waren doorgebroken bij de NOS, allemaal een andere richting opgegaan en deden het nu goed. Soms kwam Miller ze nog weleens tegen. Dezelfde grappige eigendunk stond nog op hun voorhoofd geschreven, maar goddank was de tand des tijds ook niet aan deze jongens voorbijgegaan. Sterker nog, het leek bijna wel alsof hier een dubbele afrekening had plaatsgevonden.

Miller werd slaperig, maar dacht toch weer aan de 'waaier'. Over dat element zou immers in de avonduitzending gesproken worden, en de bedoeling was, zo had hij via de telefoon aan Eric geprobeerd uit te leggen, dat er zes renners met hun fietsen naar Hôtel Le Roi Arthur zouden komen. Dan zou Miller hen zo neerzetten dat de werking van de waaier verklaard kon worden, zodat de mensen thuis nu eindelijk eens snapten waar het over ging.

Miller werd wakker toen Edgard zacht remde. De restanten van een behoorlijke hoofdpijn zaten nog tegen de binnenkant van zijn schedel geplakt, maar het ergste leek verdwenen. De wagen reed het smalle oprijlaantje van het hotel op en Miller zag het vertrouwde beeld: in de tuin was men al bezig met het opstellen van camera's en licht.

Toen hij uitstapte, kwam Eric direct op hem afgelopen. Hij groette kort en zei: '*Headquarters* vindt jouw idee over die waaier alleen leuk als er renners van beide Nederlandse ploegen komen.'

Miller keek de ijverige en aardige producer aan en zei: 'Dus komen er renners van beide ploegen.'

Eric trok een kleine grimas: 'Dat is een probleem. TVM ligt hier niet ver vandaan, maar de Rabobank-ploeg overnacht vijfenzestig kilometer hiervandaan en toen ik net belde, was de helft van de renners nog niet gemasseerd.'

Miller dacht even na. Moest hij nu gaan bellen, moest hij Theo de Rooy op zijn lazer gaan geven en uitleggen dat het heel goed voor de sponsor was dat er drie renners hier met hun fiets aanwezig zouden zijn? Nee, besloot hij, dat hoefde hij niet te doen. Het was bolleboos Geersink zelf geweest die al deze zaken had geregeld. De commercieel leider van Sportkanaal had drie weken voor de proloog in Rouen een ronde langs de grote in sport geïnteresseerde bedrijven in Nederland gemaakt en had het avondprogramma in twee etmalen geheel verkocht. De twee Nederlandse wielersponsors deden uiteraard mee, weliswaar met een concurrentiebeding, maar ook met een paar door snel opgetrommelde juristen in elkaar gezette basisregels. Sportkanaal mocht geen van beide teams voortrekken en als het de schijn had dat dat wel gebeurde, dan moest er direct overleg volgen. Nu Miller zes renners had gevraagd, moesten er dus drie van TVM en drie van de Rabobank op het grasveld bij Le Roi Arthur komen te staan. Miller begreep ook dat, als er zes van één ploeg zouden komen, de eerste telefoonrondes zouden beginnen. Hij was niet gek, maar hoe moest dit alles snel geregeld worden? 'Bel De Rooy maar en anders Raas in Nederland,' zei Miller, en hij liep de receptie binnen.

De Tour was nu vier dagen bezig. Sportkanaal had drie geslaagde avonduitzendingen verzorgd en de kijkcijfers van de middag waren op z'n minst bevredigend te noemen; steeds even boven de miljoen, met zondag een uitschieter, natuurlijk ook omdat de sportliefhebbers een massasprint in Forges-les-Eaux zagen aankomen en Blijlevens een meestersprint had afgeleverd.

Miller zag drie enveloppen met zijn naam erop op de receptiedesk liggen. Hij groette de vrouw die half met haar rug naar hem toe stond en die hem vervolgens beleefd naar zijn naam vroeg. Nadat hij 'Miller' keurig op z'n Frans had uitgesproken gaf ze hem de sleutel van zijn kamer. 'En er is post voor u,' zei ze, en gaf de enveloppen aan.

Op weg naar zijn kamer scheurde Miller de grootste enveloppe open. Op twee vellen stonden de kijkcijfers van de afgelopen vier dagen met die van de publieke omroepen erbij. Iemand, Miller wist niet wie, had met een felgele markeringsstift sommige kolommen omlijnd, en op het tweede vel stond bij de waarderingscijfers een dikke roze streep. 'Let op!!!' stond eronder, en hij herkende het handschrift van Van der Heyden.

Terwijl hij op het grote bed in zijn kamer neerzeeg, keek hij naar de gemarkeerde cijfers. Waarom had Van der Heyden zich juist hiermee bemoeid? Wat betekende dit? Hij pakte zijn bril en ontcijferde de door het faxapparaat iets uit elkaar getrokken letters en cijfers. De waardering van de eerste middag was 7,2 geweest. Zondag was er, zoals te verwachten was, een ferme 7,6 gescoord, maar op maandag was het 6,9 voor de middagetappe en 7,0 voor de avond. *'So fucking what?'* riep Miller, terwijl hij de papieren weggooide. Hij stond op en voelde zijn hoofd bonken. *'So fucking what, you idiots!'* riep hij nogmaals en hij wilde de telefoon pakken.

In plaats daarvan hield hij zich in en haalde een paar keer diep adem. Was hij nog geen week onderweg of kwam die lul van een Van der Heyden met zijn eerste, onderhuidse kritiek. En waarom? Omdat er op maandag een vreselijk saaie etappe gereden was... Omdat maandagetappes nooit scoren... Maar dat wist deze paardenlul natuurlijk niet. Miller opende de minibar die in het schrijfmeubel was ingebouwd en pakte een blikje Coca-Cola. Met volle teugen dronk hij vier, vijf slokken, liep naar zijn tas, pakte het doosje sterke pijnstillers, drukte een bruine pil door het zachte plastic en spoelde het ding met nog een ferme slok cola weg. Hij ijsbeerde door de kamer, greep de hoorn van de haak, maar bedacht zich weer.

Hij moest helemaal niet reageren. Sterker nog, hij moest niets, maar dan ook niets laten merken. Hij moest gewoon doen wat hij altijd had gedaan. Die hele hijgerige massa op het hoofdkantoor in Hilversum kon zijn rug op. Moesten ze hem leren wat kijk- en waarderingscijfers waren? Wie had er hier nou meer dan twintig keer deze wielerronde gedaan? Zij in Holland of hij?

Hij dronk het blikje leeg, boerde zacht voor zich uit en trok zijn spijkerhemd over zijn hoofd; hij moest er die avond goed uitzien, want hij moest niet alleen zijn dagelijkse verhaaltje afsteken, maar ook de waaier uitleggen, en dus vol in beeld staan en lopen. En bij het doorspreken van het avondprogramma had Geersink erop gewezen dat hij de For Fellows-kleding goed en onopvallend moest dragen. Dat was nou eenmaal de afspraak, had Miller begrepen.

Terwijl hij douchte, dacht hij terug aan twintig jaar geleden. Hoe hij met twee koffertjes de Tour deed; een paar Levi's-broeken, veel hemden met korte mouwen voor 's avonds aan tafel, en T-shirts voor overdag; T-shirts met opdruk zelfs, van Amerikaanse universiteiten. Terwijl het water op zijn hoofd roffelde, probeerde hij zich te herinneren welke shirts dat waren geweest. Marquette, dat wist hij zeker, en ook een geel-roodbruin shirt van de Universiteit van Anchorage. Hij lachte omdat hij zich nog herinnerde dat zijn collega's vreemd hadden opgekeken: zo'n halve idioot die een maf shirt van een hier in Frankrijk totaal onbekend instituut aanhad.

Miller stapte onder de douche vandaan en herinnerde zich ineens het fabelachtige moment dat Robert Chapatte, de man die als halfgod door Frankrijk reisde en verslag gaf voor Antenne 2, hem op een goed moment had gevraagd die pet met het opschrift MARQUETTE af te zetten, omdat Marquette een commerciële naam was; en dat was, zeker voor alle vertegenwoordigers van de publieke televisiestations die de Tour uitzonden, strikt verboden.

Miller trok een grijze broek aan en glimlachte voor zich uit. Wat was die Chapatte eigenlijk een domme zak geweest. Had nooit gehoord van die wereldberoemde universiteit in Milwaukee, waar ze in 1977 een steengoeie basketbalploeg hadden gehad. Nee, Chapatte wist heel weinig van de wereld, had hij in de loop der jaren gemerkt. Oud-renner, een begenadigd verteller voor de tv, maar later was hij verworden tot een zielige drinker, een commentator die geen renner meer kende en tot slot eervol ontslagen werd en niet lang geleden was overleden. Oorzaak: drank, heel erg veel drank, en nog meer Gauloises. Miller zag nog het beeld voor zich van Chapatte die van zijn chauffeur een blikje cola in handen gedrukt kreeg. Dat ceremonieel vond altijd plaats op een luidruchtige manier, zo had die chauffeur geleerd. Chapatte wilde al zijn collega's graag laten zien dat hij helemaal niet de dronkaard was waarvoor men hem hield. Daarom moest die arme chauffeur, ver van het commentatorspodium, de cola voor de helft uit het blikje laten lopen en de rest met whisky aanvullen.

'Hij is ook al dood,' zei Miller hardop toen hij zijn kamer uitliep. Op het moment dat hij de deur achter zich dicht wilde doen, hoorde hij de telefoon rinkelen. Geërgerd liep hij terug, pakte de hoorn van de haak en noemde zijn naam. Het was Trix.

Miller schoof een stoel aan bij de schrijftafel en wachtte tot zij iets zei.

'Hoor je me?'

Hij lachte en zei: 'Natuurlijk hoor ik je. Daar heb ik niet eens een telefoon voor nodig.'

Ze lachte als antwoord en vroeg toen zijn aandacht. Dat deed ze vaker in de vele telefoongesprekken die ze voerden. Eerst kletsten ze over van alles, maar dan werd dat geflierefluit haar ineens te veel en zei ze vrijwel altijd: 'Nu even goed luisteren.' Nu zei ze het dus meteen.

'Zeg het maar. Wat is de moeite waard om nu al meteen zo serieus over te worden?'

'Mijn vader is vanmiddag overleden.'

Miller schrok, slikte en probeerde een goede troostende zin te bedenken, maar er schoot hem helemaal niets te binnen. Aan de andere kant hoorde hij zacht gesnik. 'Lieverd,' begon hij, maar nog steeds wist hij niets te zeggen. Hij probeerde een andere aanloop: 'Hoe is het...' maar hij wist nu niet of hij 'gebeurd' of 'gekomen' moest zeggen.

Achter in de kamer was Eric door de openstaande deur naar binnen gelopen. Miller zag de jonge producer staan, maar probeerde hem even niet te zien. Hij begreep wat hij wilde, keek op zijn horloge en zag dat het vijf voor acht was. Hij had al op zijn plek moeten zitten en een stemtest gedaan moeten hebben voor de uitzending.

Een flinke paniek maakte zich ineens van hem meester.

Trix, aan de andere kant van de lijn, zei nog steeds niets. Wel hoorde hij gesnik, maar dat hij nu tegen haar moest zeggen: 'Ik bel je zo direct wel terug' vond hij zo banaal dat hij struikelde over zijn woorden.

'Trix, hallo, hoor je me? Ik sta op het punt in de uitzending te komen... Hallo. Hoor je me?' Het bleef nog steeds stil aan de andere kant en weer riep hij: 'Hoor je me?'

Eric wees op drie meter afstand op zijn horloge en zei: 'Kun je meteen komen? Ze zijn beneden al drie keer gek geworden.' Hij liep meteen de kamer uit. Miller zat nog steeds met de hoorn in zijn hand, riep nogmaals: 'Hoor je me?' maar kreeg slechts stilte als reactie. Hij probeerde razendsnel te denken, stond half op en riep: 'Ik bel je over een halfuur.' Toen beende hij onhandig, bijna struikelend, de kamer uit.

De schminkster had nog net tijd om twee keer de poederkwast over zijn nu bijna zwetende gezicht te halen toen naast hem Joyce van Veen de uitzending opende. Hij hoorde haar zeggen: 'En welkom uit een stralend mooi Frankrijk, waar we vandaag weer een fantastische etappe in de Tour de France hebben meegemaakt...'

Terwijl het filmpje over de pracht van de zuidkust van Bretagne liep, ongetwijfeld mede gesponsord door de plaatselijke vvv, voelde hij dat de schminkster hem nu met tissues bewerkte.

'Wat heb jij?' vroeg ze.

'Nou, je zweet als een postpaard. Dat heb ik in al die jaren nog nooit bij je meegemaakt. Hier kan ik niet tegenaan poederen.'

'Attentie!' riep de cameraman die recht tegenover Miller stond. 'Vijftien seconden.' De schminkster stapte weg en liet Miller alleen.

Daar zat hij, met de resten van de hoofdpijn die nu razendsnel op volle kracht aan het terugkomen was, en met een onwaarschijnlijk droge keel. Wat moest hij in 's hemelsnaam vertellen over deze dag? Kende hij überhaupt een aardig verhaal over deze streek?

Het rode lampje voor hem lichtte op en Miller haalde adem. 'Goedenavond,' zei hij, en hij vervolgde met: 'We zitten hier in Bretagne, en in deze streek heeft men altijd een heel bijzondere liefde voor de fiets gehad. Hier, in dit land van Asterix en Obelix, bestaat een heel aparte wielerbond. Hier luistert men niet altijd naar wat de centrale bond in Parijs te melden heeft, hier rijdt men in zogenoemde wilde wedstrijden.'

Miller was op de automatische piloot overgegaan. Dit verhaal had hij in de loop der jaren wel zevenmaal verteld, telkens weer in een iets andere vorm, maar elke keer kwam er wel iets lolligs uit. Hij voelde dat hij hevig transpireerde, en dat deed hij nooit *on camera*.

De cameraman maakte een strak gebaar met zijn hand ten teken dat Miller mocht afronden en de laatste zin golfde in hem op: 'Vandaar dat ze in dit land van Jean Robic zoveel passie voor de fiets hebben. Jean Robic is overigens dood...'

Miller keek in de lens en besefte dat dit een heel vreemde slotzin was, maar hij hield zijn mond en zag dat het rode lampje van de camera verdween.

'Die is dus dood,' zei de vrouwenstem naast hem.

Miller hoorde niet meer wat ze verder zei, wachtte even tot ze uitgesproken was en wenkte de schminkster: 'Geef me maar even een handdoekje,' zei hij.

Eric kwam voor hem staan: 'Alles in orde?'

Miller knikte heftig: 'Jawel. Wanneer komt die waaieruitleg?'

Eric zei: 'Over zeven minuten. Drink even wat.'

Miller schudde zijn hoofd, een beweging die hem behoorlijk veel pijn deed. Zeven minuten, zou hij in die tijd even Amsterdam bellen? Hij verwierp het idee direct en haalde diep adem.

Van Veen naast hem kondigde een grappig filmpje aan. Vóór de start had zij zich in het peloton begeven en een stuk of tien renners gevraagd wat hun grootste hobby was. Miller kon de antwoorden raden en toen hij Mario Cipollini als tweede in beeld zag verschijnen, wist hij genoeg: collega Van Veen had vandaag haar vuurdoop in de o zo beschaafde wielerwereld gekregen.

'Loop je mee?' zei Eric, en hij ging Miller voor naar de andere kant van de tuin, waar zes renners stonden opgesteld: drie van TVM en drie van de Rabobank.

'Knap dat je het nog gered hebt,' zei Miller tegen de jonge producer, die een vette lach als antwoord gaf.

Om vijf over halfnegen was Miller in zijn kamer terug. De waaieruitleg was goed gelukt. Onder veel gelach waren de zes renners hem gevolgd en hadden ze voorgedaan hoe moeilijk het was om 'door de wind' te komen en hoe zwaar de laatste trappen waren voor diegene die achterin moest pikken.

Nog voor de eindleader liep, had Miller de set verlaten, nagekeken door bijna iedereen, maar dat interesseerde hem niets. Toen hij langs de receptie kwam, had de eigenaresse, de vrouw die hem eerder zijn post en sleutel had aangereikt, hem een briefje in de hand geduwd. Het was een boodschap van Trix. Ze zou na elf uur bellen, ze was nu niet thuis.

In zijn kamer liep hij rechtstreeks naar de minibar en trok een flesje Carlsberg open. In vier slokken was het bier verdwenen, waarna hij hevig begon te transpireren. 'Lul!' riep hij tegen zichzelf.

Hij liep de badkamer in en keek naar zijn gezicht in de grote, ronde spiegel. Daar stond hij: geraakt, moe, met vijf straaltjes zweet die tamelijk snel uit zijn haar zakten en een spoor in de laag poeder trokken. Hoe had hij de situatie van even voor achten anders moeten oplossen? Had hij de uitzending de uitzending moeten laten? Had hij nu al op weg moeten zijn naar Amsterdam? Hoelang zou het rijden zijn? Tien uur of zo, en mocht hij dat van Edgard vragen? Was er misschien een vlucht in de vroege ochtend?

De telefoon achter hem in de kamer schrikte hem op. Hij liep de halfduistere kamer binnen, pakte de hoorn op en hoorde het gesnuif van Van der Heyden al toen hij hem op twintig centimeter van zijn oor hield.

'Wat was er met je aan de hand?' luidde de op bitse toon gestelde vraag.

Miller hield zich even in en zei toen: 'Iets persoonlijks, iets wat ik niet verwachtte, iets dat geen mens op zo'n moment goed zou verwerken.'

Heel even bleef het stil. Toen zei Van der Heyden: 'Man, je zag er niet uit. Was je niet geschminkt of zo? Let daar een beetje op, wil je? De mensen willen je 's avonds graag in volle glorie zien, zoals ze van je gewend zijn.'

Miller knikte en wachtte even. 'Heb jij weleens een overlijdensbericht van iemand die je graag mocht binnen heel korte tijd verwerkt?' vroeg hij met vlakke stem.

Van der Heyden stotterde: 'Wat zeg je? Hoe bedoel je?'

Miller drukte de hoorn in de uitsparing op het toestel. Hij wenste deze avond niets meer van deze man te horen.

Eric klopte om halftien op de deur. 'Eet je mee?' riep hij.

Miller stond op uit zijn slaapje, zocht even de weg naar de deur en opende die: 'Ja, ik kom, geef me vijf minuten.'

Eric keek hem strak aan: 'Is het wel in orde met je?'

Miller knikte, maar zei: 'Niet helemaal, maar het komt wel goed.'

'Niets vervelends, hoop ik,' zei de producer, die nog in de kleren liep waarin hij die ochtend aan het ontbijt was verschenen.

'Ga jij ook maar even iets anders aantrekken,' zei Miller.

Eric knikte. *'See you in ten,'* zei hij.

Miller liep de badkamer in en keek weer naar zijn spiegelbeeld. Zweet en poeder hadden zich vermengd tot een vreemde make-up, die hem het uiterlijk van een oude Franse hoerenmadame gaven. Hij herinnerde zich een film waarin Simone Signoret door een paar kinderen op een vreemde manier was beschilderd.

Miller douchte zich snel, nam nog een pijnstiller en liep de trap af. Toen hij de receptie passeerde, maakte de vrouw aan de telefoon een gebaar in zijn richting: dit was een gesprek voor hem. Miller keek haar aan, schudde zijn hoofd, wees op zichzelf en schudde weer heftig van nee. Zij begreep het.

'Non, monsieur Miller n'est pas là...' hoorde hij haar zeggen. Hij knikte haar toe en liep het restaurant binnen.

De tafel deze avond was klein; slechts zes man zaten aan. Ook Van Veen was erbij, en dat verbaasde hem. Tot nu toe was zij steeds met haar hele gevolg naar het volgende hotel gereisd, maar nu zat ze, verkleed en al, in de stoel naast die van hem, want er bleef slechts één stoel over aan het tafeltje waaraan, bedacht hij, de fine fleur van de Nederlandse commerciele sporttelevisie zat.

'Blijf je?' vroeg Miller terwijl hij zijn stoel aanschoof.

Van Veen knikte: 'Ja, ik wil wat met je bespreken.'

Eric riep: 'Zullen we eerst bestellen? Dan kan de keuken vast aan de slag.' Maar direct na die woorden kwam Van Veen in de rebound. Ze had, zo had ze gemerkt, nu vier dagen lekker gewerkt, maar haar optreden van vanochtend, bij de start van de etappe, was haar erg goed bevallen. Of Miller ook niet vond dat juist dat vrouwelijke aspect het erg goed deed in de uitzending.

Hoewel ze met vrij zachte stem had gesproken, had iedereen aan tafel haar gehoord. Het bleef even stil en Miller kuchte. Moest hij hier antwoord op geven? Lust, gekleed in een gele polo waar op de linkerborst SPORTKANAAL te lezen was, tikte hem op de arm: 'Laat ik je even uitleggen dat ze eerst met die vraag bij mij is gekomen, maar ik heb daar geen echt oordeel over. Denk jij dat een bijdrage als vandaag elke keer gemaakt kan worden? Ik wilde gewoon jouw mening horen, dan neem ik verder wel de beslissing.'

Vanaf de andere kant van de tafel kuchte Eric zacht. Miller begreep de boodschap en schonk wat water in.

'Elke dag een ander onderwerp natuurlijk,' zei Van Veen.

'Zoals?' vroeg Eric.

De presentatrice had er niet op gerekend dat juist Eric die vraag zou stellen en moest het roer helemaal omgooien: 'Nu, over mode, in welke auto's ze rijden, over kinderen, over andere sporten, over vakantie... Ik denk dat ik dat er best bij die jongens uit kan krijgen.'

Lust knikte; dat dacht hij ook, maar hij wilde van Miller horen of zoiets inderdaad kon. Zou het elke dag leuk zijn? Hij zei dat Miller de grote man van de Tour de France was. Zouden renners elke dag iets aardigs te vertellen hebben? Zouden ze elke dag zo'n Nederlandse meid in hun midden toelaten? En zouden jongens als Riis, Ullrich en Chiappucci ook mee willen doen? Elke dag alleen maar Nederlandse jongens en soms een geile Italiaan was iets te mager.

Miller haalde zijn schouders op. Hij wist het niet.

'Hoe bedoel je... geile Italiaan?' vroeg Van Veen.

Lust keek haar lachend aan: 'Je wilde toch niet zeggen dat die Cipolello, of hoe heet-ie, die sprinter dus met dat staartje, dat die je helemaal koud laat?'

Miller keek geamuseerd toe hoe Van Veen eerst een slok water nam en toen, enigszins geërgerd zei: 'Dat is een mooie man om te zien... meer niet.'

Tot elf uur bleven ze aan tafel. Miller dronk water, wuifde voortdurend de hem aangeboden wijn weg en zei dat een dagje Badoit geen kwaad kon. Het viel hem op dat Van Veen behoorlijk doordronk. Van Lust had hij niet anders verwacht. Eric en Peter, een van de camerajongens, hielden ook vaak hun hand boven hun glas. Edgard was om halfelf van tafel opgestaan, had zich geëxcuseerd en had gemeld dat het voor hem morgen een drukke dag was; in de vroege ochtenduren moest hij nog naar Nantes rijden om er een gast af te halen.

'Wie?' had Miller gevraagd, en Lust had geantwoord dat het een van de grootaandeelhouders van de organisatie was, een multimiljonair uit Blaricum, een man die het een enig idee vond om ook eens een paar dagen met de Ronde van Frankrijk mee te reizen.

Miller had geknikt; hij had al zo vaak gasten meegekregen en altijd waren dat hoge jongens uit het bedrijfsleven geweest, meestal veertigers of vroege vijftigers, kerels die het redelijk gemaakt hadden en nu, gedurende drie dagen, in hun eigen jongensdroom mochten rondlopen.

Miller veegde zijn mond af na het heerlijk ogende toetje, dat hem echter nauwelijks smaakte. Hij had driemaal op zijn horloge gekeken en geconstateerd dat het pas elf uur was. Nu kon hij met goed fatsoen de koffie en ongetwijfeld de vele cognacs die Lust zou bestellen laten voor wat ze waren. Nu kon hij met een bijna ijzig lachje opstaan en Van Veen succes wensen met de opnames van de volgende ochtend. Na het voorgerecht had Lust besloten dat er elke dag een aardig human interest-stukje van Joyce van Veen in het avondprogramma zou worden uitgezonden. Het verhaal van Miller zou iets korter kunnen, had Lust gesteld, en Van Veen moest maar doorgaan met het toontje dat ze vandaag gebruikt had.

Miller had deze woorden aangehoord en, in gedachten, zijn schouders opgehaald. De Tour was nauwelijks begonnen en nu al, na vier dagen uitzenden, moest de eerste aanpassing plaatsvinden. Hij vond het grote onzin, maar hield zijn mond. In gedachten zocht hij naar beelden van Trix, die nu waarschijnlijk in haar ouderlijk huis bezig zou zijn. Hij zag haar moeder, de mooie grijze vrouw die nu alleen bleef in dat prachtige herenhuis dat de familie al veertig jaar bewoonde.

Hij stond op van tafel en groette de anderen. Op het moment dat hij wegstapte, zette de vriendelijke ober twee volle bellen cognac op tafel. Miller dacht nog: Van Veen, pas op je tellen; maar hij besefte dat hij niet zijn broeders hoeder was in deze Tour, laat staan die van zijn zuster. Ze moesten het allemaal maar zelf weten, hij had zo zijn eigen problemen.

Nadat de telefoon drie keer was overgegaan, nam Trix op met: 'Ben je daar?'

'Ja,' zei hij, en hij vervolgde met: 'Vertel nou eens rustig wat er allemaal is gebeurd.' Hij zat in een grote stoel, had een sigaret opgestoken en luisterde.

'Je weet dat zoiets nauwelijks kan,' zei hij, toen ze uitverteld was, en hij zweeg.

Vanuit Amsterdam kwam er een lange zucht en toen de woorden: 'Als je het dan niet voor mij kunt doen, probeer het dan voor mijn moeder.'

Miller kneep zijn ogen dicht, trok zwaar aan de sigaar en probeerde redelijk over te komen toen hij zei: 'Maar denk je dat ze het goedvinden als ik zomaar twee dagen wegga?'

Hij voelde het antwoord al komen en inderdaad zei Trix: 'Het is niet zomaar, besef je dat dan niet?'

Hij knikte in de duisternis van de kamer. Natuurlijk wist hij dat hij over drie dagen aanwezig moest zijn op een waarschijnlijk drukke begrafenis, maar tegelijkertijd dacht hij aan de idiote situatie waarin hij nu zat: nieuw aangetrokken bij Sportkanaal, de kakelverse sportzender die met veel tamtam de Tour de France-rechten binnengehaald had en hem daarna een miljoenensalaris had geboden om zijn vakkundige en rustige commentaar dit jaar niet voor de NOS, maar voor Sportkanaal te verzorgen.

'Lieverd... heb je enig idee hoe die Van der Heyden op deze mededeling zal reageren?' vroeg Miller.

Het antwoord kwam snel: 'Daar heb ik niets mee te maken.'

Het gesprek pingpongde nog ongeveer een halfuur op deze manier door. Zij gaf geen centimeter toe, hij vroeg om begrip dat hij nog niet direct 'ja' kon zeggen omdat hij eerst wilde overleggen met de directie.

'Natuurlijk is het logisch dat ik kom, maar ik leef op het ogenblik niet bepaald in een logische wereld,' zei hij zuchtend, en hij voegde eraan toe: 'Trouwens, ik barst van de koppijn.'

'*Big deal,*' zei Trix vanuit Amsterdam.

Miller zei dat hij de volgende ochtend ging bellen en zij riep dat hij een lul was.

'Probeer nou te slapen,' zei hij, en hij vervolgde: 'Morgenmiddag, voordat de uitzending begint, heb ik je gebeld.'

Het bleef lang stil. Toen beëindigde ze het gesprek met: 'Wat ben je toch een onbeschrijfelijke egoïst! Ik heb je dat al zo vaak gezegd, maar vanavond blijkt het extra duidelijk. Doe wat je denkt dat je moet doen, en het beste met je hoofdpijn.' De klik op het moment dat ze neerlegde, knalde als een donderslag door de kamer.

Miller legde de hoorn neer en bleef minutenlang onbeweeglijk in de stoel zitten. Wat moest hij in christusnaam doen? Hij keek op zijn horloge. De cijfers lichtten op in de duisternis: tien over halftwaalf; kon hij nu Van der Heyden bellen?

Hij haalde diep adem, knipte het licht aan en liep naar zijn tas, die naast het bed stond. In zijn agenda zocht hij het privénummer van zijn baas. Snel tikte hij de cijfers in en hoorde vervolgens een stem die hem vertelde dat hij, om te faxen, tweemaal het sterretje moest indrukken, of anders moest wachten op de piep. Miller wachtte, hoorde de piep, schraapte zijn keel en zei langzaam: 'Met Stijn, bel me zo snel mogelijk in Frankrijk.'

Vervolgens liep hij naar de openstaande deuren van het kleine balkonnetje. Hij leunde op de leuning en keek de tuin in. Vanuit de keuken klonk nog gerammel van pannen, voor de rest was het stil. Hij zag een Sportkanaal-auto de parkeerplaats afrijden en vroeg zich heel even af wie daar wegging.

Toen stapte hij de kamer weer binnen. Hij pakte de telefoonhoorn en begon aan de cijferreeks die hij misschien al wel vierduizend keer, waar dan ook ter wereld vandaan, had ingetikt. Zijn hoofd bonsde nu als een razende. Hij liet het toestel precies vijftienmaal overgaan en legde toen vloekend neer. Kon hij nog een pijnstiller nemen?

Skibby

Het was lekker warm weer die middag. De commentaarpositie in Le Châtre lag weggestopt achter een sporthal. Miller sloot het portier van de Sportkanaal-auto, zette zijn zonnebril op en liep over kabels, haspels en snoeren naar de kleine tribune. Technici zaten nog te lunchen, zoals dat elke dag gebeurde. De Fransen bouwden in de ochtend de boel op, legden de techniek zo neer dat er in elk geval door de heren commentatoren gewerkt kon worden en gingen vervolgens zitten eten.

Dat gebeurde aan een lange tafel, waar papieren borden klaarstonden en waar salades, biefstukken, frites of rijst door een plaatselijk cateringbedrijf werden afgeleverd. Natuurlijk ging ook deze middag de wijnfles veelvuldig rond. Miller keek in het voorbijgaan naar het tafereel dat hij al zoveel jaren achtereen had meegemaakt; hoe was het mogelijk dat je nog goed kon functioneren als je een glas of vier, vijf achter je kiezen had? Al deze kerels, die hij bijna allemaal bij hun voornaam kende en van wie hij niet wist wat ze de rest van het jaar deden, hielden van innemen. Sommigen begonnen om elf uur 's ochtends al met pastis en hielden de hele dag die niet onplezierige walm van zoetigheid om zich heen.

Hij wenste het gezelschap *'bon appétit'* en liep door.

De meeste Fransen hadden hun typische Tour-kledij alweer aan: korte broek, oude sportschoenen en een pet op het hoofd. Zeker de helft van de eters zat met ontbloot bovenlijf aan tafel, sommige met indrukwekkende kettingen rond de nek, andere met kruisjes aan dunne gouden kettinkjes. Miller had nooit kunnen wennen aan deze gewoonte. Niet dat hij preuts was, maar om met een zwetende vette pens – want daarmee waren de meesten toch uitgerust – te gaan zitten eten, ging hem net iets te ver.

Maar de Fransen dus niet. De meesten mompelden *'Merci'*, en de chef, een grote, bijna statige man met een John Cleese-hoofd, riep Miller na dat er al twee keer voor hem was gebeld; het nummer dat-ie terug moest bellen stond op een velletje papier dat onder zijn telefoon lag. Miller zwaaide ten teken dat hij het begrepen had en zocht zijn commentaarpositie op.

De Duitsers zaten er al, en natuurlijk hadden ze woorden. Miller hoorde het even aan, haalde zijn schouders op en ging een klapstoel zoeken. Die dingen reisden weliswaar met dit circus mee, maar elke middag weer was het een hele toer om uit te zoeken waar die gammele stoeltjes gebleven waren. Ooit, een jaar of vier geleden, ergens in de Alpen, waren ze nergens te vinden geweest. Niet even, zoals bijna om de dag, maar de hele middag. De chauffeurs van de commentatoren hadden in alle haast keukenstoeltjes en oude houten klapstoelen uit cafés en restaurants in de buurt moeten lenen, en sommige hadden ze zelfs moeten kopen.

Met een stoeltje in zijn hand liep Miller naar zijn plaats terug. Hij groette zijn collega's: de Belgen, de Ieren, de Italianen en de gezette roodharige Zwitser die op hem afkwam en hem meedeelde dat er net voor hem was gebeld. Miller knikte, hij wist het.

Het was even over halftwee, nog ruim een uur voordat de uitzending begon. Op de monitor stond de begintijd: *14.45 Départ Eurovision.* Miller knikte, dacht even na en pakte, bijna gedachteloos, het papier dat onder het blauwe telefoontoestel lag. Hij wist welk nummer hij moest bellen; tenminste, dat dacht hij. Hij keek naar de cijferreeks die een van de Franse technici had neergekrabbeld en knikte. Juist, Van der Heyden, thuis nog wel. Langzaam toetste hij het nummer in, haalde diep adem en drukte de hoorn tegen zijn oor. Hij voelde dat hij nat haar had; hij transpireerde licht.

'Ja,' zei een stem aan de andere kant. Miller haatte mensen die op zo'n manier de telefoon opnamen.

'Stijn,' zei Miller op redelijk afgemeten toon, en hij wachtte even. Vanuit Nederland klonk gebries en gesnuif.

'Luister, we hebben de situatie besproken, maar leuk is anders. We zijn er eigenlijk ook niet uit. Ik wil je niet dwingen, maar mijn advies is...'

Miller wilde het eigenlijk niet horen en kuchte in de hoorn.

'Hallo, hallo!' brieste Van der Heyden.

Miller knikte: 'Slechte lijn hè?'

Maar Van der Heyden blafte al over die woorden heen: 'Mijn advies is dus dat je blijft, en hoewel het erg vervelend voor je vriendin is en voor haar moeder, blijft mijn mening dat ons belang zwaarder weegt dan dat van jou.'

'Wat kan ik daartegen inbrengen?' zei Miller scherp. Hij was nu anderhalve dag bezig met bellen en vanaf de eerste seconde was hem duidelijk gemaakt dat Sportkanaal hem in dienst had om commentaar te geven bij grote sportevenementen, en niet om afwezig te zijn in Frankrijk om een begrafenis van de vader van zijn vriendin in Nederland bij te wonen. In het derde gesprek van de vorige dag had Van der Heyden nog opgemerkt dat het een andere situatie zou zijn geweest als het de vader van Millers ex-vrouw zou zijn geweest, maar hoe moest dit verklaard worden in de pers? 'Verslaggever is dag afwezig om partner bij te staan' – vooral de roddelpers zou dat heel aardig vinden.

Miller was scherp uitgevallen tegen zijn baas en had geroepen: 'Inderdaad, die begrafenis is de reden dat ik een dag niet in Frankrijk aanwezig ben, en niets anders. Dat kun je dus ook zo naar buiten brengen. Ik heb niets te verbergen.' Maar Van der Heyden had snel de verbinding verbroken, niet voordat hij geroepen had dat de waardering voor de uitzending van de dag daarvoor 6,9 was geweest. 'Weer laag,' had hij gezegd.

Miller luisterde naar het gesnuif aan de andere kant. Hij had zin om de hoorn neer te smakken op het blauwe kastje, een meter van hem vandaan, maar hij hield zich in. Zoals hij dat altijd gedaan had; confrontaties wenste hij niet, hij zocht nooit ruzie en als hij al eens woorden had, dan moest de kwestie snel uitgepraat en ook weer goedgemaakt worden. Hij kon niet leven in conflictsituaties, maar nu zat hij tot zijn nek in een conflict.

'Ik bel je vanavond in je hotel,' zei Van der Heyden.

Miller zei: 'Goed, maar wat weet je dan meer dan nu?'

Even viel er een stilte en Miller telde vier woeste snuiven aan de andere kant: 'Waarschijnlijk niets, maar dan hou ik jou niet van een geslaagde uitzending af,' zei Van der Heyden. De verbinding werd verbroken na een korte groet van beide kanten.

Miller stak een sigaret op, inhaleerde diep en keek rond. De Duitsers naast hem hadden nog steeds ruzie. Dat was elke dag raak. De een, Herbert, was een aardige vent, vol humor, on-Duits bijna. Hij was gek op ijshockey en vaak konden

Miller en hij over die sport kletsen; over de grootheid van Gretzky, de scoredrift van Lemieux, het onwaarschijnlijke keepen van Grant Fuhr en hoe heette die grote Duitse topper van weleer ook alweer? Kupfernagel of zo. Naast Herbert zat Jürgen, hoofd van de afdeling Hessen van de WDR en een man die naast een titel ook een geweldig ego met zich torste. Jürgen werd in Duitsland, in uitzendingen ook, aangekondigd met *Herr Doktor*, maar van rangen en standen zoals deze had men in de Tour de France nog nooit gehoord. Beide Duitsers spraken behoorlijk Frans, dat was opvallend, en verder ruzieden ze dus dagelijks. Vooral over triviale zaken zoals waar ze zouden gaan eten en slapen. Het beste was voor Jürgen niet goed genoeg; hij wenste rust, chic en duur, en Herbert was gewoner in zijn keuze. Hij had eens hardop geroepen dat het zo nu en dan wel handig was om in een hotel te slapen waar de Duitse Telekom-ploeg verbleef, maar Jürgen had dat gepareerd met 'Wat? Bij die horde in één hotel?' Zijn positie bij de Duitse televisie was boeiend: een ijdele chef, maar nu toch ook in korte broek op een verslaggeverspodiumpje. Vreemd.

Miller keek naar zijn andere buren, de Duitssprekende Zwitsers. Hun commentator, Hans, was een grote zware man met een luide, helle stem. Als hij zijn publiek in Bern en omstreken vanuit de Tour '*Gutmittag mit einand*' toewenste, was dat bij alle collega's en dus door heel Europa te horen. Hans was een gezellige eter. Miller had weleens met hem geluncht en had toen over 's mans andere passie, paarden, gesproken. Hans hield van concoursen en niet echt van de Tour, maar zijn baas stuurde hem hierheen, overigens om op de helft van de Tour zelf in dit gekkenhuis neer te strijken en de plaats van de roodharige medewerker over te nemen, zoals ieder jaar gebeurde.

De tweede Zwitser was geen Zwitser, maar een Fransman die Duits sprak; een gekke combinatie, maar toch ook weer niet. De man was een oud-profrenner die vijfmaal de Tour gereden had en ooit, tijdens een criterium in Zürich, een

Zwitserse tegen het lijf was gelopen. Daarna had hij in recordtempo Duits leren spreken, zo goed zelfs dat hij nu als 'kenner' voor de SRG werkte. Hij was voor de sappige insiderverhalen, die hij soms proestend van de lach in de microfoon slingerde. Miller kon hem goed hebben.

Om even over halfdrie kwam het bericht dat de uitzending vijf minuten vervroegd zou worden; de kopgroep had flink vaart gemaakt en direct riepen alle commentatoren hun thuisbasis op. Miller deed het ook: 'Hallo, Hilversum. Vijf minuten eerder dus. Jullie zien dat op het Eurovisie-beeld.'

Een stem van een radiotechnicus in Hilversum kraakte terug: 'Ja, bedankt, we hebben het gezien, maar beginnen toch om kwart voor omdat we met een flink reclameblok zitten.'

Miller zei dat hij het begreep en knikte voor zich uit. Zulke dingen kon je twee of drie keer in de Tour doen en dan was je je kijkers kwijt, dacht hij. Kijkers, bedacht hij, zijn niet gek. Die zappen en zien dan bij Belgen en Duitsers, bij Denen en Fransen al de etappe in beeld, maar op hun eigen sportkanaaltje nog niet. Dan zappen ze naar de Belg en blijven daar waarschijnlijk toch de hele middag hangen. Miller had zo'n situatie weleens met Mark Vanlombeek van de BRT besproken. Deze had geknikt; zo moest het inderdaad gaan. Zo waren kijkers, en omdat de Belgen altijd bij de allereerste beelden van de etappe begonnen omdat hun tweede net 'vrij' was gehouden voor de Tour, was het meerdere malen voorgekomen dat de cijfers in België en Nederland, die op dezelfde dag werden gemeten, deze stelling bevestigden. Voor liefhebbers van de Tour de France begon de etappe op het moment dat er beelden waren, en niet op een tijdstip dat aangekondigd stond in krant of gids of op een bepaalde zender. Voor vele volgers was de Tour de Tour, en waar de beelden het eerst te zien waren, bleef men hangen.

Miller checkte zijn horloge. Hij had nog tien minuten en kon dus nog gaan plassen. Snel verliet hij het podium en botste tegen de *Volkskrant*-journalist op die hij een avond eerder, bij de finish in Le Puy, had gemist.

'Kan het vanavond?' vroeg de man.

Miller maakte duidelijk dat hij haast had en zei dat hij op weg was naar de bosjes achter de grote tv-wagens.

De collega knikte en liep mee: 'Ik moet ook.'

Naast elkaar stonden ze te klateren tegen het muurtje achter de bosjes.

'Moet het nu? Kan het niet in de krant van volgende week?' vroeg Miller, terwijl hij nog steeds naar de naam van de man zocht. Stom, maar hij moest het toch weten. Hij was hem een jaar geleden nog tegengekomen op de afscheidsreceptie van Ben de Graaf. Toen hadden ze even staan praten en had hij moeten aanhoren hoe – hoe heette hij verdomme toch? – hij correspondent in Amsterdam-Zuidoost zou worden. Miller wist zich nog te herinneren dat hij dat een typische *Volkskrant*-move vond, maar toch ook wel weer aardig. Maar hoe heette hij nou? Miller schudde de laatste druppels af. Zijn buurman deed hetzelfde, en ineens had Miller goed zicht op de perskaart om de nek van de ander: VAN DER HOEK, las hij. Juist. Sietse, dat is 'm.

De *Volkskrant*-man schudde zijn hoofd: 'Nee, graag nu. Die indeling was in de Wibautstraat al gemaakt.'

'Maar als ik nou eens niet kan, of eigenlijk niet wil?' zei Miller.

Van der Hoek liep terug naar de tv-wagens en draaide zich half om: 'Dan heb ik een probleem.'

Miller hield even in. Hij wist niet of hij dit moest doen, maar deed het toch: 'Kijk, ik zal je eerlijk vertellen dat ik deze dagen in een behoorlijke rotpositie zit. Privé, wel te verstaan. Ik weet niet of het verstandig is nu over mijn vak en mijn nieuwe werksituatie te praten.'

Van der Hoek keek hem strak aan: 'Ik begrijp je niet,' zei hij. 'Is het heel vervelend?'

Miller knikte: 'Sterfgeval.'

Van der Hoek tikte hem tegen de schouder en zei: 'Volgende week dus. We zien wel wanneer.'

Terwijl hij wegliep, riep Miller hem achterna: 'Bedankt! Bedankt voor je begrip.'

Hij kreeg een zwaai terug.

Precies op tijd zat Miller op zijn plaats. Om hem heen begonnen zijn collega's te praten. Flarden van allerlei talen drongen tot hem door, terwijl hij, Stijn Miller, sterverslaggever van Sportkanaal, zijn mond stijf dichthield. De Tour-liefhebbers in Nederland moesten nog maar even wachten. Eerst moesten er vijf minuten reclame gedraaid worden, dan pas was het tijd voor actualiteit.

'Nog vier minuten,' zei een stem in zijn koptelefoon.

'Bedankt,' zei Miller terug. Hij keek naar het beeld op zijn schermpje. Negen man in een snel voortrijdende kopgroep, zo te zien. Hij herkende er vier of vijf, zag dat Rolf Sörensen en Jesper Skibby erbij waren en keek, bijna automatisch, naar zijn Deense collega's, die zes meter van hem vandaan zaten. Die twee tuurden naar de met een kartonnen doos afgeschermde monitor en lieten waarschijnlijk hoekige volzinnen richting Denemarken rollen.

'Attentie, nog een minuut,' hoorde hij. Miller viste snel een sigaret uit zijn pakje, een oude gewoonte, al meer dan twintig jaar in ere gehouden. Hij stak de sigaret aan, haalde diep adem en begon: 'Dames en heren, goedemiddag. We rijden vandaag naar Le Châtre en u ziet hier negen koplopers. Er wordt hard gefietst, en dat komt mede doordat de heren de wind flink in de rug hebben. We liggen dan ook zeker twintig minuten voor op het snelst voorziene schema...'

De finale van de etappe was prachtig geweest. De twee Denen hadden beiden gedemarreerd alsof hun leven ervan afhing. Eerst was Sörensen gegaan. Skibby had de groep teruggebracht en Miller had precies genoeg tijd gehad om uit te leggen dat Sörensen niet de meest geliefde renner in het peloton

Denen was. Dat had te maken met iets van vroeger, uit de tijd dat Sörensen in Italië was gaan wonen en meer Italiaan was geworden dan Deen was gebleven.

Skibby won de etappe op een razend slimme manier en Miller had daar een heel goed gevoel over. Hij mocht de pezige Deen graag; hij had al heel wat met hem meegemaakt en had een zekere sympathie voor hem gekregen. Skibby was roekeloos, maar had toch ook iets van gogme. Misschien koerste hij niet altijd slim, maar hij gaf zijn sponsor wel altijd waar voor zijn geld. Miller vertelde zijn publiek in Nederland hoe hij de toen nog jonge Deen ooit eens mee had genomen. De plaats van handeling was Jaca geweest, een broeioven in Noord-Spanje. De etappe van die dag, een jaar of zeven terug, was hels geweest en Skibby was uitgedroogd en kapot afgestapt.

Die avond had Miller de Deense renner meegenomen nadat hij had gehoord hoe er bij de TVM-ploeg werd gezocht naar een mogelijkheid om de uitvaller met een minimum aan problemen voor alle anderen naar een Zuid-Frans vliegveld te vervoeren. Miller had dat gesprek toevallig gehoord omdat hij in het rennershotel van de ploeg was geweest om een interview met ploegleider Cees Priem af te spreken, en toen hij had aangeboden Skibby mee te nemen, had men bij de ploeg geknikt: graag, want dat scheelde overuren voor een toch al dodelijk vermoeide soigneur of mecanicien.

Miller herinnerde zich nog goed hoe Skibby toen zijn ploeg had verlaten. Bijna zwijgend was hij de trap afgegaan, had 'Hoi' geroepen. Alleen de moeder van renner Jan Siemonds, een prachtvrouw uit het Brabantse land, had zich het lot van de uitgevallen renner aangetrokken. In het voorbijgaan had ze even de kop van de Deen gepakt en er een kus op gedrukt. 'Dag Skip, dag jong,' had de sterke vrouw geroepen. Alle anderen, renners, ploegleiders, chauffeurs, soigneurs en de op de binnenplaats aan de fietsen werkende mecaniciens hadden zo hun eigen gedachten gehad. Sommigen hadden iets gebromd, onverstaanbaar, maar wel te begrijpen. Naar uitgevallen renners werd in de Tour de France niet omgekeken – toen niet, vroeger niet en nu nog niet. Dat was een ijzeren wet. Alleen een vrouw, moeder van een collega-renner, kon en mocht die wet doorbreken.

Miller dacht terug aan die dag. Moeiteloos kon hij doorpraten en vertellen wat het televisiepubliek nu zag en ondertussen zijn gedachten laten afdwalen. Hij gaf die middag goed en strak commentaar, dat wist hij. Op tien kilometer van de finish kondigde hij aan dat de Denen zouden gaan demarreren, en dat gebeurde ook. Niet dat je helderziende hoefde te zijn om zoiets te kunnen zeggen, maar hij zei het kalm en met nadruk: 'Let op de Denen, die gaan eerst elkaar en dan de anderen pijn doen.' Net alsof hij Van der Heyden persoonlijk toesprak, net alsof hij duidelijk wilde maken dat hij deze uitzending geheel in de klauw had, dat hij zeer vakkundig bezig was en wellicht meer dan 6,9 als rapportcijfer verwachtte.

Miller sloot af en verwees naar de avonduitzending. Sportkanaal zou terugkomen met ongetwijfeld een interview met winnaar Skibby.

'Goedemiddag,' zei Miller. Hij zette de koptelefoon van zijn hoofd en keek rond. Vrijwel al zijn collega's waren nog bezig. Miller keek naar de kleine monitor voor hem. Bij deze beelden hoefde hij toch niets meer te zeggen? Hij zag de finishplaats, luchtshots dus; hij zag nog een huldiging en hij hoorde zijn collega's doorrebbelen. Moest hij dat ook doen?

De schelle klank van de telefoon voor hem onderbrak zijn gedachten.

'Miller.'

Gesnuif was zijn deel. En de woorden: 'In je hotel liggen wat faxen. Bespreek die met Lust. Ik bel je om negen uur.'

'Verder nog iets?' vroeg Miller. Verwachtte hij nu een compliment voor zijn strakke commentaar van deze middag? Ja, eigenlijk wel, en dus luisterde hij.

'Nee, verder niets.'

'Tot vanavond dan maar,' zei Miller, en hij legde neer. Hij baalde. In meer dan twintig jaar televisiewerk was hij nooit iets anders tegengekomen: als je werk niet zo heel goed was, hoorde je gerommel in de verte, vaak in de vorm van roddel. Als er een slechte uitzending was gemaakt, hoe dan ook of waar dan ook, kreeg je dat vaak via omwegen te horen. Na een goede bijdrage bleef het vaak stil, soms lang, en heel vaak werd er nooit meer iets gezegd. Miller kende al die momenten, hij had ze allemaal al eens meegemaakt. Hij wist in wat voor juichstemming hij weleens naar huis was gereden als hij overladen was met complimenten van allerlei collega's. Die euforie had precies een halve dag geduurd; dan was de *status normale* weergekeerd en had ook hij geleerd dat televisiewerk heel gewoon werk was; bijna ambachtelijk, soms saai, zelden echt spannend of uitdagend, heel vaak vol routine. Ook wist hij zich nog de ijzingwekkende stiltes te herinneren als er gepoedeld was en als niemand daar iets over wilde of durfde te zeggen. Nu dus weer.

Hij was geroutineerd genoeg om te weten dat hij die middag heel goed en ter zake commentaar had gegeven. Geen flauwe smoezen, geen kinderachtige woordspelingen, geen afglijders naar saaiheid of geneuzel. Nee, hij had een dikke voldoende neergezet, en dat gaf hem een goed gevoel. Dat Van der Heyden daar niets over zei, raakte hem even. Het was de bevestiging die hij nodig had: zijn baas was een lul als het om deze dingen ging; koud, onvriendelijk en niet sociaal. Onpersoonlijk zelfs, naar.

'Weet jij hoeveel mensen er in Denemarken wonen?' De vraag van Martijn Lust, die hem tegemoet kwam bij de inrit van de parkeerplaats van het hotel, klonk als een examenvraag voor een achttienjarige.

'Vraag je dat aan mij?' zei Miller terwijl hij uit de auto stapte.

Lust knikte. 'Weet jij het?'

Miller dacht even na. Hij had een leuk boekje in zijn bagage meegenomen, een landenlexicon. Vier dagen geleden had hij er, bijna gedachteloos, in zitten bladeren toen hij op zoek was naar de hoofdstad van Wit-Rusland. Hij herinnerde zich dat hij iets over Denemarken had gelezen, maar hoeveel mensen er woonden kon hij zich niet meer herinneren.

'Wacht,' zei hij, en hij dacht even na. Hij had in zulke gevallen altijd een beroep kunnen doen op een bijna fotografisch geheugen. 'Eh... hou het op vijf miljoen.' Toen liep hij richting hotel. Ineens herinnerde hij zich iets. Ja, dat had hij gelezen en juist dat was hem bijgebleven.

'En Martijn, als je toch iets moois over Denemarken in haar tekst kwijt wilt... In dat land hebben ze de oudste monarchie van Europa. Die gaat tien eeuwen terug. Als ze dat zegt, scoort ze helemaal.' Hij stapte de deur van de Manoir de Boisvillers binnen en zocht even naar de receptie. Een jonge man met voorschoot kwam op hem af, knikte en vroeg of hij misschien iets wilde drinken, een welkomstdrankje van het huis.

'Non merci,' zei Miller, maar hij haalde zichzelf meteen in. Dit was een klassehotel, hier golden nette-mensenmanieren. Met een buiging zei hij tegen de jongen: *'Pardon, je veux bien un vin blanc.'*

De jongeman knikte, draaide zich om en Miller zag op een tafeltje bij de trap een stapeltje enveloppen liggen. Hij herkende zijn naam en pakte ze op.

Lust liep de hal binnen, draaide zich naar hem en vroeg: 'Vijf miljoen, hè? Als ze dat zegt, schiet ze toch geen bok?'

Miller schudde zijn hoofd: 'Nee, doe nu maar.'

De jonge ober kwam geruisloos de hal binnen en bood het glas wijn op een klein zilveren dienblad aan. Miller pakte het en keek naar Lust. 'Jij ook een glas?'

De licht zwetende commerciële man knikte: 'Graag, en ik wil ook nog even met je praten,' zei hij, terwijl Miller een gebaar naar de ober maakte: *'Encore un verre... pour monsieur.'*

Er viel een korte stilte.

'Waarover wil je met me praten?' zei Miller nadat hij een volle slok lekker koude Loire-wijn had doorgeslikt.

Lust keek hem aan: 'Ze hebben het hele probleem op mijn bord gelegd. Of ik vanavond met je wil praten over morgen. Je begrijpt dat ik je niet tegen wil werken, maar het is wel een koleremanier om er zo bij betrokken te raken.'

Miller keek Lust aan en voelde een vleug van medelijden door zich heen trekken. 'Je moet mij dus overhalen om hier te blijven,' zei Miller, en hij lachte in de stille hal met een merkwaardige glimlach.

'Ja,' zei Lust. Hij wachtte tot de jonge ober hem het glas aanbood, proostte, nam een korte slok en zei: 'En dat is ongeveer het laatste wat ik wil.'

Er viel een vreemde, spannende stilte, die Miller doorbrak met: 'Maar je moet wel, hè? Headquarters heeft je gewoon die opdracht gegeven. Zijn zij eraf en zit jij met de brokken.'

Lust knikte. 'Na de uitzending dan maar,' probeerde hij, maar Miller voelde dat hij zoveel voorsprong had dat hij die nu moest uitbuiten: 'Waarom nu niet? Loop gerust mee naar mijn kamer,' zei hij met iets te veel zelfvertrouwen. Hij zette zijn lege glas op een tafeltje, pakte de enveloppen op en wilde de trap oplopen.

Lust keek hem aan, tuitte zijn lippen even, wilde zich omdraaien en zei toen: 'Mijn moeder is drie maanden geleden overleden. Ik weet dus...' Verder kwam hij niet.

Twee camerajongens kwamen ginnegappend de deur binnen en de zachte, bijna breekbare sfeer die heel even in de hal had gehangen, was verdwenen.

'*See you later,*' zei Miller, en hij liep de trap op. Hij had kamer 3 gekregen. Dat zou wel op de eerste verdieping zijn, dacht hij.

Abdou

De stilte op de begraafplaats deed prettig aan. Miller liep snel door; hij kon de achterkant van de stoet nu zien. Hij veegde met een schone zakdoek het zweet van zijn gezicht. Hoe moest hij zich nu bij de familie voegen? Liefst zo onopgemerkt mogelijk, bedacht hij. Nog twintig meter en dan had hij de achterste mensen van de groep ingehaald. Hij herkende een statige man als oom Emile, de clown en wereldreiziger van de familie. Trix en hij hadden een keer bij hem in Toulon gegeten, waar hij in een mooi zomerhuis woonde.

Miller hield even in en telde de mensen die voor hem liepen en die hem nog niet hadden gezien. Hij kwam op een stuk of dertig en zag Trix, geheel in het zwart, zelfs met een korte voile, naast haar moeder lopen. Miller kreeg een vreemd, draaierig gevoel in zijn maagstreek; daar liep de vrouw met wie hij nu vier jaar samenleefde, maar ook eigenlijk weer niet. Als er liefde op afstand bestond, hadden zij tweeën die uitgevonden. Zij werkte, hij werkte; hij reisde, zij nog meer en soms kwamen ze elkaar tegen; in bed vooral, in restaurants, in hotels, in vliegtuigen, bij concerten en nu dus, tijdens de begrafenis van haar vader.

Het was een prachtige julidag en Miller was gesloopt, moe en zweterig bij de begraafplaats aangekomen. Het was nu tien over twaalf en hij was vanaf drie uur die ochtend in de weer. Via een duivelse autorit naast Edgard, die hem van Argenton-sur-Creuze naar Poitiers had gevoerd, was hij in een twaalfpersoons vliegtuigje terechtgekomen dat hem om even voor achten in Parijs op Orly had neergezet. Vandaar had hij een taxi genomen naar Charles de Gaulle, had de schrik van zijn leven gekregen toen de KLM-vrouw aan de balie hem vertelde dat hij te laat was voor de 322; *the three-twenty-two*, zoals ze heel keurig had uitgesproken.

Miller had geen seconde gewacht, had haar gewezen op de onwaarschijnlijke rampen die er dreigden als ze niet direct de instapkaart meegaf, en in één lange sprint had hij de deur van het toestel gehaald; hij was nog niet eens de laatste KLM-klant, want na hem klommen er nog zeker tien vakantiegangers met rugzakken, sandalen en vervelde neuzen aan boord. Op Schiphol had hij een taxi genomen en die langs zijn Amsterdamse huis laten rijden. Struikelend over een behoorlijke stapel post en kranten was hij de gang binnengekomen. Zijn huis rook leeg en onvriendelijk. Alle deuren stonden open, maar het was er doods, en toen hij na tien minuten weer vertrok, nu met een keurig donkergrijs pak aan, was hij opgelucht. Hij had nooit iets aan dit huis gevonden. Het was er ongezellig. Het was een zielig pand voor een zielige man, zoals Trix hem ooit had gezegd nadat ze er de nacht doorgebracht had.

De taxichauffeur, die op de stoep stond te wachten, had hem bewonderend aangekeken. 'Zo, Stijn, mot je op chic?' had de man gezegd, en Stijn had de deur achter zich dichtgeslagen.

Miller had op weg naar de Oosterbegraafplaats grappen zitten maken.

'En hoe moet het nu met de etappe van vandaag? Kenne die renners wel zonder jou rijden?' vroeg de chauffeur.

'Nee, eigenlijk niet,' zei Miller, en hij vroeg de man te wachten. Het kon hooguit drie kwartier duren. Hij mocht best even een ander vrachtje gaan rijden, als hij tegen enen maar voor de ingang van de begraafplaats terug zou zijn.

'Waar gaan we dan heen?' vroeg de man.

'Hilversum,' zei Miller. Hij knoopte zijn overhemd dicht en schoof zijn donkere das recht. Hij voelde zich opgelucht en toch gespannen.

Vanuit Parijs had hij Trix gebeld. Ze had zijn 'Ik kom eraan' met warme instemming begroet: 'Prima, dank je wel.' Nadat hij had gezegd dat ze niet op hem moesten wachten met van huis naar de Kruislaan te rijden, had ze opgehangen na de woorden: 'Goed gedaan, Miller.'

Ze moest eens weten. Miller had de achterste mensen van de groep nu ingehaald. Sommigen hadden omgekeken en hem toegeknikt; hij was een bekende Nederlander en van dit gezelschap kende bijna iedereen hem van gezicht. Hij nam maar aan dat ook verre nichten en oudtantes van zijn omgang met Trix wisten, maar eigenlijk kon dat hem op dit moment niets schelen. Hij stond er voor haar, en niet, zoals zij drie dagen geleden had gezegd, voor haar moeder. Hij was voor haar gekomen en voor dat waanzinnige gevoel dat hij altijd had als hij in haar buurt was.

Trix had hem nog niet gezien, maar Miller vond dat niet erg. Hij keek naar de mannen in het zwart die een met witte bloemen bedekte kist op een wagentje voortreden.

'Hoe heb je alles in jezusnaam geregeld?' Trix zag er mooi en voornaam uit. In de kleine aula was hij, in twee strakke bewegingen, twintig mensen voorbijgegaan zodat hij een van de eersten was om te condoleren. Haar moeder had hem in zijn arm geknepen en terwijl hij bepaald geen sterke woorden van troost uitsprak, vlak naast het rechteroor van de statige vrouw die, voor zover hij kon zien, geen traan had gelaten, zei zij: 'Goed gedaan, Stijn. Goed voor Trix ook.'

Miller rookte, zoals velen in de aula, en roerde in zijn koffie. Het stukje cake liet hij liggen.

'Het verhaal is te lang om nu te vertellen,' zei hij. Hij keek naar de voile voor haar gezicht en kreeg ineens een onwaarschijnlijke zin om haar vurig te kussen. Sterker nog, hij voelde zijn lijf steigeren en herkende dat gevoel: hij werd geil en... Hij lachte zijn ideeën weg, streek haar even over haar wang nadat hij de voile had opgetild voor een zachte kus en zei: 'Ik zal je vannacht alles vertellen. Eerder kan niet. Ik loop nu heel langzaam weg, om niet al te erg op te vallen, en ik rijd naar

Hilversum. Ik doe de uitzending vanuit de studio en vlieg om kwart voor zes weer terug. Ik bel je na onze avonduitzending wel.'

Terwijl hij een stap bij haar vandaan deed, keek ze hem aan: 'Dat kun je niet menen.'

Miller knikte, voelde zich week worden en pakte haar hand: 'Ik kan niet anders,' zei hij, en hij draaide zich voorzichtig om. Familieleden, huisvrienden, nogal wat oudjes ook, keken hem aan. Hij wist zich nauwelijks raad met zijn positie hier, knikte naar de groep in het grijs en zwart en beende, sneller dan hij wilde, de aula uit. Tien passen buiten het gebouw keek hij op zijn horloge: tien over een.

'Godver!' riep hij en begon hard te lopen.

De uitzending ging goed. Om tien voor twee liep hij de studio binnen. Hans de portier, zwaaide en riep: 'Succes!' Miller hoopte één ding: dat Van der Heyden niet in zijn gezichtsveld zou komen, en dat lukte. Toen hij de redactiekamer binnenliep, nam Karin, de alleskunner-secretaresse van de sportafdeling, hem snel even mee naar haar kamer. 'Weet dat we allemaal achter je staan,' zei ze. 'Dat hij geen gevoel heeft... Als ik wat voor je kan doen... Heb je je terugreis geregeld?'

Miller knikte. Hij kuste haar op beide wangen en bedankte: 'Ik ben in orde, en wat die reis betreft lijkt het me dat alles voor elkaar komt. Misschien kun jij zorgen dat er een taxi vanaf halfvijf klaarstaat. Ik denk dat de etappe zo rond die tijd afgelopen is. Dus...'

Hij keek de jonge slanke vrouw aan. Hij had ooit, in Engeland, voor een voetbalwedstrijd waarbij zij als producente mee was gegaan, met haar geslapen. Ze hadden de hele nacht gevreeën en vervolgens afgesproken dat het een eenmalige voorstelling was. Vooral voor haar man, een goede hockeyspeler, die Miller ooit eens had ontmoet, was dat beter geweest, had ze toen gezegd.

Ze liep met hem mee, bracht hem koffie toen hij achter een

bureau ging zitten en vroeg: 'Weet je wat je jezelf allemaal op je hals haalt?'

Miller knikte, maar wist het niet.

Met een studiokoptelefoon op en de startlijst voor zich voorzag hij de etappe van commentaar. Gek, maar hij voelde zich behoorlijk op zijn gemak en hij was er bijna zeker van dat niemand thuis voor de buis kon horen dat hij in een studiootje met airconditioning in Hilversum zat, en dus niet in het zweterig warme Matrennes waar de renners een halsbrekende, formidabele massasprint afleverden. Jules, een van de oude technici, vertelde hem dat hij een klein kraakje aan het geluid zou toevoegen om de echtheid voor het oor te garanderen, en verder werd het algemene geluid dermate goed gemixt dat je werkelijk niet beter wist dan dat Miller in Frankrijk zat.

Op een kilometer van de streep kreeg Miller voor het eerst even een steek door zijn ziel. Massasprints becommentariëren was geen makkelijke zaak. Als hij bij de koers was, bediende hij zich van een oude indianentruc; dan keek hij drie meter achter de streep. Aan de lichaamstaal van de renners was veel te zien, en vrijwel altijd had hij de volgorde goed gehad, ook als het millimeterwerk was geweest. Maar dit keer ging die truc niet op. Hij had het beeld, en meer niet. Hij hoopte op een afgetekende sprint, maar dat werd het dus niet.

'Abdou!' riep hij, misschien wel te hard, maar hij hield het op de geblokte Oezbeek die gevaarlijk van links naar rechts over de finishstraat denderde en, volgens Miller, de etappe gewonnen had. 'Kan ook fotofinish zijn' zei hij even later, met iets te veel twijfel in zijn stem, en vol spanning wachtte hij op de beelden van de camera die haaks op de streep stond. Het wiel van Abdou was misschien vier centimeter eerder bij de streep dan dat van Baldato en van een renner die hij niet direct herkende, maar die Svoroda bleek te zijn.

Miller knikte en begon zijn afsluitende zinnen. De Franse televisie was bezig met de bekende beelden van de aankomstplaats, maar ineens werd een groepje van een man of dertig in beeld genomen. Miller herkende een paar renners, maar had verder geen idee waar die mannen nu reden. Hij herkende wel de zee op de achtergrond, dus ver van de streep konden ze niet zijn, maar waarom reden die mannen daar? Waren ze achter geraakt in de wilde jacht naar de streep? Misschien een valpartij? Hij zag twee Rabobank-shirts, maar herkende de renners niet direct.

'En met een groep achterblijvers in beeld verlaten we deze vrijdagse etappe. Vanavond zijn we vanuit de Tour bij u terug. Joyce van Veen zal uw gastvrouw zijn... Goedemiddag!' Hij zette de koptelefoon af en leunde achterover. Zo kon het dus ook, maar waarom was die groep losgereden, en wie zaten erin? Moest hij zich ongerust maken? Hij was commentator en moest de mensen in Nederland op de hoogte houden van wat er gebeurde in de etappe. Nu zat hij hier in Hilversum en had geen idee waarom die groep op achterstand reed.

'Zet de radio eens aan,' vroeg hij een van de technische jongens in de studio toen hij uit de spreekcel was opgestaan.

Even later werd het stemgeluid van Jacques Chapel hoorbaar. Miller luisterde en kreeg een kleur: vijf Nederlanders op achterstand, een flinke valpartij... op tien kilometer voor de finish, Blijlevens was achter geraakt... Miller vloekte hard.

Tien minuten voor La Rochelle werd hij wakker. Het was een rustige, snelle vlucht geweest. Op Schiphol had hij zich bij een vertegenwoordiger van een chartermaatschappij moeten vervoegen. Dat was om tien over halfzes geweest, en tien minuten later had de kleine jet een korte aanloop genomen voor een vlucht die hem terug moest brengen naar de Tour. De twee piloten hadden zich voorgesteld, hadden gewezen op de koeldoos met drankjes en ook op het chemische toilet achterin. Miller had geroepen dat hij zo snel mogelijk in La Rochelle wilde zijn en zij hadden nogmaals hun duim omhooggestoken. Dit was een snel vliegtuigje... Iets meer dan anderhalf uur, dat was de vliegtijd. Miller had nog geroepen: 'Dat hoop ik maar, want anders haal ik de uitzending niet!' Toen was hij, vrijwel meteen nadat het toestelletje richting Rotterdam was gekoerst, in slaap gevallen.

Nu was hij wakker en zag hij de Franse kust onder zich. Hij keek op zijn horloge: halfacht. Ze hadden dus wat tijd verloren. Hij rekte zich uit en probeerde na te denken. Waar was hij vandaag nou mee bezig? Legale zelfmoord? Idioterie? Hij keek naar buiten en zag de zee; ze konden dus niet ver van het vliegveld zijn. Gisteravond had hij uitgerekend dat de autorit van La Rochelle naar Rochefort ongeveer een halfuur zou duren... Het was dus zaak dat Edgard flink gas zou geven.

Miller groette de twee vliegers en riep: 'Bedankt, mannen!' Hij zette het op een lopen, liet zijn paspoort aan een lodderig kijkende Franse douaneman zien en zag dat Edgard vanaf de parkeerplaats stond te wenken. Om vijf over halfacht reed de Sportkanaal-wagen van het vliegveld af: precies een kwartier later remde Edgard hard voor Hotel La Cordorie.

'Voilà!' zei de Vlaming, en hij lachte. Hij had honderdtachtig op het korte stukje autoweg gereden, en had vier rode stoplichten genegeerd, maar het was nog voor achten. Miller liep de tuin van het hotel in.

Martijn Lust kwam hem bijna hollend tegemoet: 'Te gek! Goed dat alles zo gelopen is. Hoe was het?'

Miller ging op een tuinstoel zitten en liet zijn gezicht bepoederen.

'Praat je in dit begrafenispak?' vroeg de schminkster.

Miller keek op zijn horloge – geen tijd meer – en hij knikte. Misschien zonder das... Of wacht, kon iemand even een das uit zijn bagage halen? Hij had immers nog vijf minuten.

Joyce van Veen begon de uitzending, vertelde over de prachtige massasprint van die middag en vroeg aan Miller of hij iets over Abdou kon vertellen. Miller had zijn das nauwelijks vastgeknoopt. Het was een vlot horizontaal streepje, ooit in New York bij Bloomingdale's aangeschaft. Het rode lampje op de camera voor hem lichtte op.

'Abdou,' sprak Miller bijna plechtig, 'Abdou is een heel bijzonder mens.' Vervolgens vertelde hij het verhaal dat een fietsenhandelaar uit Zwolle ooit eens een gala-avond had georganiseerd waar Abdou als een van de eregasten zou verschijnen. Een dag van tevoren had de Oezbeek gebeld en gezegd dat hij de avond daarop onmogelijk kon omdat er ploegvoorstelling van de Lotto-equipe was. De fietsenhandelaar, ook niet gek, had teruggebeld naar de vertegenwoordigers van de Belgische ploeg – en nee hoor, er was helemaal geen ploegvoorstelling. Maar waarom, zo zou de kijker zich afvragen, zou een man als Abdou zijn Italiaanse huis in januari verlaten om naar Zwolle te reizen? Het bleek dat de vierkante sprinter zeer gecharmeerd was geweest van de vrouw van de fietsenhandelaar. Die vrouw – een lange, jonge meid – had Abdou ooit in Lugano benaderd, en de kleine wielrenner had zo'n avontuurtje wel zien zitten. Pas toen hij, veel later, via-via gehoord had dat deze jonge vrouw de echtgenote van de organisator van de avond was, had Abdou even niet meer zo'n zin om naar Zwolle te komen.

'Goed verhaal,' zei Lust toen Miller de set afliep.

'Hmm, ging wel,' zei Miller, en hij stak een sigaret op.

'Moe, kapot?' vroeg Lust.

Miller knikte, maar voelde zich niet moe. Wel versleten, maar dat zou hij nooit toegeven. De cameraploeg brak de set af, kabels werden opgerold en Lust en Miller namen een biertje van het dienblad dat voor hen klaarstond.

'Bedankt voor je steun,' zei Miller, terwijl hij zag dat Joyce van Veen ruzie stond te maken met Eric. Lust zag het ook, maar liet hen begaan.

'Een week onderweg, dan komen de eerste wrijvingen,' zei Miller, en hij nam de laatste slok koud Frans bier.

Lust pakte nog een glas, dronk en zei: 'Je moest eens weten

wat er vanochtend allemaal is gebeurd.' Miller haalde zijn wenkbrauwen op als antwoord.

'Het begon met Van der Heyden tijdens het ontbijt. Dat ik een slappe lul was geweest door deze formule te bedenken. En het eindigde met Van der Heyden, die om twaalf uur voor – geloof ik – de tiende keer belde om te checken of dat rottige vliegtuigje wel op tijd van Schiphol wegkon.'

'Heeft-ie niets over geld gezegd?' informeerde Miller.

Lust schudde zijn hoofd: 'Nee, geen woord. Hoewel, één keertje, maar toen klonk het zo bespottelijk. Toen zei hij iets van: dat verrekenen we wel met de kijkcijfers. Het lijkt haast wel of hij uitsluitend nog die cijfers als maatstaf voor het leven nodig heeft.'

Miller knikte en er viel een korte stilte. 'Ik ga maar eens wat bellen,' zei hij, en hij liep het statige hotel binnen. Zijn spullen waren, zoals elke dag, keurig op zijn kamer gezet. Dat gaf hem een gevoel van luxe. In het verleden had hij heel wat lopen slepen met koffers, tassen en kledingzakken. Vaak hadden ze kamers achter in verre, donkere gangen gehad, vaak ook in hotels zonder lift. Dat was in de tijd dat Frankrijk nog bijna middeleeuws was, maar de laatste jaren was er een Amerikagolf over dit heerlijke land getrokken en was alles ver-McDonaldst. Miller schopte zijn schoenen uit en moest lachen om het woord dat hij zojuist had bedacht: ver-McDonaldst. Net zoals ze 'xeroxen' nu als werkwoord gebruikten als ze het over kopiëren hadden, kon dit ook weleens gewoon in de Nederlandse taal opgenomen worden. Hij trok zijn ietwat vochtige hemd over zijn hoofd, schopte zijn onderbroek richting stoel en stond naakt in zijn mooie kamer. Wat zou hij doen? Eerst bellen, eerst douchen of eerst naar de wc?

Hij liep de badkamer binnen en zag dat hij in elk geval twee acties tegelijkertijd kon uitvoeren. Dit hotel was al zo ver-McDonaldst dat er een telefoon naast het toilet hing. Hij ging zitten en toetste het nummer in. Trix antwoordde vrijwel meteen. Na tweemaal overgaan hoorde hij: 'Hoi.'

Miller vroeg hoe alles gegaan was.

'Goed,' antwoordde ze, en ze vroeg naar de belevenissen van meneer de wereldreiziger. 'Weet je,' zei ze na drie minuten praten ineens op vrij strenge toon, 'ik heb heel ambivalente gevoelens over wat je vandaag gedaan hebt.' Ze zweeg even en Miller voelde dat er een preek aankwam. Zoals wel vaker. 'Stijn, je vindt jezelf waarschijnlijk een hele piet dat je dit allemaal gedaan hebt, hè?'

Miller knikte en bromde: 'Nou nee, daar gaat het niet om.'

'Ja, daar gaat het juist wel om. Je bent zo godsliederlijk gek van jezelf en je werk en die hele verschrikkelijke kut-Tour de France dat dit een superscenario voor je was: naar je vriendinnetje toe om haar vijftien seconden te troosten, je werk doen, alles net halen, vliegtuigen over Europa laten scheuren, mensen voor je laten werken... Het moet je een geweldige kick hebben gegeven...'

Miller zei niets terug.

Zij ging door: 'Ik wed dat je het een heerlijke dag hebt gevonden. Iedereen vloog voor je, je hebt overal sympathie gewonnen, maar nu? Waar ben je nu? Wat doe je nu met me? Kun je me nu troosten? Nee! Je hebt je avonduitzending gehaald: bravo! Je hebt een verhaaltje over een aftandse wielrenner uit Rusland of zoiets zitten vertellen... Trouwens, ik heb je gezien en gehoord. Denk maar eens over dat verhaal na. Jullie mannen zijn allemaal hetzelfde: egoïsten die hun pik achternalopen.'

Miller zuchtte en zei: 'Je bent moe, Trix. Die gedachten die je nu uitspreekt, zijn niet reëel. Je moet lang gaan slapen en er morgen nog eens over nadenken. Misschien dat je er dan anders tegenaan kijkt. Ik voel me helemaal niet lekker na zo'n dag. Ik ben doodop en voel me zéker geen held. Ik heb geschipperd, dat weet je, en ik heb er het beste van gemaakt. Ik ben net zo kapot als jij nu, maar dat doet er verder niet toe. Ik heb gedaan wat het beste was... voor alle partijen.'

Zij lachte wat cynisch terug: 'Dat vind jij, ja. Je bent je eigen held in je eigen wereld. Niemand heeft iets gemerkt aan je. Knap hoor, dat je in Hilversum commentaar gaf. *Big deal* hoor, wat ben je toch goed? Ik neem aan dat je deze heldendag nog wel even gaat vieren?' Haar laatste woorden klonken zuur en bijna gemeen.

Met enige stemverheffing zei Miller: 'Wat dacht je? Dat ik vanavond nog eens flink ging stappen? Zeker hier in Rochefort! Gebruik verdomme je hersens!'

'Luister eens,' zei ze, en ze veranderde van toon: 'Ik heb het wel hard tegen je gezegd, maar met die gevoelens heb ik de hele middag rondgelopen. Ik moest ze kwijt.'

'Okay, ik begrijp het,' zei Miller terug. 'Hoe was het verder, nadat ik was vertrokken?'

Zij vertelde over de familie die nog mee naar huis was gegaan, over de potten thee en koffie die gezet moesten worden... Dat de laatsten pas tegen zessen naar huis gingen, nadat iedereen nog voorzien was van broodjes en soep, en dat het eigenlijk nog best gezellig was geworden. Ze had met neven en nichten gesproken die ze jaren niet had gezien. Zo'n begrafenis was dan toch nog goed voor sociaal contact geweest.

'O ja, Stijn,' lachte ze, 'er was een nichtje, die uit Dalfsen, die jou helemaal niet ziet zitten. Ze was me dat speciaal komen vertellen toen ik even alleen in de keuken stond. Ze had ooit contact met je ex-vrouw gehad. Hoe precies snapte ik niet, maar ze vond je een vervelende vent.'

Miller lachte zacht: 'Jouw nicht uit Dalfsen dus...'

'Ja,' kaatste Trix terug. 'Maar ze heeft natuurlijk wel gelijk, want je bent een over het paard getilde lul. Wel een lieve lul, maar wie weet dat? Ik, en wie nog meer?'

Miller ging even verzitten, de kleine Franse wc-bril drukte nu toch wel heel scherp in zijn roze zitvlees.

'Ja, wie nog meer?' vroeg hij, eigenlijk meer aan zichzelf dan aan haar.

Hij wilde het gesprek een andere kant opsturen, maar wist

niet goed hoe. Hij probeerde het met: 'Wat ga je de komende dagen doen?'

Hij kreeg een zucht terug: 'De spullen van pa opruimen. Kleren vooral. En maar eens kijken waar ik die zooi moet laten.'

Miller luisterde vervolgens naar een monoloog van zeker tien minuten. In welke toestand ze zich ook bevond, praten kon ze als de beste, vooral aan de telefoon.

Hij was inmiddels van de wc opgestaan en had, met de hoorn aan zijn linkeroor, geprobeerd zijn achterwerk op een behoorlijke manier af te vegen. Dat was niet best gelukt. Hij zag zichzelf in de spiegel boven de dubbele wastafel en moest lachen: potsierlijk figuur, dacht hij. Terwijl Trix vertelde over haar moeder en hoe sterk het mens toch wel geweest was, goochelde hij met wc-papier.

'Nog één ding,' zei Trix na drie kwartier. 'Toen je me vanmiddag in die aula even aanraakte, had ik je kunnen vermoorden...' Miller vroeg waarom. 'Omdat ik binnen twee seconden onwaarschijnlijk geil werd... Daarom! Ik was het liefst boven op je gesprongen. De manier waarop je me kuste, was erger dan erg. Vies, vuil beest dat je bent! Arrogante kwast – maar heerlijk vies, lief beest van me!' Ze ging nog even door en Miller lachte hard in de hoorn.

'Wat had ik dan moeten doen?' vroeg hij op het moment dat er een pauze viel. Het bleef even stil.

Toen hoorde hij: 'Je had me moeten neuken... daar in de aula.'

'Verder alles goed met je?' vroeg hij.

Het gesprek duurde nog een kwartier. Inmiddels was Miller op de rand van het bad gaan zitten en had hij nog tweemaal moeten aanhoren dat hij deze hele dag in het teken van zijn eigen ik had georganiseerd.

Hij sloot het gesprek af met de woorden: 'Misschien heb je nog wel gelijk ook. Maar wat heb je aan dat gelijk?' Trix antwoordde: 'Niets.' Dat was het einde van het gesprek geweest.

Miller liep zijn donkere kamer binnen en pakte een biertje uit de minibar. Hij hoefde niet meer te eten. Het was al tegen tienen en hij was kapot.

Hij ging naakt op het grote bed liggen en speelde zacht en gedachteloos met zijn pik. 'Je had me moeten neuken,' sprak hij de zin van Trix langzaam na. Hoe en waar? dacht hij en hij voelde dat hij hard werd.

Raas

'Verrekt leuk hotel,' zei Van der Heyden terwijl hij op het gezelschap afkwam dat de grote, koele hal van Hôtel Burdigala binnentrad. Miller lachte om de begroetingswoorden, precies zoals hij gedacht had; als je niets te zeggen hebt, kom je dus met zoiets nietszeggends als dit.

Lust schudde als eerste de hand van de baas van Sportkanaal, daarna Eric, die tegelijkertijd in zijn zaktelefoon aan het praten was, daarna Van Veen en Miller als laatsten.

'Hallo, welkom bij de Tour,' zei deze, en hij keek de ander vrij blanco aan.

'Je weet het, hè? Mijn jeugddroom. Ik heb je dat weleens verteld... Ik heb altijd in de Tour iets willen doen, en nu ben ik er.'

Eric onderbrak hem door hard te vloeken: 'Verdomme... Dan zorg je dat ze samen in een auto worden gezet!'

Miller begreep de opwinding. Het was Bordeaux, de Nederlandse aankomststad in de Tour, en hoewel hij elk jaar al had geroepen dat de Belgen veel meer hadden gewonnen in deze grote stad dan de Nederlanders, bleef het wielerpubliek altijd maar geloven in een Nederlands spektakel. En of je wilde of niet, de krantenjongens schreven erover, de radioverhalen waren meer oranje gekleurd, en ook Miller had al heel wat

Bordeaux-verhalen moeten vertellen, vanaf Faanhof via Karstens tot de generatie van nu.

Eric toetste een ander nummer in op zijn mobiele telefoon en knikte naar Miller; het zou in orde komen, beide oud-winnaars waren akkoord, ze zouden om acht uur aanwezig zijn.

'Problemen?' bromde Van der Heyden.

Miller schudde zijn hoofd en dacht ineens dat Van der Heyden zich van nu af aan natuurlijk elk moment met werkelijk van alles zou gaan bemoeien. Dat was de vervelende consequentie van de aanwezigheid van deze man in de equipe van Sportkanaal.

'Wat is er?' vroeg hij aan Eric. Deze liep naar de balie en pakte de sleutel van zijn kamer aan.

'Alstublieft,' zei het Nederlandse meisje lachend, en tegen Miller: 'Ik heb twee faxen op uw kamer laten leggen. Welkom terug bij ons, meneer Miller.'

Eric schudde zijn hoofd; er was niets belangrijks.

'Weet iemand waar we straks heen moeten?' vroeg Van Veen, terwijl ze de lift instapte.

'Over een kwartier beneden; dan gaan we met twee auto's en blijven we bij elkaar,' riep Eric, die, zo maakte hij duidelijk, Jan Raas weer aan de telefoon had.

'Wie was de laatste Nederlandse etappewinnaar hier?' vroeg Van der Heyden terwijl ze de korte gang doorliepen.

Miller zei, vrijwel direct: 'Rob Harmeling.' Hij bleef voor zijn kamerdeur staan en stak de sleutelkaart in de sleuf.

'Wie zeg je?' riep Van der Heyden, die drie kamers verderop hetzelfde stond te doen.

'Har-me-ling,' sprak Miller duidelijk uit.

Toen hij zijn kamer binnenstapte, hoorde hij Van der Heydens antwoord: 'Nooit van gehoord. Wanneer was dat dan?'

Miller liet het douchewater van diverse kanten op zijn lichaam klateren. Dit was een klassehotel en een van de weinige hotels waar hij ooit geslapen had waar ze zo'n douche hadden. Hij telde de gaten in de muur: van acht kanten werd hij besproeid.

Het was een lange dag geweest. Vooral omdat hij nauwelijks zijn bed uit kon komen in Rochefort. Hij had de vorige nacht slecht en heel kort geslapen, had koppijn voelen opkomen en had tegen enen in de nacht zijn kleren weer aangetrokken en was de nu stille hotelreceptie ingelopen. Hij wilde kijken of er nog iets te eten was, want vermoeidheid en niet-eten zorgden bij hem voor hoofdpijn in het kwadraat.

De nachtportier, een aardige man van in de vijftig, was de keuken ingegaan en had hem een schoteltje kaas met stokbrood en boter gebracht. Miller had er een halve-literfles Badoit bij gevraagd en was, in zijn dooie eentje, aan een tafeltje in de tuin gaan zitten. Hij had de kaas opgegeten, had twee Nurofens weggeslikt en was een halfuur blijven zitten. Hij had nog een Badoit gehaald, had twee sigaretten gerookt en had toen een rondje door de tuin gelopen. Het was prettig warm weer nog, hij schatte zo'n twintig graden, en het rook er lekker. Zijn hoofdpijn was bijna verdwenen.

Vlak voordat hij via de buitentrap naar de eerste etage wilde gaan, had hij omgekeken omdat hij iets hoorde. Het geluid kende hij: hoog kermend, ietwat ingehouden ook. 'Leren ze dat al die pornowijven?' had Trix weleens gevraagd als hij via een betaalkanaal in Nederland op vrijdagnacht naar een vroege nachtsekskluchtzat te kijken. Dat geluid dus, dat piepende, bijna pruttelende gehijg van een vrouw die klaarkwam, hoorde hij nu weer.

Miller was drie meter naar rechts gelopen op het terras en had in de schaars verlichte kamer die op dat terras uitkwam iets gezien wat hij liever niet wilde weten. Joyce van Veen werd bereden door een driftig doorstampende Martijn Lust.

Miller was in de duisternis blijven staan, voelde zichzelf net zo betrapt als de twee in het bed, en had toch moeten lachen toen Lust met een diepe grom klaarkwam en van de frêle presentatrice afrolde. Miller had zich afgevraagd hoelang deze relatie al bezig was. Vervolgens was hij, zonder lawaai te maken, over het terras naar de gang gelopen. Het was tien over twee toen hij terug was in zijn kamer. De slaap had hij daarna niet meer kunnen vatten.

Hij had op een gegeven moment op zijn horloge gezien dat het halfvijf was en vervolgens was hij, tegen tienen, wakker gemaakt door Eric, die hard op zijn kamerdeur had staan bonzen: 'Wakker worden, Stijn!'

Het katterige gevoel van de vorige dag torste hij nog flink mee, ook toen hij zich bij de startplaats in Matrennes had gemeld.

Hij had zijn kranten gehaald, een kleine straffe koffie gedronken en was meteen in de auto gaan zitten. 'Rijd maar meteen naar Bordeaux,' had hij tegen Edgard gezegd.

Onderweg, in het plaatsje Saintes, hadden ze een mooie beboterde sandwich met gerookte ham gegeten en via de snelweg waren ze in nog geen veertig minuten naar Bordeaux gevlogen; honderdvijfennegentig op de snelheidsmeter en de ramen open, zodat ze elkaar niet konden horen en er een kleine draaikolk op de achterbank ontstond; startlijsten en kranten fladderden door de wagen terwijl ze andere Tour-volgers passeerden.

Bijna iedereen nam deze weg, het was zo'n typische zaterdag in de Tour met een etappe die, schijnbaar, weinig aandacht kreeg, zeker niet van het journalistenvolk. Miller had zelfs nog een tukje gedaan nadat Edgard de wagen in de schaduw had geparkeerd, en de uitzending was vrij makkelijk gegaan. Veel speelse demarrages, maar dat hinderde niet, hoewel de regie matig was geweest en Miller niet steeds de renners kon herkennen. Maar alles was beter dan zo'n vierkant peloton dat met vierentwintig kilometer per uur over Gods wegen dreef. Wat moest een televisiekijker daarmee en wat moest een televisiecommentator zijn publiek na het eerste halfuur nog vertellen?

Miller had de hele lijst van Nederlandse etappewinnaars er nog maar eens bijgehaald. Het was altijd aardig om in de wielerhistorie te gaan graven, maar de actualiteit was dat Italianen, Belgen, Fransen en steeds meer Italianen nu over de warme wegen boven Bordeaux denderden en bezig waren deze verder nietszeggende etappe naar hun hand te zetten; van Hollandse jongens was niet veel te zien.

'Hadden we nog maar een renner van het slag Raas,' had Miller zich ineens laten ontvallen, en hij had gerefereerd aan de zege van Raas in deze stad, vijftien jaar geleden. Het was toen een pakkende finale geweest, waarin de bebrilde Zeeuw Bruno Leali en, zo meende Miller, Yvon Madiot in de luren legde zoals alleen Raas dat kon.

Voor de rest van de redactie was die zin ook direct aanleiding geweest Raas voor de uitzending van acht uur te vragen. De manager van de Rabobank-ploeg was immers bij de Tour gearriveerd en hij was nog altijd een persoonlijkheid die, als hij wilde, heel aardig kon vertellen.

Miller droogde zich snel af, schoot een Tommy-jeans aan en een ruim zittende polo. Vergiste hij zich of was hij bezig af te vallen? Hij hoopte het, maar wat maakte het uit. Hij pakte geld en een zakdoek, zocht een pakje sigaretten en kwam twee minuten te laat in de hal. De anderen stonden al te wachten en zonder dat iemand wat zei, voelde hij dat hij in overtreding was. Hijzelf had, voor het vertrek uit Rouen, nog de eerste gulden regel voor alle betrokkenen met luide stem verkondigd: altijd op tijd zijn. Niets was immers vervelender dan in hotelhallen en auto's te hangen tot laatkomers het tijd vonden zich te komen melden. Miller wist hoe dat was; hij had jaren Tour-ervaring en herinnerde zich bijna-aanvaringen waarvan de reparatie later te veel energie had gekost.

'*Sorry kids!*' riep hij, en hij liep snel met de anderen naar buiten.

De uitzending vond plaats in de ongezellige tuin van het Sofitel Aquitane, een van de vier of vijf hotels in de buurt van 'het

Lac' zoals het in de Tour-mond heette. Deze hotels fungeerden altijd als rustplaats voor de Tour-karavaan; waar men ook in de stad aangekomen was, men sliep hier.

Het was er warm en druk; nogal wat Hollandse vakantiegangers stonden toe te kijken hoe het personeel van Sportkanaal camera's en lampen opstelde.

Miller stapte uit de auto, liep naar de set en kon handtekeningen gaan uitdelen omdat een groepje van zo'n tien flink bruingebrande Nederlanders hem al stond op te wachten. Hij tekende snel en gedienstig; ook dat had hij in de loop der jaren geleerd. Afwijzen was het laatste wat je deed en een ware belediging voor de vragers. Miller wist dat hij heel goed het verschil kon zien tussen mensen die echt zo'n krabbel wilden hebben en uitdagende, studentikoze zomerlullen die stoer deden voor vriendjes en vriendinnen die op tien meter afstand stonden te lachen. Over het algemeen tekende hij alles: stukjes papier, soms een door de mensen meegebrachte foto uit een radiobode of krant, en soms ook armen, schouders, knieën. Eenmaal, in Alpe d'Huez, had hij met een vilstift stevig zijn naam op een vrolijke puntborst van een struise Alkmaarse gezet.

Miller dacht aan dat moment toen hij zijn laatste krabbel zette. Een man met een zweterig hemd aan hield een heel plakboek voor Millers neus en vroeg om drie handtekeningen: twee voor zijn kinderen, een voor hemzelf. Miller voldeed aan het verzoek en hoorde Van der Heyden op afstand zeggen: 'Wat zouden mensen nou met die papiertjes doen?'

Hijzelf had die vraag al duizend keer gesteld, maar uit de mond van Van der Heyden klonk het een tikje zuur, met jaloezie vermengd. Kon hij er iets aan doen dat... Hij schudde de gedachte van zich af toen hij van Eric hoorde wat de inhoud van het programma zou zijn.

Hij moest een verhaal vertellen over Bordeaux en het moest aansluiten bij alles wat Joyce van Veen die dag zou doen. Hij keek naar de andere kant van de groep, waar de presentatrice haar teksten stond te lezen. Ze zag er goed uit, maar hij kon er niets aan doen dat hij de beelden van de vorige nacht weer op zijn netvlies terugzag. Hoe oud zou ze zijn? dacht Miller. Hij zag haar wulpse, lenige lijf weer voor zich. Hoe ze haar dijen hoog over de rug van Lust had gesloten.

'Wat vertel jij dan?' hoorde hij Van der Heyden vragen, en hij besefte dat hij werd aangesproken. Heel even trok er een rilling van kwaadheid over zijn rug; was die vent drie uur in de Tour-karavaan en stond hij zich al met de gang van zaken te bemoeien! Miller was er bang voor geweest, maar het gebeurde toch.

'Weet ik niet,' zei Miller, maar waarschijnlijk zou hij vertellen over de zege van Harmeling, niet in de laatste plaats om Van der Heyden even te sarren. Harmeling was in het wielrennen gebleven, deed nu in smeermiddelen en was trouwens co-sponsor van de ploeg van Raas. Miller herinnerde zich de Tukker maar al te goed, want met hem had hij mooie televisie kunnen maken. Harmeling was puur natuur in de manier waarop hij persmensen benaderde; misschien speelde hij wel een rol, maar voor de tv kon dat net. Het hing weleens tegen overacting aan, maar zijn kotsen en half-doodgaan na zware bergetappes hadden voor de tv toch altijd goed gescoord. Miller vond het jammer dat Harmeling gestopt was, eigenlijk ineens. Hij had er een bijgedachte bij gehad, maar die was niet hard te maken, dus hield hij z'n mond. Toch besloot hij die avond iets over de Tukker te gaan vertellen. Hij knikte in de richting van Van der Heyden: 'Ik ben bezig,' antwoordde hij, en hij liep de kring uit.

Hij had nog tien minuten en ging koffiedrinken in de bus van Piet, chauffeur van de Rabobank-ploeg. Die bus stond veertig meter verder en hij zag er mensen aan het werk. Niets was prettiger dan om in de vallende avond rustig toe te kijken hoe de mecaniciens hun werk deden. Met een koffie van Piet erbij was het helemaal prettig. Hij stak een sigaret op en zag dat hij gewenkt werd; de show stond op het punt te beginnen.

Miller liep naar de set, haalde even een hand door zijn haar en werd aangehouden door Van der Heyden: 'Ga vanavond eens voor een zeven-drietje...'

Hij keek zijn jonge baas verbaasd aan. Een zeven-drietje, wat een enorm gelul! Hij ging in zijn stoel zitten en groette Frits, de cameraman. Twee meter bij hem vandaan zat Van Veen haar eerste tekst nog eens voor zich uit te prevelen. Hij keek het meisje van opzij aan en lachte zacht voor zich uit.

'Attentie!' riep Lust, en hij stak zijn duim op in de richting van zijn verloofde van deze dagen.

Ze knikte hem vrij koel toe, draaide haar hoofd naar de camera en zei goedenavond tegen Nederland. Miller bezag de mensen die op enige afstand toekeken. Vakantiegangers die urenlang bij deze hotels hadden rondgehangen, die petjes en etenszakjes aan renners en soigneurs hadden gevraagd en die nu, om acht uur, het achtste wereldwonder zagen: een live-uitzending van de Tour de France. Moest je ze zien kijken, met blije opwinding, met verbazing ook, want waarom hield die mevrouw nu haar mond en waarom zei die Stijn Miller niets? Wisten die mensen veel dat er nu een filmpje liep over de goede wijnen van de streek?

Miller keek op de monitor: het werk van Martijn Lust leverde geld op, dat werd wel duidelijk. Vier minuten reclame voor de betaalbare wijnen uit de Bordeaux-streek. Het was ongetwijfeld lucratief, maar misschien dat het waarderingscijfer bleef hangen omdat de echte fietsliefhebber nog liever keek naar het oppompen van de achterband van Bjarne Riis dan naar deze fraaie beelden.

Miller zag dat Jan Raas en Cees Priem naar de set kwamen lopen. Hij had Van Veen goed geïnstrueerd wat ze met beide heertjes aan moest. Beiden hadden trucs van jewelste uitgehaald in Bordeaux. Door het rijden van Priem had het halve peloton weleens in de hekken gehangen omdat Priem, de knecht, de bochten vierkant reed om de sprinters van de Raleigh-ploeg van toen te laten winnen. De Zeeuw kon dat als beste. Zelf was hij geen winnaar, maar hij kon verrekte goed anderen laten winnen.

Hij groette de twee oud-renners van een afstandje. Raas knikte hem toe, guitig. Priem lachte naar Van Veen. Die lach was nauwelijks guitig te noemen, vond Miller.

'Attentie!' riepen twee cameramensen bijna tegelijkertijd.

Het was heerlijk zacht avondweer in Bordeaux. Miller dacht aan een zeven-drietje en keek naar Van der Heyden, die nu bijna de rol van floormanager op zich had genomen. Het was eigenlijk idioot om te zien hoe die man nu zelfs met zijn arm zwaaide toen Van Veen weer in beeld moest komen; alsof hij hier verstand van had. Kuifje in Tour de France-land, dacht Miller. Zieliger kon het bijna niet, maar eerlijk was eerlijk, Van der Heyden was niet de enige potsierlijke figuur in de Tour. Er liepen de laatste jaren veel van dit soort grapjanussen: bazen, aandeelhouders, zenderdirecteuren, vriendjes, directeuren van reclamebureaus, en allemaal in korte broek in hun eigen jongensdroom aanwezig.

Miller haalde adem en begon zijn eerste zin, op weg naar een zeven-drietje: 'Rob Harmeling was geen toprenner, maar hij kon geweldig afzien...'

Terwijl hij de eerste zinnen uitsprak, kreeg hij een schok. Hoe heette ook weer die jonge Belgische coureur die door Harmeling hier werd verslagen? Miller voelde de adrenaline door zijn bloed jagen. Verdomme, hoe heette die jongen ook alweer? Hij vertelde verder, maar zijn hersens zochten razendsnel in zijn wielerarchief dat ergens in zijn grijze cellen was opgeslagen. Godver, hij kon hem uittekenen! Blond haar, grote neus... Miller vertelde door, rekte de sprint wat op, maakte Harmeling tot held, en ineens voelde hij zich rustig worden.

'Harmeling klopte Sammy Moreels in de sprint. De Belg kwam meters te kort en Holland vierde feest. Deze hele aardige en sympathieke Tukker had gekregen wat hem toekwam, en dat in Bordeaux...'

Miller keek naast zich. Van Veen begon haar gesprek met

Raas en Priem. Hij was benieuwd wie van de twee de eerste dubbelzinnige opmerking zou maken. Beiden, bijna samen, want Van Veen gaf wel een heel makkelijke voorzet. Zonder dat ze het zelf wist, opende ze met: 'Jullie hebben het vaak in Bordeaux gedaan.'

Uit twee monden klonk het: 'Nou, dat valt erg tegen,' alsof het ingestudeerd was.

Iedereen op de set lachte, Van der Heyden stond zelfs te schuddebuiken. Op weg naar een zeven-drietje, dacht Miller, en hij hoorde bulderend gelach naast zich. Het was zaterdag bij de Tour de France. Hier zou vanavond de fles nog lang rondgaan.

Virenque

Miller was moe en had een geweldige dorst. De hele passage door de Pyreneeën was zwaar geweest, zwaarder dan ooit, maar dat had te maken met de dagelijkse uitzendingen die van start tot finish gingen. Het betekende uitzendingen van zes en zelfs even meer dan acht uur, die een geweldige aanslag op de kijklust van de modale wielerfan waren en vooral een aantasting waren van bijna alles bij de verslaggevers: hun creativiteit, uithoudingsvermogen en originaliteit.

Miller had de laatste dagen diep moeten graven om eigenschappen zoals het gevoel om op het juiste moment te zwijgen naar boven te halen. Hij had moeten doseren, en ook eenvoudige zaken als slaap, eetlust en dorst waren op de proef gesteld. Hele etappes uitzenden betekende immers al om zes uur in de ochtend in de auto, en daarna zitten van halftien tot vijf uur in de middag. Soms een koffie, soms een broodje, heel soms een razendsnelle plaspauze, en dan weer die knellende koptelefoon op, uren achtereen. Het was dat Richard Virenque van deze dagen zo'n feest had gemaakt en de Tour de France behoorlijk levendig had gehouden.

De avondnabeschouwingen waren echter slopend geweest. Ten eerste vanwege de onbeschikbaarheid van renners die live op de Sportkanaal-set konden komen omdat bij bergetappes andere wetten gelden, ten tweede omdat er vreselijk veel moest worden gereisd over vrijwel vastgelopen wegen, waar opschieten onmogelijk was. Miller had de slag redelijk goed overleefd. De rest van de crew was hard aan de rustdag toe, die dit jaar ook weer geen rustdag was omdat er honderden kilometers gereisd moest worden. Vandaar dat nu, na de warme etappe van deze dinsdag, vrijwel iedereen al een eindje richting St. Etienne koerste. Hoe gek het ook klonk, maar elke kilometer was nu winst; elk halfuur in de auto nu betekende een kwartier langer slapen morgen.

Edgard stuurde de Sportkanaal-auto een groot benzinestation even buiten Perpignan binnen. Het was er druk, zeker zes wachtende auto's per pomp. Miller rekte zich uit en voelde een lichte kramp in zijn rechterdij. Daar had hij nu al dagen last van. Zou het slijtage zijn? Ouderdom? Hij stapte moeizaam uit de auto en voelde de warmte als een föhn op zich afkomen; niet onprettig, zelfs een beetje zoet riekend, vermengd met die duidelijke pompstationgeur die overal ter wereld hetzelfde is.

Hij plantte zijn armen gestrekt tegen de achterkant van de wagen en rekte zijn benen op. Miller besefte dat het voor omstanders een raar gezicht was, maar reageerde niet toen er twee rijen van hem vandaan uit een Nederlandse auto werd geroepen: 'Hé Miller, zo sterk ben je toch ook weer niet? Die wagen krijg je heus niet in je eentje om!'

Hij lachte bijna onzichtbaar om de opmerking en stopte met de stretchoefening.

'Wat drinken?' vroeg Edgard.

Miller dacht even na. Het enige dat nu goed was voor het vermoeide lijf was warme thee met honing, maar een ijskoude cola zou ook wonderen doen.

'Wacht, ik haal wel,' zei Miller, en hij begon langs de rij auto's te lopen in de richting van de tot super-kruidenier omgebouwde pompstationkassa.

Binnen in het koele pand was het drukker dan bij Albert Heijn op zaterdagochtend. Veel vakantievolk, herkenbaar aan blond haar, schaarse kleding in pasteltinten en onwaarschijnlijk diepbruine hoofden, armen en benen. Denen, Zweden en veel, heel erg veel Nederlanders. 'Pap hebben ze hier geen shag?' hoorde hij links van zich.

Miller had zich nooit prettig gevoeld in mensenmassa's en zeker niet in winkelende volkshopen, maar nu was het wel heel erg. Hij was al zeker vijf keer joviaal gegroet en had ook steeds iets teruggezegd tegen winkelende landgenoten, maar leuk was anders. Hij zocht de ijskasten en vond ze aan de achterkant van de winkel. Heel even wilde hij zich direct omdraaien toen hij het peloton mensen zag dat graaiend en grabbelend bezig was koele dranken in te slaan. Miller sloot aan bij al het geurige zomerbruin, opende een deur en zag dat er geen cola stond. Wel diverse soorten water, Sprite zelfs, en diverse Franse sappen, maar geen cola.

'*Madame, s'il vous plaît,*' vroeg hij een langslopende verkoopster die met een bezweet hoofd probeerde de horde vakantiemensen vriendelijk te bejegenen.

'*Monsieur?*' Ze keek hem vragend aan.

'*Est-ce que vous avez des cocas très froides?*'

Het meisje wees naar een met colablikjes uitpuilende ijskast, vijf meter verder.

'Pardon,' lachte hij verontschuldigend, maar ze was al doorgelopen.

'Je Frans is nog altijd uitstekend,' hoorde hij een vrouwenstem achter zich, terwijl hij een setje van zes colablikjes uit de dampende ijskast haalde. Heel even bleef hij stilstaan. Werd hij aangesproken? En die stem, herkende hij die nou? Of was het zomaar een Hollandse vakantieganger die dacht een grappige opmerking te moeten maken? Nee, Miller kreeg een schok door zijn lijf. Hij herkende die stem, maar hoe kon dat hier... in dit van God en beschaving verlaten pand, ergens aan de autoweg buiten Perpignan?

Hij draaide zich voorzichtig een halve slag om en keek in het lachende gezicht van Béanne van Voorst.

Miller slikte en voelde zijn mond in twee seconden helemaal uitdrogen. Hij begon te blozen.

'Wat doe jij in jezusnaam hier?' bracht hij met een hoge stem uit. Hij voelde dat zijn hartslag van normaal tot wedstrijdniveau opklom.

De jonge vrouw, gekleed in een smaakvolle blauwgebloemde wikkelrok, espadrilles en een crèmekleurig topje, pakte zijn schouders vast en kuste hem links, rechts, en keek hem vervolgens recht in zijn ogen: 'Wat doe jíj hier? Dat kan ik ook vragen,' zei ze.

Miller kon zijn hartslag niet onder controle krijgen en keek, waarom wist hij ook niet, vrij hulpeloos om zich heen. 'Ik, eh... Ik doe de Tour de France en ik, eh... Ik had dorst, vandaar.' Niet bepaald een sterk antwoord.

Heel even viel er een zware stilte tussen hen, die zij verbrak: 'Ik kom uit Barcelona. Ik heb er net een congres gehad en rijd nu op mijn gemak naar huis.'

Miller knikte. Wat moest hij zeggen? Wat moest hij doen.

'Iets drinken?' vroeg hij, terwijl hij lullig met het setje cola's in zijn hand stond.

Ze knikte: 'Okay, maar dan toch wel iets anders dan dit.' Ze gebaarde naar zijn frisdranken. Miller dacht na, razendsnel leek het, maar zijn gedachten en gevoelens botsten tegen elkaar en leken in stroop rond te draaien, en nog steeds stond hij onbeweeglijk voor de ijskast.

'Waar moet je heen? Waar slaap je vanavond?' vroeg ze. Miller probeerde de naam van het hotel ergens in zijn geheugen terug te vinden. Zoals vroeger was zij ook nu degene die initiatief nam; die rolverdeling bestond dus nog.

'Loop even mee, dan zoek ik het op,' zei hij.

Buiten, bij de auto, zocht hij in zijn Tour-boek naar de naam van het hotel waar een gedeelte van de ploeg die avond zou blijven. Hij wist dat het bij Montpellier in de buurt lag. Hij vond de naam; het hotel heette Les Pins en lag ten noorden van de stad. Béanne keek van enige afstand toe. Miller had haar aan Edgard voorgesteld. Zijn trouwe chauffeur had geknikt en deed nu of hij in de kofferruimte iets zocht wat hij maar niet kon vinden.

'Mijn wagentje staat daar,' zei ze, en ze wees naar een blits open Peugeootje. 'Ik kan jullie toch niet volgen, maar ik kom wel aanpruttelen.'

Miller keek haar aan. God, wat was ze dezelfde vrouw gebleven, alsof de tijd voor haar had stilgestaan. Nog steeds die gave huid, de sterke schouders, de grappige ogen die bijna altijd spottend de wereld inkeken.

'Ik heb straks om acht uur eerst nog een uitzending,' zei hij, als een excuus of iets wat daarop moest lijken.

'Maakt niets uit,' zei ze. 'Ik vind het veel te leuk je weer eens in levenden lijve te zien. Die televisie is ook niet alles. Ik kom jouw kant wel op.' Ze liep naar haar auto en Miller keek haar na.

Edgard stak zijn hoofd uit de kofferbak en keek Miller aan. 'Schone vrouw,' sprak hij bewonderend. Miller wist dat hij nog meer ging zeggen, over de kwaliteit van billen en borsten en ander lichamelijk vermaak, maar was de kleine man aan de andere kant van de wagen voor: 'Ze is prima in orde, maar ik vertel je onderweg wel over hoe en wat.'

Hij ging zitten. Edgard startte en trok op. Miller zag dat er een rode open Peugeot in hun kielzog naar de uitrit volgde. Hij zwaaide even door de achterruit, draaide zich weer om, trok het lipje van een colablikje en dronk met grote teugen. Ineens moest hij aan Trix denken. Moest hij haar eigenlijk nu niet bellen? Hij wachtte even en pakte de telefoon uit zijn houder op het dashboard.

'Hoelang is het rijden naar Montpellier?' vroeg hij.

'Ongeveer anderhalf uur,' zei Edgard.

Miller toetste veertien cijfers in. Hij hoorde de schelle toon en liet vijftien keer overgaan... Niet thuis. 'Verdomme!' Hij draaide zich half naar links en zag dat de snelheidsmeter al op honderdzestig stond: Edgard begreep de boodschap.

'Ik ken haar al acht jaar,' begon hij het verhaal.

Miller liep naar het zwembad van Les Pins toe. Hij hoorde er gelach en geplons. Het was halfacht en bijna de volledige directie van Sportkanaal lag te water. Behalve Van der Heyden waren dat drie kerels die Miller ooit de hand had geschud en met wie hij wel korte gesprekken had gevoerd, maar die hij nauwelijks kende. In hun gezelschap waren nog vijf andere gegoede veertigers naar de Tour-karavaan gekomen; sponsors van het televisieprogramma, en ook voor hen gold dat ze in hun jongensdroom liepen.

Miller had ze bezig gezien, in hun maffe kleding, lange korte broek, Bonneterie-polo's en nieuwe yuppen-Timberlands. Hij had ze zien rondneuzen bij ploegleiderswagens, hij had ze allemaal voorgesteld aan Priem en De Rooy, had ze meegenomen naar renners en had ze, als hoogtepunt van de etappe van die dag, gepresenteerd bij Jean-Marie Leblanc, de Tour-directeur, met de woorden: *'Jean-Marie je te présente cinq amis du Tour de France.'* Van dat moment waren foto's genomen. Leuk voor later.

Nu lag dat hele gezelschap te water. Miller zag een batterij aan glazen op de rand van het badje staan.

Martijn Lust ontving Miller met een zorgelijk gezicht. Het interview met Virenque was heel leuk en daar was hij blij om, maar technisch was er iets misgegaan, en daarom moesten ze het onderwerp van zes naar drie minuten terugbrengen.

Miller vloekte: 'Godver, hoe kan dat nou?'

Lust legde uit dat er iets in de camera kapot was gegaan; er was al naar gekeken en de kwaal leek verholpen.

'We moeten dus een itempje inlassen en...' Lust zweeg

even. Hij keek Miller aan met vurige hoop op begrip en sprak de volgende zin iets te snel uit: 'Van der Heyden had bedacht dat het aardig was een paar van die sponsorjongens aan een tafeltje te zetten en ze kort naar hun Tour-ervaringen te vragen. Jij zou dat moeten doen...'

Miller knikte en legde zijn hand op de schouder van de commerciële man van Sportkanaal.

'Je hebt een klotebaan als het om deze dingen gaat,' zei hij. 'Dit is grote onzin en ik doe het niet.'

Lust knikte: 'Dat dacht ik wel. En nu?'

Miller dacht terug aan het rustige gesprek dat hij een avond eerder, in het warme Andorra, met Van der Hoek van *de Volkskrant* had gevoerd. Ze hadden samen lange tijd gesproken over het werken voor de commerciëlen en de vraag of dat nou anders was dan werk voor een publieke omroep. Van der Hoek had Miller gevraagd of er geen botsingen waren geweest, of hij nooit nee had verkocht en of hij niet vond dat hij meedeed aan een wel heel commercieel spel. Miller had verklaard dat het allemaal wel meeviel en dat hij niet het idee had dat hij nu zoveel anders werkte dan in het verleden. Een kopgroep blijft een kopgroep, had hij gezegd. Maar Van der Hoek had gewezen op de acht-uur-uitzendingen en het feit dat een jong meisje daar vrolijk en mooi zat te wezen, dat er flutonderwerpen over de buis schoven waar goed journalistiek doortimmerde analyses op hun plaats zouden zijn geweest. Miller had geknikt en, vrij laf, de boot wat afgehouden. Hij had gezegd dat juist dat programma zijn pakkie-an niet was, dat hij daar een bijrol in had en meer niet. Van der Hoek had hem voorgehouden dat het vreemd was dat een man die jarenlang een hoofdrol in de dagelijkse uitzendingen van de Tour de France had gehad natuurlijk nooit met deze bijrol genoegen moest nemen, en daar hadden ze over door zitten bomen. Van der Hoek, met zijn soms boerse cynisme, had het 'een knieval voor de sponsors' genoemd en had gesteld dat 'die mevrouw Van Veen' helemaal niets bij de Tour te zoeken had. 'Mooi zijn doe je maar in een babbelshow, maar niet in de hardste sportwedstrijd ter wereld,' had hij gezegd, en Miller had geknikt. Zo was het.

Over twintig minuten zou de uitzending beginnen en Miller zag dat Joyce van Veen in de schminkstoel zat. Hij had haar gedag gezwaaid, net zoals hij alle aanwezigen met één zwaai goedenavond had gewenst. Hij liep naar zijn kamer, opende een koffer en koos een nieuw hemd: geel met korte mouwen. Hij stapte in een nette, blauwe broek en wilde zijn schoenen pakken toen er op de deur werd geklopt.

'Ja, kom binnen,' riep Miller. Hij zag in de spiegel van een van de kasten Van der Heyden binnenstappen.

'Miller...' hoorde hij, 'Miller, ik hoor net van Lust dat je niets in mijn voorstel ziet om die gasten eventjes in het programma te halen.' De mannen stonden tegenover elkaar.

Miller knikte: 'Inderdaad, het heeft helemaal niets met journalistiek te maken, en jij weet dat ik dat van tevoren ook heb gezegd, maar toch heb je het vandaag voorgesteld. Of moet ik zeggen "doorgedrukt"?'

Van der Heyden deed drie stappen opzij, leunde tegen de grote schrijftafel en zei: 'Ik heb je bijna een maand geleden gezegd dat je misschien dingen zou moeten doen die je nooit eerder hebt gedaan... dingen die jij onzin vindt en die voor ons normaal zijn. Nou, vanavond moet je dan maar iets doen waar je niet in gelooft. Ik ga niet dreigen met werkopdrachten of zo, want dat klinkt te lullig, maar ik vraag je wel om dat item zo direct te doen.'

Miller luisterde naar zijn baas en knikte langzaam: 'En als ik het niet *wíl* doen?' zei hij. Het bleef even stil.

'Zover moet je het niet laten komen. Je moet geen rotzooi trappen rond zulke onbetekenende problemen,' zei Van der Heyden.

Weer knikte Miller. Hij had zijn schoenen gevonden en schoof zijn voeten in het soepel aanvoelende leer.

‘Zoiets lijkt voor jou onbelangrijk, maar voor mij is het een principe,’ zei hij. Maar Van der Heyden was al in de tegenaanval voordat hij zijn zin kon afmaken.

‘Dit is een principe van óns, van Sportkanaal, van de beleidsvoerders, niet van jou. Vergeet niet dat je bij ons getekend hebt en dat je wist voor welk huis je tekende. Je verdient bij ons een godsvermogen, en niet alleen om je eigen principes fraai in stand te houden, besef dat wel. Natuurlijk stelt het journalistiek niet veel voor om sponsors een verhaaltje te laten vertellen, maar dit avondprogramma is ook niet journalistiek zoals jij, met jouw achtergrond, dat allemaal graag zou willen. Dit is het laatste wat ik er nu over zeg. Het is tien voor acht, ik ga naar mijn gasten.’

Met drie passen was hij de kamer uit.

Joyce van Veen kondigde het gesprek met Richard Virenque nogal jubelend aan en ze gebruikte het woord ‘exclusief’. Miller vroeg zich af wie dat had bedacht.

Hij keek om zich heen. Het plonsgezelschap van zoëven stond nu met keurig gekamde koppen op een meter of zeven afstand toe te kijken. Miller noteerde een hoog Ralph Laurengehalte, bruine suède gaatjesschoenen en zelfs twee chokers. Over vijf minuten zou hij zich met een loopmicrofoon in het gezelschap moeten vervoegen en zou hij deze leuke jongensclub vragen naar hun Tour-bevindingen.

Van Veen vroeg hem of hij iets over Virenque kon vertellen en Miller haalde een mooi verhaal op uit de Amstel Gold Race van een jaar of vier, vijf geleden, toen de Fransman op een van de kleine bergjes in het Limburgse land moest lossen achter in het peloton. Hoe hij toen Miller, die achter op een motor reed om vanaf die plaats verslag te doen, had toegeroepen en hoe die motor toen had ingehouden, tot Virenque vlak bij het achterwiel was en binnen een minuut weer terugkeerde in de kont van het peloton.

‘Merci!’ had Virenque toen geroepen, en hij had Miller en

zijn *motard* toegeknipoogd. Of dat ook de reden was geweest dat hij, als gele-truidrager, nu ook zo makkelijk een interview aan Miller had toegestaan, vroeg Van Veen. Miller haalde zijn schouders op; het zou kunnen.

Van Veen kondigde vervolgens een item over de reclamekaravaan in de Tour aan en Miller liep naar de commerciële club toe, kreeg een handmicrofoon en vatte post tussen de mannen die, lachend als schooljongens, ineens onzeker en ook een beetje stoer werden. Miller kreeg van Frits de cameraman een teken: attentie…

Van Veen hield de inleiding: over Nederlandse *captains of industry* die in de Tour de France kwamen kijken hoe het met sport en commercie gesteld was. Miller haalde adem en zei, terwijl hij zich tot een van zijn buren wendde: 'Terence Bruyn, u volgt de Ronde nu drie dagen… Vertel eens iets van uw indrukken?'

Terwijl hij de laatste woorden uitsprak, zag hij, achter Bruyn, een rode open Peugeot de parkeerplaats oprijden.

Een deel van de crew vertrok al na het inpakken. De technische jongens zouden in de buurt van Nîmes slapen. Van Veen, Lust, Eric, Miller, de chauffeurs, de directie en de gasten bleven en werden om negen uur in de tuin genood voor een speciaal Tour-diner. De gasten en directiemensen zouden de volgende dag de Tour verlaten en via Montpellier naar huis vliegen, en dus moest er wat gevierd worden.

Van der Heyden liep als een grootvorst rond. Hij zei heel kort 'prima!' tegen Miller toen de uitzending was afgelopen, maar Miller reageerde niet. Hij liep snel naar de balie van het hotel om te kijken waar Béanne was gebleven. Daar, in de schemer, zag hij haar zitten, biertje in de hand, zonnebril in het haar gestoken en vooral uitdagend brutaal.

'Jezus, wat een toestand zeg!' waren haar eerste woorden geweest toen ze opstond.

Miller legde haar in een minuut uit hoe deze hele poppenkast in elkaar stak en wilde heel even zeggen dat het misschien beter was dat ze elkaar de volgende dag, in de buurt van St. Etienne, zouden ontmoeten. Waarom hij het niet deed, wist hij niet. Was hij zo opgewonden over het feit dat hij haar terugzag dat hij haar zelfs in dit gekke spel van een Tour-diner-voor-commerciële-gasten wilde meeslepen?

'Luister,' zei hij, 'ik moet bij die mensen zijn. Ik móét daar mee-eten. Voel je daarvoor? Het is een wel heel vreemd gezelschap...'

Zij keek hem aan en schudde haar hoofd: 'Waar maak je je druk om? Denk je dat ik me niet kan aanpassen? Of wil je dat ik me verstop en je vanavond pas zie?'

Die laatste opmerking ontregelde Millers hartslag weer. Vanavond, zei ze. Verdomme, hoe moest dat?

'Eh, heb jij een hotel hier in de buurt besproken? Of blijf je hier?' Hij bloosde licht toen hij het vroeg en wist direct dat hij hier nooit meer goed uit zou komen: 'Moet ik hier een kamer voor je vragen?'

Ze keek hem met een pesterig lachje aan: 'Ja, doe dat. Regel jij voor mij hier eens een kamer,' zei ze, en ze schudde haar hoofd. 'Waar is je kamer? Dan kan ik me even verkleden,' vervolgde ze, en ze liep naar de twee rode koffers die elders in de hal stonden.

Miller stond vier passen bij haar vandaan. Golven van twijfel trokken door zijn lijf. Van buiten klonk gelach en geschreeuw; de zojuist uitgeschonken champagne werkte snel.

Miller bleef in de hal wachten nadat hij haar koffers op de kamer had gezet en direct de deur in de gang achter zich had dichtgetrokken. Hij had de gerant verteld dat er een gast meer zou aanzitten en liep even naar Lust om te vertellen dat een oude vriendin van hem zich zojuist in het hotel had gemeld en dat hij haar had uitgenodigd voor het diner. Lust trok zijn voorhoofd in een diepe frons: 'Trix?'

Miller schudde van nee, maar had geen zin deze situatie in een vloek en een zucht uit te leggen.

'Nee, een oude vriendin,' zei hij nogmaals, met nogal wat nadruk op het woord 'oude'. Lust knikte, maar Miller voelde aan dat die knik meer inhield dan alleen maar de bevestiging van het feit dat ze mee zou eten. Hij besefte dat alle kerels aan tafel over een paar minuten van alles zouden gaan denken van hem, van haar en van hen tweeën samen. Miller voelde dat deze avond wel een heel ongelukkige was om Béanne weer te ontmoeten.

Zoals hun verhouding, acht jaar geleden, was geweest; stormachtig, wild, gewaagd, gek en gedurfd; zo pikten ze nu, na al die jaren weer de draad op. Miller bedacht dat omgang met deze vrouw hem niet alleen zijn huwelijk had gekost, plus zijn goede naam, maar dat er ook geen einde aan was gekomen. Nadat ze, na een spannende periode van twee jaar, uit elkaar waren gegaan, was er een windstilte opgetreden met soms een brief of een kerstkaart uit een ver land. Maar god mocht weten hoe het vanaf nu verder ging. En, bedacht Miller snel, god mocht ook weten hoe Trix hierover dacht.

Miller stelde haar voor aan het gezelschap. Ze zouden bijna aan tafel gaan. Vrijwel iedereen stond achter een stoel toen hij en Béanne aan kwamen lopen. Miller zag alle kerels opveren; hij zag bij Van der Heyden een groot vraagteken op diens gezicht verschijnen en hij maakte keurig de ronde. Béanne, gekleed in eenvoudig maar stijlvol katoen, noemde haar naam en knikte af en toe. Ze hield zich vrij rustig.

Het eten was goed, het drinken meer dan goed. Het was alsof de heren aan tafel elkaar opjoegen naar steeds meer, want het bedienend personeel bleef maar flessen aanslepen. Béanne keek hem een paar keer aan en zat verder veel te luisteren naar de bezopen verhalen van haar buurman, een snelle jongen die in verzekeringen deed en steenrijk was geworden door de verkoop van een speciaal soort polissen.

Miller hield het tot halftwaalf vol, zei nee tegen cognac of armagnac en stapte samen met Béanne en Eric op. De nu bijna lallende menigte wenste hun 'nog een goede reis en een nog betere Tour' toe en Van der Heyden fluisterde hem, behoorlijk aangeschoten, in het voorbijgaan toe: 'Prettige nacht, ouwe zak!'

Miller deed of hij die woorden niet had gehoord en liep door, de hal in, de trap op. Hij deed de deur van zijn kamer open. Béanne stapte naar binnen en schopte haar schoenen uit. Het verbaasde hem eigenlijk niet eens dat het eerste wat ze zei was: 'Ik moet eerst plassen.'

Miller stond in het midden van zijn kamer en keek naar twee vrij kleine opengeslagen koffers die niet van hem waren. Vanuit de badkamer hoorde hij een klaterend geluid. Hij kon er niets aan doen, maar hij begon te lachen; eerst zacht en nauwelijks merkbaar, maar even later had met gierende uithalen. Hij keek de verlichte badkamer in en zag de vrouw die hij zes jaar geleden voor het laatst in deze pose in een hotel in Madrid zo had zien staan.

Béanne schoof haar rok naar beneden, draaide zich om en trok door.

Op datzelfde moment rinkelde achter Miller de telefoon. Hij liet hem drie keer overgaan en pakte toen de hoorn op. 'Hallo,' zei hij.

'Hoi,' zei een blije vrouwenstem aan de andere kant.

Miller keek naar de badkamerdeur, waar Béanne stil bleef staan.

Rustdag

Die ochtend werd er om tien uur vergaderd. Miller had de boodschap de avond tevoren nog meegekregen. Hij schoof om vijf voor tien in de tuin aan een van de tafels aan, besmeerde een croissant met jam, nam een koffie en wachtte tot Van der Heyden, uiteraard iets te laat, kwam aanrennen en direct het woord nam.

De teneur van de verslaggeving werd goed bevonden, zei Van der Heyden, met die aantekening dat hij Miller graag wat scherper wilde horen op dooie momenten in de koers. Gekruid commentaar kon dan het ontbreken van spanning in de wedstrijd en dus in beeld opvangen, waardoor de kijker aan de buis bleef.

'Let altijd op de kijkcijfers,' riep Van der Heyden, waarop Miller in gedachten zei: '*Kiss my ass.*'

Joyce van Veen kreeg behoorlijk wat lof toegezwaaid, maar haar eigen serietje waarin ze bij de start als een halfloopse teef door het peloton ronddwaalde – zo had Van der Heyden het letterlijk gezegd –, moest heel erg snel verbeteren.

Hij haalde de kijk- en waarderingscijfers van de laatste dagen erbij en wees op zwakke plekken in de lange live-uitzendingen en op de vorige avond, toen de waardering voor het acht-uurprogramma twee tiende punt onder gemiddeld lag.

'Niet voldoende wielrenners waarschijnlijk,' zei Eric met een vrij afgemeten stem, en hij kreeg direct een vuile blik van Van der Heyden.

Miller had even zin om iets over het item van de vrolijke sponsormeneertjes te zeggen, maar hield zijn mond. Van der Heyden wenste vervolgens de hele crew succes voor de tweede helft van de Tour. De verkoopcijfers, zo riep hij, waren goed en hij had, zo vertelde hij met ingehouden trots, gisteren toch maar vijfennegentig procent van alle reclameblokken tot en met Parijs verkocht! Tot slot riep hij: 'Rondvraag.' De meesten rond de twee tafels keken naar hun schoenen. Alleen Van Veen stak haar hand op.

'Wat bedoel je met je opmerkingen over mijn ochtendfilmpjes?' vroeg ze.

Van der Heyden wachtte even met antwoorden en zei toen:

‘Er moet een verhaal in zitten. Het is te veel vorm en te weinig inhoud. Je laat leuke rennerskoppen zien, mooie camera-instellingen, maar meer ook niet.’

Miller zag dat Lust heel voorzichtig zat te knikken. Hij kon zich ongeveer wel voorstellen hoe die twee deze dag zouden doorkomen.

Van der Heyden gaf iedereen een hand en liep naar een van de taxi’s die hem en de andere baasjes naar het vliegveld zouden brengen. Toen hij Miller een hand gaf, boog hij zich even voorover en zei, dicht bij zijn rechteroor: ‘Hoe speel je dat toch klaar man? Hoe kom je aan zo’n fantastisch wijf?’

Miller keek hem recht in de nog waterige ogen en antwoordde eenvoudig: ‘Zoals ik haar gisteren al voorstelde: een oude vriendin die ik in een benzinestation in Perpignan tegenkwam. Ze is op weg naar Nederland en had wat tijd over.’

Van der Heyden knipoogde hem toe. Miller begreep wat de jonge televisietycoon wilde zeggen, maar reageerde niet.

De dag viel verder als een hete deken over hem heen. Hij vertelde Edgard dat hij solo en vooral op zijn gemak met de auto naar St. Galmier kon rijden; hij moest wel al Millers bagage meenemen en direct bij binnenkomst in het hotel de blauwe zak met wasgoed afgeven. De hemden graag gevouwen en niet gesteven.

Miller stapte om elf uur bij Béanne in en trok een honkbalpet tot diep in zijn Oakley, terwijl zij de oprit naar de autobaan zocht. Hij had met enige spot naar haar zitten kijken toen ze het kaartje niet uit de machine had kunnen krijgen en hard ‘kut’ had geroepen.

Ze lunchten in Rochegude, in het befaamde château waar een ferme Michelin-ster op de muur is gespijkerd, waar alle smulpapen ter wereld ten minste eenmaal moeten zijn geweest en waar ze onbehoorlijk kreeft met ravioli aten.

Miller had de vorige avond tien minuten naar haar geluisterd, terwijl zij op de rand van het bed was gaan zitten en hij midden in de kamer was blijven staan. Er was te veel gebeurd om nu allemaal te vertellen, had ze gezegd. Hij had geknikt en verteld van Trix die zojuist gebeld had. Tijdens het hele gesprek was Béanne in de deuropening van de badkamer blijven staan, zonder zich te verroeren.

'Vier jaar,' had hij gezegd toen ze hem had gevraagd hoelang ze met elkaar omgingen.

Ze had geknikt.

'Verliefd, of je bekende periodieke geilheid?'

Hij had haar even aangekeken en had zijn hemd losgeknoopt: 'Verliefd op afstand,' had hij gezegd, naar waarheid.

Zij was naar de andere kant van de kamer gelopen, had haar rok laten zakken, had haar blouse rustig opengeknoopt, haar b.h. losgemaakt en was terug naar de badkamer gegaan om haar tanden te poetsen.

Miller had eerst toegekeken en had getwijfeld of hij zijn boxer zou aanhouden of dat hij naakt de badkamer in zou lopen. Hij had zo lang gedraald dat ze al terug was, langs hem liep en aan de niet-telefoonkant van het bed de dunne deken terugvouwde en onder het laken ging liggen. 'Je bent zwaarder geworden,' had ze met veel spot in haar stem tegen hem gezegd en hij had vanuit de badkamer geroepen: *'Bitch.'*

'En jij dan?' had hij gevraagd toen hij aan de andere kant in het grote bed was geschoven. Ze had hem een tijdje aangekeken en niets gezegd.

'Ik heb een vriendje. Een Italiaan die in de mode zit en die met me wil trouwen,' had ze gezegd.

'Mooi,' had Miller gemompeld, en hij had zijn arm naar haar uitgestrekt.

Nu zaten ze in haar Peugeootje op de snelweg naar Valence. Miller probeerde na te denken, maar de overweldigende wijnen van de *late noon*-lunch leken hem geheel bevangen te hebben; hij voelde watten in zijn hoofd. Béanne reed, rustig en zeker, en het open Franse wagentje kwam nauwelijks boven de honderdtien kilometer uit.

'Hoe laat moet je straks dat flutprogramma doen?' schreeuwde ze naar rechts.

Miller hoorde flarden van haar woorden langskomen en hield acht vingers omhoog. Ze knikte en keek weer op de weg.

Vrijwel de hele conversatie tot St. Galmier verliep op deze manier: de een schreeuwde en de ander gaf een teken of andersom. In Les Pins al had ze gezegd dat ze het leuk vond om twee dagen bij hem te blijven en dus zou ze ook in La Charpinière met hem samen zijn. Ze had verteld dat ze geen enkele haast had en pas over twee weken weer een congres had waar ze als tolk aanwezig diende te zijn.

Tolk, dacht Miller, en hij herinnerde zich hun eerste ontmoeting. Hij, stoer en licht aangeschoten na een bijeenkomst van internationale sportjournalisten in Atlanta; zij als Nederlandse tolk die Nederlands, Engels en Spaans beheerste en dus overal inzetbaar was. Hoe hij had geflirt en zij hem duidelijk had gemaakt dat bekende koppen van de televisie niet meteen toegang tot elk vrouwenbed hadden. Hoe hun avondlijke gesprek op een ware karakteranalyse was uitgelopen en hoe ze daarna hadden gevreeën dat de stukken eraf waren gevlogen. Het was het begin van het einde van zijn huwelijk geweest, want sinds die avond was ze niet meer uit zijn leven weg geweest; geen dag, geen uur, eigenlijk geen seconde. Dat had precies twee jaar geduurd. Hij dacht eraan hoe erg hij was veranderd in die tijd. Zijn tragische scheiding, het moment dat hij alleen ging wonen en later, hun waanzinnige avonturen over de hele wereld.

'Let op,' schreeuwde hij, maar Béanne remde al en ontweek maar net een volgeladen Opel Ascona met ingedutte, vermoeide vakantiegangers op weg naar huis.

Miller keek naast zich. Hun avontuur had dus twee jaar geduurd en had hen in vijf continenten, in heel veel vreemde hotelkamers en nog meer restaurants gebracht.

Tot die avond in Toronto. In nota bene de Four Seasons, zo ongeveer het beste hotel dat Miller in de hele wereld kende, hadden ze tegenover elkaar in een suite gezeten en allebei gehuild. Dit was het toch niet, er moest toch een manier van leven zijn waar andere waarden golden. 'Ja,' hadden ze allebei gezegd. Zij had de volgende ochtend haar koffers gepakt en was zonder om te kijken de kamer uit gelopen. Pas in Amsterdam kreeg Miller een brief van vier kantjes: dit was toch een ontsnapping van de werkelijkheid voor beiden? Dit kon toch niet blijven duren. Waarom moest een mens altijd ontsnappen? Aan wie? Waarom?

Ze reden weer samen door de wereld.

'Rijd maar door over de autobaan, via Vienne!' schreeuwde Miller nadat hij de kaart tussen zijn benen had gelegd.

St. Galmier lag ten noorden van St. Etienne. Als ze met deze snelheid door zouden rijden, zouden ze om halfzes in het hotel zijn: ruim op tijd.

Miller droeg Béannes koffers naar het prachtige hotel waar twee andere Sportkanaal-auto's al op het grindpad geparkeerd stonden. Bij de receptie vond hij twee faxen die aan hem gericht waren en eentje voor Martijn Lust. Zonder dat het opzet was, keek hij op de tekst van die laatste fax en las de zin: '...Let een beetje op die Miller. Nu die mevrouw bij hem is, heb je kans dat hij alle interesse voor de Tour verliest en alleen nog maar met haar in bed ligt...'

Miller schoof vol walging de fax van zich af en keek naar de ondertekening, die luidde: 'Groeten aan Joyce, het beste van Bart van der Heyden.'

'Godverdomme,' zei Miller in de lege ruimte. Hij knikte naar de Franse mevrouw die ineens achter de balie verscheen en hem zijn naam vroeg.

'Millère,' zei hij langgerekt en hij kreeg de sleutel van kamer 5, zoals Madame zei: *le salon.*

In zijn kamer vond hij zijn eigen bagage terug. Hij zette de twee koffers van Béanne neer, liep de badkamer in en zette de douche aan. Béanne was hem gevolgd en was op het grote tweepersoonsbed gaan zitten. Zonder iets te zeggen, zonder zelfs naar haar te kijken, kleedde hij zich snel uit en stapte terug in de ruimte waar nu stoomwolken zichtbaar werden. Vol overgave liet hij de warme straal over zijn nek en rug stromen. Hij sloot zijn ogen en dacht aan de tekst die hij zoëven had gelezen. Weer vloekte hij, hardop nog wel, zodat Béanne vanuit de kamer vroeg wat er aan de hand was.

'Het water is hier vreselijk warm,' riep hij, en hij opende de fles douchegel van Hilfiger. Het spul rook naar limoen en voelde fris aan op zijn huid.

'Ik ben gek op warme douches... nog altijd,' zei Béanne terwijl ze haar naakte lichaam langs het zijne wrong. De kleine doucheruimte was vol. Stoom hing rond de twee lijven die langs elkaar gleden omdat de gel glad maakte. Miller draaide zich in een houding zodat hij zijn handen onder haar billen kon leggen en tilde haar langzaam en heel voorzichtig een stukje op.

'Weet je,' zei hij, 'die stomme lul van Van der Heyden, die baas van me, vindt dat het een gevaar voor de uitzending is dat jij bij me in de buurt bent. Hij is bang dat we alleen maar zullen neuken en dat ik geen interesse meer voor de uitzendingen heb.'

Béanne legde haar rechterhand op zijn mond, opende haar dijen en liet hem toe. 'Ssst,' zei ze, terwijl ze zacht heen en weer wiegden.

De uitzending van de avond verliep goed. Eric maakte een aardige samenvatting van de eerste helft van de Tour en Van Veen was in de late middag bij de massage van een paar TVM-renners aanwezig. Dat leverde grappige beelden en vooral een leuke sfeer op: de renners die met hun vreemde naaktheid – diepbruin op armen en benen en nog wit op de rest van het lijf – probeerden weg te duiken voor de camera en de spontane jonge vrouw van de televisie. Miller zat met plezier naar die bijdrage te kijken voordat hij zijn dagelijkse verhaaltje moest vertellen.

Het onderwerp was, uiteraard: wat doen renners op de rustdag? Hij vertelde het verhaal van Peter Winnen die ooit, in Alpe d'Huez, bezoek kreeg van zijn vrouw. De toentertijd grote radioberoemdheid Theo Koomen sprak schande van het feit dat vrouwen van renners hun echtgenoten of vrienden in de grootste wielerwedstrijd ter wereld kwamen opzoeken, omdat – en iedereen wist dat toch – vrouwen voor verkeerde afleiding zorgden. De vrouw van Winnen, een flink type dat voor niemand haar mond hield, was toen op Koomen afgestapt en had meegedeeld dat zij wel uitmaakte wanneer zij bij haar man op de kamer verbleef en niet hij.

Met zwier en vol details vertelde Miller het verhaal en hij wist zeker dat een slimme man als Van der Heyden deze boodschap zou begrijpen. Op de set werd er in elk geval om gelachen en toen het gezelschap later aan tafel ging, was het gespreksonderwerp vooral 'vrouwen in de Tour'. Edgard vertelde een verhaal over een coureur die in de jaren vijftig met een mistroostig gezicht aan de ontbijttafel was gekomen. 'Ik ga opgeven vandaag,' had de renner gezegd.

Zijn ploeggenoten hadden hem aangekeken en gevraagd wat er dan loos was. De renner had het nauwelijks hardop durven zeggen, maar hij had die ochtend een natte droom gehad en iedere renner in die tijd wist wat dat betekende: krachten die uit het lichaam wegvloeiden... De renner was inderdaad die middag, tijdens een lange klim in de Alpen, afgestapt.

Het werd een gezellige avond. De groep was klein en overzichtelijk, de maaltijd duurde ook niet zo lang en er werd niet zoveel gedronken als de avond tevoren.

De Tour stond aan de vooravond van een op het oog zeer interessante tien dagen: eerst de Alpen, dan richting Vogezen en ten slotte nog een lange tijdrit.

'Eigenlijk gaat het nu pas beginnen,' merkte Miller op.

Van Veen, naast hem, zuchtte: 'Jeetje, ik vond het tot nu al best zwaar.'

Miller lachte: *rookie*, maar wel een rookie die buitengewoon actief was in de avonduren.

Ullrich

Miller had St. Etienne altijd een rotstad gevonden voor Tour-aankomsten. Het was er warm en chaotisch. De politie was er, zo leek het wel, onvriendelijker dan in de rest van Frankrijk, en het verkeer rond de finishstraat stond altijd en eeuwig vast. Nu was het vrijdag en werd de eerste grote tijdrit gereden.

Miller voerde die ochtend een vrij serieus gesprek met Béanne en vertelde haar dat deze onverwachte ontmoeting heel erg gezellig was, maar dat het misschien beter was dat ze vandaag de Tour-karavaan zou verlaten en door zou reizen naar Amsterdam of waar ze ook maar heen wilde gaan.

'Wil je nu al van me af?' merkte ze verrast op. Miller schudde met tegenzin zijn hoofd.

'Je weet toch dat dit tijdelijk is, ouwe gek? Het is toch heerlijk om lekker bij te praten?' zei ze, en ze streelde hem over zijn hoofd. Hij knikte, keek haar aan en ze kusten elkaar zacht en lang. Inderdaad, zeer tijdelijk, dacht hij, maar daar ging het hem juist om.

'Voel je je niet prettig als ik bij je in de buurt ben?' vroeg ze, en hij antwoordde naar waarheid: 'Nee.' Dat er gekletst werd binnen de equipe kon Miller niets schelen, maar sinds Perpignan had hij Trix tweemaal kort gesproken en had hij zelf gevoeld hoe afwezig en soms ongeïnteresseerd hij vertelde en hoe hij langs de randjes van hun vriendschap liep.

Na het uitgebreide ontbijt ruimden ze hun kleren op en gingen daarna op bed zitten, bijna rug aan rug.

'Weet je,' begon Béanne, 'ik heb je dat gisteren ook al gezegd. Ik vrij als ik dat wil. We hebben geen verhouding, we hebben eigenlijk alleen een band uit het verleden. We zijn volwassen mensen en we doen volwassen dingen. Tenminste, dat denk ik maar zo.'

Miller knikte, maar hij twijfelde aan het feit of het verstandig was geweest haar mee te vragen toen ze daar in Perpignan stonden.

'Je twijfelt?' vroeg ze. Miller schudde zijn hoofd.

'Denk niet dat ik beslag op je zal leggen, nu niet en later niet. Ben je bang dat ik je in Amsterdam plotseling kom opzoeken of zo?' vroeg ze.

Miller keek haar van opzij aan. God, wat was ze leuk. En jong. En speels. Hij raakte haar voorzichtig aan, eerst bij haar schouder, daarna onder haar kin. 'Ik vind je nog altijd leuk,' zei hij, en het klonk onbeholpen.

Béanne keek hem streng aan: 'Wat wil je daar nou mee zeggen? Wat betekent het en wat heb ik aan die woorden?'

Miller haalde zijn schouders op. Wist-ie dat zelf maar.

'Zoiets zei je toen ook in de Four Seasons,' zei ze, 'en toen heb ik je niet geantwoord, toen ben ik weggelopen. Het is ook zo'n nietszeggende kutopmerking. "Ik vind je nog altijd leuk...". Die woorden "nog altijd"... Weet je eigenlijk wel wat je zegt? Wat de betekenis van die woorden is?'

Hij stond op, liep naar de badkamer en deed een plas. Weer terug bleef hij tegenover haar staan. 'We gaan vanaf morgen de Alpen in. Je kunt natuurlijk mee als je wilt, maar het is chaotisch over die bergen, en qua hotels minder gerieflijk dan je gewend bent. Luister, ik kan niet tegen je zeggen: "Rijd maar weg en we zien elkaar nog weleens", want daarvoor ken je me te goed, toch?'

Ze knikte en lachte om zijn onbeholpenheid: 'Jij en beslissingen nemen,' zei ze. Ze liep naar de deur. 'Kom, ik heb zin in koffie. Je moet toch pas over een halfuur naar die stomme finish, dan kun je nog best even gezellig met me zijn, voordat je echt van me af wilt.'

Het cynisme in haar stem was scherp. Zes jaar geleden, in Toronto, was ze de sterkste van de twee geweest; nu was ze dat nog steeds. Hij liep vlak achter haar door de gang en zag haar strakke lijf. Zoals hij het acht jaar geleden ook had gezien, ook in de gang van een hotel. Terwijl ze de trap af liepen, bedacht Miller dat hij in de tussentijd meer had moeten inleveren dan zij. Had hij intenser geleefd? Of is het beste bij mannen eraf als ze de vijfenveertig zijn gepasseerd?

Miller hield de deur van de brasserie voor haar open en samen lazen ze de ochtendkranten, dronken ze koffie en zaten ze later met Van Veen te kletsen. De presentatrice verheugde zich, had ze gezegd, op de Alpen-passage. Ze had altijd naar de beroemde Alpe d'Huez-etappe zitten kijken voor de tv, maar nu stond ze op het punt om zelf die beroemde eenentwintig bochten te nemen op weg naar boven. Miller knikte en vertelde over de idioterie van de half bezopen Hollanders op de berg.

'Praten jullie de hele dag alleen maar over wielrennen of televisie-uitzendingen?' merkte Béanne van achter haar *Herald Tribune* op.

Om elf uur werd hem verteld dat zijn schone was op zijn kamer was gelegd en pakte hij zijn spullen. Béanne liep met hem mee en zei hem dat ze ook naar St. Etienne zou gaan, omdat ze in een gidsje iets gelezen had over de huizen zonder trappen en Le Vieux St. Etienne, allebei bezienswaardigheden.

'Als je het niet vervelend vindt tenminste,' zei ze erbij, en ze keek hem serieus aan. Hij zei tegen Edgard dat hij vast naar de finish kon rijden en ging op de bestuurdersplaats van de open Peugeot zitten. Ze keek hem lachend aan, liep om de auto heen en plofte met een soepele beweging naast hem neer.

Op vierhonderd meter van de finish gromde een onvriendelijke politieagent hem toe dat hij niet verder mocht omdat het hier Tour de France-grondgebied was. Miller stapte uit, hing zijn kaart om zijn nek, pakte zijn tas met fietsnaslagwerken en drukte Béanne snel een kus op het voorhoofd. '*See you,*' zei hij.

'Werk lekker,' was haar antwoord, en vervolgens reed ze de vouw uit de broek van de agent, maakte een U-bocht waar Alain Prost jaloers op zou zijn en zwaaide van afstand nog een keer. Miller zette zijn zonnebril op en liep naar een terras waar hij collega's zag zitten. Hij had een onbestemd gevoel in zijn lijf.

Hij zat op zijn commentaarpositie en bedacht dat niets vervelender was dan kijken naar een tijdrit. Hij had met Vanlombeek en Dazan zitten praten over dat aspect: zou een kijker thuis het verschil zien tussen een renner die achtenveertig kilometer rijdt en eentje die een kilometer harder gaat? Nee, natuurlijk niet, dat konden zij als verslaggevers al niet zien. Het enige was dat je aan een renner kon afzien of hij werkte, of zijn beentempo hoog was en of hij soepel reed, of hij de bochten goed aansneed en of hij veel zijn versnellingsapparaat gebruikte.

'Waarom,' stelde Miller, 'waarom zenden we dan zo ellendig lang uit? Waarom laten we op z'n minst vijftig renners zien?'

'En waarom renners die hier als toerist rondrijden?' had zijn Vlaamse collega opgemerkt.

Dazan had zijn schouders opgehaald en nog drie koffie laten komen; het zou hem een zorg zijn. Tijdens tijdritten nodigde hij altijd een stuk of vier schrijvende collega's uit op het podium, en dan mochten die het eerste uur vol kletsen met hun beschouwingen en analyses. 'Het interesseert mij geen barst wat die mannen zeggen. Ik maak nog vrienden ook, want wee je gebeente als ik er eentje van een belangrijke krant oversla; dat merk ik direct in de kritieken.'

Zo was het twee uur geworden en had Miller wat zitten bellen. Vanuit Hilversum was een bijna vrome radiostilte ingetreden. Er hoefde niets over kijkcijfers gemeld te worden na de rustdag, maar Van der Heyden meldde zich op een gegeven moment toch. Hij vond dat Van Veen wat onrustig was geweest tijdens haar presentatie; of Miller daar eens, onopgemerkt natuurlijk, naar wilde kijken. Het onderwerp met de halfnaakte TVM-renners had goed gescoord, had Van der Heyden geroepen, maar de 7,0-waardering voor de hele uitzending was te weinig geweest. Miller had gezegd dat zo'n cijfer heel goed was voor een rustdag, omdat Tour de France-kijkers ook mensen zijn en ook een rustdag hadden ingelast. Van der Heyden had opgemerkt dat alleen het beste goed genoeg was en dat het zijn taak was daarop toe te zien. Hij had het gesprek besloten met, zoals hijzelf zei 'de tamelijk impertinente vraag of zijn vroegere vriendin nog steeds bij hem was', en Miller had geantwoord dat de vraag volgens hem niet impertinent was, maar brutaal en *nosy*. 'Stel dat het je aangaat, dan mag je zoiets nog niet vragen,' had Miller geantwoord, en terwijl hij even schrok van zijn eigen vastberaden stem terwijl hij sprak, had hij ook nog gezegd dat ieder mens in hoort te staan voor zijn eigen daden. Van der Heyden had dat snuivend aangehoord en niets teruggezegd. Miller had, voor zijn eigen gevoel, hem de doodssteek toegebracht door te zeggen: 'Dat heeft niets te maken met de vraag of je voor de publieken of de commerciëlen werkt, dat heeft te maken met opvoeding en gevoel voor "hoe het eigenlijk hoort". Jij hebt dus niets te maken met mijn privéleven, niet hier in de Tour, nergens niet.'

Van der Heyden had weer snuivende geluiden laten horen en Miller had de hoorn zacht neergelegd. Hij had een prettig gevoel. Niet die vervelende opmerking van die hufter in Hilversum was blijven hangen, bedacht Miller, maar veel meer zijn eigen woorden.

Miller voelde dat hij een goede reportage ging maken, ook al betrof het een tijdrit, ook al kwam de etappe in St. Etienne aan. Hij trok een cola open en klokte het koude vocht naar binnen. Via twee diepe halen aan zijn sigaret kwam hij tot een 'Hartelijk goedemiddag vanuit een warm Frankrijk', en de toon was inderdaad gezet voor een heel sterke reportage.

Er waren van die dagen dat zijn woorden direct goed vielen. Dat hij niet diep hoefde te graven naar gekke constructies of oude anekdotes. Dat hij niet veel, maar wel rake dingen zei; en nu gebeurde dat dus weer. Hij voelde het komen en kreeg iets overmoedigs in zijn commentaar.

'Jan Ullrich kan hier vandaag wel eens heel gekke dingen gaan doen,' riep hij, terwijl het beeld van de rossige Duitser op de monitor zichtbaar werd. Miller kende de Telekom-renner niet persoonlijk; had weleens in een groepje journalisten rond Ullrich gestaan, maar wist eigenlijk te weinig van de aankomende vedette, bedacht hij. Zou hij hobby's hebben? Wat was er nog van het oude DDR-ideaal bij hem over? Alleen de apotheek? Of was er meer; trainingsregime bijvoorbeeld, datgene waarover de oude DDR-renners zo ongaarne spraken sinds ze in rijke ploegen in het westen waren gaan rijden.

Miller zag het beeld van de voortstampende Ullrich en zei met goedgekozen woorden dat hier een toekomstige Tourwinnaar aan de gang was. Beter dan Ludwig, scherper dan Ampler, rustiger dan Raab.

Toen hij die laatste naam noemde, moest hij ineens aan een Tour van een jaar of zes, zeven geleden denken. Terwijl Miller het beeld van Ullrich het beeld liet en zweeg, zag hij vooral mevrouw Raab voor zich; een opvallend jong, opgedirkt Oost-Duits ding dat in een extreem kort afgeknipt spijkerbroekje en een kierend wit bloesje de renners rond de

PDM-bus geheel in verwarring had gebracht. Miller zag nog de blik van de hitsige Mexicaan Raúl Alcala, die zo was gaan zitten dat hij de jonge Duitse recht in de broek kon kijken, en Miller herinnerde zich ook nog de blik van Erik Breukink, die het tafereel had overzien en lachend en hoofdschuddend was weggepeddeld.

'Ben je daar nog?' vroeg een ietwat geschrokken stem uit Hilversum in zijn koptelefoon, en Miller begon zijn eerste zin met 'Ja' als teken dat hij niet weggesukkeld was. Hij vond toch dat je best even mocht zwijgen als je vier minuten lang een en dezelfde renner in beeld had; dan hoefde de eindregisseur in Hilversum niet direct aan de lijn te komen.

Miller keek om zich heen. Zijn collega's hadden het ook warm, want overal zag hij korte broeken en open hemden, en er werd veel gedronken. Hij trok weer een blikje open, zag dat het een Frans biertje was en hoorde zijn Duitse collega's drukker praten nu Ullrich zo dominant in beeld was. Wat dat betreft had hij een kalme middag, want Patrick Jonker was de enige Nederlander die de rechtstreekse uitzending haalde. Miller had de Australische Amsterdammer al drie keer door het beeld zien schuiven en had bijzonder vleiende woorden gesproken.

De tijdrit was afgelopen en de Duitsers vierden feest. Ullrich had zich op het podium gemeld en gaf een lang interview aan de glunderende Herbert, die vragen van veertig seconden nodig had om in de euforie redelijk te kunnen formuleren. Miller zelf sloot af met: 'Morgen begint deel drie van deze Tour. Morgen treffen we u vanuit Alpe d'Huez, en waarschijnlijk is de etappe van morgen de aanzet tot de mooiste week in de Tour de France van de afgelopen tien jaar. Nog zeker twaalf kanshebbers zijn er over voor de eindoverwinning. Vanuit St. Etienne groet ik u voor nu... Tot vanavond bij de samenvatting...'

Hij legde zijn koptelefoon neer en stak een sigaret op.

Wanneer zou hij het roken ook weer opgeven? Had hij dat al niet zeventien keer gedaan? Béanne had hem ooit 'een slappe lul' genoemd, misschien al wel zeven jaar geleden. Trix had hem een paar maal uitgelachen als ze weer eens een halfvol pakje in zijn borstzakje had gevonden.

Hij inhaleerde de rook en keek om zich heen. Weer was hij de eerste die had teruggegeven naar het thuisland. Ook de Ieren sloten nu af, zag hij, want Stephan Roche stond op en rekte zich uit. Roche had er een paar pondjes bij gekregen nadat hij met fietsen was gestopt, maar het stond hem wel. Miller zwaaide de Ier toe: '*See you tomorrow!*' Hij liep het trapje af de brandende zon in.

En natuurlijk stond het verkeer vast. Miller zag het en vroeg Edgard de wagen maar meteen aan de kant te zetten; beter een halfuurtje gewacht dat in deze bakoven vol ergernis te gaan zitten.

En zo kwamen ze in een café achter de streep uit waar het gezellig druk was met andere Tour-volgers die snel hadden ingezien dat autorijden nu even niet kon.

Miller dronk een biertje mee met de anderen. Het gesprek ging over Ullrich en de vooruitgang die de Duitser had geboekt. Vanaf zijn opzienbarende rijden tijdens het wereldkampioenschap in Oslo, via de Tour van '96, toen hij het licht bij Riis tijdens de afsluitende tijdrit had uitgedaan, was de rossige jongen met pukkels tot een topper geworden zonder ooit groots te zegevieren. De vraag was op welke middelen dat ging.

Miller haalde zijn schouders op: 'Hij is een paar keer gecontroleerd en er is niets gevonden, dus…'

Hoe vaak waren er al niet van die verhalen tijdens de Tour verteld? Elke avond aan elke tafel, dacht Miller. Hij kon zich niet herinneren dat hij in zijn hele Tour-carrière ook maar één dag had meegemaakt dat het begrip 'drog' niet was gevallen in welk gesprek dan ook.

Hij herinnerde zich dat het zo erg was dat zijn vroegere collega Nelissen zijn sigaar lachend uitdeed als de Franse renner Duclos-Lasalle in de buurt kwam bij de start. 'Acuut ontploffingsgevaar!' had de Limburger dan geroepen, en omstanders hadden gelachen en de boodschap begrepen.

Na een halfuur praten, lachen en vijf biertjes verder was Miller gaan afrekenen. 'We gaan!' riep hij naar Edgard en andere volgers stapten ook op. Het was gezellig geweest vond Miller, die in zijn benen voelde dat hij bier had gedronken. Hij keek op zijn horloge, het was tien over half zeven; ze moesten nu voortmaken, want het was een slingerweg naar St. Galmier en hij wilde nog douchen voordat hij een tijdritverhaal aan het Nederlandse publiek zou gaan vertellen.

'Ik val in slaap,' zei hij tegen de chauffeur, die alleen maar knikte en hem een goed halfuur later wakker maakte met: 'Ik geloof dat ik de weg kwijt ben. Zeg eens, hoe heet dat plaatsje ook alweer?'

Miller zat direct overeind en vroeg: 'Waar zijn we nu?'

'Ik heb net Montbrison op de borden gezien,' zei Edgard. Miller pakte de kaart en zocht gehaast Montbrison.

'Godver, iets te ver doorgereden,' zei hij met prachtig ingehouden boosheid. 'Keren waar het kan,' zei hij. Hij kreeg een knik als antwoord.

'De stad uitkomen was moeilijk,' zei de kleine man naast hem toen er even een stilte viel.

'Toen ben je andere wegen gaan zoeken?' vroeg Miller, die de chauffeur goed kende. Weer kwam er een knik terug en bleef het stil.

De eerste afslag kwam pas acht kilometer verder. Via Monfrond-les-Bains en een weggetje waar zelden iemand anders dan de plaatselijke veehandelaar over reed, haalden ze Hôtel La Charpinière. De auto kwam zuchtend tot stilstand en ronkte nog even na; de motor had behoorlijk toeren moeten maken, want Edgard had de laatste twintig kilometer als een rallyrijder afgelegd. Miller keek op zijn horloge: kwart voor acht. Zonder iets te zeggen stapte hij uit en beende met grote stappen het hotel binnen.

Hij opende de deur van zijn kamer, deed twee stappen naar binnen en zag dat Béanne zich stond te douchen.

Hij liep de badkamer in en tikte op de glasplaat waarachter hij haar blote lichaam zag. Ze zwaaide en riep: 'Wat ben je laat. Al die mensen beneden maakten zich zorgen. Helemaal omdat je je telefoon ook niet opnam.'

Miller lachte verontschuldigend: 'Ietsje verkeerd gereden.'

Ze stapte uit de douche, liep langs hem heen om een handdoek te pakken en zei: 'Heb je gedronken? Je ruikt naar bier.'

Miller knikte: 'Een paar ja,' en liep de kamer in. Zijn horloge stond op zes voor acht toen hij onder de hete straal stapte en op twee voor acht toen hij de trap afliep, gekleed in een snelle lichte broek, een donkerblauwe polo en nog blootsvoets. Met zijn leren instappers in de hand liep hij snel de set op, groette de mensen om zich heen en hoorde Lust roepen: 'Hè hè, ben je daar eindelijk! Man, had even gebeld dat jullie vastzaten.'

Miller knikte en schoof zijn schoenen aan zijn voeten. De schminkster veegde met een grote kwast even over zijn hoofd, boog zich naar hem toe en zei zacht: 'Jezus, je ruikt naar drank. Dat heb ik nooit geweten...'

Miller knikte; ja, hij wist het. 'Biertje,' zei hij voorzichtig tegen haar. Het klonk als een excuus.

Naast hem begon Joyce van Veen haar inleiding. Hij luisterde even, maar had geen idee wat er allemaal in deze flitsende vrijdagavondbijdrage zou zitten. Hè, hoorde hij haar goed? Miller ging snel verzitten en hoorde de jonge vrouw naast zich zeggen dat er behoorlijke geruchten in de Tour-karavaan rondwaarden dat er een renner positief was bevonden bij een van de dopingcontroles van week één.

Miller dacht na; daar wist hij niets van. Hoe zou zij het weten? Hij keek opzij en zag dat Van Veen met gemak overging naar het volgende onderwerp. Ze kondigde een filmpje aan over oud-renner Leo van Vliet, die als gast bij de Tour aanwezig was. 'Leuke man,' zei ze tegen Miller toen de band gestart was.

Miller knikte; hij kende Leo en kon uittekenen hoe hij zich tegenover mevrouw Van Veen had voorgedaan. 'Hoe weet je dat van die positieve renner?' vroeg Miller.

Ze keek hem aan. 'Van Van Vliet, die hoort heel veel uit het peloton.'

Miller knikte weer. Dat laatste was waar, maar om dan direct zoiets op tv te zeggen? 'Heeft hij een naam genoemd?' vroeg hij.

Van Veen schudde haar hoofd en keek in haar camera. Even later kondigde ze haar collega aan: 'Hier is voor u Stijn Miller met zijn dagelijkse verhaal over deze Tour de France.'

Miller keek in zijn camera en vertelde over Duitse renners in de Tour de France; over Hennes Junckerman en Didi Thurau, over Klaus Peter Thaler en over de generatie renners die, voor de val van de Muur, voor ploegen in het westen gingen rijden.

Hij zag dat zijn cameraman een beweging met zijn rechterarm maakte, maar hij wilde zijn verhaal nog een pointe geven en ging door. De volgende beweging van de cameraman was iets nadrukkelijker, maar nog steeds hield Miller niet op. Hij had nog heel even nodig, vond hij, en hij sprak zijn laatste zin uit: 'Voor Duitse renners is nooit een eindzege weggelegd geweest, maar Ullrich zou de eerste kunnen worden.'

Van Veen nam het over, kondigde een filmpje aan, en toen dat bandje liep, zag Miller dat Lust in zijn lipmicrofoontje sprak: 'Wat, welk onderwerp moet eruit?'

'We worden iets te lang,' zei Eric van de linkerkant van de set, 'of we moeten het bandje van Joyce weggooien.'

'Dat zeker niet!' riep Lust van de andere kant. 'Dan maar dertig seconden langer.'

Van Veen sloot gehaast af en het bleef even heel stil op de set. Ze stond op en keek Miller aan: 'Wat had jij? Het leek wel of er geen eind aan dat verhaal over die Duitsers kwam!'

Lust kwam naderbij: 'Je was te lang,' zei hij zonder omwegen en tamelijk onvriendelijk tegen Miller.

Eric zag het gebeuren en kwam bijna direct tussenbeide: 'Het was een goed verhaal, en zo vaak hebben we het niet over Duitse renners gehad,' zei de producer-duizendpoot.

Ze stonden met z'n vieren bij elkaar terwijl de technische jongens aan het opruimen waren.

'Toch was je te lang,' zei Lust nogmaals.

Miller keek de commerciële man aan: 'Misschien heb je gelijk,' zei hij, 'maar wat dan nog? Ik was aan een belangrijk verhaal bezig. Die Ullrich is een heel bijzondere renner. De Tour heeft vandaag een nieuw hoofdstuk geschreven gekregen; dan moet jij je niet druk maken over een verhaal dat iets te lang is. Dit was journalistiek verantwoord.'

'*So what?*' antwoordde Lust.

'Kom, we gaan wat drinken en dan snel eten, want morgen moeten we vroeg op,' zei Eric, die nogmaals probeerde de sfeer te redden.

Van Veen en Lust liepen de set af. Miller bleef staan; Eric ook. Het was prettig warm weer. Kabels werden opgerold en camera's weggereden. Miller wendde zich tot de jonge harde werker tegenover zich: 'Was ik te lang?'

Eric keek Miller recht in de ogen: 'Ja, bijna een minuut. Wat had je?'

Miller dacht na. Niets, dacht hij; hij vond zijn verhaal over de Duitsers acceptabel. Ze liepen allebei weg, maar Eric pakte hem even bij de schouder.

'Je moet misschien opletten met die biertjes na afloop. Gek dat ik dit tegen je zeg, maar we konden het allemaal ruiken.'

Miller hield zijn pas in. Van zijn zekerheid van de middagreportage was niets meer over. Dit was hem nooit eerder overkomen. Waren het nou echt die biertjes van de vroege avond in dat gezellige kroegje geweest? Of was het de grote haast nadat hij de juiste route naar het hotel had gemist? Of was het een mix van alles: de toch lichte spanning met Béanne in zijn buurt, het feit dat hij vandaag verder geen contact meer met Trix had gehad... Nee, die biertjes konden het niet zijn. Hij was geen drinker, nooit geweest ook; hij vond bier ook niet echt lekker, en dit was toch een eenmalige affaire geweest. Dat wist-ie zeker.

Hij liep het hotel binnen en zag Béanne zitten. Het hele gedoe in de tuin was aan haar voorbijgegaan. Ze zat een Frans blad te lezen en hield een glas – kir, zo op het oog – naar hem omhoog.

'Proost,' zei ze, en ze begon ineens te lachen...

Miller keek haar verbaasd aan. Vanwaar deze pret?

'Doe je gulp eens dicht. Je staat bijna voor lul,' zei ze.

Miller wendde zich even af, voelde aan zijn ritssluiting, die inderdaad openstond en kreeg ineens een vervelend gevoel. Hij ritste zijn broek dicht, draaide zich om en zei: 'Zullen we met z'n tweetjes ergens gaan eten?'

Béanne knikte hem toe: 'Graag.' Ze zweeg even en zei toen: 'Wat is er? Je ziet er ineens zo moe uit.'

Riis

Pas tegen negenen die avond werd het rustig op de alp. Omdat het vrij lang warm was, bleven de wielertoeristen tot na de avonduitzending hangen. Waar ook maar een mecanicien aan het werk was, waar een ploegleiderswagen voor de deur stond of waar men vermoedde dat er een wielrenner huisde, daar bleven dagjesmensen in Alpe d'Huez rondkijken. Miller was niets anders gewend in dit dorp. Eens per jaar brak hier de totale wielergekte uit; dan beklommen tienduizenden de beroemde berg; er werd gezopen en feestgevierd. Zo rond halfvier in de middag klommen de dwangarbeiders van de weg met pijn en moeite via de beroemde eenentwintig bochten naar boven, voortgedreven door de soms bespottelijk uitgedoste massa die met flesjes Heineken in de hand de renners aanmoedigde. Miller verbaasde zich altijd over de bijna carnavaleske stemming op de flanken van de berg, en zeker boven, in het dorp. Zijn vroegere radiocollega Koomen had hem dat weleens uitgelegd. De beklimming van de Alpe d'Huez moest je zien als een katholieke eredienst. Heilig en zalig waren diegenen die met van drugs bolstaande spieren naar boven karden. De mensen aan de kant van de weg, veel liefhebbers en gelovigen, beleefden deze dag als ware het een hoogmis. Men offerde tijd, geld, drank, voedsel en als het moest vrouw en kinderen om dat alles aan het altaar van de Tour te leggen.

Miller had nooit waarde gehecht aan deze verklaring. Sterker nog, hij had al die toestanden daar boven altijd afschuwelijk gevonden. Hij herinnerde zich dat hij eens een partijtje tennis had gespeeld op een rustdag die in Alpe d'Huez 'gevierd' werd. Het Hollandse wielerpubliek, dat al vanaf de vroege ochtend slenterend langs de hotels, de terrassen en de restaurantjes was getrokken, was in dikke drommen om het veldje komen staan. Ze hadden de meest verschrikkelijke opmerkingen naar zijn hoofd gegooid; van grappig tot tergend ordinair, van prikkelend tot stuitend brutaal. Miller en zijn partner hadden een halfuur doorgespeeld en hadden onder luid gejoel van de massa, die was aangegroeid tot zeker tweehonderd behoorlijk verbrande landgenoten, veelal gekleed in Zeeman-zomers, de baan verlaten om elders een mineraalwater te gaan drinken.

Ook dat, rustig een glas drinken of lekker ergens gaan zitten eten, was op de alp nauwelijks mogelijk. Het Hollandse publiek, van verre aangereisd, was brutaal tot in de derde macht en trad bars en eetzalen binnen, hoste, zoop en fotografeerde en ging, zo had Miller toch meegemaakt, gewoon naast renners en verslaggevers zitten. Ongevraagd, onaangekondigd en vooral onprettig.

Miller overdacht dit alles nu hij, helemaal kapot, langzaam zijn kleren uittrok. Hij had een behoorlijke kamer in een chalet dat de mensen van Sportkanaal in zijn geheel hadden afgehuurd. Hij hoorde buiten voor de deur geroep. Nog steeds stonden er rijen landgenoten bij de Sportkanaal-auto's, waar de technici nog bezig waren de laatste spullen in te pakken. Hoe was het in 's hemelsnaam mogelijk dat je daar, als vakantieganger of wielerfanaat, naar ging staan kijken.

De uitzending van acht uur was een waar carnaval geworden met op het laatst een zingende, deinende massa die achter Van Veen en Miller naar Nederland had gezwaaid. Wellicht was het toch niet zo'n heel goed idee van Martijn Lust geweest om het wielerpubliek bij deze uitzending te betrekken. Lust had het al in de ochtend geopperd. Het zou voor de kijker thuis aardig zijn en de echte fietsliefhebber die hier met zijn driepersoonstentje en de godganse familie omhoog was gekomen, zou het misschien hartstikke leuk vinden van Sportkanaal om bij de uitzending betrokken te worden. De publieken hadden dat in het verleden nooit gedaan.

Miller keek door een spleet van het gordijn en zag dat een groep van vier gabberachtige wezens in Aussie-trainingsbroeken met flessen bier in de hand onwaarschijnlijke lol had. Terwijl Miller ervoor zorgde dat hij niet gezien kon worden in zijn naaktheid, tuurde hij naar de jongens beneden. Waarom hadden ze zo'n lol? Hij deed een stap naar voren en zag het: midden op straat zat een stoere knaap een grote drol te draaien, vlak naast een van de Sportkanaal-auto's.

'*Welcome to Alpe d'Huez,*' zei Miller bij zichzelf, en hij liep de badkamer in.

Het was een zeer interessante etappe geworden. De Deense veteraan Bjarne Riis had prachtig aangevallen en hij had de waardering van vele volgers gewonnen, maar Miller was nu gebroken door allerlei andere dingen die deze dag voor hem wel heel apart hadden gemaakt.

Het was om zeven uur in de ochtend begonnen. Béanne

had hem wakker gemaakt en hem vijf minuten serieus toegesproken. Zoals ze dat, jaren geleden, wel meer had gedaan: liggend op haar zij, linkerarm onder het hoofd en streng kijkend. Ze had hem gezegd dat hij de absoluut verkeerde keuze had gemaakt om bij dit kermisgezelschap te gaan werken, dat hij niets veranderd was, zelfs niet in zijn nadeel, en ze had hem ook toegevoegd dat ze zich nog altijd aangetrokken voelde tot die vreemde man die een avond eerder abrupt naast haar in slaap was gevallen, zonder dat hij ook maar welterusten had gezegd.

'Ik weet niet waarom,' had ze gezegd, terwijl ze hem zacht aanraakte met haar vrije rechterhand, 'maar ik heb weer dat heerlijke gevoel dat ik jaren geleden ook steeds had als ik bij je in de buurt was.'

Hij had gevraagd wat dat dan was. Iets wat met seks te maken had? Liefde? Zij had nee geschud en gezegd dat het een mengsel van alles was. Ze voelde zich behaaglijk aan tafel, zelfs als er anderen bij waren; ze voelde zich veilig in bed, en ze voelde zich opperst tevreden als ze vreeën. 'En,' had ze met enige nadruk gesteld, 'ik ben zo tevreden in je buurt dat ik straks wegga. Misschien moet een vrouw wel eens in de zoveel tijd zo'n douche hebben.'

Om acht uur was ze weggereden. Ze was opgestaan, had zich gedoucht, had makkelijke reiskleding aangetrokken, had hem net niet te lang gekust en de uitnodiging 'Laten we samen ontbijten' afgewimpeld. Toen was ze achter hem aan gelopen, terwijl hij de twee koffers naar de open auto bracht. Hij had het portier achter haar gesloten, had haar strak aangekeken en zij had gelachen: 'Dit *partir* is geen *mourir*! Hier moet je tegen kunnen.' Ze had gas gegeven en terwijl Miller had gewacht op een zwaai of een handgebaar, was ze voor zich uit blijven kijken. Vlak bij de hoek toeterde ze tweemaal fel; dat was alles. Miller was even blijven staan en had zomaar in het niets staan staren. Toronto of St. Galmier, het maakte allemaal niets uit. Voor haar tenminste niet.

Hij was naar de ontbijtzaal gelopen, had de *l'Equipe* gepakt en was gaan zitten lezen en ontbijten totdat de ober hem kwam vragen of hij *'monsieur Millère'* was. Hij had geknikt en de ober had hem naar de telefooncel in de hal begeleid.

'Miller,' had hij gezegd, en meteen wist hij wie er aan de andere kant was. Gesnuif, nog eens gesnuif en daarna de woorden: 'Wie denk je wel dat je bent, Miller?' Er was bijna stoom uit de hoorn gekomen en Van der Heyden had vervolgens een paar passages uit *de Volkskrant* voorgelezen.

'En… wat vind je daarvan?' had hij na zijn gehaaste voordracht geschreeuwd.

Miller had even gewacht en gezegd: 'Hij heeft het goed opgeschreven, precies zoals ik het heb gezegd.'

Van der Heyden was ontploft: 'Lul, grote lul! Dat kun je toch niet maken tegenover je eigen werkgever? Hoe kun je nou zeggen dat het voor jou niet uitmaakt of je voor de publieke omroep werkt of voor ons?! Je bent gek, man! Wat denk je dat ik die adverteerders van het Tour-programma allemaal verteld heb? Natuurlijk is het anders, maar dat wil je godverdomme niet toegeven.'

'Vloeken heeft geen enkele zin,' had Miller gezegd, en hij had gevraagd of er misschien uitspraken in het *Volkskrant*-verhaal stonden die ethisch gezien niet door de beugel konden. 'Heb ik ergens gelogen, heb ik jou of anderen belachelijk gemaakt of heb ik uit de school geklapt?' had Miller gevraagd.

Van der Heyden had teruggesnoven: 'Liegen, gelogen, daar gaat het niet om! Je hebt een beeld geschetst dat niet óns beeld is, en daar baal ik ontzettend van. Bij ons gaan dingen iets anders dan jij gewend bent. Ik denk dat jij niet helemaal doorhebt dat je voor een andere baas bezig bent, in een andere sfeer, met een andere manier van werken, doen en denken.'

Miller had gezegd: 'Pardon?'

Hij had van der Heyden waar hij hem hebben wilde: 'Commerciële televisie betekent een commerciële, positieve opstelling. Als onze beleidsbepalers bedenken dat we in korte mouwen presenteren in de Tour, dan moet jij niet met een polo met lange mouwen in beeld komen… Snap je?'

Miller had gezegd: 'Nee, leg eens uit.'

Van der Heyden had driemaal heftig gesnoven: 'Natuurlijk bedoel ik dat niet letterlijk, maar jouw expertise is door ons voor veel geld gekocht. We willen een goed en enthousiast verslag; we willen puntige, korte en leuke anekdotes van je; we willen een uitstraling die staat; we willen een frisse benadering, ook in de avonduitzending, en we willen geen man die het allemaal wel weet… althans, doet alsof hij het weet. En die qua toonzetting toch anders is dan wat wij willen. Ons publiek wil lachen, wil grapjes, en al mogen dat dan niet jouw grapjes zijn, onze kijkers willen het wel.'

Miller had gezegd: 'Maar staan er in dat hele interview dingen die niet waar zijn?'

Van der Heyden had drie seconden geen reactie gegeven. Toen: 'Daar gaat het niet om. De sfeer bevalt me niet. Aan zo'n opmerking dat Joyce nog veel moet leren, heb ík wel wat, maar dat gaat de lezers niet aan. Je hebt veel te weinig duidelijk gemaakt hoe wij werken, wie we zijn… Mijn sponsors zullen dit niet leuk vinden!'

Miller had teruggezegd: 'Jouw sponsors lezen deze ochtendkrant niet.' Hij had gevraagd of het nu afgelopen was met dat gescheld.

'Ja,' had Van der Heyden geroepen, en hij had de hoorn neergegooid.

Miller was teruggelopen naar de ontbijtzaal, waar hij koffie had besteld en waar hij het algemeen klassement was gaan zitten bestuderen. Tien minuten later was de ober weer gekomen en was hij weer naar het telefoonhokje gelopen.

'Wie nu?' had hij een tikje provocerend in de hoorn geroepen en tot zijn schrik had Trix gezegd: 'Jezus, ik ben het maar. Goedemorgen!'

'Wacht even,' had hij gezegd. Hij was snel naar de ontbijtzaal teruggelopen, had zijn koffie gepakt en had een stoel het celletje ingesleept.

Ze had hem verteld dat ze zojuist ontbeten had met een buitengewoon leuk artikel in *de Volkskrant*. Miller had geglimlacht en zij had gesteld: 'Leuke foto van je, ouwe gek. Je bent zelfs nog knap.'

'Natuurlijk,' had hij geroepen, en hij had gevraagd waarom ze al zo vroeg op was.

'Ik maakte me zorgen om je,' was haar antwoord geweest. Ze had verteld over de, volgens haar, korte, onpersoonlijke telefoongesprekken van de vorige dagen. Natuurlijk begreep ze best dat de Tour heel druk en afmattend was, maar de nietszeggende doodsheid die hij de afgelopen dagen tegenover haar had uitgestraald, had haar aan het denken gezet. 'Wat is er?' had ze gevraagd.

Miller had gezegd: 'Niets.' Maar hij had direct gevoeld dat hij zat te liegen.

'Jawel, er is wél wat,' had ze met kracht geroepen, en Miller had het hele verhaal van Béanne verteld. Vanaf het moment van hun ontmoeting in het tankstation bij Perpignan tot de tuut-tuut-geluiden van drie kwartier geleden. Hij had niets achtergehouden, niets mooier gemaakt dan het was geweest. Dat was zijn manier van schoon schip maken: gewoon alles vertellen en dan maar afwachten wat Trix zou zeggen.

In eerste instantie was dat niet veel geweest.

'Lul, enorme lul!' had ze huilend en boos gezegd, en daarna had ze gevraagd: 'Waarom, waarom in godsnaam, heb je dit soort dingen zo nodig? Voor je eigen eer of zo? Besta je pas voor jezelf als je dit soort expedities eens in de zoveel tijd meemaakt?'

Miller had gezegd dat ze zich niets moest voorstellen van wat er gebeurd was, waarna Trix scherp had geantwoord: 'Nee, natuurlijk niet. Je slaapt met haar, je vrijt met haar, je zit aan haar, zij zit aan jou; daar heb ik me dus niets van voor te stellen... Het was zomaar, omdat oude vrienden elkaar weer eens zagen. Heeft ze je ook nog gepijpt?'

Miller had heel even, met een tikje schaamte, gewacht met antwoorden. Toen had hij ferm gezegd: 'Nee, want ik heb je weleens verteld dat ze dat niet deed.'

Het gesprek had een halfuur geduurd. Trix was achtereenvolgens triest, razend, rustig, teleurgesteld en ten slotte bedroefd geworden. 'Ik weet bij god niet wat ik met je aan moet,' had ze gezegd.

'Ik wel met jou,' had zijn antwoord geluid.

'O ja. Wat dan? Je komt volgende week thuis en dan kruip je weer lekker bij mij in bed. Dan is er verder niets aan de hand zeker?' had ze gezegd.

Miller had geknikt, maar niets gezegd. Hij had haar gevraagd rustig te blijven en geen domme dingen te doen. 'Gooi niet al mijn overhemden ineens de deur uit,' had hij gelachen.

'Waar ik zo hard op heb staan strijken zeker!' had ze teruggelachen.

Miller had gezegd dat hij 's avonds om even na halfnegen weer zou bellen. 'Wees niet boos op me, ik ben alleen maar eerlijk tegen je geweest.'

'Ja, nu, maar de afgelopen dagen dus niet.' En daarna had ze opgehangen.

Miller was een kwartier later richting Alpe d'Huez vertrokken. De wegen rond St. Etienne zaten vol. Het was 's zaterdags warm in Frankrijk. Ook was er veel vakantieverkeer op de weg; daarom vroeg hij Edgard om de autobaan via Lyon te nemen en dan over Grenoble naar Bourg-D'Oisans te rijden.

Om even voor elven waren ze aan de voet van de alp gekomen, nadat ze soms onbehoorlijk hard hadden gereden, vooral tussen Lyon en Grenoble, waar de weg, vreemd genoeg, bijna leeg was. Het stuk weg vanaf Grenoble hadden ze iedereen en alles moeten dubbelen; onsympathiek en asociaal, maar als ze in de rij waren gaan staan, hadden ze de uitzending nooit op tijd gehaald en dus hadden ze wel voor deze oplossing moeten kiezen. Soms had dat hachelijke momenten opgeleverd. Automobilisten die al tijden stonden te wachten werden kwaad op zo'n passeerder van de Tour en stuurden ineens naar links. Gelukkig dat op het laatst de wagens van de Zwitsers, Denen en Belgen voor hen uit hadden gereden; zo leek het op een colonne, op iets van organisatie.

In sneltreinvaart, voor zover mogelijk, waren ze omhooggekoerst, laverend tussen fietsers, skeelers, mensen op ski's met wieltjes, hardlopers, twee mannen op stelten en feestvierders, dansenden en andere gekken door. Overal had Miller de geur van de middagbarbecue geroken, vermengd met zonnebrandolie. Overal was hij toegeschreeuwd: 'Millertje...! Stijniooooooo...!'

Eenmaal boven had hij diep ademgehaald. Edgard had gezegd dat het de volgende keer toch beter zou zijn om met de helikopter naar de commentaarpositie te gaan, zoals de Franse televisiemensen al een paar jaar deden. Die hadden niets meer met die gekte van doen; zij waren verstandig geworden.

De etappe was prachtig geweest. Op papier was het niet zo'n moeilijk traject, maar de echte kenners wisten wel beter. St. Etienne uitrijden was moeilijk, niet alleen voor het autoverkeer, ook voor de fietsers. Al voor de beklimming van de Col de la République was het peloton gebroken en werd er hard en nerveus gereden over nauwe, brandende, draaiende weggetjes.

Tien jaar geleden was er zo'n etappe de andere kant op geweest en hadden de grote heren van dat moment er alles aan moeten doen om bij te blijven. Greg Lemond had zitten slapen, Claudio Chiappucci had pech gehad en had daarna aangevallen, en alle mindere renners van dat moment waren hard op hun pijnlijke plekken getrapt.

Zo was het nu weer; de hitte was onvriendelijk en de renners hadden dorst. Het werd helemaal niet meer rustig; telkens weer reden er renners weg en kwamen er groepjes terug. Toen de Deen Riis weer eens een van zijn bravoure-aanvallen had ingezet, was het hele peloton, of wat ervan over was, ontploft. In de enorme strijd op weg naar Bourg-d'Oisans was alleen Patrick Jonker overeind gebleven; andere Nederlandse renners waren stukgereden in kleine groepjes terechtgekomen. Zij waren aan het overleven, terwijl de beste dertig renners van deze Tour elkaar hadden beloerd in de aanloop naar de beroemde beklimming.

Miller had een prettige middag gehad. Hij had het slagveld goed kunnen overzien en zijn vroege analyse van Riis was juist geweest. De Tour was in een belangrijk stadium gekomen. Die dag zou de beslissing niet vallen, maar wel de *Vorentscheidung*, zoals het zo mooi in het Duits heette.

Die dag zouden de mannen van de jongens wegrijden en pas over twee dagen, zo had Miller gesteld, in Morzine, kon de voorzichtige eindbalans worden opgemaakt. Terwijl er nog dertig renners bijeenwaren, zou dat aantal kanshebbers na de Alpen drastisch verminderd zijn, en zouden misschien nog tien renners redelijk bij elkaar in de buurt staan. Het was, had Miller bedachtzaam opgemerkt, nog maar zeer de vraag of de afsluitende tijdrit van een week later in Parijs de beslissing zou brengen.

Op het moment dat hij met die beschouwing bezig was, had hij gezien hoe Riis wegreed bij de anderen. De Deen had zijn rode shirt met wit kruis open. Hij transpireerde sterk, maar juist op momenten dat hij er nauwelijks nog uitzag, reed Riis op zijn hardst.

Miller had naar de achtervolgers gekeken. Naar Patrick Jonker, die geweldig afzag, maar goed bleef volgen. Hoe kon het zijn, had hij gedacht, dat een jongen uit Amsterdam die was opgegroeid in Australië, hier met de beste klimmers meeging?

Jonker was ook gast geweest tijdens de avonduitzending en het Nederlandse publiek rond de set had hem een applaus gegeven alsof de vervanger van het edele duo uit het eind van de jaren tachtig, Theunisse-Rooks, was opgestaan. Joyce van Veen had hem daar ook naar gevraagd en Jonker had zijn schouders opgehaald. Hij was zichzelf en geen kloon van een ander, had hij gezegd, en iedereen op de set was in de lach geschoten.

Miller drukte de cijfertjes van zijn mobiele telefoon in. Na de middaguitzending had hij drie keer met Trix gebeld, tweemaal kort, eenmaal een klein halfuur. Dat laatste gesprek had de kou een beetje uit de lucht gehaald. Ze was boos geweest en hij had veel geluisterd. Hij had een zelfanalyse gemaakt, waarna zij had opgemerkt: 'Als je dan toch zoveel zelfkennis hebt, zorg dan dat je eerder aan de handrem trekt.'

Hij had haar in veel opzichten gelijk gegeven, maar was blijven ontkennen dat hij zijn liefde of genegenheid voor haar opzij had geschoven omdat er toevallig iemand anders naast hem in bed had gelegen. Op een gegeven moment had ze gevraagd of hij vaker van deze faux pas had gemaakt en hij had, na enige aarzeling, gezegd: 'Twee keer.' Ze had gezwegen en hij was er niet verder op ingegaan.

'Mannen zijn bespottelijke wezens,' had ze gezegd toen hij voorstelde het gesprek te beëindigen omdat hij zich nog wilde verkleden voor de avonduitzending. 'Hóór je me?'

'Ja,' had hij gezegd, en zij had het nog een keer duidelijk gesteld: 'Mannen zijn bespottelijke wezens.'

Miller wachtte op de tonen en hoorde haar stem. 'Ben ik weer,' zei hij.

'Je hebt wel heel veel goed te maken,' zei ze fel.

Hij voelde dat er sinds de middag iets met haar was gebeurd. 'Wat is er?' vroeg hij. Vanuit Amsterdam klonk een diepe stilte. 'Wat heb je gedaan?' vroeg hij dwingend.

'Bijna één fles wijn gedronken,' zei ze.

Miller lachte. 'Hielp dat?' vroeg hij.

Ze was scherp en snel: 'Natuurlijk niet, natuurlijk helpt dat niet... Niets helpt. Jij zit daar, gaat zo meteen eten met een paar mensen en je maakt misschien nog plezier, en ik zit in een groot leeg huis en denk aan je. Je bent een ongelofelijke lul...'

Miller zweeg.

Zij ging door: 'Helaas ben ik gek op je, dat is het ergste van alles. Ik had ja moeten zeggen toen je ooit vroeg of we niet zouden trouwen.'

'Wat was het verschil met nu geweest?' vroeg hij.

'Niets eigenlijk... Of ja, toch wel. Nu kun je zeggen dat we vrienden zijn en dat een mens meerdere vrienden of vriendinnen kan hebben,' zei ze, en ze begon te lachen.

'Waarom lach je nu in godsnaam?' vroeg hij.

'Omdat ik mezelf een slappeling vind,' antwoordde ze, en ze ging door: 'Ik zou je toch een schop onder je ballen moeten geven, klootzak.'

Miller hield de hoorn even van zijn oor. Hij hoorde dat er op zijn kamerdeur werd geklopt.

'Wacht even,' zei hij. Hij legde het toestel op de tafel en liep naar de deur. Hij hoorde haar daardoor niet zeggen: 'Het zal wel weer een vriendin zijn.'

Miller deed de deur open en zag aan het gezicht van Eric, die in de halfdonkere gang stond, dat er iets niet in orde was.

'Kun je even meekomen?' vroeg Eric.

'Waarom?' vroeg Miller.

'Nou, Joyce en Martijn zitten elkaar de huid vol te schelden. Ze hebben al de hele dag ruzie, maar nu gaan ze ook nog met dingen gooien.'

Miller liep naar de telefoon in zijn kamer en zei: 'Ben je daar nog?'

'Ik wél,' zei Trix. Hij legde uit dat hij even een probleempje moest gaan oplossen.

'Begin dan maar bij jezelf.'

Hij moest beloven dat hij later op de avond nog een keer zou bellen. Vervolgens liep hij naar beneden en speelde in een van de grote kamers op de eerste etage voor brandweerman. Van Veen, Lust en Eric waren bezig geweest de komende dagen productioneel voor te bereiden, maar Van Veen wilde veel te veel. Lust was kriegel geworden en de twee hadden woorden gekregen. Van Veen had geroepen: 'Wie presenteert die avondshow: jij of ik?' Dat was het moment geweest dat Lust was ontploft: 'Dan schuif je toch een stoel op en doet Stijn het wel. Maak jij je ochtendfilmpje maar en daarmee basta.'

Eric probeerde te sussen en Miller luisterde. Lust zei boos en kortaf: 'Ik wil keiharde, goede cijfers en niet dat lieve en aardige alsof het hier een speeltuin is. Het duurt nog één week en we moeten met z'n allen beter werken. Ik heb vanmiddag met Van der Heyden gesproken; hij verwacht strakkere en betere programma's. Hij wil ook jouw bijdragen beknopter en meer uitgesproken hebben.' Bij de laatste zin keek hij Miller recht in het gezicht. Deze keek verbaasd op. Ging Van der Heyden nu al via de band spelen?

Miller keek de anderen aan en zei botweg: 'Heeft hij er ook bij verteld wie met wie slaapt en of dat mag?'

De reactie van Lust was zoals Miller verwachtte: '*No bullshit*, graag,' maar Van Veen bloosde van oor tot oor.

Miller keek haar aan en zei: 'Sorry, zo had ik het ook weer niet bedoeld.'

Vervolgens gingen ze met z'n vieren eten. Ze liepen langs de kunstijsbaan, waar ze drie man van de technische ploeg op het ijs bezig zagen. Die kids hadden ijshockeyschaatsen gehuurd en sjeesden nu over het ijs. Rond de baan, die goed verlicht was, stonden nog honderden mensen te kijken; de laatste diehards van een wielerdagje in Alpe d'Huez.

Na het eten liepen ze terug naar het chalet en zei Miller: 'Maak je maar op voor een helse etappe morgen.' Van Veen vroeg hem hoe hij dat wist en voordat Miller iets kon zeggen, merkte Lust op: 'Omdat Stijn al jaren in dit gekkenhuis woont. Dan leer je je omgeving aardig kennen.'

'Pardon hoor,' zei Van Veen.

'Slaap lekker, en zorg ervoor dat je morgenochtend vroeg op weg bent,' zei Miller toen hij de trap opliep.

'Hoe vroeg is vroeg?' vroeg Van Veen.

'Acht uur op en snel wegwezen,' antwoordde Miller met een ingehouden glimlach.

In zijn kamer kleedde hij zich uit, legde zijn kleren voor de volgende dag klaar, poetste zijn tanden en zette het reiswekkertje. Daarna tikte hij de cijferreeks voor Amsterdam op zijn toestelletje in. Hij liet de telefoon vijftienmaal overgaan en belde vijf minuten later nogmaals. Er werd weer niet opgenomen.

Om twaalf uur keek hij nog eens op zijn horloge.

Dekker

Miller stond extreem vroeg op, nog voor zevenen, en liep in zijn eentje naar het restaurant waar ze de vorige avond hadden gegeten en waar ze met de *patronne* hadden afgesproken om vroeg te komen ontbijten.

Hij zat er op zijn gemak, at vers brood met behoorlijk gezouten boter en vruchtenjam en kreeg dampende koffie in een grote, blauwbonte kom. Hij had de klassementen meegenomen en was die aan het bestuderen, toen Lust bij hem kwam zitten. Miller merkte, zonder dat hij het vervelend bedoelde, op: 'Alleen?' Lust keek hem even scherp aan en knikte.

Ze bekeken samen de kaart die Lust had meegenomen en zagen dat je nergens kon afsteken en dat Van Veen met haar cameraploeg dus voor de renners moest vertrekken en haast moest maken. Ze moest de weg over Moutiers nemen en snel naar de finish komen om haar montage klaar te krijgen voor het avondprogramma. Werken tijdens bergetappes was toch anders dan voor en na vlakke parcoursen. Miller wees de snelweg aan en zei dat hij Edgard zou vragen via Grenoble en Albertville te rijden.

‘Hoe deden jullie dat vroeger, toen de wegen hier nog niet zo goed waren?’ vroeg Lust.

Miller keek de jonge commerciële man even aan en voegde hem lachend toe: ‘Toen maakten we ons niet zo druk over uitzendingen die de hele dag duurden. Toen deden we één uur en in de bergen anderhalf uur uitzending per dag, en dat was voldoende.’

Lust begreep de boodschap. Allebei keken ze op toen Van Veen het restaurant binnenkwam. Ze was opvallend gekleed. Een strak rood truitje spande rond haar mooie boezem en de korte broek die ze droeg, leek veel op een ceintuur; hij was in elk geval niet veel breder. Beide mannen zwegen hoorbaar toen de presentatrice aanschoof.

‘Is er iets?’ vroeg ze.

Miller schudde zijn hoofd, maar Lust knikte en zei meteen: ‘Je bent opvallend gekleed; laat ik het daarop houden.’

‘Valt mee hoor,’ zei Van Veen, terwijl ze een croissant besmeerde.

‘Nou…?’ merkte Lust op, en Miller koos precies dit moment om zijn stoel met enig geraas naar achteren te schuiven en hun allebei een heel prettige dag toe te wensen. Hij groette de eigenares van het restaurant, zwaaide nog een keer naar zijn collega’s en liep de straat op.

Alpe d’Huez was ’s ochtends vroeg uitgestorven. De renners werden in hun hotels nu zo ongeveer gewekt. Hier en daar rook het buiten naar versgebakken brood. De mecaniciens waren voor de rennershotels al een hele tijd bezig het materiaal in orde te brengen, en in de paar restaurantjes die open waren, zaten Tour-volgers hun koffie te drinken.

De start was straks in de vallei, in Bourg-d’Oisans, waar het nu natuurlijk al een chaos was, want alle fietsgekken die de dag tevoren op de berg hadden gestaan en later naar de streep waren gekomen, zaten nu op campings, kampeerden op grasvelden of logeerden in pensionnetjes en hotelletjes onder aan de alp. Straks zou het weer een troep worden, met heel veel opdringerige fans die zo dicht mogelijk bij hun favorieten wilden komen, die handtekeningen vroegen aan bijna iedereen die een wielerbroek aanhad en die de doorgang in Bourg-d'Oisans voor de vele volgers die snel richting finish wilden, bijna onmogelijk maakten.

Om iets voor halfacht was Miller weer op zijn kamer, waar zijn bagage al was weggehaald. Hij belde Amsterdam en kreeg een slaapdronken Trix aan de lijn. Hij vroeg haar waar ze de vorige avond zo laat was geweest. Hij had, zo stelde hij rustig, nog twee keer gebeld, maar niets meer gehoord.

'Klopt,' zei ze, en ze vertelde dat ze even de stad in was geweest.

Miller wachtte even en vroeg toen: 'Solo?'

'Nee, met twee vriendinnen,' zei ze ietwat smalend, en Miller begreep dat hij niet verder hoefde te vragen.

'Ga nog maar lekker slapen,' zei hij. Hij drukte het knopje met het rode telefoontje erop met enige felheid in.

Hij stapte bij Edgard in en wenste hem goedemorgen. Samen daalden ze vrijwel zwijgend af. Onderweg werden ze aangestaard door vele vaderlanders die uit hun tentjes kropen, zwaaiden en scholden ('Hé, Miller! Kan je wel, in grote auto's rijden, hè?!' riep een rossige man van een jaar of dertig die over zijn bolle buik stond te wrijven toen de Sportkanaalwagen door de bocht kwam), of kreten van herkenning achter hen aan stuurden.

Beneden bij de start sloegen ze rechtsaf, niet voordat vele landgenoten hen hadden toegeroepen dat de start de andere kant van het dorp op was. Ze legden het parcours over de autobaan in iets meer dan twee uur af.

In Courchevel was het nog rustig toen ze er aankwamen. De Italianen zaten stokbrood met lange repen ham te eten en Miller ging even bij de levensgenieters van de RAI zitten en kreeg een homp brood aangeboden. Deze mannen maakten zich nooit druk, leek het. Dazan, zijn medecommentator Adorni en alle bijlopers dachten niet aan kijkcijfers; zij hoefden niet voor een zeven-drietje te gaan en beleefden een zalige Tour. Voor hen geen gekunsteld avondprogramma, ben je gek! Rond die tijd zochten ze het beste restaurant van de stad of streek. Ze logeerden altijd in prima hotels en werden, als ze ergens een Italiaans restaurant hadden gevonden, altijd uitgenodigd door de *patron*. Zij waren, op dit podium, de heren verslaggevers: goed gesoigneerd, ook met gratis kleding en schoeisel, want ze stonden in Italië in aanzien.

Dazan, wist Miller nog, had jaren geleden de Tour eens gevolgd met een struise Amerikaanse aan zijn zijde. Dat kind was een jaar of vierentwintig geweest en was alleen maar van hotel naar hotel gereden. Heel soms was ze naar de finish gekomen om haar onwaarschijnlijk lange benen aan de heren collega's van Dazan te tonen.

De jonge vrouw was profbasketbalster in Milaan en Dazan had haar ergens in een beroemd restaurant ontmoet en haar gewoon naar de Tour meegenomen, van start tot finish. Miller kon zich nog heel goed herinneren welke grappen er op de commentatorentribune werden gemaakt over de Italiaan op leeftijd en zijn jonge vriendin, maar Dazan had alles weggelachen en af en toe gevraagd hoe de andere heren de nacht waren doorgekomen.

Nu zat Miller weer naast Dazan en kauwden ze allebei hun midden-ochtendmaal weg.

'*Vuoi caffé?*' zei Dazan.

Miller schudde zijn hoofd: '*No grazie!*'

En zo begon de dag.

'Hilversum hier,' hoorde hij uit de koptelefoon. Miller schoof de lipmicrofoon in de juiste stand en zei: 'Goedemorgen, Miller hier.'

Iedereen wist hoe gevaarlijk deze etappe was. Slechts honderdveertig kilometer; en als er vroeg doorgereden zou worden, dan betekende dat dat de nu al verzwakte niet-klimmers werden uitgesloten. Op karakter zouden die jongens nog tot halverwege de Glandon meekunnen, en misschien zouden ze ook wel weer terug kunnen komen tussen de Glandon en de Madeleine, maar daarna was er te weinig tijd om nog aan te sluiten voor de klim naar Courchevel. Miller zei dat ook meteen bij het begin van de uitzending, die weer de hele rit besloeg: als je snel moest lossen, dan zou het een heel vervelende zondag worden.

De lange aanloop tot de Glandon, waar niets gebeurde en waar de renners en bloc over de weg peddelden, duurde wel erg lang en op een gegeven moment deed Miller er maar het zwijgen toe. Het was zinloos om nu iets te zeggen. Terwijl hij prachtig zweeg en de renners in beeld bleven, bedacht hij hoe Van der Heyden, als hij tenminste keek, nu tegen zijn televisietoestel zou roepen: 'Zeg wat!'

Maar Miller hield expres zijn mond, wel vier minuten achter elkaar. Tweemaal vroeg een stem uit Hilversum hem of hij er nog was, maar zelfs op die oproep reageerde hij niet.

'Jezus, zeg dan wat, man!' hoorde hij vanuit Hilversum. Hij moest eventjes grinniken: waar maakten ze zich nou zo druk om? Het was verdorie net na twaalven op zondagochtend, de koers was vers, niemand wilde iets ondernemen, en alleen de heel grote fanatiekelingen zaten nu al achter hun toestel. En... wat moest je zeggen als er helemaal niets in de wedstrijd gebeurde?

Pas toen in het peloton de cameraman helemaal ingesloten raakte en Rabobank-renner Erik Dekker heel duidelijk in beeld kwam, begon Miller weer met een verhaal. Hij vertelde over Dekker, over de Drent die in Brabant was gaan wonen, over de jonge, soms onzekere sportman van weleer, die nu toch een mondige kerel was geworden. Miller mocht hem en liet dat ook merken.

De klim naar Courchevel was magnifiek. Miller zat te genieten van heel sterke sport en liet zijn enthousiasme duidelijk de vrije loop. Niet dat hij er nou direct aan dacht, maar dit moest toch wel zo ongeveer de toonzetting zijn die de Sportkanaal-bazen voor ogen hadden. Het publiek thuis moest naar de buis gezogen worden, Millers commentaar moest de beelden dat extraatje geven waardoor kijken naar de Tour een sportieve 'must' was. Zoals Van der Heyden tijdens een van de voorbesprekingen had gesteld: 'Op kantoren en in cafés moeten de mensen over onze uitzendingen gaan praten.'

Miller had daar toen in juni om moeten lachen. 'Succes staat en valt met resultaten van Nederlandse jongens, en heel veel minder met een groots en sportief gevecht tussen buitenlandse toppers,' had hij op die bijeenkomst gezegd.

Van der Heyden had droogjes opgemerkt: 'Dan zorg jij er maar voor dat de mensen naar de buis komen; dan dwing je dat af met een vreselijk fanatieke vorm van verslaggeven.'

Om halfeen kreeg hij een teken vanuit Hilversum dat hij vijf minuten mocht zwijgen, want het was tijd voor een reclameblok. Miller zette zijn koptelefoon af, leunde achterover en gaf Edgard een teken dat hij graag koffie wilde.

'Iets eten?' vroeg de chauffeur.

Miller schudde zijn hoofd. Hij stak een sigaret aan en keek naar het beeld. Verdomme, dat zul je net zien: waren ze in Nederland nu toe aan reclame en begon hier, op de Franse wegen, de wedstrijd. Miller moest lachen, want het was Dekker die gedemarreerd was en rechts van de weg een meter of driehonderd voorsprong had. Achter hem reageerden wat Italianen en door de plotselinge tempoversnelling was er een valpartij in het peloton geweest, zo meldde Radio Tour. Miller keek naar het schermpje en wachtte totdat hij het commando 'Live' weer hoorde.

Om twee uur in de middag had Miller het idee dat zijn blaas knapte. Terwijl hij commentaar gaf, bladerde hij het draaiboek van die dag door en zag dat het volgende reclameblok om kwart over twee zou vallen. Hij ging verzitten, zodat hij tenminste het gevoel had dat hij zijn piemel afkneep. Zo moest er een kwartiertje verder te werken zijn, en dat lukte hem inderdaad.

'Je bent eraf, reclameblok van ruim vier minuten,' riep Hilversum. Miller had zijn koptelefoon al weggegooid, had zijn klapstoeltje weggeschoven en had een vreemd holletje ingezet. Hij sprong de verhoging af, beoordeelde waar hij in het gigantische wagenpark achter de finish een boom kon vinden, koos voor links en vond na dertig seconden een muurtje. Hij opende zijn gulp, richtte en liet een klaterende straal tegen de oude Franse bakstenen spatten.

'Jezus, wat lekker!' zei hij tegen zichzelf. Hij bleef maar doorplassen en rekende het uit: driekwart minuut vanaf het begin van de pauze tot hij bij het muurtje kwam; nu was hij misschien een minuut bezig. Hij moest dus ophouden, maar verdomme, er kwam nog zoveel. Dus plaste hij nog even door, kneep af, druppelde snel uit en zag dat hij een fraaie straal over zijn linkerpijp had getrokken. Verdomme!

Hij sloot zijn gulp, draaide zich om en zag dat de twee assistenten van de Japanse televisie, twee poppige vrouwtjes die zorgden voor eten en drinken en startlijsten en wat al niet meer, zijn hele plaspartij vanaf misschien vier meter zeer precies hadden gevolgd. Ze zaten hem enigszins met stomheid geslagen – of waren ze verbaasd? – aan te kijken vanaf hun stoeltjes voor hun caravan. Miller lachte schaapachtig, haalde zijn schouders op als excuus, bedacht ineens dat hij die fraaie plasboog over zijn linkerpijp had lopen, lachte nogmaals en zette het weer op een onhandig holletje.

Op weg naar zijn commentaarpositie struikelde hij bijna over een bos kabels en buiten adem viel hij op zijn klapstoel terug. Twaalf seconden nadat hij zijn koptelefoon had opgezet hoorde hij 'Live!' uit Hilversum. Hij was nog steeds buiten adem. Hij keek naar het beeld, zag een groepje renners, maar had geen idee wie waar reed.

'U bent weer terug in de koers,' zei hij. Hij haalde adem,

maar voelde dat hij nog even tijd nodig had om op normale manier te kunnen spreken. 'Er is de laatste minuten hard gereden, maar een goed overzicht is nog niet te verkrijgen,' zei hij, maar hij wist niet of dat zo was of niet.

Pas na tien minuten was zijn hartslag rustig, wist hij ook hoe de koers verliep en was ook de plasstreep op zijn linker broekspijp vrijwel onzichtbaar. Hij haalde diep adem en bedacht dat zulke lange uitzendingen eigenlijk niet door één man te doen waren.

Toch had hij, bij de besprekingen voor de Tour, aangedrongen op een soloproject. De directie was daar ook voor, maar een aantal andere programmamakers hielden de mogelijkheid open om een oud-renner mee te vragen voor de inside-verhalen tijdens de uitzendingen van vier uur en langer. Miller had dat afgeraden, zeker nu Sportkanaal voor het eerst de Tour deed en de voorbereidingstijd maar heel kort was. Van der Heyden had hem daarin gesteund. Vreemd eigenlijk, want ze waren het vrijwel nooit met elkaar eens.

'Je kunt niet iemand die tien jaar aan een krom stuur getrokken heeft achter een microfoon zetten en dan verwachten dat er meteen en drie weken achter elkaar iets zinnigs uitkomt,' had Miller gezegd. Om hem heen was geknikt; al te veel ex-sportsterren waren in de loop der jaren door heel Hilversum achter een microfoon gezet om te ervaren dat ze misschien wel de ins en outs van hun sport kenden, maar dat praten over die sport en over momenten die op een scherm te zien waren nog iets heel anders was.

Miller had het schitterende verhaal verteld van ploegleider Jan Raas, die een jaar of tien geleden tijdens een etappe ineens op de commentatorentribune was opgedoken toen een ander zijn ploegleiderswagen reed. Raas was gevraagd mee te doen aan het commentaar, maar had zelfs de grootst mogelijke moeite gehad om zijn eigen renners te herkennen. Met een breed wegwerpgebaar was de Zeeuw opgestapt; die monitor was ook zo klein! Het beeld was onrustig, soms viel de kleur weg, en je zat daar opeengepakt – hoe kon hij nou eens rustig bekijken wie wie was?

Tegen drieën was er weer een reclameblok gepland en kon Miller in alle rust een mineraalwater drinken. De koers was nu overzichtelijk. De klimmers waren vanaf de Glandon bijeengekomen en maakten tempo. Niemand was weggeknald, maar er bleven slechts vierentwintig renners van voren over; alle andere spartelden tegen de Madeleine op.

Nogmaals waarschuwde Miller voor de positie van de achterblijvers. Het was een korte etappe; er was dus kans dat achterblijvers buiten tijd zouden komen en naar huis moesten. Ook sprinter Blijlevens moest opletten, stelde Miller, en in feite moesten alle andere Nederlanders behalve Jonker slim koersen en goede groepjes kiezen.

Voor de finale, op weg naar het ski-oord, waar enkele hotels, restaurants en bars geopend waren omdat het Tour-circus dit jaar langskwam, maar waar het voor de rest vrij rustig was gebleven, namen de renners een lekkere aanloop voordat ze op twee kilometer hoogte kwamen.

Miller lette goed op en gaf mondjesmaat commentaar. Nog steeds gebeurden er geen grote dingen, alleen zag hij dat Erik Dekker terugkwam in de kopgroep. Dat verheugde hem: goed gereden!

'Als hij zich maar niet over de kop gefietst heeft en als er morgen nog maar wat over is, want dan moeten we over zeven cols,' zei Miller. Hij zag het beeld van de blonde Drent die met zijn shirt open achter in de groep bleef zitten om enigszins op adem te komen. Miller bekeek de situatie. 'Eigenlijk is hij twee kilometer te laat aangesloten,' zei hij, en hij vervolgde: 'Straks begint de klim en dan is hij waarschijnlijk de eerste die eraf moet.'

Hij deed nu niet aan waarzeggen; dit waren oude wielerwetten en je hoefde geen groot kenner van de edele fietssport te zijn om dit soort waarheden te poneren.

'Erik, wees daarom verstandig en rijd een stuk naar voren door,' ging hij verder.

Na driehonderd meter klimmen en de eerste, lichte aanval van Virenque, moest Dekker lossen. Miller pakte een papiertje uit zijn tas en schreef snel en redelijk leesbaar: 'Laat de cameraploeg zich op Dekker richten en zijn verhaal registreren.' Hij wenkte Edgard, die vier meter achter hem met de chauffeur van de Zwitsers stond te praten, en gaf hem het papiertje, terwijl hij wees naar de Sportkanaal-caravan, die zeven meter achter de tribune stond en waar de anderen nu, op hun gemak en in de zon, aan de koude drankjes zaten, terwijl ze de koers via twee kleine monitors volgden.

Om kwart over vijf zat Miller ook voor de caravan. Het verhaal van de hologige Dekker was prachtig geweest. De Hoogevener had gereden voor wat hij waard was, had zichzelf overtroffen en had bijna kotsend voor de lens gestaan. Miller was tevreden. Kort had hij naar de beelden gekeken en een paar montage-aanwijzingen gegeven. Dit was de Tour de France op z'n best: een jongen van het vlakke land die boven op zo'n alpencol bijna van zijn fiets knalt van ellende.

Zo had Miller jarenlang renners opgevangen en langs zien komen. Met volgescheten broeken, stinkend naar zweet en pies, waren ze tegen de hekken aan gedonderd. Jongens die niet meer wisten waar ze waren, die gereden hadden voor hun leven, die alleen maar wilden overleven, die binnen de tijd over de streep moesten komen… Miller genoot van die momenten. Het was heroïsch en misschien ook wel plat, het stond bol van menselijk leed, maar het toonde toch zeker de grootheid van de wielersport. Gek, maar Miller wist dat hij, ondanks alles, deze sport toch wel heel leuk vond.

Zoals hij nu in de late middagzon zat, genoot hij weer. Het was die dag echte sport geweest en hier boven, op zo'n gekke berg waar ooit een projectontwikkelaar een stelletje huizen had laten neerzetten en waar in de winter de Franse upper-class van de heuvels zoefde, lag nu een dorpje en werkten een kleine honderd gekken aan samenvattingen, avondprogramma's en nabeschouwingen.

Technici renden rond en de eerste wagens vertrokken al. Miller pakte zijn zaktelefoon.

'Problemen verdwijnen waar kopstukken verschijnen,' sprak hij, en hij dacht terug aan dat fameuze radioprogramma van weleer. Wie waren ook weer die kopstukken? Godfried Bomans en Hella Haasse? Hij dacht even na. Victor van Vriesland misschien ook. Hij herinnerde zich dat hij thuis, bij zijn ouders, naar de radio luisterde... Of was het toen al televisie? Nee, het moest nog radio geweest zijn.

'Goedemiddag,' zei Trix.

'Goedemiddag,' zei Miller terug. Hij had het gevoel dat hij een heleboel plooien kon gaan gladstrijken en dat de tijd daarvoor nu rijp was.

Ze vertelde hem dat ze even had gekeken, maar dat ze de etappe te saai voor woorden vond.

'Je was wél enthousiast, zeg!' zei ze.

Hij vroeg of ze geen kater had gehad van de avond tevoren en zij beaamde: 'Heb ik nog steeds, maar ik verzamel katers zoals jij poezen.'

Miller moest lachen en vertelde dat hij de uitzending van acht uur nog zou doen en dat hij dan door zou rijden en die avond niet meer zou bellen. Het zou te laat worden.

Om kwart voor acht nam Lust Van Veen even apart, zag Miller. Even later kwam ze met een andere blouse aan op de set. Haar ultrakorte broekje van die ochtend had ze al verwisseld voor een nette spijkerbroek, maar Lust vond de verandering nog niet groot genoeg.

Miller stond samen met de jongens van de cameraploegen in de montagewagen toen de beelden van de start waar Van Veen haar dagelijkse rondgang maakte, binnenkwamen. Je zag aan de renners dat er iets aan de hand was; je zag ze snaaks lachen en kijken, en Miller en ieder ander begreep waarom. De cameraman die Van Veen elke ochtend begeleidde, had haar een paar keer in beeld genomen samen met renners. Kijkend naar de beelden uit Bourg-d'Oisans moest Miller ineens denken aan de woorden van Trix: 'Mannen zijn bespottelijke wezens.'

Het klopte. Miller herinnerde zich een tafereel van jaren geleden. Het was de tijd van renners als Henri Manders en Teun van Vliet, allebei kwajongens met altijd oog voor vrouwelijk schoon. Bij de start in Bourg-d'Oisans hadden ze daarover staan praten. Ze hadden gelachen, ouwe-jongens-krentenbrood-taal natuurlijk, stoer en een tikje ordinair, maar ze waren mannen onder elkaar geweest en hadden naar de vakantiegangers gekeken die leunend over de balustrade naar de renners wenkten. Ze hadden alle drie een jonge blonde meid op het oog en hadden haar kwaliteiten besproken. Miller kon het zich nog herinneren, en nu keek hij naar de beelden en zag hij renners die ongetwijfeld met Joyce van Veen hetzelfde deden.

Miller vroeg zich af of ze zich expres zo aangekleed had; om een tikje te choqueren of om deze reacties los te maken. Als ze alleen waren, moest hij het haar eens vragen.

Om halfnegen liep Miller naar de auto, die al klaarstond aan de buitenrand van de geïmproviseerde parkeerplaats.

De uitzending was goed geweest. De bijdrage van Dekker was vrijwel zonder commentaar uitgezonden; de beelden waren dermate sterk dat je er niets bij hoefde te zeggen, en de renner liep behoorlijk leeg toen hij weer kon praten.

Miller had het filmpje van Van Veen heel aardig gevonden en alle anderen hadden er soms vreselijk om moeten lachen. Vooral de hanige Italiaanse en Franse heren waren heel fraai neergezet door de camera.

Miller zelf had over Morzine verteld, over de loodzware

etappe die de volgende dag gereden zou worden, over de zeven beklimmingen en de tweehonderdzeventien kilometer. De volgende dag zou het gaan gebeuren, had hij verteld. Aankomsten in Morzine waren altijd spectaculair geweest.

Van Courchevel naar Moutiers moest Edgard met enige voorzichtigheid rijden. Miller zag het Olympisch atletendorp van 1992 rechts beneden zich in Brides-les-Bains liggen. Toen ze langs Moutiers kwamen, keek hij naar rechtsboven op de heuvel. Daar lag het befaamde Hôtel Ibis, waar hij tijdens de winterspelen drie weken in een kamertje van drie bij vier meter had gelogeerd.

Bij Albertville viel hij in slaap. Hij had dat al aangekondigd, net zoals Edgard hem om vijf uur had gezegd dat hij tot een uur of acht in de auto zou gaan slapen. Vlak voordat Miller wegsoesde, had hij nog even naar het papiertje gekeken dat op het dashboard was geplakt: Moutiers-Albertville-Chambéry-Annecy, route de Mont-Blanc-afslag Cluses-Taninges-Morzine-Hôtel Le Dahu. Hij had de weg uitgezocht en voor de zekerheid de route maar opgeschreven. Nu zakte hij weg: het was iets over halftien en Edgard gaf gas.

Miller werd even voor Cluses wakker. Het was rustig op de weg en Edgard reed een tankstation binnen. Miller liep naar de kassa en kocht twee ijsjes. Hij keek op zijn horloge: tien over halftwaalf.

'Toch goed dat we de autobaan hebben genomen,' zei Edgard. Die middag hadden ze ook de route over Mégève bekeken, misschien wel tachtig kilometer korter, maar een vervelende tweebaansweg waar het vooral 's avonds lastig rijden was. 'Nu heb ik constant honderdzestig gereden,' zei de chauffeur, die met een ijsje in de hand naar de auto terugliep.

De weg van Les Gets kende Miller goed; je zakte als het ware Morzine binnen. Hoeveel keer was hij niet hier in dit dorp geweest? Hij herinnerde zich Robert Alban nog, de Fransman die hier de gele trui had veroverd en die avond op een dik boerenpaard had moeten gaan zitten, in de gele trui natuurlijk, voor een gekke foto in *l'Equipe.* Dat was toen in Hôtel Hermitage, waar de La Redoute-ploeg van Alban had geslapen en waar Miller toen ook had gelogeerd.

Dit keer werd het dus Le Dahu, een groot, chic hotel aan de andere kant van het water. Miller sleepte zijn koffer en kledingtas naar de receptie. De in correct zwart geklede man achter de balie gaf hem een stapeltje enveloppen en een fax en vertelde hem dat hij kamer 17 had. Miller vroeg zijn sleutel, maar de man keek hem verbaasd aan.

'*Votre femme est déjà arrivée ce soir...*'

Miller voelde heel even een gek, draaiend iets door zijn maag trekken, groette Edgard, die een andere gang in moest, en bleef heel even voor de deur van kamer 17 staan.

Tien seconden nadat hij zachtjes had geklopt, ging de deur voorzichtig open. Miller stapte naar binnen en zag op de tafel in het midden van de kamer een fles champagne met twee glazen staan. Béanne keek hem stralend aan.

'Ik kwam je even *de Volkskrant* brengen,' zei ze, en ze liep in haar slipje en T-shirt naar het bed, waar diverse kranten lagen.

Miller kreeg een droge mond.

Merckx

'Wat een dag!' riep Miller om tien over acht in het avondprogramma. De Sportkanaal-uitzending was in volle gang; enkele omstanders keken in de tuin van Hôtel Le Dahu, waar Eddy Merckx was aangeschoven om zijn commentaar te geven.

Het had Miller niet erg veel moeite gekost om de Belg op de afgesproken tijd op de set te hebben. Eddy's zoon, Axel, had een buitengewone prestatie geleverd en Miller had pa Merckx een halfuur nadat de kopgroep was binnengekomen gecomplimenteerd met de verrichtingen van zoonlief. In de aansluitende zin had Miller aan de voormalige kampioen gevraagd of hij misschien om even na achten nog even vijf minuten over had, en Merckx had toegestemd. Na zo'n onwaarschijnlijke dag in de Tour de France was er alle reden voor een terugblik.

Merckx zat tussen Van Veen en Miller in, maar na de openingsvraag van de presentatrice, die iets inhield als: 'Hoe gaat het met u?', nam Miller het gesprek over en hield er ook de leiding van in handen. Na een paar minuten nam een licht aangebrande Van Veen het over en praatte naar haar eigen ontmoeting met de renners van de volgende ochtend toe.

Merckx bleef even zitten, keek rond en gaf vrijwel iedereen op de set een hand toen hij wegliep. Miller zag uit zijn ooghoeken dat Martijn Lust de Belg even aanhield en hem een handtekening vroeg. Bijna zonder te kijken krabbelde Merckx een zwierige krul op een foto. Lust was zichtbaar blij en liet later zien wat zijn souvenir van deze avond was: een getekende foto van Eddy Merckx, in Molteni-shirt nog wel.

Toen Miller vroeg hoe hij aan de foto kwam, vertelde Lust, licht blozend, dat hij die uit zijn jeugd had bewaard, met altijd het idee om nog eens een handtekening van de grootmeester te vragen.

'Leuk, maar wat doe je met zo'n foto?' vroeg Van Veen.

Lust keek haar aan en antwoordde toen vrij koel: 'Voor mijn zoon, als hij wat ouder is. Dan zal ik hem uitleggen wie Eddy Merckx ooit was.'

Miller keek naar hen en voelde een al dagen licht smeulende onderhuidse veenbrand bij allebei. Hij liep weg. Het einde van de Tour kwam eraan. Nog een paar dagen en dan zou de vrouw van Lust naar Parijs komen om haar hardwerkende echtgenoot te omhelzen. En dan zou Van Veen alleen slapen en geen enkele aandacht meer krijgen. Het afscheid leek al begonnen te zijn.

Miller liep naar Frits, een van de camerajongens, en vroeg een vuurtje.

'Lekkere dag gehad?' vroeg de jongeman.

Miller knikte en zei: 'Meer dan dat, maar nu ben ik steenkapot.'

Terwijl hij dat zei, voelde hij zich ook gekookt, gaar en nog erger. Vrijwel zonder slaap was hij aan de reportage begonnen.

Vroeg in de ochtend liet hij Béanne alleen in het grote bed achter. Toen de renners in Courchevel aan hun loodzware etappe begonnen, ging Miller in Morzine aan zijn monsterverslaggeving zitten en had hij watten in zijn hoofd, kramp in zijn kuiten, en het ergerlijke gevoel dat schuld heet en waar hij nooit goed mee om had kunnen gaan – op die dag al helemaal niet.

Hij kwam op de commentaarpositie met een kop koffie in de hand en keek naar zijn collega's. Zouden zij ook zo'n nacht hebben meegemaakt? Miller dacht van niet.

Hij kreeg contact met de studio en werd even later via de portable telefoon door Van der Heyden gebeld. Miller bleef redelijk koel; Van der Heyden niet. De weekendcijfers waren niet overtuigend geweest.

'Een mager zesje,' snoof de baas vanuit Hilversum. Miller vroeg hem wat voor weer het in Holland was geweest in het weekend. Van der Heyden riep eerst: 'Wat heeft dat er nou mee te maken?' maar doorzag zijn domheid direct en bond in.

Miller stelde kalm: 'Als de stranden van Den Helder tot Cadzand vol liggen en als de campings uitpuilen en als de Friese meren overlopen en als heel Holland zich te goed doet aan zon, bier, zand en vertier, denk dan niet dat er miljoenen achter de televisie kruipen om naar wielrenners te gaan kijken die tegen bergen op fietsen.'

Van der Heyden liet drie flinke snuiven los en baste toen:

'Zorg er dan voor dat ze wél kijken! Maak goddomme die uitzendingen zo interessant dat we dik boven de anderhalf miljoen uitkomen!'

'Onmogelijk,' antwoordde Miller.

'Wat nou onmogelijk? Als jij en 's avonds die Van Veen de boel flink opkloppen, dan scoren we wel! Daar hebben we nu lang genoeg over gepraat, je kent mijn standpunt.'

Miller schudde zijn hoofd en antwoordde vlak dat iedereen in Frankrijk ontzettend zijn best deed, en dat het zeker niet aan de inzet en de kwaliteit van het werk van de mensen bij de Tour lag. Van der Heyden zweeg en zei dat hij teleurgesteld was – en hij niet alleen, maar de aandeelhouders waarschijnlijk ook. Miller vroeg hoe het weer op dat moment in Holland was en Van der Heyden bromde terug: 'Mooi, zonnig, typisch strandweer,' waarna Miller hem toevoegde: 'Dan weet je wat je kunt verwachten. De etappe is vandaag tweehonderdzeventien kilometer lang, er wordt de hele dag geklommen en de finish is pas tegen vijf uur. Verwacht dus niet dat je vanaf het begin van de uitzending grote kijkersaantallen hebt.'

Van der Heyden sloot het telefoongesprek af met: 'Ik wil deze week ten minste een miljoen kijkers gemiddeld in het laatste uur, en ik eis van jou betere bijdragen in de avondshow. Jij kunt dat programma opkrikken naar minstens 7,3, want dat kind van Van Veen is op. Waarschijnlijk stuk gewipt...'

Miller zweeg even en zei toen: 'Pardon?'

'Ja, ik weet veel, ook hier!' zei Van der Heyden. Miller schoot in de lach. Even later schakelde hij de telefoon uit, zodat er tijdens de televisie-uitzending geen piepende geluiden hoorbaar zouden zijn.

Hij dronk zijn koffie uit, plakte de startlijst van de ochtend in zijn Tour-boek, at een broodje kaas en dacht terug aan de nacht en de vroege ochtend.

Béanne ontkurkte zonder iets te zeggen de champagne en schonk in. Miller bleef eerst even staan, keek met verbazing naar haar doortastendheid, ging toen in een grote stoel zitten en pakte het glas aan dat ze hem voorhield.

Béanne keek hem aan, kuste hem voorzichtig op zijn voorhoofd en liep terug naar het bed, waar ze ging zitten.

'Is dit een verrassing of is dit geen verrassing?' vroeg ze. Miller knikte flauwtjes. Ja, dit was een verrassing.

'Hoe... Ik bedoel, wát doe je hier?' vroeg hij, en zij keek hem lachend aan.

'Wat denk je?'

Miller vroeg haar wat ze had gedaan na haar vertrek uit St. Galmier. Beknopt, duidelijk en soms heel geestig beschreef ze haar reisroute en daden. Ze was naar Genève gereden, waar ze met haar Italiaanse liefde had afgesproken; ze had er twee dagen gewinkeld, gevreeën, lekker gegeten en ruzie gemaakt; ze had enorm veel aan Miller gedacht – aan zijn prettige geur en zijn gemanierdheid. Op zondagochtend had ze besloten dat ze niet direct naar Nederland zou rijden, dat ze niet met deze Italiaanse ego-haan, zoals ze hem noemde, verder zou gaan en dat ze maar weer eens een wissel in haar leven zou omzetten.

Ze was in haar eentje koffie gaan drinken, was langs een kiosk gelopen, waar ze *de Volkskrant* had zien hangen, had de krant gekocht, was op een terras gaan zitten lezen en had in het Folio-katern de foto van de doorleefde kop van Miller gezien. Ze vertelde hoe ze, aangenaam getroffen, een tijdje naar de foto had zitten kijken; dat ze het verhaal had gelezen en toen had besloten terug te rijden naar Morzine, want ze had hem iets te vertellen.

Miller hoorde haar aan en bewoog nauwelijks. Ze zat met haar benen gekruist op het grote bed, dronk af en toe van haar champagne en zag er prachtig uit.

'En wat heb je me dan wel te vertellen?' vroeg Miller, die uit zijn stoel was opgestaan en zijn glas had weggezet. Hij liep naar de badkamer en zette de douche aan.

Toen zei ze, langzaam, zodat hij het goed kon horen: 'Ik hou weer van je en wil weer bij je zijn.'

Miller keek haar aan en zei niets.

'Je bent gek... maar wel leuk,' kreeg hij ten slotte uit zijn weer droog geworden mond. Hij ging door met het openknopen van zijn shirt.

Ze keek hem aan en dronk hem toe: 'Op ons!'

Miller schopte zijn broek en boxer uit, draaide zich direct om en stapte de douchecel binnen.

Ze bleven uiteindelijk tot vier uur zitten praten; zij het meest, hij met erg veel reserve en behoedzaam.

'Ik heb slaap,' zei hij een paar keer, maar aan slapen kwam hij nauwelijks toe. Op een gegeven moment pakte ze zijn hoofd en kuste hem eerst krachtig en daarna, toen hij toegaf, zacht. Die kus ging over in een lange, langzame vrijpartij, die eindigde in een diepe grom van allebei.

'Waarom gaat dit zo goed tussen ons?' vroeg ze na een paar minuten. Hij keek haar aan en zei niets.

Béanne gleed om halfzes langzaam weg in een diepe, rustige slaap. Miller stond op en ging in de stoel zitten roken. Hij trok een biertje uit de ijskast open, en later nog een en nog een.

Vanuit zijn stoel kon hij haar goed zien. Ze sliep zoals hij zo vaak had gezien: uitgestrekt, het hele bed bedekkend. Hij keek naar haar mooie, spannende lijf en lachte zacht voor zich uit. Hoe moest hij dit oplossen? Wat moest hij nu tegen Trix zeggen? Of... moest hij dit eigenlijk wel zeggen?

Béanne bewoog even, keek hem kort en afwezig aan en mompelde: 'Ga toch slapen, ouwe gek. Dat gepieker helpt je toch niet; je komt er nu toch niet uit.'

Miller ging naast haar liggen en in haar slaap sloeg ze haar rechterarm om zijn buik. Zo sliep hij, terwijl buiten de kwetterende vogels al te horen waren, tegen zevenen eindelijk in.

Om halfnegen ging de telefoon en wekte Eric hem. Of hij goed geslapen had? Miller bromde: 'Heel goed' en ging vervolgens een kwartier onder de douche staan. Terug in de kamer kleedde hij zich aan zonder dat uit het grote bed ook maar één teken van leven kwam. Hij pakte zijn tas en ging aan Béannes kant op het bed zitten.

'Goedemorgen,' zei hij, toen ze hem verbaasd aankeek.

Ze lachte en vroeg: 'Ga je alweer?'

Heel even wilde hij antwoorden: 'Ja, en jij ook,' maar dat durfde hij niet.

'Laten we vanavond samen gaan eten. Zoek iets behoorlijks; daar heb je vandaag alle tijd voor. Desnoods niet in het dorp, maar verderop ergens in Zwitserland of zo. Dan kunnen we alles bespreken,' zei hij.

Ze knikte en zei dat ze in de loop van de dag wel bij de commentaarpositie zou langskomen om hem wat lekkers te brengen.

'Daar kom je niet bij; daar moet je een Tour-accreditatie voor hebben,' zei hij, terwijl hij opstond.

'Ach nee, dat hoeft toch niet?' antwoordde ze. Miller streelde haar licht over haar haar en liep de kamer uit.

De etappe kwam goed op gang toen de renners de Col de Forclaz beklommen. Eigenlijk was deze heuvel niet meer dan een lastige pas met veel dreigend vals plat, maar de slag viel hier. De Amerikaan Julich, jong en onervaren, vertrok eigenlijk speels en pesterig, maar in de onbewaakte momenten die volgden sloten diverse renners aan: Merckx; de Zwitser Dufaux, die erg makkelijk reed en meeging als beschermer van de gele trui van Virenque; Jonker, moedig en op karakter; de Spanjaard Blanco; de Italiaan Lanfranchi; de Fransman Heulot; de Rus Ugromov en de Oostenrijker Luttenberger. Het leek een onschuldige aanval van enkele dapperen, maar het werd meer.

Miller riep tegen enen dat er een geweldige coup gepleegd

werd en dat, als dit zo doorging, de Tour de France van dat jaar op zijn grondvesten zou schudden. Op de top van de Col de la Croix-Fry was de voorsprong van de negen man al zes minuten dertig geweest en onder leiding van de duivelse Julich, een voor de wielerwereld onbekende grootheid, denderde de groep nu richting Col de la Colombière.

Miller beschreef de actie van de jonge Amerikaan als gedurfd en typisch Amerikaans. De jonge Lemond en ook Hampsten hadden in de Tour van ruim tien jaar geleden dezelfde trucs uitgehaald; ze hadden voor de aanval gekozen op een moment dat de rijders van het oude continent nog bezig waren wakker te worden.

Miller herinnerde zich een etappe waarin Hampsten als *guardian angel* voor Bernard Hinault had gediend. De Amerikaan, tanig, sterk en bijna onnozel in zijn daden, had voortdurend aangevallen, had bergop een tempo ingezet dat de anderen de benen wegtrok, en had op het laatst zichzelf uitgehold. Julich had een beetje hetzelfde. Hij reed vaak op kop, had steun van de twee Rabobank-renners, en de lange Merckx schuwde het werk zeker niet.

Het rijden van Dufaux, merkte Miller op, was van meer dan verdedigende aard. De kleine gehoekte Zwitser kwam niet op kop, maar iets in zijn manier van rijden gaf aan dat hij niet bepaald ongelukkig was met deze situatie. Miller zei daarover: 'Kijk, Dufaux rijdt mee op reserve. Hij mag natuurlijk geen centimeter op kop komen, maar hoopt waarschijnlijk op een coup, zodat hij opschuift naar de toppositie in het klassement.'

Hij keek naar het beeld van de achtervolgende groep. Het peloton bestond nog uit vijftien man; daarachter bevond zich een grote groep van zestig renners en daar weer achter de vroeger gelosten die manmoedig probeerden een goede bus te vormen om met enige veiligheid naar Morzine te kunnen rijden.

Veiligheid was echter niemand gegeven nu de negen man

op kop steeds meer vaart namen en hun voorsprong naar acht minuten opliep. In de groep met gele-truidrager Virenque hadden de Telekom-renners even afgewacht, maar nadat ploegleider Godefroot naar voren was gekomen en zichtbaar voor de camera zijn renners tot grotere spoed had aangezet, kwam Ullrich op kop rijden en konden de anderen gaan volgen. Ook de Festina's werkten hard mee en verder hadden Zülle, Leblanc en Escartin vooral bergop werk gedaan.

Miller kreeg tegen tweeën een donzig gevoel in zijn hoofd. Hij betrapte zichzelf erop dat hij even wegdommelde en met een schok weer bij zijn positieven kwam. Hij wenkte Herman, de chauffeur van de tweede Sportkanaal-wagen, en vroeg om een kop sterke koffie. Hij stak een sigaret op en vertelde in de microfoon dat er bij het binnenrijden van het dorpje Le Reposoir weer een tijdmeting zou zijn. Hij kneep zijn ogen achter zijn zonnebril dicht; een soort gezichtsgymnastiek. Hij trok aan zijn sigaret en hoorde via Radio Tour de aankondiging: *'L'avantage du groupe de tête est augmenté. C'est neuf minutes quarante-trois secondes à Le Reposoir.'*

Hij rechtte zijn rug en pakte een plastic beker met dampende koffie aan van de vriendelijke chauffeur.

'Suiker?' vroeg die bijna fluisterend, en Miller knikte. Hij scheurde twee suikerzakjes open en liet de inhoud in het bekertje lopen; zoetigheid verdrijft vermoeidheid, zo luidde toch het bakerpraatje?

Hij roerde, dronk en voelde langzaam leven in zijn lichaam terugkomen. Zou hij de afgelopen minuten ook minder scherp zijn geweest? vroeg hij zich af. Uit het verleden kende hij deze terugvallen wel. Hij had ze bij elke Tour de France wel een paar keer meegemaakt. Het was dan net alsof hij langzaam maar zeker weggleed uit de fietswereld. Hij zag de renners op het scherm, maar had bijna geen interesse meer voor hun daden. Hij sliep als het ware met open ogen in, kort en toch ook verfrissend. Als hij terugkwam op aarde, wist hij ook niet hoelang hij precies weg geweest was. Dat kon minuten zijn, maar misschien ook best vijftien seconden.

Miller herinnerde zich zo'n moment van een jaar of acht geleden, in Alpe d'Huez. Het was een snikhete middag geweest en de zon had zijn werk gedaan. Hij had toen, terwijl de renners bezig waren met de aanloop naar de eerste bochten, zichzelf voelen wegglijden; langzaam, zeker en onherroepelijk was hij ingedut, en toen hij weer naar het scherm keek, reden er drie renners vooruit. Had hij een grote demarrage gemist? Hoelang waren die drie al voorop, en was dat Bugno niet?

Was hem zoiets nu weer overkomen?

Om even voor halfdrie kreeg hij uit Hilversum al voor de negende keer die dag het teken dat hij voor een kleine vijf minuten zijn mond kon houden; de reclameblokken voor deze dag waren goed verkocht. Miller zette zijn koptelefoon af en ging even staan. Hij voelde een diepe vermoeidheid door zijn lijf trekken en rechtte zijn rug.

Op het moment dat hij weer ging zitten, kwam Béanne het podium oplopen. Lachend keek ze hem aan.

'Hoe kom jij hier in jezusnaam?' riep hij.

'Als je maar lief doet tegen mannen, dan kom je overal.'

Miller zag het hoofd van een van de veiligheidsjongens bij het trapje. De Fransman keek vragend hun kant op.

Béanne legde twee zakjes naast de monitor: 'Hier, zoete lekkere dingen,' zei ze.

'Nog een halve minuut!' klonk het uit de koptelefoon. Miller ging in positie zitten. Hij zag hoe zijn collega's links en rechts hun blik op de jonge vrouw naast hem lieten rusten. Heel even kreeg hij een warm en trots gevoel.

Béanne zette een fles Badoit naast hem neer, alsmede een rondje camembert en een bakje fruit. Miller keek haar aan: hoe had ze dit allemaal voor elkaar gekregen? Maar hij kon niets meer tegen haar zeggen.

‘U bent terug in de koers,’ zei hij, en voorzichtig streelde hij haar onderrug. Ze zwaaide, blies een snelle handkus in zijn richting en verliet, gevolgd door zeker tien paar ogen, het podium.

Op dat moment reed Virenque lek.

Miller voorzag de etappe van een titel. ‘Het is de maandag van de lange ontsnapping,’ riep hij toen bij de afdaling van de Côte de Chattillion het bericht kwam dat de voorsprong van de groep-Dufaux nog steeds negen minuten en vijftig seconden was. De negen werkten nog steeds perfect samen, Dufaux natuurlijk uitgezonderd. Miller had al berekeningen zitten maken over het nieuwe algemene klassement van de avond: voor het eerst sinds jaren zou er weer een Nederlander bij de eerste vijf in het klassement komen.

Jonker reed het laatste halfuur wat minder op kop. Het grote werk werd door Merckx en Julich gedaan; Blanco, de Banesto-man, reed zijn deel, evenals de Italiaan. Luttenberger, de kleine Oostenrijker, leek afwezig en volgde; Dufaux pakte een kaartje uit zijn achterzak en ging het zitten bestuderen. Miller was niet zeker over de positie van de Zwitser in de Festina-ploeg. Dufaux reed ongemeen sterk, zeker bergop. Hij was oplettend, maar Miller dacht dat hij het tactisch werk van de Romandiër doorzag: meegaan in een lange ontsnapping en dan toeslaan na geprofiteerd te hebben van het grote werk van anderen. Een typisch Zwitserse manier van denken, bedacht Miller, terwijl Virenque in beeld kwam. Hij wees zijn ploegleider op iets in het versnellingsapparaat en zwaaide met een boze vuist naar de achter hem rijdende auto.

De beklimming van de Joux Plane werd een prachtige dans van dapperen. Luttenberger leek sterk, maar zat te kijken wat Jonker deed. Het kon niet zo zijn dat de Oostenrijker zijn Nederlands-Australische ploeggenoot eraf zou rijden, en dus bleef hij zitten. Merckx counterde groots op een aanval van Lanfranchi en Julich was de eerste die eraf moest, maar hij kwam in de klim nog terug.

Het laatste uur van de koers was bijzonder boeiend. De achtervolgers kwamen eerst tot vijf minuten terug, gaven vervolgens weer een minuut toe, maar de negen man reden voor de etappe-zege en de eerste plaatsen in het klassement.

Merckx won de etappe. In een werkelijk prachtige stijl ontdeed hij zich van de anderen in de laatste kilometers en kwam hij, zoals ooit zijn vader in hetzelfde dorp had gedaan, als winnaar aan; de handen hoog, lachend en zo te zien nog redelijk fris.

Miller kreeg direct Jonker naast zich op de commentatortribune en samen met de in Amsterdam geboren renner zag hij de binnenkomst van de achterkomende groep. Virenque, boos, woest zelfs. Riis en Ullrich, bezweet en gaar, de shirts open. Alle anderen, nat en moe. Hologig ook, sommigen besmeurd aan de bruine benen.

Wat was het een zware dag geweest: bijna tweehonderdtwintig kilometer, en dat over zeven cols, met die vreselijke Joux Plane als laatste cadeautje voor de toch al redelijk doorgekookte renners. Miller vroeg aan Jonker hoe hij zich nu voelde.

'*Tired*. Eh... moe,' zei de renner.

Miller knikte. Hij was dat stadium, dacht hij, allang gepasseerd.

Miller sloot de uitzending af na de binnenkomst van een vierde groep renners, die op meer dan dertig minuten arriveerden, vlak na de streep hun remmen dichttrokken. Ze vroegen alleen maar water en ander drinken, en klokten alles naar binnen wat ze aangeboden kregen.

Miller pakte een voorgesneden driehoekje kaas uit het doosje en bood de Duitsers en Zwitsers, die terzelfdertijd hun reportages besloten, iets aan. De Badoit ging erin als champagne.

Hij keek op zijn horloge; meer dan acht uur reportage, en dat met anderhalf uur slaap. Dit kon niet goed blijven gaan.

Hij liep na de middaguitzending naar zijn hotel terug, omdat het verkeer in Morzine helemaal vaststond. Hij nam een douche en viel om even voor zessen als een blok in slaap. Bij de receptie had hij gevraagd hem om kwart over zeven te wekken. Hoogstwaarschijnlijk moesten ze de telefoon lang laten overgaan, had hij erbij gezegd.

Om halfzeven echter werd er voor het eerst gebeld. Trix reageerde verbaasd dat hij lag te slapen, zoals ze direct hoorde. Hij probeerde zo opgewekt mogelijk te klinken, maar die pose had ze ook via de telefoon door.

'Hoe kom je zo moe?' vroeg ze. Miller gaf een ontwijkend antwoord en vroeg naar haar besognes in Amsterdam. Hij betrapte zichzelf erop dat hij gigantisch nietszeggend deed en verontschuldigde zich voor zijn afwezigheid.

'Ik bel je morgenochtend, als ik weer wat meer bij de les ben,' zei hij, en hij legde neer.

'Leuk gesprek,' zei Béanne vanuit de deuropening. Verschrikt keek Miller in haar richting. Hoelang had ze daar al gestaan? Hij had haar niet binnen horen komen. Had ze het hele gesprek gevolgd? De helft misschien?

'Hallo,' zei hij, en hij lachte naar de vrouw die langzaam op het bed afliep.

'Ik stond er zeker al tien minuten,' zei ze. 'Je had helemaal niets in de gaten. Wat een leuk gesprek zeg...' Miller keek haar aan, zei niets en draaide zich vervolgens om.

Om kwart over zeven pakte hij de telefoon en constateerde dat hij alleen in de kamer was. Hij kleedde zich aan, poetste zijn tanden en liep naar de tuin achter het hotel. Daar was iedereen bezig met de voorbereidingen voor de avonduitzending.

Hij trof Béanne aan op het terras. Ze had een biertje voor zich staan en las *Bad as I Wanna Be* van Dennis Rodman, dat

Miller in zijn bagage meegenomen had en dat zij er dus, terwijl hij sliep, uit had gevist.

'Ook één?' vroeg ze toen hij dichterbij was gekomen. Miller bedankte en vroeg een kop thee aan de ober. Nu een koud biertje zou wel heel lekker zijn, maar het zou ook fataal kunnen uitpakken. Hij ging naast haar zitten en keek haar aan.

'Hebben die presentatrice en Martijn nog steeds wat?' vroeg ze.

'Aflopende zaak,' antwoordde Miller vlak. Béanne pakte haar glas en dronk.

'Kan gebeuren,' zei ze, en ze legde haar hand op zijn schouder.

Miller keek haar aan en wist niet wat hij moest doen. Hij vroeg haar of ze die Rodman ooit had gezien en ze bevestigde dat. Ze was een jaar geleden een paar keer bij de Bulls in Chicago wezen kijken. 'Met mijn Italiaanse ex,' zei ze. Miller moest lachen om die woorden.

Ze aten die avond met z'n tweetjes. In het open wagentje reden ze naar Thonon les Bains, waar Béanne voor negen uur een tafel in Le Prieuré had besteld. Ze kwamen twintig minuten te laat aanwaaien, wimpelden soepel de boze blik van de gerant af en gingen erg lekker zitten eten. Miller probeerde na de Palet Gianduja een ferm standpunt in te nemen aangaande hun beider manier van leven van dat moment, maar het lukte hem niet om zelfs maar op de been te blijven.

'Wil je van me af? Definitief?' vroeg ze, terwijl ze de mooie Ripaille aan haar mond zette. Miller keek haar aan en schudde zijn hoofd.

'Dat is geen antwoord,' zei ze, en hij knikte: dat wist hij.

Ze bestelden allebei hun derde koffie. Ze waren nog de twee enige gasten en het personeel werd al bijna vervelend toen Miller ademhaalde voor een volzin die hij, min of meer, had zitten repeteren toen Béanne even naar de wc was gegaan. Hij wilde zeggen: 'Is het niet beter als we ieder onze weg kiezen?', maar zij schoof weer aan tafel, keek hem met een grappige blik aan en zei: 'Zullen we de rekening vragen? Ik heb zin om naast je in slaap te vallen.'

Miller knikte en gaf zijn MasterCard af aan de ineens zeer gedienstige ober, die eerder, verveeld en traag, ergens in een hoek van de zaak bezig was geweest.

In de auto, op de terugweg over de slingerende weg naar Morzine, had hij het gevoel dat hij nooit en nergens tegen Béanne kon en durfde te zeggen wat hij een uurtje tevoren bijna had uitgesproken.

Morzine naderde, de eerste lichtjes prikten door het gebladerte en Miller reed voorzichtig de volgende bocht in.

'Het lijkt me het beste dat je morgen naar Amsterdam gaat,' zei hij, terwijl hij de Peugeot de parkeerplaats van Le Dahu op draaide.

'Dat heb je zomaar bedacht...' hoorde hij naast zich. Miller knikte. Ja, dat had hij bedacht, maar niet zomaar.

Ze liepen samen, schouder aan schouder, de gang door en hielden hun lachen in toen ze een kamer passeerden waaruit een schreeuwende vrouwenstem klonk.

'Ssst!' zei Béanne, en ze waren allebei blijven staan. Ze wisten precies wie hier sliep, en de geluiden waren duidelijk.

Na een minuut stiekem luisteren liepen ze verder. Toen hij de kamerdeur opendeed, pakte Béanne Miller bij de arm en keek hem recht in de ogen.

'Maak ik ook zoveel lawaai?' vroeg ze. Miller pakte twee biertjes uit de ijskast.

In de donkere kamer zaten ze een minuut of twee zwijgend naast elkaar op bed. Ze dronken hun bier op en vreeën daarna geruisloos, kort en zeer hevig met vrijwel al hun kleren nog aan.

'Galgenmaal,' zei Béanne terwijl ze naar de badkamer liep met haar rok omhooggeschoven op haar heupen.

Miller riep: 'Ja!' Onhandig stond hij van het bed op en liep haar achterna. Voor de spiegel in de grote badkamer bekeken ze zichzelf en elkaar.

‘Het leven is een lange ontsnapping,’ zei Miller. Hij trok haar hoofd langzaam naar zich toe en kuste haar voorzichtig op beide wangen. Ze keek hem aan en knikte.

‘Morgen ben ik weg.’

Järmann

Miller had al vaak, in welke vorm van commentaar dan ook, gesteld dat de Tour de France in Frankrijk thuishoorde en nergens anders.

Het was avond in Fribourg. De Tour was plompverloren in Zwitserland neergevallen en voor de goede orde had Rolf Järmann, Zwitser dus, de etappe gewonnen, maar om nou te zeggen dat iedereen en alles rond de fietswedstrijd zich happy voelde in deze schone stad… Nee dus.

De cultuuromslag was weer groot geweest, zoals bijna altijd als dit Franse fietsfeestje naar het buitenland trok. Of het nou Nederland, België, Duitsland, Spanje of Zwitserland was, het vloekte met de aard van de Tour de France. Het geld was echter goed voor de organisatoren en dergelijke uitstapjes waren de laatste jaren voor de Société zeer winstgevend geweest. Het leek bijna wel alsof steden buiten Frankrijk meer geld wilden neertellen om dit mallotige circus binnen de stadsgrenzen te halen dan La Douce France zelf. Daar hadden ze de laatste jaren moeite grote steden te interesseren voor monumentale aankomsten en hadden de vazallen van Jean-Marie Leblanc een resem aan kleine stadjes gevonden als aankomst- of finishplaats.

Miller moest de avonduitzending solo doen, want Joyce van Veen was, zoals ze zelf zei, ‘ingestort’ na een schijnbaar onschuldige aanvaring met de Zwitserse politie.

Miller merkte daar niets van. Tijdens de middagreportage

verveelde hij zich en hij was niet scherp op het moment dat er werd gedemarreerd. Hij moest zichzelf even goed aanpakken toen hij, tot driemaal toe, de verkeerde namen doorgaf van de demarranten. Hij ergerde zich aan zijn eigen slordigheid. Was die te wijten aan vermoeidheid, zoals hij eerst dacht, of was er nog iets anders aan de hand?

Ze gebruikten de vroege ochtend voor een riant ontbijt in de kamer, lachten en zeiden elkaar de waarheid. Béannes waarheid was duidelijk: ze had ingezien dat haar Italiaan niet meer was dan een hanige, bijna ziekelijke vrijkous die voor de rest zijn gevoelens had weggestopt. Met zo'n man, al was hij rijk, mooi en bijna twintig jaar jonger dan Miller, wilde ze niet verder gaan.

In een monoloog van zeker vijf minuten stelde ze met een gesmeerde croissant in de hand dat hun verhouding van zes jaar geleden weer opgepakt kon worden, dat ze allebei rijper en wijzer waren geworden en dat samenleven voor haar tot de mogelijkheden behoorde.

'Op welke manier geef je nog om me?' vroeg ze. Miller keek haar streng aan.

'Genoeg om avonturen mee te beleven, zoals nu. Maar niet genoeg om te gaan samenwonen,' zei hij naar waarheid.

Béanne stond op, doorkruiste tweemaal de kamer en zei: 'Dan moeten we gewoon vrienden blijven en verder geen moeilijke spelletjes meer spelen.' Miller vroeg wat ze daarmee bedoelde.

'Nou gewoon, geen gerommel meer, geen bezoeken in het buitenland, zoals nu, zoals vroeger... Vrienden dus, mensen die ooit iets heel leuks hebben gehad en die nog steeds iets voor elkaar voelen.'

Miller zweeg en wachtte. Béanne keek hem lange tijd aan, at haar croissant op en vroeg toen: 'Voel je niets voor me als we vrijen?'

Miller zei: 'Ja.' Hij voelde een vreemde sensatie door zijn

lijf trekken, alsof hij een erectie kreeg, maar dan met zijn hele lichaam. 'Natuurlijk wel... ik ben niet van steen,' zei hij, en hij sloeg zijn hotelkamerjas opzij en toonde het bewijs.

'Idiote, ouwe, geile man,' antwoordde ze. Ze schonk voor hen allebei nog een kop thee in.

Hij kuste haar lang en heel intens, hielp mee haar koffers te dragen en keek de Peugeot na tot het wagentje de hoek om was richting Genève.

Hij bleef even staan en had niet gezien dat Martijn Lust naast hem was gekomen.

'Kolerewijven!'

Miller keek de commerciële man alleen maar aan. Samen liepen ze het hotel in. Lust vroeg hoe deze verhouding van Miller eigenlijk in elkaar zat.

'Wist ik dat zelf maar,' antwoordde hij, en toen vroeg hij, mede om de stilte aan tafel te verbreken: 'Gaat het nog een beetje tussen Joyce en jou?'

Lust keek hem eerst ongelovig aan, werd daarna langzaam rood, van nek tot kruin, en bracht stotterend niet meer uit dan: 'Wat zeg je nou?'

Miller wist dat Lust niet wist dat hij van de verhouding op de hoogte was, wat hem een enorme voorsprong op de commerciële man gaf, op elk gebied.

Ze bleven allebei een seconde of twintig bijna pijnlijk zwijgen en toen zei Lust: 'Hoe weet je dat?'

'Toeval,' antwoordde Miller. Lust knikte.

'Gehoord of gezien?'

Miller zei een beetje lachend: 'Allebei,' en Lust pakte hem bij de arm en vroeg of hij hoe dan ook zijn mond wilde houden.

Miller zei: 'Waarom zou ik iets zeggen?'

Lust haalde zijn schouders op en zei ineens scherp: 'Ik heb een fout gemaakt, maar jij weet waarschijnlijk niet waar die fout precies ligt.'

Miller keek de man aan en stelde: 'Het feit dat je een jonge presentatrice het hof maakt en met haar naar bed gaat, is niets om je voor te schamen als het je eigen regels niet raakt. Ik bedoel, wie ben ik dat ik iets over jouw amoureuze leven zal zeggen? Wat je met haar doet, is jouw zaak. En die van haar, lijkt me.'

Lust knikte, hij had de boodschap begrepen. Hij bestelde nog een kan koffie en vroeg Miller of hij de komende dagen zo strak mogelijk commentaar wilde geven. Hij legde uit dat er zeer veel reclameblokken waren verkocht in de slotweek en dat Van der Heyden en twee man van het reclamebureau dat voor elkaar gekregen hadden met een stunt: de klanten zouden honderd procent betalen als er steeds meer dan één miljoen kijkers waren, en het gemiddelde waarderingscijfer moest in de laatste week 7,2 zijn.

'En anders?' vroeg Miller. Lust zette zijn kopje neer en keek hem aan: *'No cure, half pay,'* zei hij.

Precies op dat moment kwam Van Veen de ontbijtzaal inlopen en viel er een korte, niet erg storende stilte aan tafel.

'Lekker geslapen?' vroeg Miller met enig leedvermaak.

Van Veen, gekleed in een en al spijkerstof en met cowboylaarzen aan de voeten, knikte: 'Jij ook?'

Miller had die assertiviteit niet verwacht en keek haar aan. Ze was dan wel jong, maar beslist niet op haar mondje gevallen. Miller vroeg zich af, terwijl hij haar bewegingen aan tafel volgde, of zij zich wel realiseerde dat hij wist wat er tijdens deze Tour was gebeurd.

Lust stond als eerste van tafel op en groette hen. Miller bleef een paar minuten alleen met Van Veen zitten.

'Die hele kut-Tour komt me mijn neus uit,' zei ze ineens.

Miller knikte: *'Freshman's disease,'* zei hij. Ze haalde haar schouders op; wat bedoelde hij daar nou weer mee?

'Drie weken lang op je tenen lopen in dit gekkenhuis is niet velen gegeven,' vervolgde Miller, en hij schoof zijn stoel dichterbij. 'Het is vooral zwaar als je jong bent en nog niet veel hebt meegemaakt.'

Van Veen keek hem even aan en merkte toen op: 'Opa spreekt.'

Miller antwoordde: 'Nee, de veteraan spreekt. Niet alle opa's zijn veteranen, en niet alle veteranen zijn opa's.'

Om zes uur 's avonds zag hij Van Veen weer terug, huilend en boos. Ze had drie uur lang op de autobaan gestaan, vertelde ze, met een niet-begrijpende Zwitserse politieman die maar niet wilde inzien dat ze een wereldberoemde presentatrice van een televisieprogramma over de Tour de France was.

Miller begreep dat de auto waarin zij reed geen Zwitserse *Autobahn*-sticker op de ruit voerde en Van Veen had, in haar onwetendheid, opwinding en haast, de agent flink uitgescholden en was helemaal over de rooie gegaan toen ze een fikse boete had gekregen. Als ze het Tour-parcours was blijven volgen, was er niets aan de hand geweest, had de Zwitserse politieman haar verteld, maar om af te steken had ze de Autobahn genomen. Daar was ze gesnapt, omdat ze zich niet aan de regels had gehouden.

Totaal overspannen kwam ze tegen zessen bij de set aan en bleef minutenlang zitten huilen. Martijn Lust nam Miller om halfacht apart en vroeg hem of hij de hele uitzending wilde doen, want Van Veen was niet meer tot bedaren te brengen. Ze had een barstende hoofdpijn gekregen en was niet voor rede vatbaar; alles was haar te veel en ze beet Lust toe dat ze 'naar huis wilde'.

Het presenteren ging Miller makkelijk af; hij had het jaren niet meer gedaan in deze vorm, maar net als fietsen en schaatsen verleerde je dit niet. Vrij soepel werkte hij zich door de uitzending heen en hij was zeer tevreden dat Järmann live op de set aanwezig was om over wielrennen in Zwitserland te praten.

Järmann deed zijn best om zo verstaanbaar mogelijk Duits te spreken, maar soms verviel hij in dat typische Zwitserse

Duits dat eerder op Oost-Brabants leek dan op Hoog-Duits; en ook daar maakten Miller en de renner grappen over.

De afwezigheid van Van Veen in het avondprogramma werd door de aanwezigen in Fribourg snel geaccepteerd; haar videobijdrage werd door de cameraman gemonteerd en haar afwezigheid werd beschouwd als een bedrijfsongevalletje, meer niet. Niemand sprak er verder ook over, maar om kwart voor negen kwamen de eerste telefoontjes uit Nederland.

Miller hoorde het later op de avond van Lust: eerst een spinnijdige Van der Heyden en meteen daarna de ochtendkranten via hun RTV-mensen, en weer later de onvermijdelijke jakhalzen van de roddelpers.

Lust ving de meeste telefoontjes op en deed de officiële mededeling van Sportkanaal dat Joyce van Veen ziek was geworden en dat er alles aan gedaan werd om haar zo snel mogelijk weer aan het werk te krijgen. Lust vertelde dat een wijsneus van zo'n pulpblad had geopperd dat er misschien weleens strubbelingen waren tussen de jonge presentatrice en de ervaren wielerjournalist Stijn Miller. Lust vertelde de man dat dit onwaarschijnlijke onzin was, maar de jonge jakhals hield aan en suggereerde zelfs nog dat de mogelijkheid bestond dat ze samen iets hadden. Lust keek Miller spottend aan toen hij dit verhaal vertelde en voegde eraan toe: 'Hoe komen zulke dingen toch in de wereld?' Terwijl ze nog koffie lieten komen, vertelde Miller na een niet onprettige maaltijd over zijn ervaringen met de 'vieze-mensenpers', zoals hij vaak de roddelbladen noemde.

'Negeren is het beste dat je kunt doen. Negeren is beter dan Rob-de-Nijsen, als je begrijpt wat ik bedoel.'

Lust begreep dat, maar wees hem toch op het feit dat er ook banden bestonden tussen Sportkanaal en, zoals hij zei, 'de bladen'.

'Hoe bedoel je?' vroeg Miller verbaasd.

'Nou, zoals ik het zeg,' merkte Lust op, en hij vertelde dat er via de persvertegenwoordiger van Sportkanaal bepaalde zaken die Van der Heyden en zijn managers graag opgeklopt zagen naar 'de bladen' werden doorgesluisd.

'Dat kan niet waar zijn!' riep Miller uit. Lust legde hem uit dat deze werkwijze bij commerciële televisieorganisaties vrij normaal was.

'Dus jullie laten expres berichten uitlekken om de naam van de organisatie in het huppelnieuws te krijgen?' vroeg Miller ontsteld. Lust knikte. De ober kwam nog een keer langs en deelde mee dat er telefoon was voor monsieur Miller.

'Hallo,' riep Miller in de kleine cel in de hal van het hotel.

'*It's me,*' zei Trix. Miller bleef tien minuten met haar praten – over zijn invalbeurt, over de vermoeidheid die nu iedereen bekroop en over het feit dat de Tour bijna voorbij was. Trix vroeg of het een aardig idee was als ze zich zaterdag in Parijs zou melden, want ze had wel weer eens zin in een uitje. Miller zei haar dat dat niet zo'n goed idee was en legde uit hoe hij altijd had moeten lachen om al die vrouwen van Tour-volgers die zich naar Parijs spoedden en dat je dan van die verplichte optredens kreeg. Hij vertelde nog het verhaal van oud-renner Gert Jacobs; die had hem eens, proestend van de lach, gezegd dat wanneer de renners van PDM in Parijs hun vrouwen op bezoek kregen, er geloot moest worden wie er eerst mocht en wie nog even op de gang moest wachten. Jacobs had toen gesteld dat hij het hotel kon voelen bewegen. Trix lachte en zei dat ze er nog over na zou denken.

Miller zei dat hij het prettig vond dat ze had gebeld en kletste nog wat verder. Daarna hing hij op en liep terug naar de eetzaal, waar Lust zich een cognac liet inschenken.

'Jij ook?'

'Nee, nooit tijdens de Tour,' reageerde hij, en hij vroeg nog een koffie. Vervolgens vertelde hij Lust, die stevig doordronk en drie bellen in een halfuur wegzette, het verhaal van Jan Janssen en een avond vol armagnac; een klassiek verhaal in de

Tour de France als het om drinken en Nederlanders ging. Lust zat verbaasd te luisteren. Hij moest lachen en vroeg, met iets van excuus in zijn stem, om nog een cognac. Miller merkte dat de commerciële man al redelijk met dubbele tong sprak.

'Ik zou deze maar laten staan en lekker gaan slapen,' raadde hij hem aan. Lust knikte: 'Ja, pa,' en stond voorzichtig op.

In de lift vroeg Lust Miller of hij, als Van Veen niet zou opknappen, ook de komende dagen de avondpresentatie op zich wilde nemen. Miller antwoordde dat Van Veen de volgende dag in Colmar wel weer in orde zou zijn. Lust haalde zijn schouders op en zei: 'Ik denk het niet.'

Hamburger

Het weer sloeg om toen de renners aan de etappe tussen Colmar en Montbéliard begonnen. Zoals zo vaak in dit gedeelte van Frankrijk, herinnerde Miller zich. Op de Ballon d'Alsace kon het behoorlijk spoken. Regen, wind en mist konden daar een serieuze tegenstander van de renners zijn. Hoewel hij slechts duizendzestig meter hoog was, was de Ballon altijd een venijnige en zware berg in de Tour geweest.

Miller vertelde in de avonduitzending het verhaal van de Italiaanse renner Battaglin. Ooit won hij op de Ballon na een prachtig gevecht waarin hij heel diep ging. Twee dagen later kwam het bericht dat Battaglin positief was. Het internationale journalistengilde had er die dagen smakelijk om moeten lachen. Hoe kon een renner nou zo stom zijn om voor de overwinning te sprinten of de leiderstrui te pakken met de wetenschap dat er verboden vruchten in zijn lijf zaten?

Miller herinnerde zich de tafelgesprekken van toen nog goed. Battaglin was voor stommerik uitgemaakt, maar aan tafel waren er ook mensen geweest die stelden dat de renner misschien niets had geweten van wat de soigneur hem die ochtend had toegediend.

'Soigneurs zijn erger dan artsen,' had een Belgische collega gezegd, en de verhalen waren in razende vaart over de tafel geschoten. Over José Vidal, een befaamd heerschap uit de jaren zestig en zeventig. Over het feit dat hij over smokkelweggetjes de grenzen van Frankrijk, België en Spanje moest passeren.

'José kon van een ezel een renpaard maken,' was er aan tafel gelachen. Andere sterke verhalen waren verteld: over de eerste wielerploegen uit Colombia die naar Europa waren gekomen. De begeleiders hadden de frames van de fietsen volgestopt met cocaïne en deden er mooie zaken mee.

Miller had al die verhalen in zijn geheugen opgeslagen. Hij had in de eerste jaren die hij bij de Tour meemaakte geleerd dat je een heleboel moest aanhoren, maar er zelden over moest spreken of schrijven. Dat was niet goed voor je eigen gezondheid, want sommige soigneurs hadden hun handen wel erg loszitten. Als er iets van hun handel en wandel geopenbaard werd, dan wilden ze zelf wel eventjes verhaal komen halen.

In de vroege middag kwam Philippe Sudres, de perschef van de Société du Tour de France, belast met radio en televisie, even bij Miller langs. Sudres vroeg of hij even met hem mee wilde komen. Miller liep met de Fransman het podium af. Achter een grote televisietruck bleven ze staan praten. Miller mocht Sudres graag. Hij was een no-nonsense Fransman, en die waren er niet veel. Sudres maakte zich niet druk, sprak Engels en had begrip voor de eisen van de verwende televisiemensen.

Na een paar inleidende zinnen kwam de perschef met een directe vraag: 'Is het waar dat er bij jullie in de uitzending is gezegd dat er een renner positief is in deze ronde?' Miller keek de jonge Fransman aan. Dit betekende zoveel als dat het waar was, wist hij uit ervaring.

'Niet direct gezegd noch bij naam genoemd,' zei Miller. Hij probeerde zich te herinneren wat Van Veen die avond had gezegd toen ze Leo van Vliet tegen het lijf was gelopen.

'Mijn collega heeft iets verondersteld,' zei hij, 'omdat ze iets uit het peloton had opgevangen.'

Sudres knikte: 'Dan heeft ze haar werk goed gedaan. Alleen is de renner in de contra-expertise vrijuit gegaan. Wij zullen de naam ook niet bekendmaken, dat begrijp je.'

Miller vroeg hoe Sudres aan de wetenschap kwam dat er iets op de Hollandse tv was gezegd. Sudres vertelde hem dat er in alle landen waar de Tour dagelijks werd uitgezonden 'luistervinken' waren ingehuurd.

'Ter bescherming van onze organisatie,' zei hij erbij, en Miller zei dat hij dat begreep.

'Heeft dit geen repercussies?' vroeg hij nog, en Sudres antwoordde: *'Non,'* en liep door.

Terwijl hij terugliep naar zijn klapstoeltje, moest Miller aan de jonge presentatrice denken. In Colmar was ze de hele dag in bed gebleven. Miller had solo het avondprogramma gedaan en was 's avonds even langs haar kamer gegaan. Ze had opengedaan en enigszins schuldig gezegd dat ze zich erg beroerd voelde. Miller was binnengekomen en had vijf minuten met haar staan praten. Van Veen was in haar bed gekropen en had gezegd dat ze dood- en doodmoe was en alleen maar wilde slapen.

'Is dat alles?' had Miller gevraagd, en Van Veen had hem vaag toegelachen: 'Nee, natuurlijk niet. Maar ik heb begrepen dat je op de hoogte bent. Ik heb geen zin om erover te praten. Dat begrijp je, hoop ik. Ik heb een fout gemaakt en ik kan de scherven gewoon niet lijmen.'

Miller had haar alleen gelaten en gezegd dat ze het nog één dag moest aankijken. Als het dan ook niet ging, moest ze maar direct naar Holland afreizen. De confrontatie van de komende dagen – vooral die in Disneyland, waar de vrouw van Lust zou komen – moest ze maar ontlopen.

Van Veen had geknikt: 'Misschien is dat inderdaad het beste, maar ik ben ook in staat om hem daar geweldig in zijn hemd te zetten, als dat mens van 'm erbij is,' had ze gezegd.

Miller had geantwoord dat dat hem niet erg verstandig leek.

'Misschien lucht het wel ontzettend op,' had ze gezegd, voordat hij de deur achter zich sloot.

Van Veen had dus ongewild en met enig geluk een primeur gehad, zonder dat de naam van de renner in kwestie was gevallen. Terwijl hij aanschoof en van Hilversum hoorde dat de uitzending een kwartier vertraagd was, herinnerde Miller zich hoe hij ooit in Bordeaux, in Hôtel Meriadeck, in de hal op een bankje had gezeten op het moment dat de schoonvader van Joop Zoetemelk druk pratend met een Tour-meneer in zijn buurt was blijven staan. Miller had zijn oren gespitst toen hij de naam 'Joop' veelvuldig hoorde. Uit het gesprek had hij kunnen opmaken dat Joop betrapt was, maar dat de Tour-directie de zaak in de doofpot wilde stoppen tot na de Tour. De twee mannen hadden Miller niet gezien en kletsten honderduit over hoe het spel gespeeld moest worden. Miller had zitten genieten.

Nu, zittend achter zijn scherm, moest hij lachend terugdenken aan de gevolgen van die avond. Op puur journalistieke gronden had Miller verder gewerkt; hij had het bewijs boven tafel gehaald dat Zoetemelk inderdaad door de betrokken artsen 'positief' was verklaard, maar het gekke was dat niemand in fietsend Nederland dat verhaal serieus nam. Zoetemelk was in die dagen heiliger dan de koningin en Johan Cruijff samen en hij kon toch niets gedaan hebben dat verboden was? Joop was de held van het grote fietspubliek en helden namen geen 'drog'; helden reden op een boterham met kaas de Tour uit!

Miller wist nog heel goed dat hier de boodschapper werkelijk alle schuld toegeschoven had gekregen. Hij, Miller, had op een mooie woensdagavond het bericht overgebracht en tegelijkertijd was hij binnen de wielerwereld tot persona non grata gebombardeerd. Het publiek bij wedstrijden beschimpte hem, renners wilden niet meer met hem praten, ploegleiders liepen een straatje om en Zoetemelk bleef keihard volhouden dat er niets aan de hand was.

'Nog vijf minuten,' klonk het in zijn koptelefoon. Miller viste zijn middagsigaret uit het pakje. Weer dacht hij aan Van Veen en haar opmerking van tien dagen geleden; ze had gelijk gehad, maar het gekke was dat niemand het had opgepakt, dat er geen krant over had geschreven, dat er ook geen follow-up was geweest in hun eigen programma, en dat iedereen haar opmerking dus gewoon had gelaten voor wat die was. Miller knikte voor zich uit: zo wordt er dus geluisterd en zo reageren de mensen dus.

'Goedemiddag vanuit Frankrijk,' waren zijn eerste woorden. Terwijl hij ze uitsprak, kwam er een prachtig idee bij hem op. Hij zou deze middag de wielerkijker eens flink bij de neus nemen en hij wedde met zichzelf dat hij er helemaal niets over zou terughoren.

Na een poosje vertelde hij dat bij de beklimming van de Grand Ballon de renner Van Veen achterstand had opgelopen doordat zijn fiets gebroken was. Een halfuur later liet hij midden in de klim van de volgende berg de renner Van der Heyden een minuut of tien in een tweede groep rijden. Vlak voordat de echte finale begon, maakte hij nog eens melding van de achterstand van ene renner Lust, maar verder wilde hij niet gaan. Hij wist dat hij drie keer luid en duidelijk de namen had uitgesproken. Weliswaar waren er geen renners in beeld, want Miller koos driemaal een weids helikoptershot als ondergrond voor zijn woorden, maar toch sprak hij de gefingeerde namen duidelijk uit. Hij wist bijna zeker dat hij er niets van zou horen, hoewel hij even twijfelde aan Van der Heydens scherpzinnigheid. Maar keek de chef van een commercieel televisiestation halverwege de middag naar een niet bijster spannende Tour-etappe?

Na de avonduitzending, die saai was en waar humor in de filmpjes ontbrak, en waar dus zeker geen zeven-drietje van te maken was, belde Miller vanaf zijn kamer Van Veen. Ze was laat in de middag uit Colmar komen rijden met een van de technische jongens als chauffeur en was meteen weer in bed gedoken. Miller hoorde haar slaperige stem: 'Met Joyce.'

'Stijn,' zei hij. 'Ik moet je een compliment maken over iets heel geks.' Hij wachtte even en ging verder: 'Herinner je je nog die avond dat je met Leo van Vliet hebt zitten kletsen? Die avond dat je beweerde dat er een Tour-renner positief was?'

Van Veen dacht even na en zei toen: 'Ja,' maar Miller had niet de indruk dat ze helemaal bij de les was.

'Je had toen gelijk,' zei hij. 'Dat heb ik tenminste vanmiddag gehoord. Die renner was trouwens negatief in de contra-expertise en het hele geval wordt in de doofpot gestopt.'

Van Veen reageerde ineens scherper: 'O, nou weet ik het weer. Dat ging toch over... Hoe heet die Italiaan ook weer? Lom... nee, Bottari... Nou, dus.'

Miller complimenteerde de presentatrice nogmaals en vroeg hoe het met haar ging.

'Morgen zit ik weer op mijn plek,' antwoordde ze. Miller wenste haar welterusten.

Moe en traag liep hij naar de bar van het hotel, waar hij Martijn Lust aantrof achter een berg faxen.

'Druk?'

Lust knikte zonder op te kijken: 'Ja, wat dacht je? Er komt weer zo'n hele optocht richting Frankrijk. Dat begint morgen al, en op zondag hebben we vierentwintig gasten. Zie jij die maar eens allemaal onder te brengen.'

Miller pakte een stoel en bood de vermoeid uitziende commerciële man iets te drinken aan.

‘Verder nog nieuws?’ Lust haalde zijn schouders op.

‘Gistermiddag negenhonderdvijftigduizend kijkers en gisteravond een 7,2-uitzending – grensgevallen dus. Van der Heyden heeft me gezegd dat we absoluut niet verder kunnen zakken, want dan gaat de clausule *no cure, half pay* in.’

Miller zei dat de grens toch één miljoen was, maar Lust antwoordde snel: ‘Dat is jou gezegd, maar er bestaat nog een marge in Van der Heydens manier van werken en onderhandelen. Ik ken die ook niet precies, maar ik neem nu maar aan dat we tegen die grens aan zitten.’

Ze dronken een paar biertjes en Lust wees met enig afgrijzen naar de lijst met de namen van de gasten. Sponsors, sommige met vrouw, een paar met hun vriendin. Er was er zelfs eentje die met twee kinderen op kosten van Sportkanaal naar Parijs kwam. Allemaal op schoolreisje dus, en om al die mensen op een nette manier in een hotelbed te krijgen, moest Lust nu hotels in Parijs bellen. Vrijwel overal kreeg hij te horen: ‘*Non monsieur, nous sommes désolés.*’

‘Ik ben godverdomme commerciële man bij deze tent en ik zit hier op donderdagavond een beetje voor reisagent te spelen!’ riep hij op een gegeven moment kwaad nadat hij via zijn portable telefoon weer bot had gevangen. Miller lachte en vroeg hem of er geen andere opmerkingen uit Holland waren gekomen.

Lust keek hem even verbaasd aan en vroeg: ‘Hoezo?’

Miller haalde licht zijn schouders op: ‘Nou, zomaar... Puur interesse, meer niet.’

Om elf uur liet Miller Lust in de bar achter. Hij moest nog drie dubbele kamers regelen, maar Miller had zin om alleen te zijn. Hij tekende zijn rekening en stapte op.

‘Slaap lekker,’ zei hij met een vleugje cynisme in zijn stem, maar ook dat was niet meer aan Lust besteed. Vloekend en tierend was deze bezig kamers voor ‘godallejezus hoge prijzen te regelen’, zoals hij liet weten. Hij zwaaide alleen toen Miller wegliep. De tafel waaraan ze hadden gezeten lag bezaaid met papieren en hotelboekjes. Er stonden vier lege bierflesjes en ook al een mooi cognacglas. Lust was de race tegen zichzelf maar weer eens begonnen.

Bij de deur naar de hal draaide Miller zich om en keek naar Lust en de rommel om hem heen. Hij vond dat de commerciele man hard toe was aan een goede soigneur. Op deze manier zou hij Parijs niet halen, hoewel het al donderdagavond was. Zieken, geblesseerden en drinkers sneuvelen bij de Tour altijd in de laatste drie dagen; dat was een ijzeren gegeven en Miller kende die regel. Hij had al velen zien sneuvelen terwijl de Eiffeltoren al bijna in zicht was.

Op zijn kamer kleedde hij zich uit, nam rustig een douche en ging naakt in bed liggen. Het was halftwaalf en hij had nog geen slaap.

Het halve uur daarop werd er twee keer gebeld. Eerst was het Trix, die meedeelde dat ze afzag van een tripje Parijs, omdat ze inderdaad geen zin had in zo'n circus met allerlei Sportkanaal-mensen in een vrolijk, mudvol hotel. Ze zei dat het haar beter leek om op zondagavond in Amsterdam gewoon lekker te gaan eten. Miller beaamde dat.

Drie minuten nadat hij de hoorn had neergelegd, werd er weer gebeld. Enigszins verbaasd nam Miller op.

'Ja?'

'Wat nou ja?!' riep Béanne aan de andere kant van de lijn.

Ze moest zich even melden, zei ze. Ze was braaf naar huis gereden, had inmiddels al een dagje gewerkt en had nog eens goed nagedacht over hun laatste uur in Morzine.

'Je bent nog niet uit mijn systeem verdwenen,' zei ze. Miller vroeg hoe dat kwam.

'Echte liefde waarschijnlijk,' antwoordde ze lachend. Ze praatten verder over koetjes en kalfjes. Miller legde na tien minuten neer en slaakte een diepe zucht.

Omdat hij niet meteen in slaap viel, pakte hij de uitslagenlijst van de etappe en plakte de klassementen voor de volgende dag vast in. Hij keek naar de namen van de kopgroep van die dag: knap hoe die frêle Bo Hamburger de etappe had kunnen winnen; de vreugde bij de TVM-ploeg was groot geweest. Hamburger was in de avonduitzending uitgebreid aan het woord geweest en eens te meer had een Deense sportman bewezen dat hij heel goed de Nederlandse taal beheerste. Miller had de kleine man met het jongensgezicht gevraagd hoe dat toch kwam, en Hamburger had zijn schouders opgehaald: 'Gewoon, een kwestie van goed luisteren. Misschien zijn wij wel een slim volk,' had hij er lachend bij gezegd.

Miller legde de papieren weg en moest denken aan het prachtige verhaal dat hij ooit over Hamburger had gehoord. Bo was, sinds zijn komst in het profpeloton, een heel mooie jongen en kon vrouwen bij de vleet krijgen. Hij was een jaar of wat getrouwd en ploegleider Priem was naar Denemarken afgereisd om het huwelijk van zijn renner bij te wonen. Priem had Miller later eens verteld hoe het er daar in Denemarken aan toe was gegaan; hoe de bruiloft een wild en schitterend feest werd met elkaar constant toedrinkende mensen, waardoor iedereen half of geheel lam raakte, en waar de bruidegom en zijn jonge bruid lachend en stralend mee ten onder gingen in de golven van koning Alcohol. Miller herinnerde zich dat ploegleider Priem hem toen had verteld dat hij een flinke dag nodig had gehad om bij te komen, zo heftig was alles geweest.

Miller grinnikte voor zich uit. Elke keer weer dat Hamburger iets in een wielerkoers deed, moest hij aan dat verhaal denken. Uit verveling stak hij een sigaret op. Hij vroeg zich af waar en wanneer hij ook weer zo verbaasd had gestaan over die renner Hamburger. Het moest een paar jaar geleden geweest zijn, ergens in Annecy of zo. Miller kneep zijn ogen samen; met een beetje moeite kon hij zich de beelden nog voor de geest halen.

Het was een middag met drukkend weer geweest, met later zelfs nog wat regen. Op een gegeven moment had er een opzienbarende vrouw om het peloton heen gelopen. Veel renners hadden hun nek verdraaid, er was gesist en de superhaantjes hadden iets geroepen naar de opzichtig geklede vrouw die, met een accreditatie om haar nek – dat wel – rondliep en zich hoegenaamd niets aantrok van al dat geloer en gefluit. Wat niemand toen wist, was dat de vrouw de nog jonge moeder van Hamburger was, *bien conservée*, zoals dat heet. Sommigen van het edele rennersgilde wilden er eerst niet aan: zo'n jong en goed uitziend mens, dat kon de moeder van Hamburger toch niet zijn? Kom op zeg, die jonge Deen deed het gewoon met een iets oudere vrouw!

Miller herinnerde zich het moment nog goed dat hij op enige afstand van de TVM-bus passeerde, samen met Dazan en Adorni, op weg naar de parkeerplaats. De twee Italianen, die wel de wereld, maar niet deze situatie kenden, hadden hun ogen niet van moeder en zoon af kunnen houden. Adorni had kort en bondig opgemerkt: 'Die zal de komende dagen niet al te best rijden!' Miller moest nog lachen om die situatie.

'Dat is zijn moeder,' had hij tegen Adorni gezegd, en deze had direct geantwoord: 'Ja, en ik ben de derde zoon van de paus.'

Van Houwelingen

Van Veen meldde zich nog voor de middaguitzending begon bij Miller op de commentatortribune, iets wat ze zelden tijdens deze Tour had gedaan.

'Gaat het?' vroeg Miller. Ze knikte en legde uit dat het voor haar alleen al een erekwestie was om de laatste dagen goed te werken.

Terwijl ze allebei een cola dronken en rustig in de schaduw zaten, nam ze Miller in vertrouwen. Ze wilde niet dat hij de indruk had dat ze een *easy chick* was.

'Hoezo?' vroeg Miller. Ze legde uit dat ze best gevoelens voor Lust had gehad en dat hun relatie haar ook enige zekerheid bij de Tour had geboden. Ze vertelde dat ze in Nederland twee keer met hem was wezen stappen, dat hij aardig en leuk voor haar was geweest en dat ze 'het' bij haar thuis hadden gedaan. Dat Parijs en het voorlopige einde van een korte romance nu snel naderden, was iets wat ze in Rouen nauwelijks had ingezien. Juist daarom was ze boos, teleurgesteld en triest geworden, waarna een verkoudheid voor de definitieve knik had gezorgd. Ze baalde van alles: van 'meneer Lust', zoals ze hem cynisch noemde, en ook en vooral van zichzelf.

'Het was geen echte en grote liefde, maar prettige genegenheid, die duurde tot drie dagen geleden, toen hij de faxen zat te lezen waarop de namen van de gasten stonden,' zei ze. 'Hij zag dat zijn eigen vrouw ook mee zou komen en in vijf minuten was onze wederzijdse genegenheid voorbij. Bij hem omdat hij zich geen raad wist met de situatie die hij zag ontstaan, en bij mij omdat ik ineens vreselijk van hem baalde.'

Miller wist niet goed wat hij met het hele verhaal aan moest. Hij had haar, zeker gedurende de eerste twee weken, goed en professioneel gevonden in het meeste wat ze deed. Verstand van fietsen had ze niet, maar dat werd ook niet van haar gevraagd. Ze diende geïnteresseerd te zijn in wat er allemaal rond de Tour gebeurde en ze had met haar ochtendfilmpjes, die de laatste twee dagen bijna moeiteloos door de overal aanwezige Eric gemaakt waren, laten zien dat ze in elk geval het lef had om het grote, boze peloton binnen te stappen – voor een vrouw zeker geen makkelijke opgave.

Miller wilde haar complimenteren, maar ze was hem voor.

'Ik heb veel van je geleerd deze weken; dat wilde ik je eigenlijk even zeggen.' Miller vroeg wat ze dan wel geleerd had.

'Rustig en evenwichtig leven en geen gekke dingen doen,' was haar antwoord, en Miller lachte dunnetjes.

'Nee, ik meen het,' zei ze, en ze zette haar blikje neer. Ze bleven even zwijgen. Miller had het idee dat ze nog iets wilde zeggen en keek haar neutraal aan.

'Is er verder nog iets?' Ze nam een aanloop voor een zin, die er niet lekker uit kwam.

'Ik wou je nog iets... Nou ja, ik wil niet dat je het ooit van anderen hoort. Ik vertel het je dus nu maar en ik hoop dat je het voor je houdt, maar als je mij wilt begrijpen... Kijk, ik...'

Miller zag dat ze twijfelde of ze verder moest gaan. Hij legde zijn hand op haar knie en keek haar zwijgend aan. Ze knikte hem toe en hij zag dat ze bloosde.

'Kijk, Stijn,' zei ze, 'ik wil niet dat je een verkeerde indruk van me krijgt... Daar gaat het om. Ik vind dit een leuk vak en wil het nog wel een tijdje blijven doen. Ik denk dat ik niet zo'n sterke start heb gehad bij Sportkanaal. Dat weet jij niet, want jij bent er pas... Maar... Jezus, wat is dit moeilijk!' Weer hield ze in en keek langs Miller in het luchtledige.

Na een stilte lachte ze hem verlegen toe: 'Ik zeg je dit omdat je me goed opgevangen hebt en omdat je er misschien wel recht op hebt het te weten, maar voor ik met Martijn omging heb ik een halfjaar een heel ingewikkelde relatie met Van der Heyden gehad. Ik wilde je dat graag zelf vertellen, snap je?' Miller knikte. Hij had ooit, in het Hilversumse, inderdaad zo'n gerucht gehoord: jong, talentvol meisje komt de boze grote-mensenwereld binnen en de verantwoordelijke heren slaan onverbiddelijk en genadeloos toe.

'Je hebt het toch zelf gedaan?' zei Miller, die de koptelefoon oppakte omdat hij gekwetter uit Hilversum hoorde. Van Veen knikte; dat wist ze, maar de heren hadden haar allebei duidelijk gemaakt dat ze nog veel te leren had, dat haar carrière in dit vak best weleens kort kon zijn. Zij was, stom genoeg, gestruikeld en later verstrikt geraakt in het net dat haar superieuren langzaam rond haar sloten.

'Van der Heyden was een botte, humorloze lul die alleen maar klaarkwam en dan naar huis ging, maar Lust was aardig voor me,' zei ze.

Miller maakte haar duidelijk dat hij even met Hilversum moest spreken. Ze begreep de boodschap en hield verder haar mond.

'Ja, de uitzending begint over drie kwartier... Begrepen... Wat? Of ik Van der Heydens secretaresse wil bellen? Okay.'

Miller drukte de spreekknop weer in en keek naar de jonge vrouw naast hem, die opeens iets opgeluchts over zich had.

'Blij dat je dit allemaal gezegd hebt?' vroeg Miller.

Van Veen knikte. 'Ja. Vind je me een hoer?'

Miller moest ineens hard lachen: wat een vraag!

Toen Van Veen rustig was weggelopen om haar bijdrage te monteren, keek Miller naar de beelden van de etappe. Vaak was de Franse regie een kwartiertje voor de uitzending begon al een beetje aan het spelen en reden de motoren met de camera's al bij het peloton of bij de kopgroep. Miller zag een groot lint aan renners en zei bij zichzelf: 'Massasprint.' Maar net op dat moment liet het beeld een demarrant zien.

Hij keek op zijn horloge: nog tien minuten voor uitzending. Hij kon dus nog even de zaak bellen. Wat moest die secretaresse van Van der Heyden van hem?

Miller werd snel doorverbonden en kreeg Tanja aan de lijn.

'Stijn,' zei ze. 'Stijn, ik belde je omdat Van der Heyden dat niet wilde of durfde, maar ik moet je even wat zeggen.'

Miller had geen idee waar deze dreigende introductie naartoe ging, maar binnen één minuut begreep hij hoe het spel in elkaar zat. In feite had Lust hem al voorbereid, en ineens vroeg hij zich af of dat bij de geplande tactiek van de baasjes hoorde.

In de drie of vier roddelbladen in Nederland waren smakelijke verhalen verschenen over de fantastische inspanningen en de geslaagde uitzendingen van de Sportkanaal-ploeg bij de

Tour de France. Joyce van Veen werd overal als een groot talent opgevoerd en Miller had ook lof toegezwaaid gekregen, maar in alle drie de bladen was na die positieve openingen een kentering gekomen, met als drekkige vraagstelling: hebben die twee iets met elkaar? Een van de viespeukschrijvers had melding gemaakt van lichte spanningen op de set, die hij 'erotisch geladen' had genoemd. In alle bladen stond een foto van Van Veen en Miller, ergens in Bordeaux genomen, na een avonduitzending. Op de foto straalde de jonge vrouw en Miller had een hand op haar schouder, terwijl ze samen, zo kreeg je de indruk, iets bespraken. Zo beschreef Tanja de foto. Miller kon zich het moment nog goed herinneren.

Hij zei verder niet veel tegen de secretaresse, maar ineens vroeg hij: 'Dit is allemaal expres zo naar buiten gebracht, neem ik aan?'

Het bleef aan de andere kant van de lijn even stil. Toen zei Tanja: 'Je weet hoe de samenwerking met die rotbladen soms is. Je kunt dus op je vingers natellen wat er nu gebeurd is. We hadden gewoon publiciteit nodig voor de laatste dagen van de Tour. Het spijt me voor je...'

Miller vroeg haar of zij wél wist hoe alle verhoudingen in elkaar zaten en ze antwoordde: 'Jazeker wel.'

Hij bedankte haar en legde neer. Volgens de roddelbladen had hij dus iets met de presentatrice... Godvergeten goed bedacht van de heren, vooral van Lust, die meteen van zijn probleem af was! Miller vloekte luid en zag vervolgens dat de Fransen met de uitzending waren begonnen.

'Goedemiddag in Nederland, dit is de Tour de France-karavaan... We rijden vandaag naar Dijon en zijn bijna aan het eind. Voor sommigen is dat maar goed ook,' waren zijn eerste woorden. Miller sprak de laatste zin van zijn intro met bijtend cynisme uit. Vervolgens herkende hij de Fransman Heulot, die alleen vooruitreed, en begon hij met zijn werk. Alsof er niets aan de hand was.

Het thema van die avond had Miller 's ochtends al met Eric besproken: wat is een etappe-overwinning in de Tour waard? Van Veen had in haar ochtendronde met een paar etappewinnaars gepraat en Miller had voorgesteld de tweede ploegleider van de Rabobank, Adrie van Houwelingen, centraal te stellen. Hij had ooit in Dijon gewonnen, solo nog wel, en die zege was een van de mooiste herinneringen voor Van Houwelingen als profwielrenner gebleven.

Miller had er een idee aan toegevoegd. Er was nog een andere Van Houwelingen in het peloton aanwezig geweest: de lange Jan. Deze had echter nooit in de Tour gewonnen, maar hij was wel weer wereldkampioen geweest. Eric had met Hilversum gebeld en er was een verslaggever van de thuisredactie met een lijstje vragen naar Jan van Houwelingen gestuurd. Miller dacht dat dat tenminste nog íéts aardigs was. Alle goede ideeën en grappige invallen waren nu zo langzamerhand wel opgedroogd, maar dit kon nog.

Van Veen ondervroeg Adrie van Houwelingen op een prettige manier. Was hij jaloers op zijn broer omdat hij geen wereldtitel had? Op het in Nederland gestarte filmpje werd aan broer Jan het omgekeerde gevraagd.

Miller vertelde in zijn avondepiloog over de broers en over de tijd waarin zij reden. Uit het archief was de finish van Adrie nog maar weer eens vertoond. Ook waren er nog beelden van het Hollandse kwartet dat toen, in 1978, ergens bij Keulen in de buurt, wereldkampioen werd. Miller wist zich die dag nog te herinneren, Lange Jan reed er, en Guusje Bierings, en Bart van Est, en natuurlijk Bert Oosterbosch. Miller kreeg een vreemde sensatie toen hij de naam van die renner noemde – alweer acht jaar geleden overleden; plotseling, *boem*, weg.

Om de een of andere reden sloot hij zijn item af met de strak uitgesproken zin: 'Oosterbosch reed ook in de Tour de France en won ook een etappe. Hoe hoog was zijn prijs?'

'Goed item,' zei Eric toen de eindleader liep en de cameramensen het commando 'afbreken' kregen.

Miller stond op en knikte: 'Misschien wel iets te serieus voor de vrijdagavond.'

'Ben je gek! Dat is nou net jouw kracht,' vond Eric. Hij schonk koffie in. Miller keek verbaasd toe. Niet alleen moest Eric de journalistieke en logistieke zaken van deze operatie in de gaten houden, maar nu dacht hij ook nog aan de inwendige mens!

'Sterke koffie voor iedereen!' riep Eric over de set. Ten overstaan van een tiental verbaasd toekijkende Fransen in het nu bijna ontmantelde televisiepark achter de finish dromden de mensen van Sportkanaal samen.

Het was een vreemde, maar zeker ook een prettige gewaarwording voor Miller. Nu ze hier bij elkaar stonden – technische jongens, de schminkster, de chauffeurs, zelfs Lust, Eric, de cameraploeg, Van Veen en hij –, kreeg Miller ineens een opwelling, die hij niet onderdrukte. Ze stonden met een man of zestien bijeen, dronken koffie, aten broodjes of rookten toen Miller het woord nam.

'Even, jongens! Nu kan het nog, want nu zijn we nog onder elkaar. Morgen begint er weer een circus met gasten en belangrijke mensen, en dan zijn we niet meer samen zoals vandaag. Ik wil, als oudste van dit stelletje, even dit kwijt: er is door iedereen hier fantastisch gewerkt. Ik weet dat jullie mij als veteraan zien en als een maffe ouwe man, maar ík weet hoe moeilijk het is om in dit idiote fietsfeest op de been te blijven. Dat is ons allemaal redelijk gelukt, en dat is een compliment voor iedereen.'

Hij pauzeerde even en keek de groep rond. De meesten leunden of hingen tegen een stoel of camerakist; vermoeidheid straalde van iedereen af.

'Tot slot: als we straks thuiskomen, zullen jullie terugkeren in de normale wereld. Rust goed uit, want deze weken tellen vijfdubbel. Bedankt voor de prettige samenwerking!'

Twee technische jongens gaven een heel klein applausje weg; de anderen knikten en betuigden mompelend hun instemming. Van Veen zei: 'Dank je,' en ineens bedacht Miller iets.

'O ja, *crew, listen*! Ik heb gehoord dat de verzamelde roddelpers in Nederland een buitengewoon aardige, maar wel ranzige canard in de wereld heeft geholpen. Zonder in details te treden: er is niets van waar.'

Even bleef het stil. Toen riep Eric: 'Kom op, Stijn, waar heb je het over?' De anderen drongen allemaal aan: 'Zeg wat het is!'

Miller dacht even na en stelde zich zo op dat hij Martijn Lust recht in de ogen kon zien.

'Okay, het is niets, het is roddel, maar er wordt gesuggereerd dat Joyce en ik hier bij de tour een verhouding hebben opgebouwd.' Lust wendde zijn blik direct af, keek naar zijn schoenen en draaide zich half om. Er klonk gelach en de kring werd bijna opgebroken.

Ineens verhief Van Veen haar stem: 'Daar heb ik nog iets over op te merken. Die roddel is niet waar en ik hecht eraan om dat te zeggen.'

Even hield ze in; toen vervolgde ze met: 'Zoals sommigen misschien gemerkt hebben, had ik wel iets met een ander. Dus niet met Stijn, maar wel met Martijn. Dan weten jullie dat maar!'

De stilte die viel was zwaar te noemen en Lust keek de presentatrice aan of hij water zag branden. Miller slikte, nam een slok koffie en keek de groep rond. Dit was niet de bedoeling van zijn bedankje aan de ploeg geweest, maar om de een of andere reden voelde hij zich nu ineens heel lekker en rustig.

Hij keek naar Van Veen, die een arm om de schouder van Eric legde, en zei: 'Zullen we gaan rijden? Parijs is nog heel ver weg.'

Miller liep naar de schminkster en vroeg haar of ze de rommel even van zijn gezicht wilde halen. Een paar technische jongens waren al met katrollen bezig. Alleen Martijn Lust stond nog te niksen. Hij had een bekertje in zijn hand en keek met een lege blik in het niets. Hij had zojuist niet alleen de etappe, maar de hele Tour de France verloren van een debutante met lef.

Een halfuur later reed de laatste Sportkanaal-wagen van de finishplaats weg. Miller kreeg van Edgard een sigaartje aangeboden en blies genietend de rook door de auto. Het was niet druk op de weg. Miller keek naar de snelheidsmeter en knorde – honderdnegentig, mooi! Waar sliep hij die nacht ook alweer?

Olano

De tijdrit was moordend spannend. Saai, dat wel, want een tijdrit zal nergens ter wereld ergens 'spannend' in beeld gebracht kunnen worden, maar de kleine onderlinge verschillen tussen de toppers zorgden ervoor dat iedereen met stopwatches en tussentijden aan het stoeien ging.

Miller deed dat ook. Hij begon de directe uitzending met een prognose en tijdens de twee uur durende reportage bleek dat hij het vrij goed had gezien. De meeste renners hoefden die dag alleen maar op redelijk gemak rond te rijden, maar de toppers gingen er zo furieus tegenaan dat de snelheden hoger lagen dan verwacht.

Miller tipte op Olano, de Olympisch kampioen van Atlanta. De Banesto-kopman had een zwakke dag in de Alpen gehad en was kansloos voor de eindoverwinning, maar een tijdritzege liet de brave Abraham zich niet ontglippen. Op zijn fraaie, futuristische Pirandello-fiets stoof hij over het warme asfalt in de buurt van het pretpark. Miller zei dat de erfenis van Miguel Indurain waarschijnlijk in deze fiets was blijven zitten.

Net toen hij vol vuur vertelde over de manier waarop Olano aan het rijden was en hoe hard het allemaal ging, bedacht Miller dat de toppers er misschien nog voor zouden zorgen dat een aantal zwakkere broeders vandaag buiten de tijd zou aankomen. Hij zei erbij dat het wel heel sneu zou zijn om onder de rook van Parijs uit de strijd genomen te worden, maar dat het wel bij deze fraaie uitvoering van de Tour de France hoorde. Er was, stelde hij, geen of bijna geen saai moment geweest; er was elke dag voluit gereden en de grote jongens hadden laten zien dat rijden met een bloeddikte van minder dan vijftig procent ook mogelijk was.

Toen de nummers 40 tot en met 20 van het klassement binnen waren, was er een grote spanning op de finishplaats ontstaan. De tussentijden werden uitvoerig in beeld gebracht en besproken door de commentatoren. Hoewel Miller er een hekel aan had om te goochelen met tijden, had hij het voorzichtig – dat wel – toch maar gedaan. Het bleek namelijk dat Virenque boven zijn niveau reed en maar beperkt toegaf op de snelheidsmaniakken zoals Olano, Ullrich, Boardman en Riis. Miller vond dat opvallend en had er zo zijn gedachten over.

Toen hij in een kleine pauze een sigaret had opgestoken, bedacht hij dat Virenque door zijn arts en soigneurs fantastisch geprepareerd moest zijn. Miller had er even aan gedacht zoiets te verwoorden, maar hij had het niet gedaan. Wat kon hij bewijzen? Niets. Het antwoord op alle vragen en halve en hele verdachtmakingen omtrent het gebruik van verboden middelen lag al jaren vast in de schone lijst die de Tour de France-directie aan iedereen kon voorleggen. Er werd niemand op stimulerende middelen gepakt, dat was nu al acht jaar zo, en hoewel het een wonder was, moesten critici, vaak tandenknarsend, toegeven dat er wéér niemand in de grootste en zwaarste fietsronde ter wereld gepakt was.

Miller had er weleens over zitten filosoferen met collega's.

Waarom was de laatste man die ooit bij de Tour was 'gepakt' een onbekende Spanjaard geweest, bijna tien jaar geleden? Waarom werden er door het jaar heen wel renners gepakt in koersjes die niets voorstelden? Neem Ballerini, ooit in Wallonië, op een trieste donderdag in het late voorjaar... Vreemd natuurlijk. Was de wetenschap de dopingcontroles zo ver vooruitgesneld? Ja, dat moest bijna wel. Iedereen die de Tour de France volgde, wist dat je deze aanslag op lijf en leden niet met boterhammen met kaas kon opvangen, maar hoe dan wel? Niemand wist het antwoord. Vanuit de rennerswereld bleef het stil en de directie van de Tour beriep zich keurig op de schone lijst van jaren.

Al rokend en zwijgend tijdens een commerciële break, dacht Miller aan een van de voorbesprekingen in Hilversum, waar Joost Geersink ineens had gesteld dat er maar niet te veel over zaken als doping gepraat moest worden. Miller had toen gevraagd waarom dat was en Geersink had geantwoord dat het grote publiek eigenlijk niets wilde weten van die verboden zaken. Men wilde groots en prachtig fietsen zien, en men wilde fraaie interviews horen, en over narigheid wilde men eigenlijk niet geïnformeerd worden.

Miller wist nog dat hij had gevraagd: 'Hoe weet je dat?', en hij wist ook nog dat de commerciële baas lichtelijk had gebloosd en toen had geantwoord: 'Dat zegt mijn gevoel.'

'Maar stel dat er een dopinggeval voorkomt?' had Miller vervolgens gevraagd. Geersink en Van der Heyden hadden, bijna in koor, geantwoord: 'Mondjesmaat.' Miller had zijn hoofd geschud.

'Nog één minuut!' kreeg hij vanuit Hilversum te horen, en hij nam nogmaals het algemeen klassement ter hand. De verschillen waren kleiner dan ooit en eigenlijk was het jammer dat het vandaag niet de laatste etappe was.

Met die verzuchting begon Miller ook aan zijn laatste uur reportage. Hij refereerde aan het gloeiende slot van de Tour van '89, toen Lemond en Fignon er een secondenspel van hadden gemaakt en de Fransman zo arrogant en slordig was te denken dat de Tour op zaterdag al was geëindigd. Fignon, zonder helm, niet goed warmgereden en typisch Frans op dat moment, werd ingepakt door de onwaarschijnlijk gemotiveerde Amerikaan, die weliswaar nauwelijks had geslapen, maar zo geconcentreerd bezig was dat het bijna eng was hem voor de start bezig te zien.

Terwijl hij dat verhaal in de microfoon vertelde, keek hij de commentatortribune af en zag hij Fignon acht meter van zich vandaan zitten. Fignon was de hippie van dit gezelschap; een tikje *grunge* gekleed en bijna on-Frans. Hij was heel wat aardiger geworden nu hij zich onder zijn natuurlijke vijanden van vroeger had moeten begeven.

Miller zag de man zitten: korte broek, slordig haar met een elastiekje om de slierten bij elkaar te houden, en een grappig T-shirt. Hoe was het toen mogelijk geweest dat hij die Tour had verloren? Onderschatting van Lemond? Of was het overschatting van zijn eigen krachten geweest? Miller had het hem ooit willen vragen, maar het was er niet van gekomen.

Vanaf het moment dat Patrick Jonker in beeld verscheen, ging Miller er eens goed voor zitten. Hij formuleerde sterk en goed en zwaaide de jonge kerel alle lof toe.

'Binnen zijn mogelijkheden heeft hij onwaarschijnlijk goed gepresteerd, en dat bewijst hij vanmiddag maar weer eens!' riep Miller vol energie uit. Hij merkte pas hoe enthousiast hij was toen Herbert, zijn Duitse buurman, hem op de arm tikte. Of het even wat minder kon, zo keek de Duitser hem aan. Miller schoot spontaan in de lach en wachtte tot Jan Ullrich door de rijdende camera was gevangen; toen klopte hij direct bij zijn buurman aan: '*Bitte Ruhe!*'

Virenque was een wonder die middag. De Festina-ploeg had het hele jaar al goed gereden, eigenlijk al vanaf de eerste koersen in februari en maart. Dat hoge peil bleef maar gehandhaafd, want ook Dufaux stond sterk in het klassement.

Alle anderen hadden de afgelopen weken de stenen uit de straat gereden.

Terwijl Miller met dat verhaal bezig was, kreeg hij weer dat unheimische gevoel dat hij zo vaak in de wielersport had gehad; net of er iets niet klopte. Waar haalden die Festina's die krachten vandaan? Een nieuwe arts? Een betere training? Een mix van allebei?

Weer moest hij terugdenken aan die middag in Hilversum toen de grote lijnen voor de reportages van de Tour werden besproken. Geersink had meegedeeld dat Festina een van de sponsors van de programma's zou zijn, evenals trouwens de twee Nederlandse wielersponsors, TVM en de Rabobank. Miller had toen gezegd dat dat een niet al te gelukkige keus was. Geersink en Van der Heyden hadden vervolgens om het hardst geroepen dat er natuurlijk sprake zou zijn van journalistieke vrijheid en dat Miller altijd moest zeggen wat hij dacht dat juist was, maar door hun woorden heen had Miller zoiets geproefd als: 'Maar wees een beetje aardig voor onze sponsors.' Miller had toen opgemerkt dat je niet in de hand mocht bijten die je een koekje voorhield. Van der Heyden had gereageerd met een snuif en Geersink had vervolgens gezegd: 'Maar je hoeft die hand ook niet te likken!'

Tegen het slot van de uitzending was het op de Eurovisietribune lawaaiig en chaotisch geworden. Renners die al binnen waren, deden hun verhaal bij diverse collega's. Vol spanning tuurde iedereen naar de schermpjes. Als er weer een tussentijd kwam, hoorde je een golf van geluid over de hoofden van de commentatoren trekken. Dit was de apotheose van een grootse Tour de France. Hier werd om seconden gevochten op, zoals Miller zei: 'Een zeer eerlijke manier. Een mens op een fiets, hoe vind je zoiets?'

Hij moest glimlachen om zijn frivoliteit, maar schakelde direct weer over op zijn serieuze manier van werken. Dit waren de grote momenten in de sport en hierbij voelde hij zich thuis. Nu moest hij scherp zijn, goede zinnen vormen, de spanning opbouwen en tevens analytisch bezig zijn. Dit was zijn topsport, en hij wist het. Hij voelde het in zijn hele lijf; er gloeide spanning, bijna ondefinieerbaar, maar anders dan bij eerder gereden etappes.

Miller stak nog een sigaret op, inhaleerde diep en probeerde zich te herinneren wanneer hij eerder zo'n prettig gevoel had gehad terwijl hij met een reportage bezig was. Hij wist het niet meer.

Toen hij de koptelefoon had neergelegd en nog even met de technicus in Hilversum had gepraat, schoof hij zijn stoel achteruit. Dit was het dus; zijn eerste Tour de France voor Sportkanaal zat er bijna op. De zondagse etappe zou een formaliteit worden, zoals altijd, en alleen de sprint op de Champs Elysées zou er nog toe doen. Het klassement was gemaakt, de Fransen stonden te juichen en de Nederlandse wielrennerij had er weer eens een top-tien-renner bij.

Miller was opgetogen over de prestaties van Jonker, helemaal omdat hij, een klein jaar tevoren, voor de NOS-microfoon nog wel, had geroepen dat Raas deze renner direct en onvoorwaardelijk van de Once-ploeg moest overnemen.

Jonker zou die avond weer op de Sportkanaal-set komen. Hij was zo'n beetje vaste gast geworden en was ook per keer makkelijker gaan praten.

'Je went snel aan andere omstandigheden,' had Miller hem na een van de avonduitzendingen toegevoegd, en de geboren Amsterdammer uit Australië had geknikt: '*Yes*, zeker weten!'

Miller pakte zijn boeltje en probeerde de drukte rond de microfoons voor te zijn. Hulpjes van bijna alle commentatoren waren bezig renners naar de microfoons te slepen. Sportkanaal deed daar niet aan mee, omdat er direct na de finish vanuit Nederland een leuke Tour-quiz volgde. De woorden van winnaars en verliezers werden nu op video vastgelegd en tijdens de avonduitzending gemonteerd weergegeven. Miller vond dat een goede oplossing, maar in de Hollandse kranten waren ook artikelen verschenen dat Sportkanaal, en dus Miller, wel heel snel afsloot en dat je dan meestal, via een andere zender, nog interessante nababbels kon horen. Miller had in Bordeaux nog met Van der Heyden over die kwestie gesproken, maar de kijkcijfers van de quiz waren goed geweest en Van der Heyden had hem toen gezegd dat geld een heel interessante kurk was om op te drijven.

Miller zag dat de weg naar het trapje van de tribune was afgesloten en dus moest hij maar een kwartiertje wachten. Hij ging rustig zitten en overdacht wat hij de laatste weken allemaal had meegemaakt.

Ineens zag hij, op een meter of twintig van zich vandaan, het grijnzende gezicht van Kees Jansma. Miller had al het gevoel dat hij zijn ex-collega hier zou aantreffen, want hij wist zich te herinneren dat Jansma's dochter een baan had gevonden bij de Disneyland-organisatie. Miller zwaaide en Jansma maakte een gebaar van: 'Ik kan hier niet weg; ik heb geen kaart en sta achter een hek.' Miller knikte dat hij de boodschap begreep en stak zijn duim op. Hij kreeg een opgestoken duim terug, plus een brede grijns. Dat deed hem goed. Geen oud zeer dus.

De etappe was nu tien minuten verleden tijd, maar de lucht was nog zwanger van de spanning en sensatie. Het leek bijna wel of iedereen meer mooie woorden uit de kast haalde om deze zaterdagse tijdrit te beschrijven; zelfs de Duitsers waren nog bezig. Hun gezwollen taalgebruik deed Miller lachen.

Hij keek uit over de lege aankomstweg en zag Bart van der Heyden daar statig rondstappen. Shit! dacht Miller, en hij bekeek de man die daar liep eens goed. 'De verpersoonlijking van een zeven-drietje,' mompelde hij bij zichzelf. De baas van Sportkanaal liep met een kaart om zijn nek die hem vrijwel overal toegang verschafte. Trots stapte hij over de finishstraat, een beetje uitdagend ook. Als je geen kaart had, mocht je daar niet lopen. Van der Heyden was als een kind zo blij dat hij op de bijna heilige straat mocht staan waar de renners zojuist hadden gereden. De gasten van Sportkanaal, die allemaal een gastenkaart hadden, maar niet zo'n exemplaar als Van der Heyden had, konden hem nu goed zien. Hij liep er om er te zijn, om bij het hoogste echelon van de Tour te horen.

Miller bedacht dat het misschien toch wel aardig was als hij zich even bij Van der Heyden zou voegen; dan zou hij later wel proberen door de mensenmassa te komen die nu achter de tribune rond de televisiewagen een chaos veroorzaakte. Renners, technici, verslaggevers, en vooral opdringerige toeschouwers, liepen elkaar in de weg; niemand kon ergens heen.

Dit, bedacht Miller, terwijl hij naar de opgewonden massa keek, was precies wat de kern van de Tour de France inhield. Hij herinnerde zich een regel uit het liedje 'Hotel California' van The Eagles: *'You can get out any time you want, but you can never leave'*, en zo voelde hij zich nu ook. Hij liep naar de andere kant van de tribune, Van der Heyden tegemoet. De finishstraat was bijna verlaten. Er renden wat cameramensen heen en weer, maar voor de rest was het asfalt leeg; afgesloten door tientallen agenten, die het gewone volk op afstand hielden.

Miller stapte via het bewaakte deurtje door de dranghekken. Ook hij liep nu op het asfalt, en hij zag Van der Heyden op zich afkomen.

'Hoe ging het?' snoof zijn baas van zeven meter afstand. Miller haalde zijn schouders op; wat moest hij zeggen? Hij stak zijn hand uit en Van der Heyden antwoordde met een vrij klamme, warme knuist.

'Blij dat het erop zit?' Miller knikte. 'Je komt toch vanavond wel op het feest? Ik heb je daar hard nodig, dat begrijp je.' Miller keek zijn baas aan; hij had hem nodig?

'Hebben we de quota gehaald?' vroeg Miller. Van der Heyden antwoordde hem met een flauwe lach: 'Op het randje, maar daarom moet jij dus vanavond aanwezig zijn. Ik wil dat je een paar van die gozers duidelijk maakt hoe het allemaal volgens jou is verlopen; dat er niet-interessante etappes in elke Tour zitten en dat je als televisiemaker natuurlijk niets aan het verloop van een sportwedstrijd kunt doen.' Miller zei dat hij de boodschap had begrepen en zag uit zijn ooghoek dat Raymond Poulidor door het hekje bij de tribune stapte.

'*Voilà, Poupou,*' zei hij. Van der Heyden nam Miller direct bij de arm en vroeg: 'Stel me aan die man voor, wil je?'

Poupou, een museumstuk in de Ronde, altijd aanwezig voor een goedbetalende sponsor, was het gewend dat mensen van het slag van Van der Heyden hem de meest stompzinnige dingen vroegen. Lachend en minzaam sprak hij nu met de Hollander tegenover hem, die ineens het zweet op zijn voorhoofd had staan. Miller stond er geamuseerd naar te kijken. Van der Heyden probeerde in zijn allerbeste Frans zinnen te construeren en Poulidor, simpel gekleed zoals altijd, wachtte, lachte en zei maar wat terug.

'Fantastisch!' zei Van der Heyden toen Poulidor doorliep en Miller hem bijna spottend aankeek. 'Fantástisch!'

Na enig duwwerk, iets wat hij overigens niet graag deed, had Miller twintig minuten later de Sportkanaal-caravan bereikt, waar zich inmiddels een groot gezelschap had gemeld. De biertjes werden opengetrokken en Miller verdween snel naar binnen: even nog niet.

In de schaduw trof hij Joost Geersink. De commerciële baas had nog even tijd vrij kunnen maken om naar de Tour te komen en Miller groette hem hartelijk.

'Ik heb vanmiddag nog een paar keer aan je moeten denken,' zei hij.

'Hoezo?' vroeg Geersink.

'Ach, ik moest denken aan die bijeenkomst in Hilversum toen we zo'n beetje de toon hebben gezet voor wat we hier zouden gaan doen.'

Geersink lachte: 'En daar hebben jullie je redelijk goed aan gehouden, moet ik zeggen.'

Miller fronste: 'Redelijk?'

Geersink knikte: 'Ja, redelijk goed zelfs. We zijn niet altijd even gelukkig geweest met de reportages, en ook niet met de items in de avonduitzending, maar over het algemeen hebben we redelijk gescoord.'

Miller ging zitten, pakte een watertje en vroeg: 'Wat moet ik me daar dan bij voorstellen, bij dat "redelijk gescoord" van jou?'

Geersink keek hem aan en wachtte even met antwoorden. Toen zei hij: 'Kijk, we hadden vrij strikte afspraken met de sponsors gemaakt en we balanceerden steeds in de buurt van de ondergrens van die afspraken. Een misschien iets enthousiastere manier van verslaggeven van jouw kant had die marge vergemakkelijkt, denk ik.'

Miller bleef eerst zwijgen en zei toen ineens: 'Jammer dat Theo Koomen al zo lang dood is,' waarna er weer een korte stilte viel. Snel voegde Miller eraan toe: 'Sorry, dat had ik niet moeten zeggen.'

Maar Geersink antwoordde direct: 'Nee, dát commentaar was voor de radio geschikt; zoiets bedoel ik dus ook niet.'

Miller begreep het en vroeg in een opwelling of Geersink iets wist van het doorlekken van min of meer sappige berichten naar de roddelbladen in Nederland. Waarom hij dat nu deed, wist Miller niet.

Geersink keek hem lachend aan en zei: 'Man, ik moet zorgen dat er geld bij onze toko binnenkomt! Je denkt toch niet dat ik me met die zaken bemoei?'

'Je weet er dus helemaal niets van?' vroeg Miller. Geersink knikte.

'Ik heb erover gehoord. Het paste in de strategie van de laatste week, heb ik begrepen. Er moest extra nieuws gemaakt worden, omdat we kijkers nodig hadden.' Ineens begon Geersink hard te lachen. Miller keek hem aan; wat was er? Geersink sloeg Miller joviaal op de schouder.

'Weet je wat ik hoorde? Je zult het niet geloven, maar het is echt zo gegaan. Van der Heyden had alles bedacht, maar dat wist je al, neem ik aan. Toch twijfelde hij of hij dit wel moest doen. Ik heb gehoord dat je hem tijdens een van de middagetappes te grazen hebt genomen. Je zou voor de grap een renner Van der Heyden hebben genoemd. Nou, wees ervan overtuigd dat hij nooit iets mist, en dit dus ook niet. Ik heb begrepen dat hij toen, op het moment dat jij de kachel met hem aanmaakte, heeft besloten zijn plan door te zetten.'

Vol ongeloof keek Miller Geersink aan. Dit kon niet waar zijn! Maar Geersink knikte langzaam en vroeg of Miller een biertje wilde.

'Ja, neem maar een blikje mee van buiten,' zei hij.

Geersink opende de deur. Luid gelach en druk gepraat kwamen de ruimte binnen. Miller hoorde de stem van Van der Heyden boven alles uit. Zo te horen ging het verhaal over Poulidor.

Op het Sportkanaal-feest in Eurodisney bruiste 's avonds de champagne. Bart van der Heyden bedankte alle aanwezigen voor hun, zoals hij overdreven stelde, 'waanzinnige inzet'. Het werd een party voor de dodelijk vermoeide Tour-crew en voor de vers aangereisde directieleden en sponsors en hun aanhang, maar van vermenging van beide groepen was geen sprake.

De crew stapte om elf uur op, want om acht uur moest er de volgende morgen al opgebouwd worden op de Champs Elysées. Het was eigenlijk zaak, had Eric gezegd, dat de eerste wagens al direct naar het centrum van Parijs zouden rijden.

Miller bleef nog even. Hij vond dat hij dat wel verplicht was, en hij deed zo sociaal mogelijk. Hij praatte met banktypes en jongens van een frisdrankclub; deelde handtekeningen uit aan de kinderen van een reclameman. Overal moest hij het verhaal van deze zware Tour vertellen. De geweldige spanning die tot het eind was gebleven, de fantastische manier waarop Virenque zijn gele trui had verdedigd, de doorbraak van jonge renners als Merckx en Ullrich, de verdienstelijke manier waarop de Nederlandse renners hun Tour gereden hadden, en de werkelijk oogstrelende wijze waarop Abraham Olano de zaterdagse tijdrit had gewonnen. De gasten hingen aan zijn lippen.

Elders in het restaurant, dat de directie van Sportkanaal in zijn geheel had afgehuurd, zat Van Veen te vertellen, vaak aan de vrouwen of vriendinnen van de baasjes. Of het niet zwaar was geweest voor een vrouw? De Tour was toch een mannenwereld...

Om een uur of halfeen vertrok Miller. In zijn hotelsuite schopte hij zijn schoenen uit en liep naar de tafel, waarop een fruitmandje stond. Hij opende het piepende plastic, las op het kaartje dat hij van harte welkom was in dit Holiday Inn en pakte het trosje druiven tussen de banaan en appels weg. Hij liep naar het kingsize bed, ging op het voeteneinde zitten en at de druiven op.

De telefoon ging en Miller werd wakker. Hij lachte om zijn eigen onbeholpenheid. Half uitgekleed lag hij achterover op het grote bed. In zijn linkerhand hield hij een druiventakje vast met nog precies één verschrompeld druifje eraan.

'Ik ben waarschijnlijk ingedommeld,' zei hij nadat Trix hem had gevraagd hoe hij aan die doffe stem kwam.

'Verlang je een beetje naar me?' vroeg ze even later. Miller wachtte even met antwoorden en voordat hij iets kon zeggen, beet ze hem, vrij bits, toe: 'God, daar moet je wel lang over nadenken!'

'Nee hoor,' zei Miller, en hij probeerde uit te leggen hoe zijn gevoelens lagen. 'En wat bedoel je met verlangen? Wat is dat? Puur lichamelijk, of meer?'

Trix antwoordde lachend dat hij weer alle vooroordelen aan het bevestigen was.

'Je was vanmiddag trouwens wel erg enthousiast, zeg!' Ze gaf het gesprek een andere draai.

'Dank je.' Vervolgens deed Miller verslag van de poppenkast die zich rond deze etappe had afgespeeld. Met alle bazen en baasjes, met sponsormeneertjes en -mevrouwtjes, met het rijke feestmaal en de magnums champagne die voortdurend ploppend open waren gegaan.

'Misschien hebben jullie het wel goed gedaan,' zei Trix.

Ineens vroeg Miller haar of ze de roddelbladen van die week misschien had gelezen.

'Hoe kom je daar nu ineens bij? Je weet toch dat ik die onzin nooit lees?'

'Dat is ook maar beter,' zei Miller. 'Er staat toch de grootst mogelijke waanzin in.'

Het bleef even stil en toen zei Trix: 'Dus je hebt helemaal niets met dat kind van het avondprogramma? Stijn, in godsnaam, ze kan je dochter zijn. Word nou eens volwassen!'

Miller bleef nog lang nadat hij had neergelegd naar de telefoon staren.

'Morgen Amsterdam,' zei hij bij zichzelf. Toen ging hij zijn tanden poetsen.

Zabel

Het ontbijt was op zondagmorgen heel amusant. Miller kwam om halfnegen beneden en nam zijn vaste Parijse Holiday Innontbijtje: twee boterhammen, champignons en een schep roerei.

Tien minuten nadat hij was gaan zitten, voegde Joyce van Veen zich bij hem.

'Weet jij nog een goed onderwerp voor vandaag?' Miller dacht even na. De laatste dagen was het steeds moeilijker voor haar geworden om met originele ideeën aan te komen. De renners werkten best mee, maar van welke kant moest ze vandaag het peloton binnenkomen?

'Probeer het eens met de vraag: "Wat heb je het meest gemist?" Dat deden wij vroeger ook, en het leverde toen soms idiote antwoorden op.' Van Veen zei dat ze ook aan zoiets had gedacht, maar ze vond de vraag eigenlijk nogal dubbelzinnig en was bang dat de meeste renners ook met dubbelzinnige antwoorden zouden komen.

Op het moment dat ze dat wilde uitleggen, kwamen meneer en mevrouw Lust de ontbijtzaal binnen. Miller zag hen meteen. Hij voelde zijn buurvrouw verkillen. Zij merkte de twee nu ook op. Hij zag de ogen van Lust bijna wanhopig naar een tafeltje aan de andere kant van de eetzaal zoeken. Dat was er niet en dus werd het tweetal door een welwillende ober aan een tafeltje op vijf meter van dat van Miller en Van Veen gezet.

'Kijk aan,' zei Miller, en Van Veen en hij knikten vriendelijk goedemorgen in de richting van het echtpaar aan het andere tafeltje.

'Lul!' zei Van Veen zacht voor zich uit. Miller vond het beter om nu te zwijgen.

'Wat heb jij eigenlijk gemist?' vroeg Van Veen vlak voordat ze met hun ontbijt klaar waren. Miller dacht even na en zei toen, half lachend: 'Bruine boterhammen met jonge kaas.'

'Wát?' antwoordde Van Veen.

Miller herhaalde het: 'Fries bruin, het liefst met korrels bovenop, vrij dik besmeerd met boter en dan plakken jonge kaas erop, bij voorkeur grasgroen jong.'

Ze stapten op en liepen langs het tafeltje van de familie Lust. Van Veen vroeg poeslief: 'Lekker geslapen?' Zonder een antwoord af te wachten liepen ze allebei door, maar Miller voelde Martijn achter zijn rug blozen.

Miller kwam tegen twaalven op de Champs Elysées aan. Hij had geen zin om naar de start te gaan; dat deden vrijwel alle anderen van de Sportkanaal-organisatie wel. Het was de bedoeling, had Miller begrepen, dat de gasten, uiteraard met een fraaie VIP-kaart om de nek, tussen de renners door mochten lopen en dan bij TVM of de Rabobank een kopje koffie konden drinken. Miller had gehoord dat dit de ultieme opwrijfpoging van Geersink was geweest in de richting van de sponsors. De commerciële man had er zelfs nog een korte bijeenkomst met de pr-mensen van de beide ploegen voor belegd. Alles moest kloppen en Geersink had Miller verteld dat alle betrokkenen een echt wielershirt mee zouden krijgen, waarbij gezegd zou worden dat het door een van de renners in deze Tour was gedragen. Miller had om dat laatste gelachen.

'Stinken ze nog naar zweet?'

Geersink had serieus geantwoord: 'Als het moet, laten we ze eerst dragen, om maar de indruk te wekken dat het inderdaad echte Tour-shirts zijn.'

Op de commentaarpositie was het rustig. De etappe was net van start gegaan en de meeste collega's kwamen nu bij de finish aan. Niemand van deze groep volgde de etappes nog; men liet zich door de chauffeur naar de finish rijden, en Miller zag wat hij al een paar jaar eerder had gezien: het merendeel vertoonde op het punt van kleding heel ander gedrag dan in de weken voorafgaand aan deze laatste dag. De meesten hadden een jasje aan; de Italianen droegen zelfs das en jas. Waarom zou dat zijn? Was dit een feestdag? Of ging het erom later op de avond op stand te reizen? Bijna allemaal zouden ze immers na deze laatste sprint naar het vliegveld racen om daar een vlucht naar huis te nemen. Dan zou de Tour de France niet meer bestaan en waren ze min of meer bekende burgers die in de business class stapten en daar herkend werden als tv-mensen die zojuist de Tour hadden beeindigd.

Miller wist uit ervaring hoe dat ging. Hij ging na of hij zich ook had aangepast qua kleding, en hij knikte: ook hij had een nette broek en een correct maar sportief hemd aangetrokken. For Fellows, zoals Geersink het had geregeld, en waar de commerciële man nog een opmerking over had gemaakt, op zaterdagavond tijdens de smulpartij in Disneyland.

'Denk even aan je kleding voor morgenavond,' had Geersink en passant gezegd, en Miller had eerst het gevoel gehad dat hij als een klein kind werd behandeld. Maar op zondagochtend, toen hij zich stond aan te kleden, had hij toch zonder dat hij het heel bewust deed een hemd van de Sportkanaal-kledingsponsor uit het plastic gehaald. Waarom ook niet? Hij hoefde toch niet altijd dwars te liggen?

Om een uur verscheen Van der Heyden op het podium en zette een stoel naast die van Miller neer.

'Heb je even?' vroeg hij, nu al zwetend. Miller sloeg zijn Tour-boek dicht.

'Jawel.'

'Ik ben speciaal even naar je toe gekomen om wat dingen door te nemen,' begon Van der Heyden. Miller pakte een sigaret uit het pakje dat naast de monitor lag en bood Van der Heyden er ook een aan.

'Bedankt,' zei deze, en hij stak van wal: 'Eh… Ik moet je zeggen dat ik redelijk tevreden over je ben, dat ten eerste, en dat het ernaar uitziet dat we net aan onze quota komen. We hebben gisteravond nog een snel rondje langs de grote sponsors gemaakt. Geersink en ik denken dat we het gehaald hebben. Dat wou ik even kwijt.'

Er viel een stilte en Miller keek naar zijn baas, die naast hem nu ineens zijn schoenen zat te bestuderen.

'Verder nog iets?' zei Miller ferm. Van der Heyden knikte.

'Ja, nog een klein dingetje. Je hebt op routine een heleboel gered tijdens deze Tour. Ik heb goed naar je geluisterd, en ik ken het vak. Maar ik zou je aanraden toch anders te gaan werken dan je de afgelopen jaren hebt gedaan.'

Miller fronste en herhaalde: 'Anders?'

Van der Heyden knikte heftig en zei: 'Ik weet wat je bedoelt. Volgens jou kan een mens maar op één manier werken: op de goede manier. Dat heb je me al eerder verteld tijdens deze Tour, maar ik denk dat het wél anders kan. Ik denk dat je beter moet beseffen dat we je een miljoen gulden salaris per jaar betalen om mensen thuis te vermaken. Dat laatste weiger je aan te nemen, en daarmee heb ík het dan weer moeilijk. Ik kan niet zeggen dat je je werk niet goed hebt gedaan, maar tussen jouw "goed" en dat van ons ligt nog wel een verschil. Kijk, we hebben verleden week ook de rechten van de Vuelta aangekocht en ik verwacht dat je straks, in september, in Spanje toch een ander toontje zult gebruiken. Enthousiaster, speelser...'

Miller trok aan zijn sigaret en zei: 'Vergis je niet, maar de Vuelta is de Tour niet, bij lange niet. Voor die ronde krijg je geen mensen voor de buis, ook al laat je André van Duin met Peter Jan Rens samen het commentaar doen.'

Van der Heyden knikte en zei: 'Dat weet ik. Vandaar dat we deze week hebben besloten dat jij in die Vuelta gaat samenwerken met Hennie Kuiper. Dat leek ons een mooi koppel: een ervaren journalist en een ervaren renner.'

Miller knikte voor zich uit. Zo hadden ze dat maar gewoon beslist in Hilversum. Heel langzaam begon hij een stevige boosheid te voelen. Hij werd dus wél als een klein kind behandeld; er werd voor hem beslist, of het nou om een overhemd ging dat hij moest aantrekken of om de man die naast hem kwam zitten bij de volgende wielerronde. Natuurlijk had hij niets tegen Kuiper, sterker nog, hij mocht de oud-kampioen juist bijzonder graag, maar Miller vond de manier van werken van die hele Sportkanaal-kliek niet prettig.

Na een veelbetekenende stilte snoof Van der Heyden tweemaal. Miller wist dat er nog iets zou komen; de snuivende geluiden waren daarvoor de inleiding.

'Eh... Stijn, nog één ding. Het feit dat je me hebt willen pakken in die etappe waar je ineens ene Van der Heyden liet rijden, heb ik eerst naast me neergelegd, maar bij nader inzien kon ik de grap toch niet zo waarderen.'

Miller keek zijn baas aan en zei: 'Kom op zeg, wees eens niet zo zwaar op de hand! Geen mens in Nederland die dat gehoord of gesnapt heeft, en jij gaat hier op zondag nog even zitten mopperen...'

Van der Heyden verschoof zijn stoel en zei: 'Kijk, je moet één ding goed onthouden: ik ben de baas van deze tent, ik heb dit allemaal bedacht en ik wil dus niet voor joker gezet worden in een van onze uitzendingen. Ik rijd niet in een tweede groep!'

Miller voelde dat zijn boosheid hem naar het hoofd steeg en zijn mond werd droog.

'Man, doe niet zo bespottelijk! Wat nou voor joker gezet? Je moet tegen dat soort dingen kunnen! Weet je wel waarover je het hebt? Een onschuldig grapje... Of had je in de kopgroep willen rijden? Was het dan wel goed geweest? Van Lust en van Van Veen heb ik helemaal niets gehoord. Schei dus uit, wil je?'

Van der Heyden ging staan, schoof de klapstoel tegen de achterwand en trapte zijn sigaret uit. Er hing een akelig ijzige stemming tussen hen beiden.

'Nog één ding,' zei de Sportkanaal-baas, en Miller voelde dat hij nog een oorveeg zou krijgen; de lichaamstaal van Van der Heyden maakte dat duidelijk. 'Als je, om welke reden ook, een reportage van elders doet, weet dan wel waar het die dag over gaat. Ik heb respect voor gevoelens van mijn mensen en jij hebt de keuze gemaakt om naar huis te reizen voor de begrafenis van de vader van een van je vriendinnen...'

Heel even liet Van der Heyden een stilte vallen en Miller wilde toehappen, maar hield toch zijn mond.

'Vergeet niet dat je daar, in Hilversum, geen idee had wie er toen gevallen waren en waar de Nederlanders in de koers zaten. Dat was je niet gebeurd als je gewoon bij de finish had gezeten.'

Miller was ook opgestaan en keek zijn baas strak aan. Moest hij hierop iets zeggen? Moest hij de boosheid die hij nog beheerste loslaten en nu hier, op dit podium, ten overstaan van al zijn collega's, een scène gaan staan maken?

Hij haalde diep adem, trok zijn gezicht in de plooi en knikte.

'Ik neem aan dat dit alles was wat je me "even" wilde komen melden, zo vlak voor de uitzending?' vroeg Miller.

Van der Heyden pakte nog een sigaret uit het pakje en zei: 'Inderdaad.' Maar hij maakte niet meteen aanstalten om weg te lopen.

Miller wist niet goed wat hij moest doen, dus viste hij ook nog maar een sigaret op en inhaleerde de rook diep.

'O ja,' zei Van der Heyden, 'dat van die roddelbladen... Die canard van die verhouding of die eventuele verhouding van jou en Joyce... Dat heb je inmiddels wel begrepen. Je begrijpt waarom dat gebeurd is, heb ik van Geersink gehoord.'

Miller knikte en zei: 'Onkieser kan het bijna niet. Ik zal me er thuis nog eens goed op bezinnen wat ik met dat hele geval aan moet.'

'Pardon?' zei Van der Heyden.

'Je hoort me wel,' sprak Miller nu bijna giftig. Ineens werd alles hem te veel. Hij voelde een geweldige woede in zijn borst opkomen, hij voelde hoe zijn gezicht wit werd en zijn spieren zich samentrokken. Hij kon dus ook zijn woorden niet tegenhouden.

'Mijn verhouding met dat meisje was dus verzonnen. Stel je voor dat er nog eens bekend zal worden wie er wél op haar gelegen hebben!'

Van der Heyden kneep zijn ogen samen en Miller zag de zweetdruppels op zijn hoofd groter worden. Weer viel er een zware stilte. Van der Heyden schoot zijn sigaret behendig de straat op en draaide zich half om.

'Ik denk niet dat ik je laatste opmerking goed begrepen heb. Zullen we het daar maar op houden?' zei hij, en hij beende weg.

Miller keek naar zijn rug, naar zijn ineens iets afhangende schouders, en er golfde een prettig, bijna warm gevoel door hem heen. Gelijkgemaakt in dezelfde minuut, dacht hij, en hij pakte de koptelefoon op.

'Ik heb die opmerking dus wél gemaakt!' riep hij zijn baas met vaste stem na.

De etappe verliep zoals alle laatste etappes van grote rondes. Eerst tempo nul, wat grappen van half feestvierende renners en ten slotte het wilde tempo bij de rondjes over de Champs Elysées. Miller deed zijn best, begeleidde elke uitlooppoging goed en vertelde al in een vroeg stadium dat de sprinters naast elkaar zouden komen in misschien wel de mooiste sprint van de hele ronde.

'En let op, sprinten op deze boulevard is geen simpele opgave! Het loopt hier heel licht omhoog, maar toch voelt een renner dat. Je moet hier kunnen wachten, en wie de laatste jump in de benen heeft, kan hier winnen.'

Dus deed de Duitser Zabel dat. Met machtige pedaalslagen ging hij over alles en iedereen heen en met een kreet van triomf beëindigde hij deze Tour de France. Miller had het goed gezien: het werd een fabelachtig spannende sprint met zeven man naast elkaar, nadat de laatste drie uitlopers op achthonderd meter van de streep waren teruggepakt.

'Zabel,' zei Miller op tweehonderd meter van de finish, en hij herhaalde die naam drie keer. Met bijna superieure zekerheid deed hij zijn laatste finishverslag; wie kon hem iets maken? Hij kende de renners, hij kende de Tour en hij kende deze aankomst.

'Zabel... Met dezelfde kracht als waarmee hij in San Remo won,' zei Miller. Vervolgens zweeg hij even. Zabel won met gemak en met ingehouden trots keek Miller die laatste meters toe. Hij kon het nog, wat heet, hij kon het nog heel goed. Dat vond hijzelf tenminste nadat hij had afgesloten en tegen luisterend en kijkend Nederland had gezegd dat de laatste avonduitzending al om zes uur zou plaatsvinden, direct vanaf de Champs Elysées, met reportages en interviews en alles wat deze Tour de France tot zo'n fantastisch spannende ronde had gemaakt.

Om halfzeven was de allerlaatste uitzending ook verleden tijd. Miller liep bijna direct naar Eric toe, die nog iets in zijn lipmicrofoontje zei toen Miller hem bij zijn schouder pakte.

'Bedankt Eric, hartstikke bedankt voor de samenwerking,' zei Miller, en die woorden waren diep uit zijn hart gekomen.

De jonge producer-journalist glimlachte flauw terug en knikte. Hij was doodmoe en hard aan vakantie toe.

'Je hebt prachtig werk gedaan,' voegde Miller hem toe. Eric nam dat compliment blozend in ontvangst.

'Wat ga je nu doen?' vroeg Miller.

Eric haalde zijn schouders op: 'Hier de boel helpen afbreken, dan vanavond maar ergens in een hotel slapen en morgen terug naar Brabant, naar mijn ouders.'

'Wanneer zie ik je weer?' Eric dacht even na en zei toen: 'Woensdag.' Miller keek verbaasd op.

'Woensdag? Waar dan wel?'

Eric schudde zijn hoofd en zei toen: 'Zie je wel, ik wist wel dat ze het jou niet hebben durven zeggen, maar woensdag worden we in Chaam verwacht. We schijnen de rechten van dat criterium voor veel geld gekocht te hebben en Van der Heyden wil dat we daar met de hele Tour-bemanning optreden. We gaan het laatste uur zelfs live en hebben ook een nabeschouwing, net zoals hier.'

Miller keek de jonge producer aan en schudde zijn hoofd. Dit kon niet waar zijn.

Miller sloot om kwart voor acht met twee tassen achter een rij vakantiegangers op Charles de Gaulle aan. De grote bagage zou met een van de auto's naar Holland worden gebracht, zo was afgesproken.

'Bonsoir,' knikte Miller het meisje van de KLM toe terwijl hij zijn ticket op de balie legde.

'Votre passeport,' vroeg ze even later, nadat ze alle handelingen op haar toetsenbord had verricht.

Verdomme... Miller greep naar de zak van zijn broek. Paspoort. Waar had hij dat ding gestopt? Had hij het überhaupt wel bij zich? In paniek opende hij een tas en groef door de rommel heen. Waar was goddomme zijn paspoort?

Achter zich hoorde hij een vrolijke vaderlander zeggen: 'Ja, Miller, zo'n ding moeten we allemaal laten zien. Jij dus ook!' Ineens wist hij het: in de linker binnenzak van zijn jasje. Triomfantelijk legde hij het voor de jonge vrouw neer.

'Grote jongen!' baste de vervelende man achter hem, maar aan het gelach te horen had hij nogal wat succes bij de omstanders.

Miller begreep dat hij weer terug was in de echte wereld. Hij was weer een bekende Nederlander, de Tour de France was voorbij. Weg was de relatieve geborgenheid van dat kleine dorp van ruim drieduizend mensen dat in iets minder dan een maand door Frankrijk was getrokken. Stopborden betekenden nu weer dat je moest stoppen en Miller besefte dat hij nu ook geen kaart meer om zijn nek hoefde te dragen.

Aan boord las hij *Het Parool*, grinnikte om een stukje van Han Lips en vroeg zich af welke van de schrijvers voor deze milde kritiek op zijn Tour-reportages had getekend.

Het verzoek 'Wilt u iets eten?' wuifde hij vriendelijk weg; nee, hij wilde niets eten, dat zou hij straks in Amsterdam wel doen. Een biertje was voldoende, zei hij.

Schiphol op zondagavond was geen pretje. De grote, lege gangen kwamen recht op Miller af toen hij aan de lange wandeling naar de transportbanden voor de bagage begon. Er hadden niet erg veel mensen in dit vliegtuig gezeten; hij schatte een stuk of dertig. Midden in dat peloton liep hij mee. Hij liet de loopband met vakantiegangers links liggen en duwde de reling van licht metaal opzij die ook wel, dacht hij ooit gehoord te hebben, het 'Schengen-hek' werd genoemd. Miller keek op zijn horloge; het was kwart over negen. Hij liep de bijna lege hal in, waar de meeste kofferbanden stilstonden.

Nadat hij vijf minuten bij een van de banden had gestaan, kwam een KLM-medewerker de aanwezigen vertellen nog even geduld te hebben; er was technisch iets misgegaan, maar het oponthoud zou niet langer dan tien minuten duren.

Miller knikte. Wat maakte het allemaal uit? Hij slenterde in de richting van de uitgang. Moest hij de Franse francs die hij in zijn zak had nu wisselen? Hij pakte het pakje bankbiljetten en telde ruwweg zo'n drieduizend francs. Dat hoefde niet, bedacht hij, want hij zou wel weer snel naar Frankrijk gaan. Gedachteloos stond hij bij het raam en keek naar de wachtenden achter de ruit.

Hij zag Trix het eerst. Ze stond op een meter of twintig afstand, niet ver van de achtermuur, en was vrolijk gekleed. Miller wilde zwaaien, maar op het moment dat hij zijn arm omhoog wilde brengen, voelde hij een zure, schurende scheut door zijn lichaam. Hij kneep zijn ogen even dicht; zag hij het goed? Ja... Misschien tien meter rechts van Trix stond Béanne – eigenlijk net zo onopvallend, net zo rustig.

Miller voelde dat het zweet hem over zijn hele lichaam uitbrak en draaide zich snel om. Langzaam begon hij naar de transportband te lopen. 'Godver!' zei hij in zichzelf, en hij pakte een sigaret uit het pakje in zijn jaszak. Hij probeerde na te denken, stond stil en keek naar de opening waarvan hij hoopte dat zijn twee tassen er nooit uit zouden komen. Hoe moest hij dit oplossen? Had hij gezwaaid? Nee. Had hij oogcontact gehad met een van de twee? Nee, hij dacht van niet. Maar... Hij voelde zijn hart bonzen en wist bij God niet wat hij nu moest doen.

Even overwoog hij terug te lopen, zijn tassen gewoon zijn tassen te laten en boven, op de eerste etage, bij een KLM-helpdesk een ticket naar Verweggistan te kopen. Hij voelde zich draaierig en lachte om zijn vreemde idee. Beide vrouwen hadden hem gezien, dat kon niet anders, en dus bleven ze daar staan wachten, dat moest wel.

Maar hoe moest hij lopen als hij over een paar minuten met zijn tassen die schuifdeur was gepasseerd? Hij had geen idee en voelde een straaltje zweet tussen zijn schouderbladen naar beneden druppelen. Nogmaals vloekte hij binnensmonds, en precies op dat moment huppelden de eerste tassen en koffers uit het gat naar boven. Miller stond naast de band, zag zijn twee tassen komen en pakte ze allebei van het rubber. Dat was dat, maar wat nu?

Voorzichtig draaide hij zich om en liep naar de uitgang. Hier had hij geen oogcontact met buiten, hier was hij nog even veilig. Hij zette zijn tassen neer, pakte zijn zakdoek en veegde zijn nu kletsnatte hoofd af. Zou een van de vrouwen op hem aflopen? Op hem afrennen misschien? En zou er dan een van hen eerder zijn dan de ander? En zo ja, wat zou de ander dan doen? En wie zou de eerste zijn die op hem afkwam?

Nogmaals bette hij zijn gezicht. Hij was de allerlaatste passagier van de vlucht uit Parijs die nog in de hal stond. Wat moest hij doen?

'Problemen, meneer Miller? Mist u nog bagage?' vroeg het KLM-meisje dat zag dat hij stil bleef staan.

'Nee, ik mis niets, dank u. Ik ben alleen ontzettend moe, dat is alles. Dank u,' lachte hij bleekjes terug. Hij pakte in elke hand een tas, haalde diep adem en liep op de schuifdeuren af. Hij voelde zijn hart bonken.

Trix stond tien meter van hem vandaan en een mooie, blije lach trok over haar gezicht. Miller fixeerde zijn blik op haar en legde de passen die hen scheidden in alle rust af.

'Hoi, Stijn!' zei ze, en ze vouwde haar handen achter zijn hoofd terwijl ze hem zacht op zijn wangen kuste.

Rust en waardigheid boven alles, dacht Miller. Hij zette zijn tassen voorzichtig neer.

'Hoi,' zei ze nog een keer.

Hij keek in haar lachende ogen, maar tegelijkertijd probeerde hij Béanne te ontdekken. Hij kuste Trix terug, ook op haar wang, en zei met bijna piepende stem: 'Blij dat ik er weer ben.'

Hij wist niet of het een vraag was of meer een constatering, maar zijn stem klonk idioot.

'Ben je moe?' vroeg Trix. Hij knikte zonder iets te zeggen.

'Zullen we ergens wat gaan drinken en dan nog wat eten, of wil je meteen naar huis?' vroeg ze. Miller pakte zijn tassen op en zag vanuit zijn ooghoeken Béanne staan.

Hoe had ze dit tafereel aangezien? Was ze daar de hele tijd geweest? Was ze weggelopen en weer teruggekomen?

Miller haalde adem en liep langzaam maar met zekere tred in de richting van de parkeerplaatsen. Als hij nu rechtdoor liep, zou hij Béanne op zes of zeven meter afstand passeren, als ze tenminste bleef staan waar ze stond.

Miller voelde dat Trix vlak achter hem liep, hij rook haar; de mooie, lekkere geur van Pleasures. Hij hoorde haar vragen: 'Of zullen we naar mijn huis gaan?'

Precies op dat moment kwam Béanne in beweging; ze richtte haar blik op Trix en Miller en liep op hen af. Miller voelde een ijzingwekkende scheut door zijn lijf trekken, maar liep door.

Béanne hield haar pas in en lachte het tweetal toe: 'Pardon, neem me niet kwalijk, maar u bent toch Stijn Miller van de televisie?'

Trix had Miller bij zijn rechterarm vastgepakt. Miller knikte en mompelde: 'Ja, inderdaad, dat ben ik.' Er viel een korte stilte, maar voor Miller leek het of die bijna een etmaal duurde.

Béanne keek hem blij en open aan en zei: 'Gek hoor, dat ik dat zo tegen u zeg, maar ik ben al heel lang een bewonderaar van u. Het is toch niet vervelend dat ik dat zeg?'

Miller wilde doorlopen, maar iets weerhield hem en hij schudde zijn hoofd.

'Ik moet u complimenteren voor uw Tour de France-werk van dit jaar. U was fantastisch in vorm,' zei ze.

Miller voelde dat ze hem helemaal aan het afmaken was. Hij keek haar recht in haar ogen, zag de lichte spot die hij jarenlang niet had kunnen weerstaan, en wist dat haar volgende opmerking vreselijk zou zijn.

'Dank u,' zei hij daarom snel. Hij keek Trix aan, die bijna

geamuseerd naar het schouwspel stond te kijken, en deed een weifelende pas in de richting van de draaideur.

'Weet u, meneer Miller,' zei Béanne, en hij voelde de dolkstoot komen: 'U bent vooral goed in heel lange ontsnappingen. Wist u dat?'

Miller liep nu door, knikte nauwelijks merkbaar en bereikte als eerste de draaideur. Hij wilde niet omkijken en hoorde Trix achter zich.

Eenmaal buiten haalde ze hem in, greep hem weer bij zijn arm en zei; 'Wat een leuk mens! Wat heb je nog een sjans op je ouwe dag! Zag je hoe ze naar je keek?'

'Ja, dat zag ik,' zei Miller snel, en hij vroeg waar ze haar auto had neergezet.

Trix wees naar rechts en zei: 'Wat bedoelde ze eigenlijk met die lange ontsnappingen?'

Miller versnelde zijn pas nog meer en haalde zijn schouders op: 'Geen idee.'

Terwijl ze overstaken, keken vier of vijf taxichauffeurs toe. 'Hé, Stijntje! Blij dat die kolere Tour weer voorbij is?' riep een van hen uitdagend.

Miller riep: 'Gaat wel!' en liep door. Bij de Saab van Trix zette hij zijn tassen neer en liet langzaam een mooi rollende boer. Een stukje verderop reed een open Peugeot venijnig de parkeerhaven uit.

'Een echt lange ontsnapping, Trix,' zei hij terwijl hij instapte, 'is alleen voor de heel sterken onder ons.' Hij keek naast zich. Ze haalde een hand door haar haar, startte en keek ook opzij.

'Ik heb nooit geweten dat Béanne er zo goed uitzag,' zei ze. Toen schakelde ze en reed ze langzaam weg.

Miller keek opzij en wilde iets zeggen, maar bedacht zich.

'Ik zal je maar bij je huis afzetten,' zei Trix, en ze schakelde naar z'n twee.

De kopgroep

Amsterdam

Het waren er zeven. Tim van der Meer telde de witte, gekartelde strepen in de lucht en knikte: zo was het goed. Condensstrepen vond hij machtig mooi. Als kind al vond hij het spannend als hij, met zijn ouders op weg naar Zandvoort, de bijna oneindige strepen in de lucht zag. 'Allemaal vliegtuigen,' zei zijn vader, en dan telde Tim de lucht af.

'Mooi getal,' mompelde hij nu in zichzelf bij het zien van de zeven. De taxichauffeur van onmiskenbare Amsterdamse snit keek hem aan: 'Praat je ook al in jezelf? Ik wist niet dat oud worden zo snel ging.' Vervolgens zette hij de koffers op de stoep.

Een opvallend geklede jongeman van de Crowne Plaza in een gestreept vestje en iets te strakke broek kwam met een wagentje aanrijden. 'Is this all, sir?' vroeg hij met lichte spot in zijn stem.

'Nee, d'r komt zo direct nog een bagagewagen,' zei de taxichauffeur ongevraagd, maar wel prettig getimed.

Van der Meer gaf de man een biljet van honderd gulden en knikte hem toe: 'Voor de plezierige ontvangst zal ik maar zeggen. Koop er maar een biertje van. En als je die oude Cornelisse een dezer dagen ziet, moet je zeggen dat ik in het land ben. Ik blijf hier minstens tot maandag.'

De Amsterdammer lachte: 'Zal ik zeker doen, en ik zal mijn maten vertellen dat je er weer bent.' Hij liep om de wagen heen, zwaaide, stapte in en gaf scherp gas.

'Staying long?' vroeg het lopende vest, terwijl hij het bagagewagentje voortduwde en Van der Meer voor liet gaan op weg naar de receptie.

'Hangt ervan af,' antwoordde Van der Meer en hij vervolgde: 'Waarom praat u eigenlijk Engels tegen me? U hebt me toch gewoon Nederlands horen spreken?'

De man keek hem met nietszeggende ogen aan: 'Huisregels,' zei hij met licht Gronings accent.

Well, fuck those rules, dacht Van der Meer.

Nadat hij de receptioniste zijn naam genoemd had, leek het erop dat alle toeters en bellen in het hotel ineens waren gaan werken. Links achterin de receptie ging een deur open en er stapte een vrouw van tussen de dertig en veertig naar voren. Haar tred had een ingetogen begeerlijkheid die hem even deed glimlachen: verlaten door haar man en alleenwonend in de buurt van het Concertgebouw, schatte hij.

'Meneer Van der Meer, welkom... van harte welkom,' zei ze en ze knikte hem met een verleidelijke lach toe. Voordat ze nog iets kon zeggen, was van rechts een middelgrote man in een mooi grijs pak met iets te snelle pas naderbij gekomen. 'Hallo Tim, goed dat je er bent,' zei Eric Katzman, de general manager van het hotel en een vaag vriendje uit het verleden.

Van der Meer en hij hadden nog samen op de Dongeschool gezeten en ook nog vijf jaar op het Comenius Lyceum. Van der Meer had toen voor wielrennen gekozen en Katzman voor verder leren en een mooie carrière in het hotelwezen.

Van der Meer had zijn vroegere schoolgenoot over de telefoon gesproken, kamers besteld en via faxen duidelijk gemaakt wat hij in dit komende weekend allemaal wilde, en steeds had Katzman geantwoord dat het gevraagde geen enkel probleem was, dat alles in zijn Crowne Plaza mogelijk was en dat het hele weekend een aaneenschakeling van grappigheden, feesten en plezier zou worden.

Van der Meer stak zijn hand uit en voelde een stevige omklemming. God, wat haatte hij mannen die van die slappe handjes teruggaven; dit deugde tenminste, hier stond een man met pit. Hijzelf kreeg altijd te horen dat zijn handen té stevig waren, dat hij bijna kneep. Ook vond hij mannen die alleen de vingers van de andere partij pakten heel vreselijk. Wie ze dat ooit geleerd had? Hij nam aan de paters, want hij had het idee dat dit typisch katholieke handjes waren.

Katzman stelde zijn assistente voor, de vrouw die hem van harte welkom had geheten. Jacqueline heette ze; haar achternaam had hij niet goed verstaan.

'Hallo,' zei hij met heldere stem en wachtte even.

'Ik laat alles naar je suite brengen. Je hebt nummer 16, bovenin. Een rustige slaapkamer, zoals je gevraagd had,' zei Katzman en hij maakte een handgebaar in de richting van de bar: 'Een welkomstslok lijkt me op zijn plaats.'

Van der Meer wilde bedanken, maar bedacht zich. Na weken van faxen en bellen ter voorbereiding van dit komende weekend was een persoonlijke geste gepast. 'Graag,' knikte hij en hij volgde Katzman, Jacqueline vlak naast hem.

'Waar kom je nu vandaan?' vroeg Katzman, terwijl hij een ober een teken gaf.

Van der Meer antwoordde 'New York.' Er viel een korte stilte. Even later stonden de drie met een champagneglas in de hand.

'Woon je daar, of hoe zit dat?' Katzman toastte op mooie dagen. De drie glazen tikten even en Van der Meer dacht: drie glazen, mooi getal.

'Daar heb ik ook koffers staan,' antwoordde hij eigenlijk zonder nadenken.

Een halfuur later had hij zijn pakken uitgehangen, zijn schoenen in de kast gezet en met een half oog naar de tv gekeken. Er was een ochtendshow gaande, maar omdat hij de laatste jaren nauwelijks of niet in Nederland was geweest, had hij geen idee wie de presentatrice was en wat het programma voorstelde. Een tuttig dametje praatte over allerlei onzinnigs en hij zag ineens, nadat hij zijn overhemden keurig opgestapeld had in een van de kasten, een vrouw die hij van vroeger herkende. 'Jezus, Joanne, de tijd heeft voor jou ook niet stilgestaan,' zei hij in de richting van het scherm. Terwijl hij zich uitkleedde, probeerde hij zich te herinneren wanneer de vrouw die hij nu iets over baarmoederkanker hoorde uitleggen bij hem gekomen was tijdens de Ronde van Zwitserland, die hij overigens toen net niet had weten te winnen.

Hij rekende terug. Was het acht jaar geleden? Hij liep naar de douche en knikte. Acht jaar geleden, ergens in een mooi hotelletje in Davos. Daar was ze gekomen met een cameraploeg, en daar had ze een reportage gemaakt over de leider in de Tour de Suisse, die duivelse Amsterdamse jongen die Tim van der Meer heette, die voor niemand bang was en die een halfjaar eerder bijna Sportman van het Jaar in Nederland was geworden.

Terwijl hij onder de warme douche ging staan, herinnerde hij zich hoe ze hem in zijn rennerskamertje benaderd had. Ze had eerst makkelijke vragen gesteld, die hij moeiteloos en met humor aankon, maar toen ze vrij snel op het onderwerp van dopinggebruik binnen de wielrennerij was overgegaan, had Van der Meer toch niet meer zo lekker gezeten. Hij was op zijn hoede geweest, want ze bleek redelijk op de hoogte.

De een na laatste vraag was direct geweest: of hij weleens ongeoorloofde middelen had genomen.

Hij had zonder meer 'ja' geantwoord en daar even later aan toegevoegd dat hij er niet verder op in wilde gaan, maar dat 'ja' was een paar dagen later voor de sensatiepers in Nederland al reden geweest om hem op te knopen. Hij herinnerde zich de kop nog in een vunzig sensatieblad: 'Wielrenner Van der Meer geeft drugsgebruik toe.' En hij wist ook nog hoe hij, vanuit Valencia, een ansichtkaart naar de redactie van dat blad had gestuurd met de uitdagende tekst: 'Lieve Henk, er bestaat een behoorlijk verschil tussen drugs en doping, maar dat zal voor jullie onnozelen wel altijd hetzelfde blijven. Groeten, Tim.' Hij had een fietsje onder zijn naam getekend en had geen moment rekening gehouden met het feit dat twee weken later de schrijfzijde van de kaart in het roddelblad op pagina 3 zou worden afgedrukt. Vanaf dat moment leefde hij in staat van oorlog met alles en iedereen van de Nederlandse roddeljournalistiek. Iedere maand werd er wel ergens iets vreselijks over hem geschreven, maar dat raakte hem nauwelijks.

Na dat televisie-interview was hij ook een 'hot item' in de vaderlandse sportpers geworden. Hij was die toprenner die doodleuk voor een camera gesteld had dat hij weleens wat genomen had. Tot dat moment waren het altijd renners geweest die vijf jaar eerder met fietsen waren gestopt, zielige jongens uit Veghel of Dedemsvaart, kleine renners die hun kleine vergrijp op grootse wijze hadden trachten uit te venten.

Van der Meer sloeg een handdoek om zijn middel en keek weer naar de tv. De vrouw die hem toen, in dat kamertje in Davos, ondervraagd had, was hij later nog eens tegengekomen in een hotel in Parijs. Van der Meer herinnerde zich het moment nog goed, hij had haar zien binnenkomen met een leuke, jonge vent aan de hand. Vlak bij de balie had hij letterlijk haar pad gekruist en had ze hem blozend en stamelend uitgelegd dat ze op reportage was... Iets voor een moderubriek of zo. Het Franse lekkere kind aan haar hand had hem schaapachtig aangekeken.

Van der Meer liep zijn verblijf voor de komende vijf dagen door. Hij had met Jacqueline afgesproken dat ze over een klein kwartiertje alles zouden doornemen. Hij had van Katzman begrepen dat zij zo'n beetje alles georganiseerd had, dat zij het hele verhaal kende en dat ze steeds aanspreekbaar zou zijn, ook in haar vrije uren.

'Service van de zaak,' had Katzman met een stralend gezicht opgemerkt.

Van der Meer had even gewacht en toen gezegd dat zoiets toch niet nodig was. 'Hoe oud is jouw assistente?' had hij Katzman gevraagd toen zij de bar uit gelopen was. 'Zevenendertig,' was het antwoord, waarop Van der Meer alleen maar geknikt had. Juist... zeven-en-dertig, een heel mooi getal, had hij gedacht. Hij had de vrouw heel precies bekeken toen ze even later met een map vol papieren was teruggekomen en naast hem was gaan zitten. Er was iets vreselijks interessants aan haar, maar wat precies wist hij niet. 'Is er iets?' had ze gevraagd, en hij had zijn hoofd geschud.

Hij liet de telefoon even rinkelen, droogde zijn voeten af en nam op.

Jacqueline vroeg of hij iets wilde eten bij hun afspraak van tien minuten later en of thee en Spa voldoende waren.

'Sandwiches en iets te drinken zijn voldoende,' zei hij en hij legde de hoorn neer, om hem meteen weer op te pakken en weer neer te leggen. Dat kon later wel. Dacht hij.

Hij schoot een boxershort aan, een pasgewassen kaki broek en bedacht wat hij verder moest dragen. Jasje, dasje? Nee, hij koos voor een T-shirt en poloshirt en schoof zijn voeten in afgetrapte Timberlands. Hij moest zijn teennagels knippen, voelde hij. In de badkamer trok hij in alle rust een kam door zijn volle lokken, sprenkelde wat aftershave op zijn hand en wreef die over zijn harde kaken. Hij bekeek zichzelf in de spiegel en gromde: okay, maar op het randje. Wat ooit strak was geweest, kreeg nu toch vervaarlijke bollinkjes.

Hij keek op zijn horloge. Hij had nog vijf minuten. Weer pakte hij de telefoon op, wachtte even, maar legde de hoorn toch weer neer. Waarom wilde hij zo graag? Heel even bleef hij roerloos zitten, beet een velletje van zijn onderlip en stond op. Waarom wilde hij nu weten wat zij aan het doen was? Hij lachte in zichzelf. Gek, maar altijd als hij in Nederland was, speelde hij dit spel met zijn tweede ik. Altijd weer was er die nauwelijks te verklaren drang om haar nummer te bellen. Vaak had hij haar stem via een slordig ingesproken bericht op het antwoordapparaat gehoord en had hij neergelegd voor de pieptoon. Tweemaal had ze opgenomen en had hij heel even, met ingehouden adem, naar haar stem geluisterd, en eenmaal had een mannenstem luid 'Ja, wie is dit?' gezegd. Altijd had hij zacht de hoorn neergelegd en vaak had hij zijn hartslag sneller voelen worden. Nu liep hij de deur uit, ging rechtsaf de gang in, nam de lift en schoof even later aan tafel bij de vrouw die hem met een bijna onderkoelde blik verwelkomde.

'Ik heb heel wat bij moeten lezen,' sprak Jacqueline en ze pakte een stapeltje fotokopieën uit een van de meegebrachte mappen. 'Kijk, dit is er allemaal over die ene etappe geschreven... Wel dertig A4'tjes vol.' Ze spreidde het papier over de tafel uit.

Hij knikte haar toe. Hij herkende bepaalde pagina's en foto's, en zei dat hij dit wist. Het was niet voor niets dat hij hier was; er viel heel wat te vieren, want het zou dit weekend precies zeven jaar geleden zijn dat die bewuste etappe gereden was.

De vrouw veegde het papier handig bijeen, sloeg een map open en keek Van der Meer aan. 'Niemand heeft afgezegd, en voor zover ik weet zijn de tickets bij iedereen thuis afgeleverd,' begon ze.

Hij keek naar het papier. Het vel was logisch en handig ingevuld. Op de kop kon hij toch lezen: reizen, aankomst, kamer, vertrek en extra. Aan de linkerkant zag hij de namen van zijn zes gasten en overal was onder de diverse kolommen wel iets ingevuld.

'Alles loopt dus?' vroeg hij.

Jacqueline schonk thee in, en zonder iets te vragen zette ze een kopje voor hem neer.

'Thanks,' antwoordde hij zonder na te denken. 'En hoe zit het met de afdeling vertier?'

Jacqueline keek op en er trok een strenge rimpeling over haar gezicht: 'Zoals u gevraagd hebt. Met die aantekening dat ik vrij ver over het budget heen ben gegaan, maar dat kon bijna niet anders omdat u nogal veeleisend bent geweest.'

Van der Meer kreeg een ander papier voorgeschoven. Vanaf vrijdagmiddag was dit het schema voor de groep die zijn overbuurvrouw in al haar papieren met 'De kopgroep' had aangeduid. 'Waarom die naam?' vroeg hij, en zonder te wachten antwoordde ze: 'Als je al die stukken gelezen hebt, blijft dat begrip het langst hangen. Jullie waren met z'n zevenen... Ik moet u eerlijk zeggen dat ik het zeven jaar geleden niet meegekregen heb. Het schijnt nogal iets bijzonders geweest te zijn. Of niet?'

Ze keek hem aan, zonder poespas, recht in zijn ogen. Van der Meer knikte slechts, wachtte even en zei toen: 'Ja, ik geloof wel dat het iets bijzonders was. Ik dank er bijna mijn bestaan aan... om het even simpel te stellen.'

Vervolgens hadden ze twee velletjes draaiboek doorgenomen en had hij haar bedankt voor het secure werk dat zij hem voorgelegd had. 'Wat dat budget betreft... ja, dit klinkt gek, maar ik kijk niet op een paar duizend gulden meer of minder,' had hij voorzichtig gezegd. Ze had hem zeker vijf seconden strak aangekeken en had toen gezegd: 'Ik was al bang dat u zoiets zou zeggen.'

Ze had haar papieren gepakt en was naar de deur van het kantoortje gelopen.

'Hoezo?' had hij haar nageroepen.

Ze had zich omgedraaid: 'Er ligt een flink pak aan faxen voor u bij de receptie. Ik zal ze op uw kamer laten afgeven.'

'Dat is geen antwoord op mijn "hoezo",' had hij gezegd, en zij had dat beaamd: 'Dat weet ik.'

Hij had haar nagekeken. Hij schatte haar, terwijl hij naar de lift liep, een meter zevenenzeventig. 'Dat zou toch een heel mooi getal zijn,' zei hij tegen zichzelf terwijl de liftdeuren achter hem dichtzoefden.

Op zijn kamer had hij direct de telefoon gepakt en zonder na te denken het nummer ingetoetst dat hij waarschijnlijk nooit van zijn leven meer zou vergeten. Precies negenmaal had hij over laten gaan en vlak voordat hij oplegde had hij haar stem gehoord. Hij had de hoorn onmiddellijk neergelegd en zuchtte voor zich uit: 'Lul! Geweldige lul!'

Zeven jaar geleden was hij van haar gescheiden, en vanaf dat moment had hij haar precies tweemaal gesproken, tweemaal bij de crematie van een familielid. Beide keren hadden ze als volkomen vreemden tegenover elkaar gestaan, de laatste keer een jaar geleden op Westgaarde. In de regen nog wel. Hij had haar opgewacht, terwijl zijn taxi voor Schiphol klaarstond. Ze had hem zien staan en was op hem afgekomen met een strak cynische lach op haar gezicht. 'Ik begrijp uit sommige interviews dat het je financieel heel goed gaat,' had ze gezegd, en hij had niets anders kunnen doen dan beamen: 'Klopt. En wat is daarop tegen?' Ze hadden drie minuten tegenover elkaar gestaan, en de vriendelijkste zin die een van hen gesproken had was uit haar mond gekomen. Ze had haar rechterhand op zijn schouder gelegd en hem toegevoegd: 'Wat ben je eigenlijk een enorm zielig geval. Je hebt alles, je bent een bekende man in de sport geweest, je hebt nu, begrijp ik, een heel imperium en nóg heb je niets... Je hebt niet eens een thuis, weet je dat?'

Hij had geknikt, had haar hand laten afglijden door voorzichtig terug te stappen en gevraagd: 'Is alles goed met jou?'

Voordat ze iets had kunnen zeggen, had een of andere tante met kwetterende stem luid geroepen dat Hélène op moest schieten, want de stoet wachtte. Zij had haar ogen neergeslagen en hem heel even met twee vingers tegen zijn wang getikt: 'Gaat wel.' Ze was teruggelopen naar de grote parkeerplaats. Hij was in de taxi gaan zitten, had zich naar Schiphol laten rijden en had, eenmaal aan boord van de KLM, zich een aantal dubbele bourbons laten inschenken.

Saint-Gervais-les-Bains

Toen José, de Belgische soigneur, de gordijnen openschoof, wist Van der Meer even niet waar hij was. 'Het zal vandaag warm gaan worden, *surtout* in de cols,' zei de oudere man aan de andere kant van de kamer. Hij legde drie capsules op de tafel, gaf een schop tegen de zijkant van het bed en riep: 'Vooruit gij varken, kom uit uwen kot,' en ging de kamer uit.

Langzaam drong het daglicht bij Van der Meer binnen. Hij

rekte zich uit en stond op, liep gedachteloos naar de badkamer en mikte zijn ochtendstraal in het kleine wc-potje. Vervolgens pakte hij tandenborstel en tandpasta en stapte onder de douche. Hij poetste zoals altijd zijn tanden terwijl het lauwe water op zijn hoofd kletterde.

Hij liep naakt en druipend terug naar zijn kamer en hoorde dat de kofferman in de gang bezig was. 'Hé Arie, doe een beetje rustig aan. Je weet toch wel dat het vandaag een bergetappe is?' riep hij door de halfopenstaande deur. Een stem uit de gang blèrde terug: 'Koffers klaar in twintig minuten. Zorg nou maar dat je vanavond weer aan tafel zit en dat je morgen nog een rugnummer hebt.'

Van der Meer lachte bij zichzelf. Arie was een hondsbrutale jongen, neefje van de sponsor en chauffeur van de kofferwagen. Iedere ochtend stond hij om zes uur op, liep eerst een halfuurtje hard, sjorde wat aan gewichten en zorgde dan voor de bagage van de ploeg. Meestal had hij alles al ingepakt als de renners naar de startplaats reden, en ver voor het vertrek van de etappe reed hij alweer over de snelwegen naar het volgende hotel. 'Hé Arie,' riep Van der Meer, en de jonge vent stapte de kamer binnen: 'Ja, wat is er?'

'Nog iemand bij je in de wagen geweest vanochtend?' Arie keek hem even aan: 'Ja, José, maar al heel vroeg. Hij moest wat spullen uit het ijskastje hebben, meer niet.' Van der Meer knikte. Hij had de boodschap begrepen.

Hij trok snel een trainingsbroek aan, slippers en een shirt van de Houston Rockets. Hij wist dat hij de pr-man van zijn ploeg helemaal over de rooie kon krijgen als hij zonder hun eigen tafeltrui aan het ontbijt kwam. Bij de klassiekers in het voorjaar was het nog verplicht geweest, maar tijdens de Ronde van Romandië had Van der Meer voorzichtig, maar wel duidelijk, een proefballonnetje opgelaten en had hij op een avond een T-shirt zonder reclame-opdruk aangetrokken. Alleen Robert den Daas, zijn ploegleider, had een opmerking gemaakt, in de trant van: 'Leuke sponsornamen op je shirt,' maar verder had niemand iets gezegd, ook Peter Janssen niet, de pr-jongen die na de finish vooral in de weer was met petjes en zonnebrillen alvorens de renners voor de camera's geïnterviewd konden worden.

'Morgen,' mompelde Van der Meer en hij schoof aan tafel. Hij was een van de laatsten. De andere renners zaten zwijgend te eten. Van der Meer schepte spaghetti op, strooide suiker over het dampende deegwerk en dronk de hete thee die José voor hem ingeschonken had. 'Seffens komt u nog even op mijn kamer langs,' zei de oude verzorger, en Van der Meer knikte. Hij had het al begrepen.

'Luister,' begon Den Daas ineens, en een paar renners keken verbaasd naar hun ploegleider. Wat was dit? Een tactische bespreking? Van der Meer keek naar de man met wie hij ooit nog anderhalf seizoen gereden had. Hij zag ineens de beelden van de op een na laatste etappe uit de Vuelta voor zich toen ze samen op de streep afgingen. Den Daas had de prijzenpot van de dag plus nog iets extra's aangeboden, maar Van der Meer, die toen voor een kleine Amerikaanse ploeg reed en helemaal geen zin had zich deze kans op een overwinning te laten ontnemen, had 'nee' geroepen.

'Misschien mijn laatste overwinning,' had Den Daas op twee kilometer voor de streep met hoge stem geroepen, en Van der Meer had de veteraan bot geantwoord: 'Sprint er dan maar voor.' Aan de meet had Van der Meer meer dan drie lengtes overgehouden en met een gemene grijns had hij opzij gekeken. Den Daas had hem een halfjaar genegeerd en nog dacht Van der Meer weleens te merken dat hij het hem nog niet vergeven had.

'Luister, het zal vandaag zwaar worden,' begon Den Daas, en Van der Meer sneed een pistoletje open.

'Christus, wat een onzin,' dacht hij en hij begreep dat de ploegleider vooral een bespreking met de jonge renners voor ogen stond. Zonder aandacht aan zijn ploegleider te besteden besmeerde hij zijn broodje met een dikke laag jam. 'Gooi niet met je krachten... Blijf lang in de grote groep, of zoek een busje waarvan je het tempo aankunt... Let op renners als Lopez, Koch of Rusconi; dat zijn meesters in het temporijden van de bus. Ik zal de tweede wagen de hele dag achter de laatste renner houden, maar dan moet die niet meer dan een halfuur achterstand hebben... als je verder weg komt te rijden, moet je vandaag maar voor jezelf zorgen... En eh, Tim, ik neem aan dat je je toppositie niet *coûte que coûte* wilt verdedigen?'

Iedereen aan tafel keek Van der Meer aan, die net een flinke hap van zijn broodje had genomen. Hij knikte en mompelde: 'Goed gezien.'

Hij nam een slok thee, spoelde zijn mond, slikte door en zei: 'Niemand hoeft vanaf de start bij me in de buurt te blijven. Laat iedereen vandaag voor zichzelf zorgen. Die Spanjaarden zullen pas na de derde col gaan aanvallen. Ik heb geen idee wat de ploeg van de geletruidrager zal doen. Volgens mij zitten al die knechten erdoorheen, maar zullen ze vandaag redelijk geladen op de fiets zitten.'

Tien minuten later was hij de kamer van José binnengelopen. 'Is dit de steriele ruimte?' had hij grappend geroepen, en de verzorger had hem bestraffend aangekeken. 'Veertig jaar in het vak en altijd goed de pikuur gebruikt, nooit één vuile naald in mijnen valies gehad.' Van der Meer had zijn trainingsbroek van zijn billen getrokken en had zich omgedraaid, en de oude Vlaming had routineus de kleine hoeveelheid vloeistof ingebracht. Hij had de renner op de bil geslagen en geroepen: 'Zo komt u zeker op tijd binnen.' Van der Meer had de kamer verlaten en was tegen Arie aan gebotst, die met twee koffers liep te sjouwen. 'Hij heeft zeker het chique spul vanochtend ingepakt,' lachte die, en Van der Meer lachte terug: 'Ik blijf wakker, ik kan klimmen, ik ben scherp in de afdalingen en heb geen moeite met de afstand... O what fun it is to ride in a one-horse open sleigh.'

Op zijn kamer gekomen was hij eerst rustig op de wc gaan

zitten. Niets werkte bij hem zo rustgevend als een stabiele ochtendpoep, liefst met een krantje erbij. 'Jezus,' verzuchtte Van der Meer toen hij zag dat het toiletpapier bestond uit vernuftig in elkaar gevouwen flinterdunne papiertjes, 'hier heb ik er wel veertig van nodig. Lelijk getal,' bromde hij erachteraan. Terug in de kleine kamer pakte hij zijn koersbroek, frummelde wat aan het leer en liep weer de badkamer in. Als hij ergens de pest aan had was het wel een vieze broek. Hij kwam weleens kamers van andere renners binnen en zag dan broeken hangen met grote, bruine strontsporen op het okergele leer. Natuurlijk, hij had ook weleens de boel moeten laten lopen, maar toch liever niet. Dus haalde hij een van de handdoeken vol door zijn gat en bezag het resultaat met plezier: 'Tenminste een schoon hol,' zei hij tegen zichzelf en hij vouwde de handdoek zo op dat zijn lichte ochtendschildering aan de binnenkant zat. Prettig voor het kamermeisje...

Vervolgens trok hij schone sokjes aan, schoof zijn shirt over het hoofd, stapte in zijn koersschoenen en kamde met beide handen zijn haren naar achter. Hij zag er goed uit, vond ie zelf, en knikte naar zijn spiegelbeeld: 'Good luck today.'

Heel even bleef hij staan en bestudeerde zijn eigen beeltenis. God, wat haatte hij zware bergetappes, wat haatte hij die vervelende afdalingen, dat geros om een halve minuut winst, dat stoere gedoe om niets.

Hij hoefde niet bang te zijn voor de rit van vandaag. Hij was een zeer behoorlijke klimmer, en pas op de echte hoge cols moest hij tegen het eind van de klim terugschakelen om met de Fransen en Italianen mee te kunnen komen. 'Wat lul je dan?' zei hij tegen zijn evenbeeld. 'I don't like the whole fucking Tour de France,' hoorde hij zichzelf zeggen. Toen pakte hij de capsules van José van het tafeltje, stopte ze in zijn linkerachterzakje en liep de kamer uit. Arie zou zijn koffer zo wel ophalen.

Na drie stappen in de gang keerde hij zich ineens om, ging terug en greep de telefoon die boven het tv-toestel hing van de haak. Snel drukte hij een serie nummers in en wachtte.

'Hallo,' zei een stem.

'Hoi, je hoeft vandaag niet te kijken hoor... Het zal wel een lange uitzending zijn met al die cols erin, maar ik ben niet van plan iets serieus te gaan doen, dus je krijgt me niet of nauwelijks in beeld... Misschien ergens in het peloton,' zei hij in de hoorn. Het gesprek duurde nog twee minuten en met een ferm 'Veel plezier dan maar aan het strand!' hing hij op. Terwijl hij weer de gang in liep dacht hij bijna hardop: Ik fiets me de kolere en madame toont haar lekkere lijf aan de beachboys van Bloemendaal.

De start was ergens aan de rand van het stadje, in een parkje. Van der Meer reed langzaam tussen het publiek door, groette de Franse agenten die aan het einde van de fuik de mensen die geen kaart om de nek hadden tegenhielden, en zette zijn fiets tegen een van de ploegleiderswagens. Hij liep naar het podiumpje waar de speaker op 78 toeren zijn kennis van het internationale wielrennen stond te etaleren, gaf het oude jurylid dat iedere dag bij het tekenvel geposteerd was een hand en tekende in één snelle krabbel in het vakje nummer 137: VdM. Hij legde de pen neer, knikte naar twee wachtende renners van de Duitse Weltcom-ploeg en liep het podium af. De speaker gaf hem de volle laag in de rug mee: 'Voilà Tiemmmm van der Meeeeer, le champion hollandais, vainqueur...' Van der Meer luisterde al niet meer. Hij had de volzinnen van die ijdeltuit op dat podium al genoeg gehoord. Weliswaar had hij respect voor de man vanwege zijn fenomenale kennis van de wieleruitslagen, maar de typisch Franse overtrokkenheid van zijn commentaar stond hem tegen. Hij hoorde een zwak applausje uit de groep mensen tegenover de startplaats, en zonder erbij na te denken zwaaide hij even. Hij pakte zijn fiets, keek op zijn horloge en zag dat hij nog een klein kwartier had voor de etappe zou beginnen. De meeste renners zochten beschutting in hun ploegleiderswagens; slechts een paar Fransen waren le Village du Départ binnengereden voor hun ochtendkoffie.

'Morgen, Tim.' Van der Meer keek op en zag dat het Rolf Wagen was, een nog jonge, maar wel goed ingevoerde journalist die als freelancer de Tour volgde. 'Morgen,' baste hij terug en hij kneep voorzichtig in zijn remmen. De journalist kwam naast hem staan en greep een klein opschrijfblokje: 'Verwachtingen voor vandaag?'

Van der Meer zuchtte eens diep en zei: 'Wat mezelf betreft niet al te veel. Ik vind dit soort ritten niet prettig. Ze zijn zwaar en lang, en dat ligt me niet. Kort en zwaar is geen probleem, lang en vlak kan ik ook vrij goed aan, maar dit lijkt me te veel.'

'Ga je wat ondernemen?' vroeg de journalist.

Van der Meer schudde zijn hoofd: 'Ik weet het niet, maar ik heb geen strijdplan, als je dat bedoelt. Ik denk dat ik bij de beste dertig mee kan komen, maar alles hangt af van hoe er gereden zal worden. Als er van die gekken zijn die er op de eerste col al in kletsen... ja, dan weet je het nooit. Ik zal in ieder geval mijn tiende plaats in het klassement niet gaan verdedigen.'

'Let op White van de Bald Eagle-ploeg,' zei Wagen, en Van der Meer vroeg: 'Hoezo?'

'Ik zat gisteravond in hun hotel te eten en kon het tafelgesprek moeiteloos volgen. Die White riep een paar keer dat hij er morgen in zou kletsen en dat hij serieus van plan was al die Europese klootzakken eens flink pijn te doen.'

Van der Meer moest lachen. Hij kende White vrij redelijk. Chris White, eerstejaars, zoon van een vioolbouwer uit Vermont. Ze hadden tijdens het kampioenschap van Amerika nog samen zestig kilometer op kop gereden en soms wat tegen elkaar gezegd. Small talk zoals: 'Ben jij nog niet moe?' of: 'Iets drinken?', en later toch ook iets over de groene heuvels van Vermont en het vlakke land van rond Amsterdam. White had verteld dat er bij hem thuis een poster van Van der Meer in de schuur hing. Een foto van die sprint in de Giro toen vier Italianen over elkaar duikelden en die ene Hollander de etappe eenvoudig won. Je zag op het midden van de weg vier vallende renners en helemaal links, onder het publiek, Van der Meer, die zichtbaar tevreden was geweest met de vijfde plaats, maar die nu ineens winnaar werd.

Zeventien kilometer voor de finish waren Van der Meer en White toen bijgehaald door een groep van negentien man, waarna Van der Meer op 1500 meter van de finish min of meer toevallig mee kon springen met drie dom demarrerende Amerikanen en eenvoudig de sprint en 40 000 dollar won. Ze waren elkaar later die avond in Philadelphia nog tegengekomen. 'Je zal nog van me horen,' had de rookie-Amerikaan stoer gezegd en Van der Meer had geantwoord met: 'Sure.'

'Chris White mag dan een behoorlijke renner zijn... wat hij vandaag voor de wielen krijgt, is nog te veel voor hem,' zei Van der Meer, en de journalist tegenover hem knikte: 'Dat denk ik ook.'

Ergens verderop had hij het geluid van een bel gehoord, het teken dat de start over vijf minuten zou plaatsvinden. Er zou vandaag meteen gestart worden. Geen geneutraliseerde promenade door het stadje, geen kilometerslange show voor het vakantiepubliek, het was meteen de vlag naar beneden en direct omhoog richting Megève.

Van der Meer stelde zich aan de linkerkant van de weg op en keek rond. De geletruidrager Pierre Josselin stond niet ver bij hem vandaan en knikte in zijn richting: 'Bonjour!', en Van der Meer knikte terug. Meestal gaven Franse renners een hand. Waarom ze dat deden wist hij niet, hij had er nooit iets van moeten hebben. De Italianen klitten voor de start altijd samen, de Duitsers gingen *en groupe* de krant zitten lezen. En hij? Van der Meer hield niet van stereotypen. Hij was er zelf ook geen, of misschien toch wel? Was hij een nuchtere Hollander? Iemand die graag tegen de wind in reed en die zo zijn eigen manieren, wetten en eigenaardigheden in het peloton handhaafde. Hij was veel alleen, had wel een paar kameraden in zo'n grote wedstrijd als de Tour, maar hij was met niemand werkelijk goed bevriend. Er was een Zwitser, Raymond Zamara, die hij graag mocht, maar Zamara was twee dagen eerder afgestapt omdat hij op was en geen zin had in de zware middelen om de Alpen door te komen. 'Viel Glück,' had hij tegen Van der Meer gezegd toen deze hem 's avonds op zijn hotelkamer had gebeld.

Het was zestien minuten voor negen en alle 166 renners stonden nu aan het vertrek. Van der Meer schoof zijn geslacht goed in de linkerpijp van zijn koersbroek, trok even een rimpel weg in zijn rechtersok en ging op weg. De straat liep schuin omhoog en om zich heen hoorde hij gevloek in diverse talen. Die jongens die niet opgelet hadden, moesten schielijk terugschakelen, en krakend en tierend bewoog de grote groep zich over de weg. 'Nog maar 254 kilometer,' zei Van der Meer toen de Belg Fons De Ruck naast hem kwam rijden.

De Vlaming lachte: 'Slechts negen uur koers, wat een voorrecht profcoureur te wezen.'

'Zo is het maar net,' riep Van der Meer terug, en hij zag dat, twintig meter voor hem, de bocht haaks naar links liep. Hij zette even aan, kwam links van de voorste renners te rijden, nam de bocht makkelijk en hoorde achter zich het bekende geluid van over elkaar kletterende renners. Hij gaf nog een aantal flinke trappen, ging recht zitten en keek om. In zijn buurt reden misschien nog tien renners die allen rechtop zaten en achteromkeken.

De weg liep schuin af en draaide naar rechts, en ineens hoorde hij de kreet: 'Let's fucking go.' Hij zag Chris White snelheid maken en wegrijden. Mafkut, dacht Van der Meer. Hij freewheelde nog even en zag aan de rechterkant van de weg nog vijf man de rug krommen. Heel even dacht Van der Meer dat hij, als hij nu een pistool had gehad, hen stuk voor stuk van hun fiets geschoten had, maar voor hij het wist, schakelde hij op, nam vaart en was een minuut later in het achterwiel van een renner die hij niet direct herkende. Hij had rugnummer 14: het was een Italiaan van de machtige Bison-ploeg. Van der Meer deed twee flinke trappen en kwam schuin naast de laatste renner van het groepje te rijden. Hij zag dat het Ottavio Dazan was, de meest getructe renner van deze hele Tour, een gemene, soms doortrapte stilist met de bijnaam 'de Neus'.

De Italiaan keek heel even om, om te zien wie er aansloot, en beiden gingen eventjes rechtop zitten en keken achteruit de weg af.

Niets. Ze zagen helemaal niets. Er was een gat van zeker vijfhonderd meter, de weg was angstig leeg. Weer keken beiden om. Ze zagen geen motoragenten, geen volgauto's, laat staan renners, en dus kromden ze hun ruggen en reden het gat van pakweg dertig meter in vrij korte tijd dicht.

Van der Meer keek op zijn tellertje. Ze hadden nauwelijks 1500 meter gefietst toen de kennelijke valpartij een feit was. Hij keek de Italiaan aan en deze reageerde met een grimas: 'Imbecilli.' Van der Meer knikte. Voor hem reden nog vijf man en een van hen herkende hij duidelijk: Chris White. Die had de grote versnelling staan en sleurde de anderen mee. De weg lag er mooi bij. Het was even over negenen, en daar dook het plaatsnaambordje MEGÈVE aan de rechterkant van de weg al op. Weer keek Van der Meer op zijn tellertje: Christus te paard, waar was die klootzak van een White mee bezig? Ze reden nu al minutenlang boven de vijftig kilometer per uur; dit was zelfmoord van de eerste orde. Waarom deed hij mee aan dit gekkenwerk?

Heel even overwoog hij in de remmen te knijpen en op het peloton te wachten, maar toen ze het stadje uit reden, voelde hij ineens een onweerstaanbare behoefte om naar de kop van het groepje te rijden. Hij wilde even laten zien dat hij er ook nog was en dan kon hij direct bekijken wie die andere imbecielen waren.

Toen hij White passeerde, keek Van der Meer hem berispend aan. 'O, fuck, it's you again,' riep de jonge Amerikaan, en Van der Meer nestelde zich op kop van het groepje. Na een minuut of vijf, waarin stevig doorgereden werd, kwam er snel een motor van de organisatie uit het achterland. 'Valpartij met een man of negentig,' meldde hij. 'Hoeveel hebben we voor?' vroeg een Belg, drie plaatsen achter Van der Meer. De man op de motor luisterde naar de Tour-radio. Uit het luidsprekertje op de motor kwam het geluid: 'Quatre minutes dix pour les sept hommes de tête.'

Van der Meer ging even op de trappers staan, liet een stevige wind, ging weer zitten en zei tegen de Amerikaan, die schuin naast hem reed: 'So let's fucking go, you damned rookie.' White blèrde terug: 'Kiss my ass', en schakelde een tandje bij. De tussensprint van Praz-sur-Arly was voor de Amerikaan. Het peloton kwam op iets meer dan zes minuten door. Op negen minuten volgde een groepje van drieëntwintig renners, de slachtoffers van de valpartij.

Amsterdam

Chris White zag eruit of hij de jaarlijkse bijeenkomst van Grateful Dead-fans in Vermont ging bezoeken. Hij was om acht uur het hotel binnengekomen, had met zachte stem zijn naam tegen het meisje achter de balie gezegd en had de sleutel van zijn suite gekregen. Hij had hulp van de bagagist afgeslagen met de woorden dat hij zelf sterk genoeg was, en hij had zijn kledingtas en rugzak opgepakt en was naar de lift gelopen.

Het meisje achter de balie had hem verwonderd nagekeken; een volwassen man in een denim tuinbroek, afgetrapte Nikes aan de voeten en een veelkleurige bandana om het hoofd. Wat had deze man in het gezelschap van die wereldlijke Tim van der Meer te zoeken?

White was zijn kamer binnengelopen, had zijn spullen uitgepakt en was op bed gaan liggen; hij was moe en wilde slapen. Toen de telefoon ging, had hij eerst overwogen om niet op te nemen, maar na een kleine aarzeling zei hij zacht zijn naam in de hoorn: 'Christopher White. Who's speaking, please?'

De stem aan de andere kant was hem eerst vreemd voorgekomen, maar na een paar seconden had hij het gehoord: 'Jesus, Dutchie, where are you and what the hell is this party going to be?'

Van der Meer had de Amerikaan uitgelegd wat er ging gebeuren, dat hij rustig een paar uur kon gaan slapen, en White had kort verteld van de geweldig makkelijke vlucht die hij had gehad. Hij was met de auto van Montpelier naar Burlington gereden, vandaar had hij een hoppertje naar JFK genomen en via de KLM had hij in relatief korte tijd Amsterdam bereikt. Hij had Van der Meer gecomplimenteerd met de organisatie van dit alles, want hij had best enige scepsis gehad toen hij vier dagen geleden een pak tickets via Federal Express thuisbezorgd had gekregen. Eerst had hij aan een grap van vrienden gedacht, maar dit zag er allemaal erg serieus uit.

Van der Meer had gezegd dat White als eerste gearriveerd was. In de loop van de dag zouden de andere gasten zich in Amsterdam komen melden. White was de enige die van heel ver kwam en die met een jetlag te maken kreeg. Vandaar ook dat het beter was nu even te gaan slapen, dan kon hij zich in de middag bij de anderen voegen.

'Sounds good,' had White gezegd, maar in plaats van direct te gaan slapen had hij toch eerst nog een wandeling buiten het hotel gemaakt. Dit was immers Amsterdam, en als student al, negen jaar geleden, had hij gedroomd van dit paradijs van verboden vruchten.

Hij had een klein rondje gemaakt. Via de Nieuwedijk was hij op het Damrak gekomen, waar hij verloren ging in de drukke stroom van mensen die van en naar het Centraal Station trokken. Hij was rechtsaf gegaan in een steegje en hij had zijn eerste hasj aangeboden gekregen op de Nieuwezijds toen hij vlak voor een coffeeshop zichtbaar geaarzeld had over de juiste richting.

Geïnteresseerd had hij de jonge handelaar die naar buiten was gekomen gevraagd naar de prijs, maar hij had toch niet durven kopen, hoewel twintig dollar hem bepaald niet veel leek voor de joekels van joints die de jongen hem toonde.

Een klein halfuur later was hij weer op zijn kamer terug en kleedde hij zich snel uit. Hij had nog steeds een sterk en lenig lijf. Zes jaar profrenner hadden hem twee gebroken sleutelbeenderen, ettelijke schaafwonden en een piepklein spaarsommetje opgeleverd. Van dat geld leefde hij nu. Hij was tuinman geworden en woonde weer in Vermont, niet ver van zijn ouderlijk huis. Zijn vader had hem altijd vrijgelaten in het kiezen van hobby's en toen hij, in zijn sophomore-jaar aan de universiteit, ineens op de proppen kwam met een racefiets en zijn ouders vertelde dat hij zijn geluk in Europa ging beproeven, had zijn vader geantwoord dat hij vooral plezier moest maken en dat hij niet wekelijks naar huis hoefde te bellen.

White sr. wist niets van sport, had zelfs nooit de Superbowl op tv gezien en werd volkomen in beslag genomen door het bouwen van violen, en soms een gitaar. In 1988, tijdens de Olympische Spelen van Seoul, had senior met zijn vrouw wel trots de wielerwedstrijd op tv gevolgd, waar zij hun zoon vierde zagen worden.

White was na die race voor korte tijd in Frankrijk gaan wonen en had een halfjaar later een profcontract ondertekend bij de Amerikaanse Bald Eagle-ploeg. Hij had aardige uitslagen behaald in zijn eerste jaar, had een zware bergetappe gewonnen in de Vuelta, was in de Ronde van Lombardije tot vier kilometer voor de meet in de kopgroep zeer aanwezig geweest, maar was toen platgereden, en later in het pak gestoken door drie linke Italianen die de gewiekste Amerikaan in de maling namen toen hij, met volle inspanning, terugkwam in de kopgroep. De Italianen demarreerden een voor een uit zijn hol weg en White, op papier de sterkste finisher, werd traditioneel op zijn rookie-fouten afgerekend: hij werd vierde van de vier.

Heel soms dacht hij terug aan zijn korte loopbaan als profrenner. In zijn woonplaats wist alleen de plaatselijke sportjournalist van zijn vorige bestaan, en die had, twee jaar geleden, een mooi en lang verhaal met hem gemaakt voor de kerstkrant. White beschouwde zijn sportieve loopbaan louter en alleen als een onverwachte en bij tijden aangename tijdspassering in zijn jeugd. Waar anderen naar India trokken om er het licht te zien, was hij in de wielersport en Europa terechtgekomen.

Spijt had hij er niet van gehad, maar hij hoefde niet per se aan zijn verleden herinnerd te worden. Hij had nog wat shirts en een koersbroek, maar hij had geen plakboeken bijgehouden, en ook een deugdelijke racefiets had hij niet meer. Hij had een jaar of drie terug een mountainbike aangeschaft en reed 's zomers soms in de bossen rond. Hij voelde zich inmiddels een ander mens. Het profwielrennen was een stage geweest voor de rest van het leven. Leven zonder stress en de heilige wil zelf de beste te zijn vond hij nu belangrijker; hij had zijn muziek, luisterde graag naar Loudon Wainwright III en Bob Dylan; hij rommelde wat in tuinen, las veel en leek op geen enkele manier meer op een topsporter. Hij had, zo zei hij weleens, het allemaal heel snel begrepen. Hij was een brave, aardige, anonieme burger geworden die als Joe Doe door het leven ging. Ooit had hij kampioen van Amerika kunnen worden, maar zijn ontsnapping met de gewiekste Nederlander Van der Meer had hem niet verder gebracht dan de achtste plaats.

Hij vond eigenlijk dat presteren niet meer in zijn denkwereld paste. Dat gevoel was zich langzaam maar zeker in zijn gestel gaan nestelen toen hij aan zijn laatste seizoen begon. Hij koerste nog wel, werd derde in de Tour de Suisse en won de bepaald niet misselijke Ronde van Portugal, maar het heilige vuur bezat hij niet meer. Na zijn laatste wedstrijd, Parijs-

Tours, had hij zijn koersfiets zomaar een toeschouwer in handen geduwd. Zijn plaats in de Amerikaanse ploeg voor het wereldkampioenschap had hij vervolgens aan een jonge renner uit zijn ploeg overgedaan met de mededeling: 'Have fun with those fucking crooks.' Hij had zijn appartement in Nice ontruimd en was naar Boston teruggevlogen. Einde wielerverhaal.

Dat hij nu naar Amsterdam was gekomen, was louter uit nieuwsgierigheid. Hij had die Van der Meer altijd een buitengewoon mens gevonden. Hij wist niet wat hem de komende dagen te wachten stond. Hij zou wel zien.

Flumet

Het had twee minuten geduurd voordat Van der Meer precies wist wie er in zijn gezelschap reden. White was het meest aanwezig. De Amerikaan spoorde zijn vluchtgenoten voortdurend aan tot grotere spoed, iets wat met name Dazan ergerde. De Italiaan had al een keer uit vierde positie met luide stem 'Coglione!' geroepen, maar White deed alsof hij dat scheldwoord niet hoorde. Hij reed, even voor het afslaan naar Crest-Voland, naar de linkerkant van de weg, ging achterom zitten kijken en had dwingend oogcontact met Van der Meer.

Wat wilde die Amerikaan in 's hemelsnaam? Van der Meer staarde even terug en knikte toen. Hoe White die hoofdknik zou interpreteren maakte hem niet uit. White was rookie, kende het rijden in de Tour de France nog niet en was dus, als het er misschien later op de dag op aan zou komen, eenvoudig te verneuken.

De andere renners waren dat zeker niet. De Belg Frankie van Geneugden reed nu op kop. Hij was een wat boerse man, wel vriendelijk, zoals Van der Meer zich herinnerde uit Parijs-Roubaix, die de Belg overigens drie jaar geleden had gewonnen. Hij had toen een magistrale solo gereden die hem, overmand door euforie, tot winnaar en clown van de koers had gemaakt. Van Geneugden had op de lange aankomstallee naar de beroemde baan in Roubaix gehoord dat zijn voorsprong minimaal zeven minuten was, en die wetenschap had hem ertoe gebracht met zijn handen gestrekt langs zijn oren het roemruchte ovaal op te rijden en bijna gedurende de gehele volle ronde in die houding te blijven rijden. Nadat hij voor de eerste maal de finish was gepasseerd, had hij een snel vreugdegebaar met zijn rechtervuist gemaakt, waardoor hij zijn evenwicht iets verstoorde en potsierlijk in het gras tuimelde, waarna hij lachend opstond, op zijn fiets klom en vervolgens honderd meter door de bocht weer zijn armen jubelend in de lucht stak. Beelden van die aankomst waren de hele wereld over gegaan en Van Geneugden had in menige talkshow op de Belgische en Hollandse televisie zijn verhaal mogen doen. Hij was een beroemdheid in de Lage Landen bij de zee.

Van der Meer was in diezelfde koers met een groepje Italianen op tien minuten binnengekomen en had het dolle dansfeest rond de zege van de Vlaming van een afstand bekeken. Van Geneugden stond in het peloton bekend als een grootgebruiker en Van der Meer herinnerde zich nog hoe twee Belgen die samen met hem de befaamde doucheruimten betraden hoofdschuddend mompelden: 'Als die maar door de controle komt.' Maar dat kwam Van Geneugden; iets wat hem een jaar later niet lukte, toen hij gepakt werd in een nietszeggende wedstrijd in Spanje. Dat was al zijn tweede positieve geval, want ook als amateur had hij al eens de meters in het rood gepiest.

Achter Van Geneugden reed Horst Kupfernagel, de beer van deze Tour. Kupfernagel was hoogblond, had lichtblauwe ogen, droeg een gouden oorring en was een geweldige versierder. Van der Meer had niets met deze oermens, die nog drie jaar voor de befaamde honderdkilometerploeg van de DDR was uitgekomen alvorens de Muur viel. Kupfernagel was ijzersterk, maar tactisch een rund. Hij kon tijdrijden als de beste, gebruikte altijd de elf op vlakke parcoursen, en in de bergen sleurde hij zich op een te grote versnelling omhoog. Van der Meer had weleens over de Duitser gehoord dat deze vroeger, in Warschau-Berlijn-Praag, in zijn eentje duels uitvocht tegen vier tot de haren volgestopte Russen, van wie hij dan de etappezege moest kopen met spijkerbroeken, dameslingerie en cd's. In Duitsland was Kupfernagel zeer populair omdat hij met Miss Black Germany getrouwd was. Van der Meer had deze Miss eenmaal gezien, en hij had het stel toen niet meer dan vier maanden gegeven.

Kupfernagel deed zijn werk en gaf de koppositie na een kort gebaar met zijn linkerelleboog over aan de Fransman Jean-Pierre Dutronc. Van der Meer herinnerde zich dat de gedrongen brildrager twee jaar terug in de Tour vrij eenvoudig de bolletjestrui tot in Parijs had gebracht, maar verder wist hij niets van hem. Natuurlijk wist Dutronc dat hij de beste klimmer van dit zevental was, maar om nu al, na ruim twintig kilometer koers, net iets te snel van kop af te gaan was verdacht; dat duidde op reserve. Alle anderen begrepen dat.

Dazan nam van de Fransman over, Van der Meer trok even door en passeerde de enige renner die hij in het geheel niet kende. Hij had zelfs zijn kaartje met namen en rugnummers even stiekem bestudeerd toen hij in laatste positie reed, en hij had gezien dat die jonge man in het shirt van de Spaanse De la Hoya-ploeg een Noor was die Erik Andersen heette. Van der Meer had geen idee hoe die jongen reed, hoe hij bij die gammele ploeg terechtgekomen was en hoe hij in jezusnaam de durf had gehad om met dit gezelschap mee te springen op uitgerekend deze dag. Ja, hij had vóór de grote valpartij gezeten, toevallig waarschijnlijk, want hij reed nooit bij de eerste twintig. Terwijl de weg nu langzaam omhoogliep richting Col des Saisies, probeerde Van der Meer zich één moment te herinneren waarop hij in deze Tour naast of vlak bij deze Andersen had gereden. Nooit dus.

Van der Meer bestudeerde de Noor eens goed. Mooie, slanke renner, een wat kromme rug, dun gouden kettinkje om de pols en geen horloge om. Dat laatste vond Van der Meer nog het opvallendst aan de coureur, die nu langzaam freewheelend terugkwam van de kop en bijna naast hem reed. 'You know what time it is?' vroeg Van der Meer. De Noor lachte voor zich uit: 'Pretty funny remark... I think it's the right time,' had hij geroepen, en Van der Meer had hem instemmend toegeknikt.

De eerste meters van de klim waren simpel geweest. Alle zeven renners hadden aan de voet van de klim gedronken. Dutronc was aan de leiding gaan rijden, maar Dazan had hem na twintig meter overstoken. 'Pas si vite,' had de Neus boos geroepen, en de Fransman had de boodschap begrepen. Als hij nu al tempo zou gaan rijden, zou hij dit kopgroepje al voor elven op apegapen gereden hebben, en de dag was nog lang, heel erg lang.

Dazan reed met een lekkere cadans omhoog; iedereen kon volgen. Het was nog voor tienen in de ochtend en Van der Meer gromde in zichzelf: kloteleven, wie gaat er nou voor zijn lol om tien uur 's ochtends tegen een Alpencol op rijden?

Tegen het einde van de beklimming werd duidelijk dat het tempo van Dazan toch net iets te hoog voor Kupfernagel was. Van der Meer dacht eventjes dat de Duitser toneelspeelde, maar zag dat hij zwaar zwetend al twee tandjes kleiner reed dan de anderen. 'Zo haal je het nooit,' had Van der Meer gezegd. Kupfernagel vreesde dat kennelijk ook en had vloekend bijgeschakeld.

Dutronc was op een gegeven moment naast Van der Meer komen rijden en had hem toegeknikt. Een beetje schaapachtig had Van der Meer gereageerd met: 'Ça va?' Dutronc had gelachen en toen gevraagd: 'Weet je dat dit het trainingsgebied van skiër Franck Picard is?'

'Nee, hoe zou ik dat moeten weten?' had Van der Meer geantwoord, waarna de Fransman hem toegelachen had: 'Nederlandse renners weten immers zoveel.'

Vlak voor de top was Dutronc weggesprongen voor de bergpunten. De zes anderen hadden hem rustig laten gaan. Niemand bekommerde zich verder om die snippers, niemand zette ook maar één trap aan om een puntje extra te bemachtigen. Kupfernagel kwam als zevende over de top, waar de renners van een jurylid doorkregen dat hun voorsprong meer dan elf minuten was.

In de afdaling was Van der Meer in laatste positie gaan rijden. De Col des Saisies af rijden was relatief gemakkelijk; de bochten liepen lekker, de weg was breed en het uitzicht bleef voortdurend goed. Op deze manier daalde hij graag. Hij ontspande zich, gaf zijn dijen rust en dronk.

Elf minuten voorsprong – wat moesten ze ermee, bedacht hij zich. Hij keek naar de zes man voor zich: wisten zij waar ze aan begonnen waren? Van der Meer twijfelde daaraan. White was een dwaas, die Noor zat hier toevallig, Dutronc zou natuurlijk voor de etappezege willen gaan rijden, en Kupfernagel had al laten blijken dat het vandaag zijn dag niet was. Van Geneugden dan? Hoe vol zal die aan de start gestaan hebben, vroeg Van der Meer zich af terwijl hij zijn ogen langs de zes rugnummers liet glijden.

In de loop der jaren had hij er een hobby van gemaakt: rugnummers. Hij kende renners eerder aan hun nummer dan aan hun gezicht, en met die nummers deed hij van alles. Nu weer. Dazan had 14, White reed met 67, Van Geneugden droeg 28, Andersen 203, Kupfernagel had 157, Dutronc 57, en terwijl hij aanzette op een lang en recht stuk weg riep hij ineens tegen zichzelf: 'Goddomme... het zal toch niet?'

Op het volgende lange stuk weg keek hij nog een keer goed naar de nummers en lachend reed hij even later Beaufort binnen. Het was waar, het kon niet, het bestond niet, maar het was verdomme waar.

Ooit had hij ervan gedroomd, en vandaag gebeurde het: de idiote cijfercombinatie was in deze kopgroep vertegenwoordigd. Nu moesten ze wel doorrijden. Hij was volstrekt niet bijgelovig, hij liep zelfs graag onder ladders door, maar dit was iets heel speciaals. 'Hoe kan dit?' vroeg hij zich hardop af, maar niemand antwoordde hem. White was op het vlakke gedeelte na de afdaling weer hard gaan rijden en Kupfernagel leek hersteld. De Duitser had enige tijd zijn etappekaartje bestudeerd en had aan Van der Meer gevraagd hoe zwaar de beklimming van de Roselend was. Van der Meer had zijn schouders opgehaald: 'Iedere klim hier is klote.' De Duitser begreep het. Niemand deed dit voor zijn plezier.

Wat later kwam er een wagen van de organisatie naast hem rijden en Eric Bondue, een Fransman met wie Van der Meer nog gekoerst had, knikte hem van de chauffeursplaats toe. De ex-renner reed nu een organisatiewagen. Meer renners deden dat in de Tour. Jongens die maar niet aan het normale leven konden wennen en die koste wat het kost in de maand juli naar Frankrijk moesten om in dat spannende fietsfestijn een kleine bijrol te vervullen. Ze hoefden nu tenminste niet naar de controle, had Van der Meer cynisch gedacht toen hij al die collega's terugzag; ze hoefden bij deze bergetappes ook niet bij te laden, en ze hoefden zeker niet in de zenuwen te zitten dat het lot hen zou aanwijzen voor de controle. En 's avonds konden ze sterke verhalen vertellen aan journalisten en bier drinken, en als het meezat in een zweterig hotelkamertje nog een meisje van de reclamekaravaan te grazen nemen.

'Ça va?' riep hij naar de oud-renner naast hem.

Bondue knikte hem lachend toe. Uit de auto kwetterde het geluid van de Tour-radio. De namen en rugnummers van de koplopers werden nogmaals afgeroepen. Op de top van de Col des Saisies was de voorsprong van het zevental veertien minuten en twintig seconden geweest. Van der Meer hoorde zijn eigen naam noemen, plus zijn rugnummer: cent trente-sept. Hij vond dat een heel mooi nummer, honderd-zeven-en-dertig. Door helemaal niets deelbaar.

Amsterdam

Frankie van Geneugden was met de auto gekomen. Hij was in de ochtend uit Kortrijk vertrokken en had een stop gemaakt bij de KLM-balie op Zaventem. Hij had zijn per exprespost afgeleverde vliegticket neergelegd en een fraai verhaal verteld dat hij sneller per voiture naar die Ollanders toe ging dan met de vlieger, en of hij misschien het geld van het ticket teruggestort kon krijgen. De onuitgeslapen en zure beambte had het ticket driemaal van voor naar achteren doorgekeken en hem toe gewezen op het feit dat het ticket in Amerika betaald was. Of meneer Van Geneugden dat wist?

Meneer Van Geneugden had dat niet geweten, had het ticket van de balie genomen en gezegd dat het een misverstand was. Hij zou wel bij het hoofdbureau in Amsterdam langsgaan en daar de zaak klaren. Terwijl hij naar zijn slordig geparkeerde Mercedes toe liep, dacht hij wel aan de bijna twaalfduizend franken die hij hier eenvoudig dacht op te kunnen rapen. 'Verrotte kaaskop,' lispelde hij, en hij gaf gas richting Ring.

Anderhalf uur later had hij zijn wagen voor de deur van het hotel geparkeerd. Met verende tred was hij binnen komen lopen en had aan de balie Dutronc zien staan.

Van Geneugden kwam dan weliswaar uit Kortrijk, maar hij sprak niet graag Frans. Dat had hij zijn hele wielerleven niet gedaan, en het was zelfs zover gegaan, dat hij voor de microfoon van de RTBF, de Waalse televisie dus, de Franse vragen botweg in het plat-Vlaams beantwoordde.

Van Geneugden vond zichzelf een echte Vlaming, en echte

Vlamingen vertrapten het heel vaak om Frans te spreken.

Nu, aan de balie in het hotel, deed hij het toch maar wel.

Dutronc herkende de Belg direct en stak zijn hand ter begroeting uit: 'Tiens, tiens.' Van Geneugden lachte en wenkte naar de bar vijftien stappen verderop: pourquoi pas? Dutronc was uit Nantes komen vliegen, had zich weliswaar moeilijk vrij kunnen maken omdat de zaken thuis wel heel erg goed gingen, maar deze uitnodiging had hij dermate spannend gevonden dat hij toch maar gekomen was.

'Spelbreker zijn op zo'n speciale reünie, dat kan toch niet?' zei hij. 'Rabat-joie?' had de Vlaming vragend herhaald. Dutronc had hem toegelachen: 'Trouble-fête, si tu veux.' Van Geneugden had even nagedacht en de zin toen begrepen. Nee, wie wilde er nou wegblijven op deze bijeenkomst? Niet dat hij het nou druk had, want eigenlijk had hij zeeën van tijd. Vrij fragmentarisch vertelde hij dat hij eigenlijk geen werk had dezer dagen, dat hij wel aan het zoeken was, maar dat hij de wind tegen had.

'Daar zijn jullie Vlamingen en Hollanders altijd zo sterk in geweest: tegen de wind in koersen,' antwoordde Dutronc, die een biertje had besteld. Van Geneugden had zijn oude makker aangekeken en zijn lip opgetrokken: ditmaal toch niet. Binnen vijf minuten had hij zijn problemen aan Dutronc verteld. Madame was van huis weggelopen, woonde nu bij een footballeur, van Anderlecht nog wel, en ze had ook nog zijn BMW-sport meegenomen; hij had verleden jaar eerst een tweede en later nog een derde hypotheek moeten nemen op zijn huis, en het leven werd toch steeds duurder. Dutronc had hem aangehoord en er het zijne van gedacht.

De verhalen over de feestvierder Van Geneugden waren in heel wielerminnend Europa bekend. Hij had zijn badkuip eens vol laten lopen met champagne om er met twee meegenomen meisjes van plezier uit Brussel in te gaan poedelen. Zeven-en-veertig flessen hadden de meisjes ontkurkt, geproefd en gierend van de lach in de kuip laten kletteren, en daarna waren ze in den bloot in het prikkelende schuimwater gestapt. Dat verhaal had snel de roddelpers gehaald. De twee meisjes hadden in geuren en kleuren verteld hoe de beroemde ex-coureur hen geïnviteerd had voor een plesant privéfeestje, maar dat hij het feest niet had kunnen afmaken omdat hij 'em' niet meer omhoog kreeg. Het zichzelf toch serieus nemende *l'Équipe*, de Franse sportkrant, had deze teksten overgenomen, waarna de hele Europese sportpers zich over de schijnbare impotentie van de vroegere klassiekerkoning uit Kortrijk gestort had. Een wijsneus van de Nederlandse televisie, zo vertelde Van Geneugden nu aan Dutronc, was hem komen interviewen en zijn tweede vraag was geweest of impotentie een gevolg is van overmatig dopinggebruik.

'Wat heb je toen geantwoord?' had de Fransman voorzichtig gevraagd, en Van Geneugden had bulderend van de lach gezegd: 'Ja, eerst impotent en dan wordt ge journalist bij den Hollandse televisie.'

De twee hadden een halfuurtje in de bar gezeten en hadden beiden twee biertjes op toen de gerant kwam vragen of de heren misschien gast waren van de heer Van der Meer. Ze hadden geknikt en de gerant had gezegd dat alle kosten uiteraard voor de gastheer waren. Als ze alleen even hun suitenummer wilden opgeven, dat was voldoende.

'Geldt dat voor alles in dit hotel?' had Van Geneugden glimlachend gevraagd, en de gerant had geknikt: 'Inderdaad, u bent immers de gast van de heer Van der Meer.'

'Allez manneke, we nemen nog één pintje en dan zien we die Hollander wel komen, hè?'

Dutronc was opgestaan en had nee geschud. Hij moest nog wat telefoontjes plegen.

Les Cernix

Van der Meer had een tijdje in derde positie gereden en goed naar White zitten kijken. Wat deed de Amerikaan toch? Hij sleurde op het vlakke aan het groepje en wilde steeds maar harder rijden, en Dazan had hem al driemaal stevig toegesproken: óf volgen in deze groep óf wegwezen, van voren of van achteren, maar verder niet meer liggen te kloten. De Italiaan had zich in de eerste vijftig kilometer opgeworpen als groepshoofd. Hij had ook Kupfernagel al tweemaal naast zich geroepen, en hij was even naast Van der Meer komen rijden. 'Forma?' had hij alleen gevraagd, en Van der Meer had geknikt. Ook al was hij steendood geweest, dan had hij waarschijnlijk nóg die hoofdbeweging gemaakt, want je moest nooit aan je tegenstanders laten weten hoe het precies met je ging. Wielrennen leek dan misschien wel een sociale bezigheid, maar winnen was dat bepaald niet. Vond Van der Meer. Hij had eigenlijk de pest aan mensen die alleen maar het mooie in de sport zochten, die het leuk vonden om met een groep te presteren. 'Ga dan hockey spelen,' had Van der Meer weleens tegen journalisten gezegd als hem vragen uit die hoek waren gesteld. 'Topsport is een vreselijk vervelende egotripperij waar je erger dan zelfzuchtig dient te zijn,' had hij eens opgemerkt, een uitspraak die het nog tot in de befaamde kerstprijsvraag van *Trouw* had gebracht.

Dazan was even naast hem blijven rijden en de twee hadden elkaar zwijgend aangekeken. De Italiaan had zijn blik op de vijf voor hen geworpen en slechts even zijn wenkbrauwen opgetrokken. Van der Meer had zijn gezicht een vragende uitdrukking gegeven en alleen 'Possibile' gezegd. Hij had gemeend dat Dazan dat wel zou begrijpen, en zo was het ook. De veteraan had geknikt: met dat zooitje voor hem en met die getructe Nederlander die de naam had een linke, sterke rijder te zijn, durfde hij dit krankzinnige avontuur wel aan. Dazan had vaart gemaakt en was aan de leiding gaan rijden, precies op het moment dat de beklimming van de Roselend begon, en ook precies op het moment dat Dutronc zich met een viertal krachtige pedaaltreds aan de kop wilde nestelen. Dazan had de Fransman licht gesneden en hem zijn plaats gewezen: in het wiel en anders niet. Klimmers rijden nu nog niet aan kop, oprotten.

Van der Meer keek op zijn horloge: halfelf. De ochtend moest eigenlijk nog beginnen, en niemand die doorhad dat de Tour de France op ontploffen stond.

Na twee kilometer klimmen had Andersen zijn hand opgestoken en hoorde Van der Meer achter zich het geluid van een snel vaart makende motor. 'How much?' had de Noor geschreeuwd, en de *motard* had geantwoord: 'Dix-sept minutes.'

Van der Meer had verbaasd opzij gekeken. Zeventien minuten, dat was goddomme een afstand! Wisten die idioten in het peloton wel wat ze aan het doen waren? Zeventien minuten, dat betekende een kilometer of elf verschil, dat kon niet waar zijn.

'Hé,' had ie naar Dazan geroepen. De Italiaan had hem vragend aangekeken. 'Diciassette minuti,' had Van der Meer geroepen, en de andere vijf hadden hem aangekeken; iedereen had dat begrepen. Van der Meer had heftig geknikt, en heel even was het tempo bijna stilgevallen; zeventien minuten, wat moesten ze met die voorsprong?

Dazan had de koppositie weer ingenomen en zwijgend hadden ze de volgende drie kilometer afgelegd. Van der Meer keek uit zesde positie naar de gekromde ruggen voor zich: hij kon ze horen denken en rekenen, en hij wist dat die Duitser achter hem alle moeite had dit tempo te volgen.

Vlak voor de top van de relatief makkelijk te berijden Roselend sprong Dutronc weer weg, en weer lieten de anderen hem begaan: imbeciel!

De Duitser kwam in de eerste meters van de afdaling naast

Van der Meer rijden en knikte hem toe, alsof hij wilde zeggen dat het beter ging, alsof hij wilde uitdrukken: 'Ik doe nog mee, misschien dat ik je straks wel nodig heb.' Althans, dat begreep Van der Meer eruit.

Hij liet de Duitser voorgaan, en in zevende positie suisde hij de berg af. De frisse berglucht gleed langs zijn gezicht. Heel even ging hij rechtop zitten en zette zijn helm iets vaster op zijn hoofd: hij voelde zich goed, José had mooi spul meegegeven, dat was duidelijk.

Na de afdaling draaide de groep van zeven de stoffige D 902 op, een weg die alle profrenners dienen te kennen. Het was de aanrijroute voor Bourg-Saint-Maurice, een bekend plaatsje in de wielergeschiedenis en heel vaak de plek waar de mannen met de etenszakken klaarstonden.

Bij de dorpsgrens stonden honderden mensen langs de kant van de weg. Van der Meer ging rechtop zitten om te kijken waar zijn verzorger stond. De oude José deed deze ravitailleringen niet meer, dat geros langs Gods wegen liet hij over aan jongere gasten. Nu keek Van der Meer naar de rijzige gestalte van Pim, een ex-handbaldoelman die verrekte handig was in het aangeven van de etenszakken en die vaak ook de juiste positie gekozen had; óf helemaal achteraan, nadat de grootste drukte geweest was, óf helemaal vooraan, zeker dertig meter voor de andere zakaanreikers.

Dat laatste had hij nu weer gedaan. Van der Meer zag hem staan en stak zijn hand al uit. Pim stond goed: voor de bocht en een meter van de stoep af – ideaal dus. Van der Meer greep lenig naar de etenszak.

'Schuurmans komt naar voren toe,' riep de soigneur naar de renner, en Van der Meer schreeuwde: 'Okay' over zijn schouder en ging de inhoud van de etenszak zitten bestuderen. Hij pakte drie taartjes en stak die in zijn achterzak, leegde direct een bidon met lauwe pap en vond nog wat klein grut, twee stukken banaan en een pakje met een sportdrank. Iedereen zat nu rechtop, etend of drinkend, en het publiek in het plaatsje klapte de zeven man toe. Je zag mensen op hun horloge kijken; dat waren de kenners, de mannen die 's morgens al vroeg langs het parcours hun stoeltje hadden neergezet, hun *l'Équipe* en *Dauphiné Libéré* hadden gelezen en nu de voorsprong van dit kopgroepje wilden timen.

Van der Meer pakte het kaartje van de etappe en bekeek goed waar hij nu was. Twee cols gehad, nu op weg naar Val-d'Isère en dan de Iseran op... Hij keek naar de afgelegde afstand in Bourg en glimlachte in zichzelf: zevenentachtig kilometer... kon niet mooier. Zeven-en-tachtig – hij sprak het getal uit en lachte weer. Hij bedacht dat hij moest plassen, wilde afstappen omdat het nu kon maar hoorde getoeter ver achter zich.

Schuurmans kwam er dus aan. De tweede ploegleider, die de godganse dag achter de laatste coureurs aan moest hobbelen, kwam nu naar de kop van de wedstrijd. Als dat maar goed ging.

Drie kilometer nadat de kopgroep door Bourg heen was, hoorde Van der Meer scherp gerem. Hij keek om en zag honderd meter achter zich een drietal ploegleiderswagens naderen; de eerste drie, nam hij aan, want de andere zouden spoedig komen.

Even later schoof Schuurmans zijn wagen rustig naast de fiets van Van der Meer.

'Hoe gaat ie?' vroeg de ex-coureur, die nu twee jaar assistent-ploegleider was en die helemaal geen ene moer te zeggen had in die ploeg van Tritec.

Van der Meer pakte heel even de wagen vast en keek zijn oud-ploeggenoot aan. 'Geen problemen tot nu toe,' zei hij en hij vroeg: 'Wat zijn ze daarachter godverdomme aan het uitspoken?'

Schuurmans gaf een beetje gas bij en riep: 'Niemand rijdt... De gele en de groene trui lagen onderop bij de valpartij en het duurde vijf minuten voordat ze weer op de fiets zaten... Ze hebben zeker een halfuur moeten wachten tot Josselin weer voor in het peloton kwam... Dat is alles wat ik weet. Ik kom van achter de laatste mannen aanrijden; het heeft me vanaf de afzink van de Saisies tot nu gekost om hier te komen. Ik heb driemaal boven de afgrond gehangen... godver... Hier, vraag maar.'

Hij wees naar zijn buurman in de auto, en Van der Meer keek in de wagen, waar hij Jack van Rossum herkende, een bekend politicus die een fijne neus voor belangrijke wieleretappes bleek te hebben, want Van der Meer was drie jaar geleden aan deze vrolijke Limburger voorgesteld in de etappe naar Jaca in Noord-Spanje. Dat was een bloedhete dag geweest en de politicus, die het heerlijk vond in de wielerwereld rond te neuzen en etappes in grote wedstrijden mee te maken, had toen de hele dag achter Van der Meer aan moeten rijden toen deze op drie minuten voor het sluiten van de tijdcontrole was binnengekomen. Van der Meer herinnerde zich nog hoe hij letterlijk van zijn fiets af was gekieperd en hoe de alerte politicus hem opgevangen had. Die avond hadden ze samen een biertje gedronken en had Van Rossum hem verteld hoe het bezoeken van grote sportevenementen gunstig was voor zijn populariteit bij het sportieve deel van de kiezers in Nederland.

'Hallo,' riep Van der Meer naar het binnenste van de auto, maar Van Rossum moest kennelijk de dodenrit van het laatste halfuur nog verwerken en kon niet meer dan een pipse, dunne lach loslaten.

'Ik ben zo ziek als een hond,' zei hij zachtjes en hij maakte met zijn hand een draaiende beweging over zijn buik.

'Dat hebben wij nou ook als wij naar de politieke beschouwingen kijken,' riep Van der Meer terug en hij stuurde naar de andere kant van de weg, waar Dutronc net afgestapt was voor een plas.

'Hé, Tim, Den Daas wil dat je op driekwart meerijdt en afwacht wat er tijdens de beklimming van de Iseran gaat gebeuren,' riep Schuurmans. Van der Meer knikte. Zoiets had hij zelf allang bedacht; daar had hij die non-klimmer van een Den Daas niet voor nodig.

Dutronc kwam langs en bleef even hangen. De Fransman keek naar de versnelling die Van der Meer trapte en maakte met zijn hoofd een gebaar van 'zo zo'. Hij begreep dat de Nederlander goede benen had. Dutronc legde zijn arm heel even op de schouder van Van der Meer en vroeg: 'Toi, tu veux gagner?'

Van der Meer schrok zich rot. De etappe was tot misschien honderd kilometer gevorderd, misschien zelfs nog wel minder, en daar begon deze imbeciel al over winnen te praten. Met een strakke blik keek hij de Fransman aan en zei: 'C'est moi qui va gagner.' Hij pakte zijn bidon en nam een slok. Proost!

Wat dacht deze idioot nou? Dat de beurs al voor twaalven open was?

'Yo... yo, White,' riep Van der Meer naar de voor hem rijdende Amerikaan: 'This French fuckface comes and asks me if I wanna win... Are you guys crazy or what?' White keek om en glimlachte. Hij wist zeker dat de Fransman, en waarschijnlijk ook de Italiaan, geen Engels verstond en dus kon hij deze luidruchtige grap van die Hollander wel waarderen.

'Are we talking about winning?' Kupfernagel had zich ineens opgericht en met een zwaar Duits accent deze vraag uitgesproken.

'Sure we do, you Ossie asshole,' had White geroepen, en precies op dat moment was Andersen lek gereden. Heel even was er een moment van onzekerheid bij de anderen, maar toen Dazan inhield en freewheelend achterom ging zitten kijken, was het duidelijk dat er gewacht zou worden. Van der Meer had er bepaald geen probleem mee. Hij maakte van de gelegenheid gebruik, stapte aan de rechterkant van de weg af, friemelde onhandig zijn piemel uit de broek en plaste, met de wind mee, een vrolijke middagplas de berm in. Toen even later Andersen langskwam, haakte Van der Meer aan. Samen reden ze makkelijk naar de volgende bocht, waar ook Dazan en Van Geneugden in het gras stonden.

Andersen had omgekeken en verbaasd tegen Van der Meer en White gezegd: 'More than twenty minutes now.'

'Quanto?' had de slimme Dazan meteen geroepen, en Van der Meer had begrepen dat het nu serieus werd. Andersen had zijn bidon leeggedronken, het ding met een sierlijke boog weggesmeten en daarna een vrij scherpe, lange boer gelaten. Van der Meer moest om dat geluid lachen. Het leek wel een hert.

Amsterdam

Erik Andersen had vanuit Hamar de trein genomen naar het vliegveld en was in de business-class van de SAS een oude bekende tegengekomen, een schaatser die ooit Europees kampioen was geworden en twee jaar later nergens meer aan de bak kon: dope.

De twee hadden gezellig naast elkaar zitten drinken en kletsen, en Andersen had verteld van de reünie die hem in Amsterdam te wachten stond. De schaatser had hem gevraagd naar die bewuste Tour-etappe, die hij zich nog wel kon herinneren, want de hele sportwereld was er dat jaar over gevallen. In alle televisiejaaroverzichten ter wereld, in alle krantenbeschouwingen en analyses, was er teruggeblikt naar die ene dag van de Tour de France, en nu weer moest Andersen de vraag beantwoorden die hij al wel duizendmaal had gehoord: was jij toen inderdaad de sterkste van die kopgroep, zoals algemeen gezegd werd? Andersen had bevestigend geknikt. 'Maar in het wielrennen winnen de sterksten vaak niet,' had hij gezegd. En niet alleen daar, wist de schaatser maar al te goed.

Andersen had tot zijn verbazing een man op Schiphol getroffen die een bordje omhooghield waarop in keurige letters te lezen stond: MR. ERIK ANDERSEN. Hij had zich bekendgemaakt, had zijn kledingtas op de grond gezet en had zijn hand uitgestoken. De chauffeur van de limo-service had geaarzeld. Moest hij een hand terug geven? Dit deden zijn klanten nooit.

'Nice meeting you,' sprak de Noor. De chauffeur had hem toegeknikt, had de kledingtas opgepakt en was voorgegaan. Andersen was meegelopen en enigszins verbaasd had hij plaatsgenomen in de grote Mercedes die blijkbaar voor hem alleen klaarstond.

Nog voordat de wagen de snelweg naar Amsterdam had bereikt, had Andersen de chauffeur gevraagd wie dit alles zo georganiseerd had.

De chauffeur had zijn schouders opgehaald. Hij had geen idee. Hij moest diezelfde avond voor dezelfde opdrachtgever nog een keer klaarstaan.

'Wacht,' zei hij en hij pakte een ander bordje uit het handschoenenkastje. Behendig door het drukke verkeer laverend hield hij het bordje omhoog: MR. OTTAVIO DAZAN stond er.

Andersen knikte. Blijkbaar had die maffe Van der Meer de zaken goed geregeld. Eigenlijk had hij ook niet anders verwacht, want de Nederlander was toch wel een heel speciale in de wielerwereld geweest.

Andersen had, een kleine maand eerder, een keurige brief thuis gekregen. Een hartelijke uitnodiging voor een reünie die zijn weerga niet zou kennen. Van der Meer had beschreven hoe het nu zeven jaar geleden was dat de zeven van de kopgroep van toen de Tour de France aan flarden hadden gereden, en voor hem was dat aanleiding om zijn vluchtmakkers van weleer persoonlijk te ontvangen in Amsterdam.

Andersen had die brief met gemengde gevoelens gelezen. Nog altijd leefde bij de Noor het idee dat hij die Tour had kunnen winnen, maar door zijn nieuwsgierigheid had hij toch direct gereageerd op de uitnodiging: hij zou zeker komen, want hij was eigenlijk wel benieuwd wat die Fransman, die vreemde Belg en die strenge Italiaan tegenwoordig deden.

Andersen was na de betreffende Tour nog drie jaar in het metier gebleven en was zonder tromgeroffel ineens gestopt. Hij had van zijn zorgvuldig gespaarde geld een mooi pand in Hamar gekocht, om de hoek van het befaamde Hotel Astoria, en was er een galerie begonnen met betaalbare kunst voor aan de muur. Hij fietste nog weleens voor zijn plezier, maar na vijf jaar prof in Spanje geweest te zijn, was hem de lust om competitief met wielrennen bezig te zijn geheel ontnomen. Waarom wist hijzelf niet.

Hij was een behoorlijk goede coureur geweest, had soms uitstekende tijdritten gereden, maar iets groots had hij nooit gewonnen. Ja, drie etappes in de Vuelta, waarvan eentje in honds weer in de buurt van Oviedo. Dat was misschien wel de grootste dag in zijn loopbaan geweest, behalve dan die dag in de Tour.

In de Vuelta echter was hij de sterkste en wón hij ook, voornamelijk omdat hij rustig bleef in een zinderende finale toen de drie Spaanse kandidaten voor de eindzege als gekken om de beurt demarreerden. Hij, de rustige, slanke Noor, had het spel van de vedetten aangezien en was twee kilometer onder de top uit volle kracht weggesprongen.

Hij herinnerde zich die dagen in Spanje maar al te goed, want ergens in een van de vele opgeklopte krantenverhalen na die etappewinst was zijn vermeende homoseksualiteit ter sprake gekomen. Andersen had zich er in die dagen niets van aangetrokken. Wel had hij ooit aan de verslaggever van *Marca*, de krant waar het verhaal in te lezen stond, gevraagd hoe hij aan die informatie kwam, maar de man in kwestie had gedaan alsof hij de vraag niet begrepen had en was blozend weggelopen.

Sinds die tijd had de wielerwereld fluisterend over de Noor gesproken: de misschien-wel-nicht in het peloton. Nooit had hij zich tegenover wie dan ook over die zaak uitgelaten. Wel had hij, in zijn laatste seizoen, toen hij een etappe in de Tour de Suisse won, de aanwezigen bij de prijsuitreiking in Davos met een schelle lach toegeroepen: 'Look you guys... I am gonna kiss the girls here...', en hij had de wangen die naar hem werden opgeheven, bedolven onder klinkende zoenen.

De Zwitserse roddelpers was er vol op gedoken, en hij werd wéér van alle kanten met een scheef oog aangekeken. Niemand, ook de renners uit zijn eigen ploeg niet, had hem ooit rechtstreeks gevraagd of hij inderdaad de liefde met mannen bedreef. Het was net alsof juist dát het grootste taboe in deze kleine, bekrompen wereld was, terwijl Andersen van huis meegekregen had dat taboes op het kerkhof thuishoorden.

Zelfs de twee homo's die hij in het wereldje kende, hadden hem nooit iets gevraagd; ze hadden nooit wat voor toenadering dan ook gezocht; ze hadden hem nooit aangeraakt, hadden nooit met hem geflirt of zelfs maar een vaag teken gegeven dat ze 'iets' van hem wilden. Bij zijn afscheid uit de wielersport had een Noorse sensatiekrant het nog eenmaal geprobeerd door hem 'een van de weinige homo's in de topsport' te noemen, maar weer had niemand hem daar persoonlijk iets over gevraagd.

Erik Andersen stapte uit de wagen. Hij was, zo had hij de afgelopen jaren bij zichzelf ontdekt, noch homo, noch hetero. Hij leefde vrijwel zonder lichamelijke liefde. Hij onaneerde heel soms, maar had in zijn hele leven slechts eenmaal met een vrouw geslapen, en hij had zich in een ranzig homocafé in Oslo een keer laten zoenen door een stoere leather-boy uit Duitsland. Die ontmoeting had hij heel bewust gezocht. Hij was uit Hamar weggereden met het spannende gevoel zichzelf te gaan testen, maar toen hij zes uur later in zijn atelier terug was, had hij zich leeg en verdrietig gevoeld. Hij had de sfeer in de bar hitsig en bijna agressief gevonden; hij had zich niet prettig gevoeld en hij had de aanrakingen met de Duitse jongen ondergaan zonder enige vorm van sensatie. Toen de Duitser hem na het zoenen gevraagd had of hij hard geworden was, had Andersen kalm en bijna bescheiden 'nee' gezegd. Hij had niets gevoeld – geen prikkel, geen rilling; het was zelfs niet eng of vreemd geweest. Hij had afgerekend, de Duitser toegeknikt en was de tent uit gelopen. Was this all there was?

Net zoals toen met die vrouw. In Spanje. Hij was net eerstejaars prof en tijdens zijn eerste trainingskamp regelden zijn veteraan-ploeggenoten dames die hem en drie andere 'rookies' in Benidorm de geheimen van de Spaanse liefde zouden bijbrengen. Een van de vrouwen, een beroeps van achter in de dertig, had haar geoefende lichaam tegen dat van Andersen aan gedrukt, en terwijl de andere renners schreeuwden en klapten en de jonge Noor aanmoedigden de vrouw gewelddadig te nemen, had hij haar laten begaan. Later die avond was ze naast hem in bed komen liggen en had hij na lang aandringen zijn best gedaan. Nadat ze hem heel lang opgevreeën had en hij een stevige erectie had gekregen, was ze op hem gaan zitten. Hij had het verweerde, lelijk opgemaakte en vooral lege gezicht van de vrouw boven zich gezien en had haar toegeknikt: zo was het verder wel goed.

'Disculpa,' had hij zacht gezegd en de vrouw had het begrepen. Ze was van hem af gegaan en had twee stappen genomen naar het andere bed in de kamer, waar het volgende slachtoffer, de jonge Russische dekhengst Vladimir Saltov, op zijn beurt lag te wachten.

Andersen had gezien hoe de Rus zijn gezwollen geslacht met kracht in de mond van de vrouw had gepropt en hoe hij schreeuwend, lachend en op het laatst gillend het hoofd van de vrouw tussen zijn twee handen met kracht op en neer tegen zijn kruis had geduwd.

Andersen had zich omgedraaid en de onsmakelijke geluiden nog lang aangehoord. Schreeuwend had de Rus zijn zaad over de vrouw heen gespoten, terwijl hij in een vreemde tongval 'Puta, puta' had geroepen. In de deuropening hadden drie veteranen, onder wie Jesus Antonio Gomez, een van de beste

Spaanse klimmers ooit, staan toekijken; allen met hun hard geworden lid in de hand. Andersen wist dat hij toegetreden was tot de gelederen van echte mannen. Hij was professioneel wielrenner in een Spaanse ploeg, en dat zou hij weten ook.

De taxi stopte voor het hotel. 'Hier moet u zijn,' zei de chauffeur. De Noor zei 'Tag' en stapte uit.

Sainte-Foy Tarentaise

Van der Meer zag op zijn horloge dat het bijna kwart over twaalf was. Ze reden nu drie uur aan kop en al die tijd had niemand van de wedstrijdleiding zich in de buurt van de koplopers serieus laten zien. Hij keek om en zag een tiental auto's achter zich. Aan de zijkant van de weg reden nog een stuk of acht *motards*, en dat was precies de escorte van deze kopgroep.

Van der Meer stak zijn hand op, niet voor zijn eigen ploegleiderswagen, maar omdat hij de Tour-directiewagen naar voren wilde hebben. De Fiat schoof langzaam naast hem en directeur Jean Duprez stak zijn hoofd uit het raampje. Van der Meer knikte en hoorde dat de directeur via de radio opgeroepen werd.

'Un instant,' riep Duprez, oud-profrenner, en zeker de kwaadste niet in zijn omgeving.

Na enig beraad binnen in de auto stak de Fransoos zijn hoofd weer naar buiten en wenkte Van der Meer.

'Vraag even of Dazan ook mee wil luisteren,' riep de man uit de auto. De Italiaan begreep Van der Meers oproep direct en liet zich afzakken tot naast de Nederlander. De twee meest geroutineerde renners van deze kopgroep keken de koersdirecteur aan en wachtten af wat hij zou zeggen.

Duprez zocht even naar woorden en vroeg toen of dit nog steeds een serieuze onderneming was.

'Pourquoi ça?' riep Dazan terug, en de man in de auto haalde zijn schouders op: zomaar.

Van der Meer pakte met zijn rechterhand de portierstijl van de wagen vast en keek schuin naar beneden in de auto: 'Combien de minutes?' vroeg hij, en Duprez antwoordde direct: 'Vingt-sept minutes maintenant.'

'Bon... bien,' zei Van der Meer en keek hem aan. Hij kende Duprez als een man van stavast; hij was twee decennia geleden zelf een goede Ronde-renner geweest, hij kende de taal van het peloton en hij had een goede naam bij de renners. Het kwam Van der Meer echter voor dat Duprez nu iets niet wilde of durfde zeggen. Hij liet de wagen weer los, gaf twee stevige trappen en stuurde naar de andere kant van de weg, waar de andere vijf in slagorde reden. Dazan nam de plaats van Van der Meer in en boog zich bijna tot in de auto. Van der Meer zag dat de twee spraken en na ongeveer een minuut liet de Italiaan los, stuurde naar links uit en kwam direct naast Van der Meer rijden.

'Wat zei ie?'

Dazan spoog een kwat met de wind mee de berm in en haalde snel zijn schouders op: 'Hij vroeg me of dit serieus bedoeld was... Hij zei dat het klassement gemaakt was als we zo door zouden rijden, dat de laatste anderhalve week van de Tour dan helemaal nergens meer om zou gaan en dat wij dan de nummers 1 tot en met 7 zouden blijven.'

Van der Meer wenkte weer naar de wagen van de koersdirecteur en boog nu zelf zijn hoofd in de richting van Duprez: 'Het ligt niet aan ons. Als ze hier achter niet gaan rijden, mag je ons dat niet kwalijk nemen.'

Vanuit de radio klonk een krakende stem en Van der Meer schrok: de voorsprong van de zeven man aan de leiding was nu opgelopen tot negenentwintig minuten en veertig seconden op de eerste groep achtervolgers. Het peloton was in vijf brokken uiteengevallen; de laatste renners, in een bus van zevenentwintig man, reden op meer dan drie kwartier. Weer keek Van der Meer op zijn horloge; het was halfeen en de klim richting Val-d'Isère begon langzaam.

'Qu'est-ce que tu veux?' vroeg hij aan Duprez, die weer iets in zijn microfoon zat te roepen.

De koersdirecteur wachtte even en zei toen: 'Ik kan en mag het sportieve verloop van deze wedstrijd niet veranderen, maar als jullie twijfelen of doorgaan met deze groep wel juist is, dan stel ik voor...'

Precies op dat moment blèrde een stem uit de Tour-radio: 'Chute, chute... attention,' en Van der Meer verloor even contact met de wagen naast hem omdat de chauffeur licht gas gaf.

Vijf trappen later bukte hij zich weer. 'Ralentir... pourquoi?' riep hij met stemverheffing.

Duprez maakte een veelzeggende beweging met zijn handen: het was maar een voorstel, gewoon een ideetje in de voormiddag.

Kupfernagel, die voortdurend op bijna gehoorafstand voor Van der Meer had gereden, liet zich terugzakken en vroeg wat er gaande was. Van der Meer zei: 'Niets, niets bijzonders... Ik wilde weten hoeveel we precies voor hadden,' en zweeg vervolgens. De Duitser keek hem wantrouwend aan: hij geloofde het niet, dat stond op zijn gezicht geschreven.

Ook White kwam nu even naast Van der Meer rijden: 'What's up, Dutch?' vroeg hij, en weer was het antwoord: 'Niets.'

De Amerikaan stak vervolgens zijn hand omhoog en vroeg om de wagen van de directie.

Van der Meer zag van korte afstand het gesprek van White met Duprez aan. Hij kon niet precies horen wat er gezegd werd, maar hij begreep dat ook aan White gevraagd werd of hij serieus met deze poging door wilde gaan of dat hij twijfelde. De Amerikaan liet de wagen los, zette flink aan en reed in enen naar de koppositie, waar hij van Dutronc overnam. Shit, dacht Van der Meer, precies de verkeerde man om een afspraak mee te maken.

Even later wenkte hij Dazan en nadat de Italiaan eerst een bidon weggegooid had, hadden de twee in vier volzinnen de toekomst van deze Tour de France bepaald.

Dazan had gezegd: 'Ze willen dus dat we het verschil kleiner laten worden...'

Van der Meer had geknikt: 'Om de Tour nog enigszins spannend te houden voor de komende anderhalve week.'

Dazan had flauw geglimlacht: 'Wij kunnen dus nu de Tour maken of breken... Zo begrijp ik het toch goed, nietwaar?'

Van der Meer had beaamd: 'Dat begrijp je goed. Als we doorrijden, is het klassement gemaakt en zal de interesse bij het publiek sterk afnemen en zakken de kijkcijfers... Daar gaat het nu om. Mijn antwoord nu is: val dood, ik rij door, en als ze vanachteren iets willen ondernemen, mij best. Vergeet niet dat die klootzakken achteraan al een dik uur hebben zitten slapen.'

Ook Van Geneugden had zich vervolgens bij Van der Meer gemeld. De Belg was boerenslim en had het spel met Duprez in de auto direct begrepen. 'Bieden ze wat?' had hij gevraagd, en Van der Meer had geknikt: 'Dubbele dagprijzen voor ons allemaal als we de voorsprong aan de meet tot een kwartier laten teruglopen.'

Van Geneugden had zijn neus opgehaald: 'Dubbel... dat is dan gelijk een fooi van een Hollander en niet meer.'

'Voilà,' had Van der Meer gezegd en hij had het naambordje LA DAILLE rechts van de weg gezien. Hij kende deze klim. Nu begon het steilere werk. Nu begon de etappe pas echt.

Bij het binnenrijden van Val-d'Isère reed Van der Meer op kop. De zomertoeristen stonden met fototoestellen klaar om de passage van hun helden vast te leggen. Van der Meer hoorde uitroepen uit het publiek: 'Wie zijn dit?' en: 'Qui sont-ils, ces gens?' Hij moest ineens aan de film *Butch Cassidy and the*

Sundance Kid denken, waar de formidabele one-liner 'Who are those guys' een aantal maal wordt uitgesproken door Redford en Newman als ze hun achtervolgers beloeren. Hier lag het wel iets anders, maar het was begrijpelijk dat het publiek in dit wintersportoord had staan wachten op de klimmers van naam. Men had de Franse geletruidrager verwacht, en natuurlijk aanvallers als Gomez, Di Lello, Pasquale of de Zwitser Kneubauler; mannen die zich opperbest voelden op deze wegen. Nu zag het publiek zeven renners langskomen, zeven verschillende shirts, zeven nationaliteiten, zeven man die men in ieder geval niet in de voorhoede verwachtte.

Heel even was de weg redelijk vlak en gingen de zeven rechtop zitten. Allen pakten een bidon en gedurende twintig seconden deed niemand een trap. Drinkend passeerden ze de toeschouwers.

De ploegleider van Kupfernagel kwam naast de kopgroep rijden. Van der Meer herkende de man aan het stuur. Het was Heinz Schulz, ooit een vermaard baanrenner, winnaar van vele zesdaagsen en in het metier gevreesd vanwege zijn kracht in dernykoersen. Bovendien was hij een geoefend pakker geweest en kwam daar makkelijk voor uit. De Duitser riep met zware stem de voorsprong van de kopgroep: zesendertig minuten.

De zeven draaiden een bocht door. Nog zeker tweehonderd meter vlakke weg, dan begon de klim. Van der Meer pakte zijn etappekaartje uit zijn linkerachterzak en keek hoe de beklimming liep. Val-d'Isère, las hij, hoeveel kilometer hadden ze nu gereden? Hij keek naar de gedrukte cijfertjes: 119 kilometer. 'Honderdennegentien,' zei hij voor zich uit. Hij begon te rekenen en te delen. 'Door zeven,' zei hij. Er kwam een lach op zijn gezicht: 'Zevenmaal zeventien... Prachtig... kan niet beter.'

Kupfernagel reed naar de kop en schakelde na tien meter klimmen iets terug.

'Niet doen,' riep Dazan direct, en de Duitser luisterde. Hij zette weer een tandje bij en liet het kopwerk over aan de Italiaan. Dansend verliet het zevental het stadje. De klim naar de top van de Iseran zou ongeveer veertig minuten in beslag nemen.

Kupfernagel schakelde nog een keer en vloekte luid; nog steeds had hij zijn cadans niet gevonden. Hij moest het wiel van Dazan laten gaan en zakte vrij snel tot de zesde positie. Van der Meer bezag de Duitser: die zou het niet lang meer maken. Zweet droop hem van het hoofd. Nu al.

Amsterdam

Er waren momenten dat Horst Kupfernagel wist dat hij van zijn leven een warboel had gemaakt. Dit was er zo een. Hij leunde op zijn bagagewagentje en had het benauwd. Hij was die ochtend om zeven uur opgestaan en had in volle galop van alles moeten regelen, voor hij, om drie uur, als laatste het vliegtuig binnenliep dat hem naar Amsterdam zou brengen.

Hij woonde in Berlijn en zijn penthouse leek die ochtend meer op een slagveld dan op de gelikte ruimte die hij drie maanden eerder betrokken had toen zijn derde huwelijk stukgelopen was.

Driemaal was ook voor hem scheepsrecht geweest en hij had zichzelf voorgehouden dat het huwelijk een gepasseerd station was; al die onzin, die papieren troep, en vooral: die verplichtingen.

Hij woonde nu als een goed gekleed zwijn, ruimde weinig op, struikelde over kranten, tijdschriften, kledingstukken en lege pizzadozen. Eén maand had hij een werkster gehad, maar nadat hij het twintigjarige meisje op een mistige middag gegrepen had in de kleine keuken en haar verward en met gescheurde kleren had laten gaan, had hij het appartement nooit meer goed schoongemaakt. Hij had zichzelf nauwelijks nog onder controle en moest een aantal maal per dag rode, driehoekige pilletjes innemen om zich een beetje lekker te voelen. Het afkicken van de voormalige wielrenner had dramatische vormen aangenomen. Hij pakte dan weliswaar geen zwaardere middelen meer, maar driemaal per dag een amfetamientje deed zijn verdorven werk toch ook.

Kupfernagel had in de ochtenduren geprobeerd zijn advocaat te bellen. Hij had zijn tweede vrouw Brigitte huilend aan de telefoon gekregen en had moeten ervaren dat van een van zijn spaarrekeningen vrijwel niets meer over was. Om toch nog wat geld bij zich te hebben, was hij naar zijn bank gereden en had de directeur ervan weten te overtuigen dat deze binnen drie weken een aanzuivering van zijn rekening kon verwachten.

Kupfernagel had een flink bedrag op een kleine bank in Genève staan en eens in de zes maanden reisde hij naar Zwitserland. Dan haalde hij steevast 50 000 Zwitserse francs van zijn rekening en kocht hij bij een apotheker om de hoek bij de bank wat spullen die in Duitsland alleen maar in het grijze circuit verkrijgbaar waren.

Aan het eind van de ochtend had hij contact gehad met zijn advocaat. Er was nog een juridisch steekspel gaande rond het uitkopen van zijn derde vrouw, en Kupfernagel wist dat hij ook de financiën met zijn tweede echtgenote nog niet helemaal op orde had. Maandelijks moest hij nu 9000 Duitse marken aan alimentatie overmaken en de bodem van zijn legale spaarpot kwam toch langzaam in zicht.

Niet dat hij zich direct zorgen hoefde te maken, want Zwitserland garandeerde nog voor zeker zes jaar een redelijk comfortabel bestaan, maar toch leefde hij de laatste tijd alsof de duivel hem op de hielen zat.

Hij had geen vast werk, trad wel een aantal maal per maand op als wieleranalist bij de ARD en had door die positie weer een vrij grote populariteit bij het sportpubliek in Duitsland gekregen. Overal waar hij kwam, wist men dat hij de bijna overslaanbare Kupfernagel was, de man die fietsminnend Duitsland in anderhalve week in die beroemde Tour de France had platgereden.

Ja, hij was een held geweest en had op een bijna schandalige manier van zijn populariteit genoten. Hij had geld als water verdiend, had datzelfde geld er snel doorheen gejaagd en had later, door de omstandigheden gedreven, nog twee jaar een topsalaris verdiend bij een Zwitserse ploeg. Dat laatste geld had hij rustig op de bank laten zetten, en van die inkomsten kon hij, zoals hij zei, 'zijn dagelijkse Sekt' drinken.

Want meneer hield van luxe. Auto's? Ja, altijd een stuk of twee, drie, waaronder een bakbeest van een Mercedes. Vrouwen? Altijd een stuk of drie. Eén echtgenote, en vele vriendinnen. Opvallende types: zangeressen, een presentatrice van een grote spelshow bij RTL, een Poolse beeldhouwster, een rechter uit Hamburg, en de vrouw van de hoofdsponsor van zijn ploeg.

Die laatste verhouding had hem befaamd gemaakt bij het Duitse publiek. Het verhaal over zijn affaire met de mooie, intelligente vrouw had hij, zonder het haar te vertellen, verkocht aan *Bild.* Zelfs zijn ploeggenoten hadden versteld gestaan van die ploertigheid, maar de tijd bleek ook die wonden te helen. Hij was weer een Bekende Duitser geworden en genoot van die status.

Al hun seksuele uitspattingen waren in detail in de roddelkrant verschenen, met foto's erbij. De vrouw, dochter van een beroemde CDU-minister en een geliefd society-type in Frankfurt, waar haar man veel aanzien genoot als directeur van het machtige telecombedrijf, was de renner tegengekomen op een receptie na de Tour de France. Ze had de sterke, blonde man toegeknikt en had een wellustig gevoel in haar onderlijf gekregen.

Vier dagen later had hij haar bijna bruut in een hotel in Mainz genomen, en vanaf dat moment wilde ze alleen nog maar in de armen liggen van dat oersterke mens uit Erfurt. Ze bedroog haar man met verve, bedacht de meest fantastische listen om niet aan het sociale circuit van haar echtgenoot te hoeven deelnemen en reisde vermomd van hotelkamer naar hotelkamer in Europa. Ieder bed was goed, zolang hij zijn gespierde lijf maar tegen dat van haar aan legde.

Kupfernagel had zijn eerste vrouw drie weken na thuiskomst uit de Tour de deur gewezen toen zij hem vertelde dat ze tijdens zijn afwezigheid tot het inzicht was gekomen dat leven met hem toch niet alles was. Pas jaren later had hij begrepen dat de bedrieger in dit geval ook de bedrogene was, want via via had hij vernomen dat zijn ploeggenoot Hartwig Schwarz, een jongen die al in de derde etappe van de Tour had opgegeven en snel naar Duitsland was teruggereisd, zijn plaats in bed had overgenomen.

Kupfernagel had de relatie met de vrouw van zijn sponsor een halfjaar interessant gevonden. Zij betaalde alles, hij zorgde dat zij zich kon laven aan zijn oersterke lichaam, maar op een avond in januari had hij besloten dat hij dit spel nu ook wel kende; het begon hem te vervelen.

Hij had haar op een mooie avond in Berlijn in de suite van het Hilton overgehaald foto's te laten nemen van hun liefdeswerk, en zij, blind van de lichamelijke genoegens die ze iedere keer weer ontving, had toegestemd.

Een van die foto's, waarop zij bloot op de flanken van de bekende sportman zit en lachend de camera in kijkt, was in april in de roddelpers verschenen. Kupfernagel had per direct zijn biezen kunnen pakken bij zijn ploeg, en ook de vrouw van de sponsor was het huis uit gestuurd. Een dag later had Kupfernagel in Zwitserland bij een nieuwe sponsor getekend. Pas een paar maanden geleden had hij weer een teken van leven van de vrouw ontvangen. Ze werkte in Australië, in alle anonimiteit, in een kinderziekenhuis. Haar leven was kapotgemaakt en ze zou zich nooit meer in Duitsland laten zien.

Kupfernagel had na die affaire een flinke tik gekregen. De meeste van zijn vrienden hadden zich van hem afgewend, zijn manager had hem voorgehouden dat hij misschien beter even buiten Duitsland kon gaan wonen, maar dat had hij niet gedaan. 'Tijd heelt alles, ook roddel en plotselinge impopulariteit,' had hij gezegd, en dat was een feit gebleken.

Nadat hij een klein jaartje uit het Duitse nieuws was gebleven, was hij toch weer opgekrabbeld en had hij, na zijn spectaculaire zege in de wereldbekerwedstrijd van Hamburg, in zijn afscheidsseizoen weer als vanouds een grote bek kunnen opzetten.

Hij was terug aan de top. De Duitse televisieprogramma's dongen weer naar zijn gunsten. Hij werd weer overspoeld met sponsoraanbiedingen en dus had hij hardop gelachen: zelfs het ergste onkruid verging niet.

Hoewel?

Hij had op weg naar het vliegveld nog driemaal gebeld op zijn mobiele telefoon en alle gesprekken hadden te maken gehad met zijn ontsporingen uit het verleden. Iedere dag weer kwamen er rekeningen of moest zijn advocaat iets van hem weten. Hij was nu zevenendertig jaar oud, maar de sleet zat er goed op. Hij had vaak hoofdpijn en hij was snel moe. Hij leefde nog steeds in *the fast lane*, hij feestte en liep mee in het party-circuit van Berlijn, maar gelukkig was hij bepaald niet.

Nu was hij op weg naar Amsterdam.

Zwetend op zijn voorhoofd had hij zijn koffer afgegeven. De jonge vrouw van Lufthansa had hem herkend en had vriendelijk gelachen: 'Guten Tag, Herr Kupfernagel. Ferien in Amsterdam?' had ze speels gelachen.

Hij had zijn flirthoofd opgezet en geknikt. 'Reisen Sie mit?' had hij botweg gevraagd, en hij had een heel korte aarzeling bij de vrouw gezien.

Nog steeds dus.

Hij herinnerde zich de woorden van een van zijn ploeggenoten van vroeger, die jonge Deen Ole Christiaansen, die tijdens een ploegpresentatie eens tegen hem gezegd had dat zijn lul zijn grootste tegenstander in zijn leven was. Daarin had die mafkees van een Ole wel gelijk gehad, bedacht hij zich, terwijl hij de contouren van de borsten in de blouse van de vrouw tegenover hem bestudeerde. Lekker mens, dacht hij.

Lachend was hij van de balie weggestapt met zijn instapkaart in de hand.

De jonge vrouw had zijn nog steeds imponerende fysiek goed bekeken. Ze herinnerde zich die verhalen uit *Bild* en kon zich er wel iets bij voorstellen. Vierkante schouders, goede kop, strakke bilpartij, slank, goed gekleed.

Col de l'Iseran

Na tien kilometer klimmen had Horst Kupfernagel de anderen laten gaan. Voortdurend schakelend was hij er niet in geslaagd een behoorlijke cadans te vinden en in een linkerbocht had hij het wiel van White losgelaten en snel twee tandjes teruggeschakeld. Ineens was de druk van zijn spieren en reed hij met een toeristenversnellinkje solo over de weg; de andere zes lagen meteen zestig meter voor hem. Van der Meer had de Duitser horen vloeken en hem terug zien zakken in de groep. 'Hopeloos,' had hij geconstateerd en hij had niet meer achteromgekeken. Die mof was nu tot ballast geworden en iedere tegenstander die wegviel was er één. Oprotten dus...

De klim verliep rustig. Dutronc was inderdaad de sterkste; White had de laatste minuten wat moeite en dronk veel; Dazan was kalm; die Noor trapte voortdurend één tandje lichter dan de anderen; en Van Geneugden zei niets, maar ademde vrij zwaar. Van der Meer kon dit tempo aan. Hij hoefde zich niet te forceren en zag op zijn hartslagmeter dat hij nog wel iets aan reserve had; dat verbaasde hem. Hij klom nu naar drie kilometer hoogte. Deze col stond in de boeken als 'Hors catégorie', maar zelden had hij zich zo zeker van zijn zaak gevoeld. Hij speelde met deze versnelling, maar hij hield wel Dutronc in het oog, omdat hij wist dat iedere tempoversnelling van de Fransoos hem zou kunnen opbreken.

Achter zich hoorde hij het geluid van een snel naderende auto. Van der Meer keek om. Het was de ploegleidersauto van Kupfernagel en Van der Meer zag dat Schulz hem wenkte. De anderen trapten door, terwijl Van der Meer zich rustig naar de rechterkant van de weg liet zakken, zodat de auto tussen hem en de anderen in kwam te rijden. Eenmaal naast ploegleider Schulz keek Van der Meer hem in het strenge gezicht.

'Kannst du ihn zurückhohlen?' vroeg Schulz snel, scherp en schaamteloos, en hij maakte met zijn hoofd een beweging naar achter. Van der Meer begreep het. Hij keek één bocht beneden zich en zag dat de Duitser nu op bijna tweehonderd meter achterstand reed. Van der Meer knikte, en Schulz stak zijn duim snel omhoog. Van der Meer liet zich langzaam uitzakken... tien, twintig, dertig meter. Hij vroeg zich af waarom die Duitsers nu al wilden proberen Kupfernagel in de kopgroep te houden. Er volgden nog twee cols... Als je hier al niet goed was... Of dachten ze verder? Hadden ze zitten berekenen dat hij de beste tijdrijder van allemaal was en dat hij op de vrijdag vóór Parijs alle schade zou kunnen wegwissen? Ineens hield Van der Meer in. Hij liet drie of vier trappen lopen, slingerde even van rechts naar links over de weg en vloekte. Hij had 'ja' gezegd tegen een schijnbaar eenvoudig plannetje van de Duitse ploegleiding, de klootzakken. Als hij Kupfernagel nu rustig ophaalde en op respectabele achterstand over de top zou voeren... 'Godverdomme,' zei hij tegen zichzelf: 'Ik kan hier rijk mee worden.'

White was nu de laatste man van het groepje. De Amerikaan had even verstoord omgekeken toen Van der Meer naast de wagen van de Duitse ploeg reed, maar Van der Meer dacht niet dat de rookie dit spel al zou snappen.

Drie wagens passeerden traag en uit die auto's zag Van der

Meer slechts vragende gezichten. Was deze klim te veel voor hem? Hij hoorde getoeter achter zich en zag dat zijn eigen wagen naast hem kwam rijden.

'Wat is er?' vroeg Schuurmans, en Van der Meer keek om: 'Even een slecht moment, komt wel goed,' zei hij en hij kwatte naar rechts in de berm: 'Hebben jullie wat zoetigheid?'

Twee minuten later hoorde hij het zware gesnuif van Kupfernagel aankomen. De Duitser had natuurlijk te horen gekregen dat hij zich op de Hollander moest concentreren en had een tandje bijgeschakeld. Deze actie mocht niet al te opvallend gebeuren. Van der Meer liet hem begaan. Voor de vorm moest hij nu even in het spoor van Kupfernagel kruipen. De twee reden met de twee ploegleiderswagens achter zich. De andere auto's waren doorgereden en bevonden zich twee terrasjes hoger op de col. Kupfernagel keek om en zei zacht: 'Danke,' en Van der Meer knikte terug. De renner wist er dus van. Hij pakte over en versnelde licht, zodat de Duitser met enige moeite kon volgen.

Vijf bochten later zag Van der Meer White voor zich rijden. Hij schatte de afstand op misschien honderdvijftig meter en hij wist dat hij nu goede zaken zat te doen. De Amerikaan was een prachtig mikpunt, en uitermate bruikbaar voor de laatste kilometers van de klim.

Op drie kilometer onder de top reden ze met z'n drietjes, terwijl de anderen drie bochten hoger waren. Van Geneugden loste en werd een kilometer later meegenomen in de groep van Van der Meer, waar White nu op kop reed. Van der Meer had hem toegeroepen: 'Come on rookie, show me some,' en de eerzuchtige Amerikaan had aangezet en had, zonder het te weten, de volgende beslissing van de etappe ingeluid.

Op de top van de Iseran was de voorsprong van de sprintende Dutronc niet meer dan vijftien seconden op Andersen, twintig seconden op Dazan en zevenendertig seconden op het snel terugkerende kwartet.

'Zo mag ik het horen, zevenendertig seconden,' zei Van der

Meer tegen zichzelf terwijl hij zijn shirt recht trok, nadat hij een krant van een toeschouwer had aangenomen en die eronder had geschoven. Renners in vorm voelen de kou in de afdalingen minder dan zij die lijden, had hij ooit van een oude Spaanse soigneur geleerd, en dat was ook zo. Hij zette zijn helm goed, dronk snel twee slokken thee uit zijn bidon en viel de afdaling in: dit gat was makkelijk dicht te rijden.

Van der Meer bedacht zich dat hij de laatste twintig minuten waarschijnlijk goed verdiend had. Maar hoeveel, vroeg hij zich af. Tienduizend mark? Zou kunnen. Kupfernagel kon dalen als de beste, dus hoefde hij nu niet meer op de Duitser te letten. Eenmaal beneden zou hij wel weer kijken. Een renner die op de tweede col van de dag al lost, is over het algemeen gezien en de twee zwaarste beklimmingen moesten nog komen. Hoe kon die spierbonk in godsnaam dan tegen die cols omhoog? Had hij een *truc spécial* in huis? En welke tactiek speelde de Duitse ploegleider? Van der Meer vroeg zich af of hij zich had laten flikken. En wat moest ie dan? De Duitser ergens op het kantje zetten en flink remmen? Van der Meer keek eens om en zag de Duitser in het gezicht. Hij zag er nog goed uit; de zweetpartijen van tijdens de klim waren weg. Hij zat te eten en knipoogde naar de Hollander. Van der Meer wist niet of hij goed gedaan had met zijn actie van daarstraks. Hij voelde zich even onzeker, kreeg een koude rilling over zijn rug en moest ineens plassen.

Hij herkende dit gevoel van de finale van het wereldkampioenschap in Spanje, zes jaar geleden. Met nog twee kilometer te rijden kwam hij toen ineens met drie Italianen en twee Fransen op kop te rijden. Even had hij het sensationele gevoel dat hij kon gaan winnen, maar de Italianen demarreerden de volgende vierhonderd meter achter elkaar van hem weg. Hij reed eenmaal het gat dicht en kreeg toen ook die sensatie: een koude rilling over het hele lijf en vooral die plasneiging. Later had hij dat gevoel verklaard als reactie op angst. Hij had in zijn broek geplast en was keurig vierde geworden. Met een natte broek, dat wel. En hij had niet naar de controle gehoeven.

De weg liep schuin naar rechts, er kwam een blinde bocht aan en Van der Meer stuurde er met zeker zeventig kilometer per uur in. Dit kon hij, vreemd genoeg, want wat moest zo'n jongen van het vlakke land nou in de bergen?

Vanaf zijn eerste serieuze beklimming ooit, in de Ronde van Joegoslavië bij de amateurs – nu toch al zeven jaar geleden – had hij klimmen niet vervelend gevonden. Dalen was wat anders. Hij kon het wel, maar zijn aangeboren luiheid en zijn overdreven relativeringsvermogen hadden hem tot een nadenkende daler gemaakt. Met moeite hield hij de bocht. Achter zich hoorde hij: 'Jesus Christ... Fuck you, Dutch!'

Zonder te kijken begreep hij de boodschap. De jonge Amerikaan had geen ervaring in het echte hooggebergte en vertrouwde meer op zijn medevluchters dan op zijn eigen stuurkunst. De anderen sneden echter de bochten beter en gedurfder aan en White had de vorige, lelijk draaiende bocht maar net weten te houden. Van der Meer herinnerde zich zijn eerste jaar in de Giro. Toen hij als een gek achter de Italiaan Ivan Strenco aan was gegaan in de afzink van de Stelvio. Na vijf bochten had hij vol in zijn remmen moeten knijpen en de Italiaan de hel in gewenst. Iedere keer zette de grote, zwaarbehaarde meester-daler de jonge Hollander in het grind met buitengewoon mooi uitzicht op het ravijn; met veel durf had Van der Meer driemaal de bocht maar net weten te houden.

De volgende bocht sneed hij nogmaals vol aan en achter zich hoorde hij de Amerikaan weer tieren. Tien minuten later waren ze bij Dazan aangeland. De Italiaan zat schijnbaar op zijn gemak te eten, iets waar Van der Meer eigenlijk om moest lachen. De Tour de France stond op ontploffen, de zeven koplopers gierden de Iseran af, en de veteraan zat met één hand aan het stuur een broodje te eten.

Terwijl het vijftal het bergdorpje Bonneval-sur-Arc binnen sjeesde, zag Van der Meer in de verte de shirts van Andersen en Dutronc. Hij maakte een knikkende beweging naar voren. De Italiaan knikte terug, pakte een bidon en nam een flinke slok. Het was iets voor tweeën en de koplopers hadden meer dan twintig minuten voorsprong op het snelste schema.

'Enig idee hoeveel we voor hebben?' vroeg Dazan toen Van der Meer hem passeerde.

Amsterdam

Ottavio Dazan had 's middags op vliegveld Linate zijn vlucht gemist. Niet dat het heel erg was, of opvallend in het leven van de Italiaan, want hij was geen man van de klok. Matig tijdrijder ook, hoewel hij eenmaal de Baracchi gewonnen had, maar dat was samen met de fenomenale tijdrijder Jean-Marie Leclerc. Beiden hadden de dopingarts voor zeker drie minuten buiten de cabine moeten dwingen om hun meegesmokkelde schone urine over te gieten in een potje dat klaarstond.

Dazan was niet heel erg te laat op het vliegveld geweest, een halfuurtje maar. Hij had er een beetje op gerekend dat het toestel naar Amsterdam te laat zou vertrekken; dat gebeurde immers iedere dag. De gemakzucht waarmee hijzelf leefde, verwachtte hij ook bij anderen. Hij was niet bepaald lui, hij werkte hard en had een zeer goed lopende fietszaak in Como, maar zijn manier van leven had iets nonchalants.

De Neus had na zijn loopbaan voor relatief weinig geld een rijwielzaak gekocht, had op zijn goede naam en populariteit de grote Italiaanse fietsenbouwers meegekregen en had in korte tijd een klein imperium opgebouwd met filialen in heel Italië. Zijn grote hobby was het kopen en onderhouden van oude sportwagens, maar nu, na vijf jaar, bleek dat werk en hobby niet goed samengingen. Hij had voortdurend meer uitgaven dan inkomsten. Het feit dat hij nu zeventien sportwagens in een speciaal daarvoor aangeschafte boerderij had staan, was daar niet vreemd aan, maar Dazan zag niet in dat deze dure hobby hem langzaam maar wel heel zeker naar een faillissement zou leiden.

Afgelopen april had hij nog een behoorlijke korting op zijn belastingschulden kunnen bewerkstelligen. Hij had dat slim gedaan. Hij had een heel hoge ambtenaar van Financiën uitgenodigd voor een fietstochtje rond het meer en was na een autoritje in een van zijn oude, glimmende Lamborghini's heel erg goed met hem gaan eten. De fiets waar de fiscale tovermeester op gereden had, stond na het etentje keurig ingepakt klaar als herinnering aan een bijzonder leuke dag. De naam 'Ottavio Dazan' stond op het frame geschilderd, met eronder: 'aangeboden aan Ricardo Difillipis, een wielervriend'. Dazan had zijn opgelegde boetes van drie jaar alsmede zijn vooruitbetalingen voor de komende jaren niet hoeven voldoen; het had hem miljarden lires gescheeld.

Hij herinnerde zich de ambtenaar – overigens een aardige, vlotte vent – die in het restaurant voortdurend naar die ene etappe uit de Tour had gevraagd. Hoe het in de finale was toegegaan en hoe die Noor toch verloren had, en wat nou eigenlijk de rol van die Hollander Van der Meer was geweest. Dazan had gezegd dat die Tulipano gewoon heel slim had gehandeld. Misschien wel een tikje gemeen, maar wat heette gemeen in dit geval?

Dazan had zelf ook weleens goed kunnen onderhandelen in koersen en hij had zijn met rode oortjes luisterende disgenoot een geheimpje verteld. Hij had de niet-sprinter Davide da Costa nog weleens aan een felbegeerde zege in de Giro geholpen en niemand had hem toen voor de voeten geworpen dat hij gemeen was geweest. Hij had een slim spelletje gespeeld. Hij had een onwillige Zwitserse renner bruut in de hekken gereden – zonder ernstige gevolgen overigens, en uiteraard buiten beeld van de alom aanwezige tv – en hij had in de laatste zeventig meter toevallig naar de verkeerde kant opzij zitten kijken... Nou en? Dat kon toch? Dat was toch wielrennen!

Dazan had met moeite een plaatsje in het laatste avondtoestel naar Amsterdam gekregen. Hij had zich aan boord van de KLM een witte wijn laten inschenken en was eventjes weggedommeld. Hij was de laatste tijd veel te vaak moe. Die ochtend nog had hij dat tegen zijn vriendin gezegd, als excuus voor het feit dat hij de vorige avond in zijn Milanese hotel zodra hij het kussen had geroken in een bodemloze slaap was gevallen.

In Amsterdam had Dazan zijn mooie leren reistas van de transportband af gehaald en was hij langs de douane gelopen. Hij had nog net gehoord dat een van de douaniers zijn naam had genoemd tegen een jongere collega en trots dat hij zelfs hier, in Nederland, herkend werd, was hij de aankomsthal binnengestapt. Daar zag hij een man staan die een bordje omhooghield met zijn naam erop.

Dazan had zich aan de man bekendgemaakt. Of hij maar wilde volgen naar de klaarstaande wagen en een halfuur later had hij tegen de vrouw achter de receptiebalie gezegd dat hij gast was van signor Van der Meer. Hij was met alle egards ontvangen, men had zijn bagage opgepakt en de manager-van-dienst had hem gevraagd of hij zich met enige spoed kon klaarmaken voor het ontvangstdiner, dat al een halfuur geleden begonnen was.

Dazan was naar zijn kamer gelopen, had een snelle douche genomen en had met zorg zijn kleding gekozen: een camel jasje op een donkergrijze broek en een lichtblauw hemd met een mooie Zegna-das. Zou dat goed zijn voor het gezelschap dat hem nu verwachtte?

Het was even voor halfelf toen hij het restaurant betrad. DORRIUS, las hij op de deur. Even moesten zijn ogen aan het licht wennen. Toen zag hij, rechtsachter in de hoek, zes mannen rond een grote tafel zitten. Dazan hield even in en monsterde de zes. Hij herkende ze nog allemaal, hoewel hij twijfelde wie nu de Noor en wie de Amerikaan was.

Van der Meer zag hem het eerst en toen hij 'Ecco... il Naso!' riep, had iedereen aan tafel zich naar hem omgedraaid en was er een spontaan applaus losgebarsten.

Van der Meer was op hem afgelopen en de twee hadden elkaar een moment diep in de ogen gekeken. Van der Meer had zijn armen om Dazans schouders geslagen en de twee hadden een mooie *hug* gemaakt, wat Dazan vervolgens met de andere vijf ook deed. Hallo, oui, ça va, how are you doing, si, va bene, grazie. Kupfernagel had hem een dikke kus op de wang gegeven, tot schrik van Dazan.

Zo stonden de zeven man naast hun stoelen. Van Geneugden greep een glas. Alle anderen deden dat ook en een toegesnelde ober gaf Dazan een glas met champagne in de hand.

'Nu zijn we compleet,' riep Van der Meer. 'Nu eindelijk kunnen we elkaar toedrinken... Welkom in Amsterdam, welkom bij deze reünie... Welkom in ons nieuwe leven, en dat alles jullie smaken mag.'

De zeven mannen hadden het glas geheven en Dazan was op de vrije stoel gaan zitten. Rechts van hem zat Dutronc, aan de andere kant Van der Meer.

Notre-Dame-des-Graces

De zeven man waren weer samengekomen en Van der Meer had moeten lachen om het gezicht van Dutronc, die met verbazing bekeek hoe Kupfernagel meteen aan de leiding ging rijden. De weg was redelijk vlak, er stond een lekker verkoelend windje uit het oosten, en de zeven reden in een vallei waar alles om hen heen groen was.

Van der Meer had zich iets terug laten zakken en loerde achterom. Hij schatte dat daar nu een twintigtal auto's in colonne reed. Vlak bij hen volgde al zeker twee uur een motor met een cameraman van de Franse televisie en om de twee of drie minuten kwam er uit de achterhoede een motor met daarop een fotograaf om snel een paar maal te knippen.

Voor de rest leek het nu even rustig.

White probeerde al fietsend, aan de linkerkant van de weg, te plassen en Van der Meer moest lachen om de potsierlijke fratsen van de Amerikaan. Hoe heette dat lied ook weer? Was het niet een nummer van Jimmy Buffett dat 'Pissing in the Wind' heette? White deed wat alle beginnelingen doen: hij plaste zichzelf bijna op de benen en gaf zijn zielige poging op.

Van der Meer stak zijn hand op en een van de commissarissen op een motor schoof snel en behendig tot naast hem. 'Combien?' vroeg Van der Meer en het jurylid, een jonge vent, schreeuwde: 'Plus de quarante minutes.'

Van der Meer keek de man verbaasd aan: 'Pardon?'

De jonge man knikte, bijna verontschuldigend, en riep: 'Ze zijn in de klim van de Iseran bezig, twaalf man voorop met de gele trui en alle kanshebbers.'

Van der Meer sloot weer bij de groep aan, kwam in het wiel van Van Geneugden en dacht bij zichzelf: welke kanshebbers?

De Belg keek om: 'Hoeveel?'

Van der Meer knikte: 'Genoeg.

Van Geneugden had het antwoord aangehoord en zich toen met stemverheffing tot zijn noorderbuur gewend: 'Ik vraag hoeveel, gij dikke nek. Gij kunt toch wel antwoorden.'

Van der Meer passeerde met drie stevige pedaaltrappen de Belg zonder hem aan te kijken en kwam naast Dazan uit. 'Quaranta,' zei hij bijtend en snel, en de Italiaan kreeg een gemene glimlach op zijn gezicht.

'Incredibile,' reageerde hij, en Van der Meer reed ook langs de Italiaan. Hij wilde eens poolshoogte nemen bij Andersen en voorzichtig duwde hij zijn voorwiel naast de fiets van de Noor. Toen ze zij aan zij reden, vroeg hij: 'Gaat het nog?' Van der Meer besefte wat een onvoorstelbaar lullige vraag dit was, maar wist geen andere opening. Van afstand had hij gezien dat de Noor heel makkelijk reed. Hij schakelde werkelijk nergens terug, een zeer goed teken.

De Noor ging even verzitten en antwoordde dat het hem goed ging.

'Hoe goed?' vroeg Van der Meer, maar de Noor begreep dit spel: 'Goed genoeg om de twee volgende cols te kunnen volgen.'

Van der Meer observeerde Andersen eens goed. Sterke jongen, zo te zien. Hij reed voor de kleinste en onbekendste ploeg in deze Ronde, De La Hoya. Hij had een wit-rood shirt, op de zijkant van zijn broek stond: SILLA DE TIJERA. *Silla* was stoel, maar *tijera* dan? Hoe kwam hij in godsnaam bij zo'n klein Spaans ploegje terecht? Zou die ploeg geld hebben?

Voor Van der Meer het wist, flapte hij eruit: 'Your sponsor has some money to play with?'

De Noor keek hem verbaasd aan: natuurlijk was dat zo, maar Andersen was te onervaren voor dat spel. Dus haalde hij vrij bruusk zijn schouders op en versnelde; dat was zijn beste antwoord.

De tweede bevoorrading was aanstaande en de renners gingen in een rustige ganzenmars aan de rechterkant van de weg rijden. Van der Meer zag Johan, het manusje-van-alles van zijn ploeg, langs de weg staan. Het was gezien de lengte van de etappe en het feit dat er niet of nauwelijks afgestoken kon worden, onmogelijk om met één wagen vandaag te ravitailleren. Johan, een dertiger die eigenlijk niets kon maar wel gezellig aan tafel was, stond met de etenszak te zwaaien alsof hij een vliegtuig moest binnenloodsen. Van der Meer schoot in de lach. Het was voor het eerst deze Ronde dat Johan zo'n grote verantwoordelijkheid gekregen had en de man maakte werk van zijn opdracht. Zodanig zelfs dat hij de etenszak net iets te lang vasthield toen Van der Meer soepel zijn hand door de lus had gestoken.

Het onvermijdelijke gebeurde. Van der Meer voelde tegendruk van rechts, kon met zijn linkerhand niet voldoende bijsturen en viel van zijn fiets. 'Godverdommense lul,' riep hij toen hij opgekrabbeld was.

Johan stond er geschrokken bij. 'Help me dan, kutviool!' blafte Van der Meer, en Johan duwde op volle kracht de renner aan toen die weer op de fiets zat. Van der Meer had iets meer dan honderd meter achterstand opgelopen, maar hij wist dat de anderen nu hun etenszakken leegaten en dat er niets zou gebeuren. Vandaar dat hij ook in zijn etenszak graaide, waar hij wat taartjes vond en een bidon die warm aanvoelde. Hij tuurde de weg af... Godverdomme... Hij voelde een paniekschok door zijn lijf schieten, smeet zijn etenszak weg en schakelde direct bij, twee tandjes maar liefst, want voor zich zag hij dat twee renners ineens gedemarreerd waren. Hij dacht dat het Van Geneugden en Dutronc waren, maar helemaal zeker was hij niet.

Zeker twee minuten moest hij vol in de beugel. In die tijd had hij de arme Johan al zeventien maal de hel in gewenst. Bij het uitkomen van een bocht bleek dat hij op twintig meter van Kupfernagel, White en Dazan was gekomen. Meer dan honderd meter voor die drie reed één stipje. Dat moest Andersen zijn, maar de Fransman en de Bel zag hij niet meer.

'Grote, onvoorstelbare lamlul,' riep Van der Meer zomaar voor zich uit.

Vier jaar eerder, in een nietszeggende etappe in Parijs-Nice, had Johan datzelfde geintje uitgehaald bij Rini van Spronck, een jonge, zeer talentvolle Limburgse renner die zijn arm brak bij die actie en nooit meer op hetzelfde niveau was teruggekomen. Vanaf dat moment had de ploegleiding Johan verboden etenszakken aan te reiken, maar vandaag kon het niet anders.

'Godverdomme,' vloekte Van der Meer nogmaals en hij keek naar het dunne straaltje bloed dat uit zijn knie liep. Hij betastte de knie, maar voelde niets vreemds. Ook voelde hij even aan zijn schouder, waar zijn shirt gescheurd bleek. Goed voor de televisie, dacht hij, want hij wist dat de tv-ploeg in de volgende minuten zeker op het bloed en de scheur zou inzoomen.

Vijf minuten later reden vijf mannen samen. Ze zagen in de verte Van Geneugden en Dutronc; het verschil was zo'n driehonderd meter. Heel even was er twijfel bij de achtervolgers. Dazan keek Van der Meer aan, maar begreep ook dat de renner die net terug was gekeerd na de valpartij niet de aangewezen man was om de achtervolging in te zetten. 'White...' riep de Italiaan streng, en de Amerikaan keek om. 'Velocità,' riep Dazan, en White begreep wat hem te doen stond.

Binnen vijf minuten was het kwintet terug bij de twee koplopers. 'Hé, hondenlul, wegrijden als er iemand gevallen is... Durf je wel!' riep Van der Meer boos naar de Belg. Van Geneugden keek om en lachte gemeen. Op dat moment demarreerde Andersen aan de andere kant van de weg.

Amsterdam

Erik Andersen gooide de champagne naar binnen alsof het water was en kreeg nu al glazige ogen. Waarom konden Scandinaviërs toch niet met alcohol omgaan? Van der Meer keek geamuseerd naar de Noor, die gekleed was in een zeer smaakvolle outfit. Alles aan hem was zwart: hemd, pak, sokken, schoenen, horlogebandje, en ook zijn hoornen designerbril. Andersen was eerst wat stil geweest en had het meest contact met White gehad. Hij had de anderen, tot het moment dat Dazan binnentrad, verteld van zijn avonturen in de betaalbare kunst. Hoe hij als oud-sportman nauwelijks een poot aan de grond had gekregen in dat wereldje, maar dat zijn geschiedenis van die ene Tour de France-etappe hem toch verder had gebracht. Zelfs in Noorwegen, waar de Tour toch een onbekend fenomeen was voor het grote publiek.

Andersen had verteld over de geldschieter die hij was tegengekomen; een man uit Oslo die de bewuste etappe op de tv gezien had toen hij met vakantie in Nice was. Andersen had, zoals vaker in zijn vaderland, moeten horen dat hij eigenlijk én de etappe én de Tour had horen te winnen, maar die kunstmeneer die hem het geld voor de aanschaf van zijn pand had voorgeschoten, had er nog iets aan toegevoegd.

'Wat dan precies?' had Van der Meer gevraagd en Andersen had geantwoord: 'Die man was er zeker van dat ik belazerd werd door een of meer renners in de kopgroep.'

Van der Meer had zijn glas geheven en had hardop geroepen: 'Daar drinken we dan op.' Iedereen had gelachen en op dat moment was Dazan binnen komen lopen.

Met de Italiaan nu ook aan tafel werd het ineens luidruchtiger en gezelliger en was het laatst besproken onderwerp, dat van Andersen, geheel vergeten. White, gekleed in wat ooit een blazer van zijn wielerploeg geweest was en een ruimzittende bruine ribcord broek, leek een beetje het buitenbeentje, maar de Amerikaan verstond precies genoeg Frans en Italiaans om Dutronc, Van Geneugden en Dazan te kunnen volgen. Met Kupfernagel had hij wat meer last. Niet omdat hij het sponzige Engels van de Duitser niet kon verstaan, maar meer omdat hij eigenlijk nooit met Kupfernagel had kunnen opschieten. White vond de Duitser het toppunt van platheid, en dat liet hij blijken ook.

Van der Meer speelde zijn rol van gastheer sterk. Hij vulde gaten in de gesprekken, vertaalde, legde uit, keek goed of iedereen wel genoeg aandacht kreeg en had het geweldig naar zijn zin.

'Ik heb dit al zo lang gewild... je kunt je niet voorstellen hoe ik me hierop verheugd heb,' zei hij tegen Dutronc.

De Fransman was met achtendertig jaar de oudste van het gezelschap en zag er ook als oudste uit: half kalend, zilveren montuurtje op de neus, grijs pak met een smakeloze das. In niets zag je aan hem de sublieme klimmer van weleer.

De laatste vier jaar waren niet bepaald onopgemerkt aan de Fransoos voorbijgegaan. Nadat hij afscheid had genomen van de wielersport – een feit overigens dat in Frankrijk met een speciale herfstwedstrijd werd gevierd, een kleine koers in een stadje onder Nantes, waar Dutronc met moeite de sprint van vier bijna remmende medevluchters had weten te winnen – was het leven van de klimmer in een stroomversnelling terechtgekomen.

Dutronc zat daar nu fraai over te vertellen. Hij deed dat in het Frans; en soms, als hij zag dat Kupfernagel, Andersen of White problemen hadden, vertaalde hij zijn eigen woorden in grappig Engels. Hij deed nu in muziekrechten. Hij bracht goedkope cd's met oude hits uit, had een optie genomen in een groot project met Amerikaanse cd-roms en was alleen daardoor al bulkend rijk geworden. Met zijn privéleven was het iets minder gegaan, want Madame was een jaar geleden vertrokken toen ze erachter kwam dat hij al tijden een affaire had met de dochter van zijn boekhouder, en had de helft van alles opgeëist. Hij beschreef in geuren en kleuren hoe hij zijn vrouw na de scheiding toch nog misleid had omdat hij een deel van zijn verdiende geld op een geheime rekening in Martinique had gezet, zodat hij in ieder geval meer dan de helft van het kapitaal had overgehouden. En ja, het ging hem nu redelijk goed. Hij woonde samen met de jonge vrouw, noemde haar een kruising tussen maîtresse en echtgenote, en hij raadde de anderen aan ook deze vorm te kiezen.

Van der Meer had het glimlachend aangehoord. Voorzichtig had hij van de prachtige Spaanse wijn gedronken die de chefs van Dorrius voor hem uitgekozen hadden. Hij had nog even een van de flessen gepakt om te zien wat hij precies dronk: Pere Ventura. Hij kende de wijn niet, maar de smaak was bijna betoverend lekker.

Van der Meer keek om zich heen. Het gesprek aan tafel bleef geanimeerd. Andersen was wat stiller geworden en luisterde rustig achterovergeleund toe. Van Geneugden had het onderwerp 'vrouwen' aangesneden met de simpele vraag: 'En wie is dan nog wel bij den eigen madame?' Dutronc had direct geroepen: 'Jullie kennen mijn verhaal,' en Andersen had met een bezwerend gebaar, waarbij hij zijn handen met gestrekte vingers voor zich had gestoken, gesteld: 'Never married, never will,' waarop Van Geneugden in plat Vlaams 'Jeannet!' geroepen had. Van der Meer was de enige die dat begrip kende, maar de anderen gingen er niet op in.

White bleek de enige van de zes te zijn die nog bij zijn vrouw was. De Amerikaan was pas vlak voor zijn laatste koersjaar getrouwd en zij had haar baan in Vermont gewoon aangehouden, terwijl hij voor nog één jaar naar Europa was gereisd. Zij werkte in een mooie, kunstzinnige boekwinkel in Burlington en samen hadden ze het prettig; zij met haar kunstboeken, hij met zijn tuinaanleg en zijn muziek. Ze leken soms weleens langs elkaar heen te leven, maar schijn bedroog. Ze had hem zelfs aangemoedigd naar Amsterdam te reizen voor deze heel speciale gebeurtenis, omdat ze wist dat hij graag terugdacht aan zijn sportverleden, iets waar hij met haar nauwelijks over kon praten. Ze wist niets van wielrennen, niets van wat hij allemaal uitgevreten had in zijn loopbaan, die zich grotendeels op Europese bodem had afgespeeld. Tweemaal per week liep ze hard met een clubje vrouwen; dát was voor haar sport.

'Weet jouw vrouw dat je heel dicht bij de Tour-zege bent geweest?' vroeg Dazan.

White knikte lachend: 'Ja, dat heb ik haar verteld, maar ze snapte niets van het spel tijdens de laatste negentig kilometer. Ik heb haar proberen uit te leggen hoe dat in het wielrennen gaat, maar mijn vrouw heeft nog het mooi naïeve idee dat de sterkste in sport altijd wint.'

'En is dat dan niet zo?' vroeg Kupfernagel met een plagende ondertoon.

Van der Meer telde de flessen wijn op tafel: zeven, zo ging het goed. Hij keek op zijn horloge: dertien over een.

'En jij?' vroeg de Belg, en Van der Meer begreep dat hij nu aan de beurt was om zijn verhaal te doen.

Hij nam een slok en schudde zijn hoofd: 'Niet gelukt,' zei hij.

'Wat bedoel je met niet gelukt?' vroeg Van Geneugden enigszins sarcastisch.

Van der Meer voelde ineens dat de kriebelige, onderhuidse afkeer die hij destijds tijdens de Tour voor de Vlaming had gevoeld, nog steeds niet verdwenen was. Van Geneugden pestte nog altijd graag.

'Okay, het is mij verder heel goed gegaan, dat kan ik niet ontkennen... Maar mijn huwelijk liep vast lang voordat ik mijn tweede leven in feite begonnen was.'

'Waren er anderen?' vroeg Dazan met interesse.

Van der Meer knikte. 'Bij mij in ieder geval, dat wil zeggen soms, bij haar ook en veel en vaak. Ik vermoedde het, maar zeker wist ik het niet. Ik heb het er niet op aan laten komen... Ik ben mijn weg gegaan, ik heb een grachtenpandje voor haar gekocht. We zijn op zondagavond nog laat gaan eten, hier in de stad, en hebben met dronken koppen nog een keer hard liggen vrijen, en zij is op maandagmorgen weggegaan. Meer niet.'

Kupfernagel lachte met een wrede grijns: 'Uit elkaar gaan is niet erg, maar je vrouw dan met een andere coureur weer op de koers terugzien, dat is het enige wat ik erg heb gevonden.'

'Hoezo erg?' zei Andersen traag. 'Jij pakte alles wat er te pakken was en nam het haar kwalijk dat ze met die ploeggenoot van je verder ging...'

Kupfernagel keek de Noor aan: 'Hoe weet jij dat?' Andersen haalde zijn schouders op: 'Dat verhaal was algemeen bekend in het peloton. Maar hoe heette die coureur eigenlijk? Hebben wij met hem gekoerst?'

Kupfernagel zweeg even, net alsof hij inderdaad moest nadenken over de naam van de renner.

'Schwarz...' zei hij. Hij zweeg even en lachte toen: 'Hartwig Schwarz... Een lange, mooie jongen. Van goede komaf, kan ik me herinneren. Was ook op school geweest. Geen groot coureur, wél een goede knecht. Ik heb nog met hem de kamer gedeeld in de Vuelta. Als ik hem vertelde hoe ze mij vroeger pijpte en hoe en waar ik haar gepakt had, werd hij gek van jaloezie. Hij heeft me in Valencia, aan tafel, nog een keer in elkaar willen slaan; toen hebben ze ons uit elkaar gehaald. Hij haatte me en ik had maling aan hem. Hij schijnt nog steeds bij haar te zijn. Ze hebben zelfs kinderen...'

Van der Meer merkte op: 'Ik heb weleens gehoord dat jullie elkaar ook in de koers niet zagen staan.'

Kupfernagel knikte: 'Klopt. Met die vrouw had ik niets meer, maar het feit dat een ploeggenoot met haar verder was gegaan, deed me een beetje pijn. Ik was gekwetst in mijn trots. Ik bedoel, ik had haar in een dancing in Keulen gevonden; ik had haar het eerst geneukt; ik had haar geleerd hoe ze alles in bed moest doen; ik had haar een auto gegeven, een creditcard, juwelen, en toen ging dat jongetje met mijn lessen aan de haal... Daar baalde ik van. Ik zag hem gewoon niet meer; hij bestond voor mij niet als ploeggenoot.'

'Leidde dat in Parijs-Tours niet tot problemen?' vroeg Andersen, weer op die rustige toon.

Kupfernagel schudde zijn hoofd. 'Nee, dat was drie dagen eerder, ook zo'n koers daar in de buurt, Bourges of zoiets... Klopt. Schwarz was alleen weg en zou gaan winnen. Ik heb toen de achtervolgende groep als een gek gegangmaakt. Op negenhonderd meter voor de streep kwamen we bij hem op het wiel. Hij richtte zich op en riep "Schweinhund" naar me.'

'Dat was je ook,' zei Andersen, met een gezicht dat geen enkele uitdrukking had.

Van der Meer hoorde het aan en schoof zijn stoel naar voren. 'Mag ik even het programma voor morgen vertellen?'

De anderen keken hem verstoord aan; werd het net een beetje spannend aan tafel, en dan kwam hij met zo'n zakelijke mededeling.

Van der Meer vertelde in het kort wat ze de volgende dag zouden gaan doen. 'Het diner morgenavond vraagt jas en das, voor de rest is alles *casual*.'

'Zoals ik nu,' lachte White en hij wees op zijn ietwat slobberige kleding terwijl hij opstond. Zijn jetlag ging werken.

'Zoals jij,' beaamde van der Meer en hij vervolgde: 'Zoals je die dag in Frankrijk ook zo casual was.'

De Amerikaan verontschuldigde zich bij de anderen en liep met redelijk vaste tred het restaurant uit.

'Die had toch moeten winnen,' zei Van Geneugden enigszins bevangen door de alcohol en hij knikte in de richting van de deur waarachter White verdwenen was.

'Was meinst du?' zei Kupfernagel.

'Er hatte gewinnen müssen,' herhaalde de Belg met iets te harde stem.

'Nee, niet waar,' merkte Andersen op, 'ík had moeten winnen.'

Iedereen aan tafel keek de Noor aan. Waarom zei hij 'ik' met zoveel nadruk?

Andersen keek het groepje rond, pakte zijn glas en toastte. Er viel een lange stilte. 'Prositt.'

'Is er nog champagne?' vroeg Dazan.

Van der Meer wenkte de ober.

Col de la Madeleine

Erik Andersen keek achterom. Hij was het gespeel en gesol van de anderen zat. Hij wantrouwde vooral Van der Meer. Dat gesprek met die Duitse ploegleider van een goed uur geleden had hij van afstand gezien en goed onthouden. De Hollander stond in het peloton bekend als link. Hij regelde veel, won wel zijn koersjes, was ook vaak te vinden in finales van belangrijke wedstrijden, maar hij verkocht ook nog weleens wat, en juist dat systeem kende Andersen nog niet. Daar was hij te jong en te onervaren voor, en de vraag van enige tijd terug van Van der Meer of hij nog wat 'speelgeld' bij zich had, had hem zelfs even onzeker gemaakt. Wat wilde die veteraan van hem?

Vandaar dat hij maar eens weggereden was. Niet om een idiote solo van een dikke tachtig kilometer aan te gaan, maar meer om de zes anderen te testen. Wilden ze achter hem aan rijden? En wíé wilden dat?

In de verte zag hij White op volle kracht gas geven. De anderen reden rustig in het wiel en Andersen hield in. Deze test was geslaagd. Hij mocht dus niet wegkomen. Hij wachtte de zes op en toen de weg iets omhoog ging lopen, sloten de anderen aan. Precies op dat moment sprong hij weer. Binnen een halve minuut had hij dertig meter voorsprong en weer keek hij achterom. Wie reageerden er nu? Was het alleen die onervaren Amerikaan? Nee, nu was het Dutronc die sterk aan de leiding reed en met Dazan en Van der Meer in zijn wiel heel snel dichterbij kwam – de veteranen dus. White reed twintig meter daarachter en had Van Geneugden en Kupfernagel bij zich.

Mooi, dacht de Noor en hij pakte zijn bidon. Zo lagen de verhoudingen dus.

De beklimming van de Mont Cenis was zwaar in de openingskilometers. De temperatuur aan de voet van de berg lag rond de achtentwintig graden, het was loom, drukkend weer geworden. Van der Meer voelde de kilometers die ze tot nu afgelegd hadden langzaam in zijn benen kruipen. Hij twijfelde er niet aan dat dat bij de anderen ook het geval was, maar niemand mekkerde daar openlijk over.

Hoeveel hadden ze nu gereden? Hij pakte het kaartje uit zijn achterzak en voelde daar de pilletjes die hij die ochtend van José had gekregen. De twee rode rondjes waren vrolijkmakertjes, die diende hij pas in de finale in te nemen; het andere mocht hij alleen nemen als hij kramp voelde opkomen. Heel even overwoog hij er nu eentje te pakken, maar hij verwierp de gedachte meteen. Dan kwam hij straks zonder te zitten en hij wist zeker dat in ieder geval Dazan, Van Geneugden, Dutronc en Kupfernagel ook nog spullen bij zich hadden. Zij waren Tour de France-veteranen, en dan wist je wel hoe deze kermis werkte. Snel bekeek hij het kaartje. Waar waren ze hier? Aan de voet van de vierde berg, zeg maar.

Nog negentig kilometer dus. En deze klim zou zeker vijfendertig minuten gaan duren. Even keek hij naar de Noor en de Amerikaan. Beide kerels zagen er goed uit. Zouden zij ook...? Van der Meer wist het niet. Hij kende de soigneur van de Amerikaanse ploeg, een man die veel met ginseng en Japanse olie werkte en die renners gek maakte van vitamines. Vier jaar geleden had hij bij de ploeg van Van der Meer gewerkt. Voor één seizoen slechts, want hij kende de zware producten niet goed en bleef te veel in zijn oosterse wijsheden steken tegenover de renners, die het nut van ginsengpoeder over hun broodje jam niet wilden inzien. Of hij ooit met EPO werkte betwijfelde Van der Meer. Hij had weleens gehoord dat er een Thaise variant van EPO bestond, maar waarschijnlijk was dat een fabeltje, hoewel hij ooit een gesprek tussen Italiaanse renners had opgevangen, dat over dat geheimzinnige, effectieve, exotische spul ging. Dat, zo had hij pas later begrepen, was de reden dat een aantal Italiaanse ploegen in de Europese winter in Kuala Lumpur ging rijden.

En de Noor? Hij reed voor een Spaanse ploeg, waar de in de wielersport ietwat uitgepoepte Italiaanse arts Zanzani dit voorjaar even mee bezig was geweest. Dat betekende dat de renners in ieder geval goed geprepareerd werden buiten de grote koersen om, want daar was Zanzani erg goed in. Van der Meer had zich drie jaar eerder een keer met de Italiaanse arts verstaan. Hij had dat uit eigener beweging gedaan en had niemand van zijn ploeg er iets van gezegd. Hij was naar Milaan gevlogen en was door een assistent van Zanzani opgehaald. In een kleine, modern omgebouwde boerderij had de arts hem onderzocht, was er bloed afgenomen, had hij twee jampotten vol moeten plassen en waren de twee met lekkere, sterke koffie tegenover elkaar gaan zitten in de met koerstruien volgehangen behandelkamer.

Dottore had de Hollander gevraagd hoever hijzelf wilde gaan, en Van der Meer had gevraagd waar voor de arts de grens lag.

'Dat,' had de fraai gekapte en nogal ijdele Italiaan van dik in de vijftig gezegd, 'verschilt per renner.'

Van der Meer had dat eerst niet begrepen. Zanzani had verduidelijkt: 'Geen mens is hetzelfde. Ik kan met u misschien twee keer meer doen dan met Gomez, de Spaanse klimmer, en misschien niet zoveel als met Konkatov, de superbe tijdrijder uit Rusland die al vier jaar in Italiaanse ploegen koerst en iedere maand even bij mij langskomt. Daarom moet ik eerst uw lichaam leren kennen. Ik wil wat proeven doen en de uitslagen bekijken.' En de Italiaan had ook gesteld dat niet alles wat hij deed in het grijze vlak tussen verboden en misschien wel niet helemaal toegestaan verkeerde. 'Ik kan u ook heel goede vitamine- en glucosepreparaten voorschrijven... Daar is niets verbodens aan. Dat mag iedereen weten, dat mag zo op televisie verteld worden.'

Van der Meer had gevraagd of Zanzani hem een definitie van doping kon geven en de arts had even nagedacht: 'Alles wat gevonden wordt in het opsporingslaboratorium,' had hij gezegd, en Van der Meer had opgemerkt dat dat een wel heel ruime omschrijving was, want wat kon men nog opsporen nu de soigneurs de laatste tijd een waar palet aan prima werkende maskeringsmiddelen ter beschikking stond.

'Hebt u al creatine gebruikt?' vroeg de arts. Van der Meer had het bevestigd. Jawel, en in behoorlijke hoeveelheden ook:

'Niets verbodens aan.' Zanzani had aangevuld: 'Plus een mooi maskeringsmiddel, weet dat wel.'

De arts had de uitslagen van bloed en urine later die middag, na de rijke lunch, met Van der Meer doorgenomen en hem gevraagd of hij van andere renners had gehoord hoe er samengewerkt zou kunnen worden. Van der Meer had geknikt; hij wist dat Zanzani niet goedkoop was, dat hij zijn renners buitengewoon goed begeleidde en dat bij die begeleiding een bijna 24-uurs service was inbegrepen. De renner hoefde maar naar een telefoonnummer in Italië te bellen, en óf de arts zelf, óf een van zijn assistenten kon helpen.

Van der Meer had toen op de man af gevraagd of Zanzani ver ging in zijn prepareren. 'Wel in de vakantiemaanden november en december... Ik noem dat de herstelmaanden,' had de arts gezegd. 'Maar dan heb ik het over spierversterkers. Als je bedoelt dat je onbeperkt EPO-kuurtjes kunt nemen... Nee, dan moet je niet bij mij zijn. Ik wil geen doden in mijn wachtkamer.'

Van der Meer was later met de arts tot overeenstemming gekomen en had zich twee jaar laten 'behandelen', zoals hijzelf zei. Ja, hij had EPO gekregen en hij had een aantal behoorlijk sterke kuurtjes met Dianabol genomen. De 'blauwtjes', zoals Zanzani ze noemde, zorgden voor een sterkere spiermassa, iets waar Van der Meer wel in geloofde. Meer spier is meer kracht, is harder fietsen, had hij voor zichzelf uitgemaakt.

'Als ik maar niet snel impotent ga worden,' had hij lachend gezegd, en het antwoord was dubieus geweest, vond Van der Meer nu, want Zanzani had toen met een ernstig gezicht gezegd: 'Impotent niet, maar er kunnen haperingen in de zaadaanmaak voorkomen. Dat kán een bijwerking zijn.'

'Wat is het verschil?' had Van der Meer gevraagd, en de Italiaan had gezwegen.

Hoeveel had hij ook weer aan de arts betaald? Terwijl hij langs White en Kupfernagel langzaam naar voren schoof en achter Dazan plaatsnam, herinnerde hij zich dat het 55 000 gulden per jaar was geweest, over te maken op een Zwitserse bankrekening. En wat had het hem opgeleverd?

Zanzani was in alles een heer geweest. Hij had Van der Meer keurig behandeld, en toen de renner een keer om makkelijk werkende amfetamientjes had gevraagd, had de arts hard zitten lachen en gezegd: 'Die neem ik in als ik hard doorgewerkt heb en naar mijn vriendin ga. Mijn liefdesleven blijft daarmee interessant.'

'Juist, maar ik heb die spullen weleens nodig in de finale van een grote koers,' had Van der Meer gezegd, en Zanzani had hem later een pakketje meegegeven met felrood gekleurde driehoekjes, geel-zwarte bolletjes en groene, langwerpige pillen. 'Als je moet piesen bij de controle met deze dingen in je lijf ben je eraan,' had de dokter gezegd en hij had er lachend aan toegevoegd: 'Maar daar weten jullie schurken van alles aan te doen.'

Van der Meer had van de arts wel een probaat middel gekregen om EPO-gebruik snel en voldoende 'onzichtbaar' te maken. 'Drinken, snel en veel drinken... Als het kan een tot anderhalve liter... Water, tafelwater, San Pellegrino, Evian... maakt niets uit, als het maar veel is. Als een hematocriettest aangekondigd wordt: meteen gaan drinken. Zorg ervoor dat je, als je een kuurtje tijdens het seizoen neemt en in een wedstrijd zit, altijd voldoende water op je kamer hebt. Een van mijn klanten heeft zo eens zijn hachie kunnen redden. Hij kwam keurig op iets beneden de 50 uit. Had hij niet snel gedronken, dan was hij uit de koers genomen. Nu won hij.'

Van der Meer kende het verhaal. Het was nota bene Dazan geweest, de man die nu drie plaatsen voor hem reed. In het peloton was het nauwelijks bekend, maar een aantal toprenners wist het. Dazan had die ochtend, ergens in de Ronde van Zwitserland, de hele voorraad tafelwater om halfzes 's ochtends weggedronken. Anderhalf uur later kwamen artsen namens de UCI prikken en werd er niets gevonden. Dazan had die ochtend een paar maal vanaf de fiets moeten plassen.

Van der Meer schakelde terug. De weg begon nu echt omhoog te lopen en behalve Dutronc moesten ze in de volgende bocht allemaal even op de pedalen staan. Vijf minuten eerder had een motorrijder bij het langsrijden geroepen dat het verschil teruggelopen was tot ruim zevenendertig minuten.

Van der Meer had toen hij dat hoorde besloten dat het nu tijd werd om eens te gaan handelen.

Hij reed langs Dutronc, pakte de binnenbocht en zette aan.

'Cochon,' hoorde hij achter zich. Hij keek om en zag dat Kupfernagel op tien meter spartelde. De weg liep langzaam naar links. Er stonden vrij veel toeschouwers en Van der Meer hield in, wachtte even tot de Fransman weer had overgenomen en kwam naast Van Geneugden uit.

'Gaat 't nog?' vroeg hij. De Belg trok een gezicht en snauwde: 'Zolang gij niet als een zot tegen de cols op klettert... Waar was die laatste versnelling goed voor? Het is nog te vroeg om de markt open te stellen.'

Van der Meer keek de Belg aan. Dat was een duidelijk antwoord; deze drogkop wist tenminste waar het om ging.

'Eindklassement of etappe?' vroeg Van der Meer zonder een spier te vertrekken.

Van Geneugden zweeg en schudde zijn hoofd. Toen, ineens: 'Nee, gij kaaskop, zo makkelijk zal het niet gaan, daar heb ik nu nog te goede benen voor.'

Van der Meer knikte hem toe ten teken dat hij de boodschap begrepen had. 'Ik blijf geïnteresseerd,' zei hij en hij zakte terug tot naast Dazan.

Iets in het rijden van de Italiaan vertelde Van der Meer dat Dazan niet per se wilde winnen. Reed hij met de beurs open? Of had hij al een slag gemaakt, en zo ja, met wie? Hij keek Dazan aan en kreeg 'Moderato' terug. Van der Meer wist dat hij moest oppassen; Italiaanse veteranen die in een koers 'Moderato' zeggen, zijn levensgevaarlijk. Hij keek om en zag het pioenrode hoofd van Kupfernagel op zes meter afstand. De Duitser reed in zijn eigen tempo naar de groep terug. Zoveel karakter had hij nog wel, maar Van der Meer wist dat het steile stuk van de klim nog moest komen. Hij stak zijn arm op en maakte met zijn rechterhand het gebaar dat hij wilde drinken. Uit de groep auto's zag hij zijn wagen naar voren komen. De assistent-ploegleider had de dag van zijn leven. Nog nooit had hij zo prominent een Tour-etappe kunnen volgen.

'Vermaak je je?' vroeg Van der Meer aan de man achter het stuur. Deze gaf de renner met een bevreemd gezicht een bidon aan; welke coureur vroeg nou zoiets in de klim van een col van eerste categorie?

Van der Meer pakte heel even de hand rond de bidon vast en liet zich misschien gedurende drie seconden aanslepen. 'Prettig gevoel,' lachte hij de wagen in en hij vroeg hoeveel de voorsprong was.

'Rond de veertig minuten,' kreeg hij als antwoord. 'Kan niet waar zijn,' zei hij terug en hij duwde zich van de wagen af naar de andere kant van de weg, waar hij een slok uit de bidon nam en tot zijn plezier merkte dat het warme thee was. Niets was lekkerder dan warme thee als je moe werd en de kilometers gingen werken.

'Het is thee-speciaal,' hoorde hij achter zich uit de auto roepen en verrast keek hij om. Het gezicht van de assistent-ploegleider keek hem blij verheugd aan. Van der Meer wilde eerst boos wat roepen, maar hield zich in. In plaats van de bidon snel leeg te drinken en weg te gooien, stopte hij het ding in zijn rechterachterzak. Die kon nog van pas komen.

Amsterdam

Het bezoek aan de Heineken-brouwerij was een succes geweest. Na het late ontbijt was er een luxueus busje komen voorrijden. Van der Meer had tot zijn verbazing gemerkt dat alles tot nu toe klopte, dankzij Jacqueline. Geen van de heren had ook maar iets te klagen. De kamers waren goed; het eten van de late vrijdagavond was uitstekend geweest en die ochtend had ieder een krant in zijn eigen taal aan de deurklink aangetroffen.

In de bierfabriek had men geïnteresseerd geluisterd naar de uitleg van de gids en was het proeven natuurlijk een feest geworden. Niets smaakte zo goed als een perfect gekoeld biertje in de brouwerij en de meesten vertilden zich voor drieën al aan de kleine gele rakkers.

Andersen deed het na gisteravond kalm aan. In de gezellige bar was hij naast Van der Meer komen zitten en had gevraagd wat hij tegenwoordig deed waardoor hij een feestweekend als dit zomaar kon organiseren en betalen.

'Wil je het echt weten?' vroeg Van der Meer.

'Ik ben gewoon geïnteresseerd. Heb je het helemaal gemaakt. Ik heb van de anderen begrepen dat je financieel onafhankelijk bent, maar niemand van ons weet precies wat je nu doet.'

'Ik werk,' zei Van der Meer. 'Ik werk en reis en reis nog meer, en mijn mensen kopen en verkopen aandelen en huizen, schilderijen, ladingen koffie en olie, en dat alles doe ik in een soort koopmansorganisatie. In principe koop ik iets in en verkoop het met een beetje winst. Als je dan veel verkoopt, heb je ook meer winst, en daarvan kan ik prettig leven. Als ik veel verlies heb ik een rotbui... Maar niet voor lang, want ik doe het veelal met geld van anderen. Er zijn mensen die mij hun geld laten beheren en daarmee ben ik direct begonnen nadat ik met fietsen gestopt was.'

'Maar wat koop en verkoop je dan? En waarvandaan doe je dat?'

Van der Meer zag erop toe dat de andere vijf bezig bleven. Zo te horen hadden ze het, met Kupfernagel als gespreksleider, over een bepaalde etappe in de Vuelta, eentje die ooit in hevige storm verreden werd, waardoor het peloton gebroken was in zeven waaiers met favoriet Gomez in de zesde waaier, waardoor de ploegleider van Gomez zo'n beetje het halve peloton had moeten omkopen om zijn kopman toch nog als dertiende over de streep te krijgen. Die etappe had jarenlang als 'de duurste etappe ooit' gegolden. Kupfernagel wist dat nog heel goed: hij had getoucheerd en nog gewonnen ook.

'Ik werk vanuit New York en heb hier in Amsterdam een kantoor. Mijn bankzaken gaan via de Antillen,' zei hij tegen Andersen, die aandachtig toeluisterde.

'Alles netjes en waterdicht?' vroeg de Noor.

Van der Meer was verrast door de directe manier van vragen. Was Andersen in zijn manier van rijden ook zo geweest? Van der Meer twijfelde. In de Tour was hij, zeker in de klim naar de top van de Cenis, onhandelbaar sterk geweest. Later, in de Vuelta, had de Noor nog eens zo'n middag gehad en was hij in de Sierra Nevada alleen weggereden en had zeven minuten voorsprong gepakt. Met vereende krachten hadden drie grote ploegen een week later de Noor op zijn knieën gekregen en hij was, drie dagen voor Madrid, kansloos voor de eindzege, die hem eigenlijk wel toekwam.

'Alles netjes?' Van der Meer herhaalde de vraag en keek Andersen aan. 'Ik probeer dat wel. Maar soms weet ik niet wat netjes is en wat niet. Als ik een winst van 100 000 dollar pak op een lading olie voor de kust van Trondheim... Is dat netjes? Of is dat geluk? Ben ik goed ingeseind? Zeg het me maar. En als ik 50 000 dollar verlies, binnen één uur, op aandelen van een stom IT-bedrijf uit Nappa Valley... Is dat netjes?'

'Waar betaal je belasting?' vroeg de Noor.

Van der Meer lachte dun voor zich uit. 'Hier en daar... Overal wat, nergens te veel.'

Andersen lachte hem toe: 'Weet je dat ze jou in onze ploeg "el comerciante" noemden? Ik weet nog dat ik voor het eerst met jou voorop kwam. Volgens mij was dat in Romandië, een etappe naar Lausanne. Paco Herrera, die Spanjaard, kwam toen naast me rijden en waarschuwde me voor je. Hij wist zeker dat jij de koers verkocht had. Kun je je dat nog herinneren?'

Van der Meer dacht na en zag het bijna zó weer voor zich. 'Klopt, maar Herrera heeft jou nooit verteld dat hij mij betaalde om jou niet te laten winnen, want hij reed in de finale weg en wij bleven met die Engelsman en die Deen over. Weet je nog? Ik hield toen expres mijn benen stil en werd daar goed voor betaald, en jij zat in het pak.'

'Ja,' zei Andersen. 'Tot dat moment had ik nog nooit in een groepje gezeten waar de zaken op die manier geregeld werden. Ik kon toen mijn oren niet geloven en ik moet je zeggen dat ik het altijd moeilijk heb gehad met het regelen van koersen... Eerlijk gezegd heb ik het zelf maar één keer gedaan: in mijn laatste jaar. Ik wilde per se in Valencia winnen, maar werd in de sprint door Saitov geklopt – mijn ploeggenoot nog wel. Ik had hem van tevoren toegeroepen dat de premie voor hem zou zijn en de zege voor mij, maar hij vertelde me na afloop dat hij me niet begrepen had.'

'Tough luck,' had Van der Meer gereageerd en hij had zich toen tot de anderen gewend.

'Vermaken jullie je?'

Dazan had dat lachend beaamd en in de volgende minuten hadden de zeven alle schelmenstreken die ooit in het peloton waren uitgehaald weer verteld en ontleed. Een ieder had wel een eigen sterke anekdote en naarmate er meer getapt werd, kregen de verhalen een spannender en ook ongeloofwaardiger slot.

Van der Meer had om even voor vieren de gastheer bedankt, waarna alle zeven renners een cadeau van de brouwerij kregen. Verbaasd hadden ze de grote dozen bekeken die door twee hostessen werden binnengebracht. 'Een persoonlijk aandenken,' had de public relations-man gezegd en hij had hun gevraagd het pakje open te maken.

Van der Meer wist hier niets van. Hij vermoedde dat het een extraatje van Jacqueline was. Alle zeven scheurden ze de papieren van de kartonnen doos. In piepplastic verpakt vonden ze een setje glazen.

White was de eerste die een glas uit de verpakking had gehaald en verrast wees hij op de inscriptie: zijn naam en daaronder de datum: 18 juli 1992 en 13e etappe – 254,4 km Saint-Gervais-Mont Blanc-Sestriere.

Als kinderen zo blij pakten de renners een glas en toonden het elkaar.

'Naar de bus,' riep Van der Meer na vijf minuten en nog één biertje voor allen.

'Ik moet geweldig piesen,' riep Kupfernagel en even later stonden de zeven naast elkaar te wateren in de wc van de brouwerij.

Kupfernagel was de lolligste van het gezelschap. 'Kuck mal,' riep hij speels en een tikje aangeschoten. Hij deed een flinke stap naar achteren en mikte zijn volle straal in het urinoir voor hem. 'Wer kann das auch machen?' brulde hij.

Niemand nam de uitdaging aan.

Toen iedereen klaar was, plaste Kupfernagel nog steeds een volle straal vooruit. Van Geneugden bekeek de Duitser naast zich en schoot in de lach, met hinnikende uithalen. Binnen vijf seconden stonden de anderen ook te schateren, vooral vanwege de reactie van de Belg. Kupfernagel genoot van zijn succes en lachte voluit mee. Mikken was nu moeilijk voor hem, maar de Duitser had nog een truc spécial in huis: plots liet hij een knetterende wind, waardoor zijn straal nog even verlengd werd.

'Puur natuur,' riep Dutronc.

Zeven mannen stonden zich rot te lachen in het toilet. Van Geneugden voelde dat het sein op groen was gezet, plantte zijn benen iets uit elkaar, liet een dof scheurend geluid los en zei: 'Dat lucht op!'

Lanslevillard

Dazan had zijn hand opgestoken en om de wedstrijdleiding gevraagd. Uit de achterhoede was de wagen van Duprez vrij snel tot naast de Italiaan gekomen en terwijl de weg rustig omhoogliep en de zeven man bijna tegelijkertijd één tandje terugschakelden, keek Van der Meer naar de bewegingen van Dazan. Wat was hij van plan? Wat wilde hij van de Fransman?

De eerste en tot nu toe enige poging van de Ronde-directeur om de koplopers enigszins tot rust te manen om de Tour niet geheel te laten ontsporen was een kleine twee uur geleden mislukt. Van der Meer wist zeker dat er geen tweede verzoek zou komen, want Duprez kende zijn pappenheimers en wist dat zoiets snel in de publiciteit zou komen. Stel je voor, krantenkoppen als: 'Koersdirecteur koopt renners om' of 'Tourdirectie manipuleert etappe'. Van der Meer lachte voor zich uit. Verleden jaar een Tour met voortdurend ontevreden renners vanwege arbeidsprotesten op de route, en nu zoiets. Nee, Duprez zou zich niet meer laten horen. Hij had zich neergelegd bij het feit dat zeven man, zonder één echte Ronde-renner, voor de eindoverwinning in deze Tour de France zouden gaan strijden.

Van der Meer wist dat het in de jaren zestig weleens gelukt was. Toen had de toenmalige directeur ervoor gezorgd dat een nietszeggende Belgische coureur de Tour niet ging winnen. De renner in kwestie had een paar dagen vóór Parijs nog de leiding in het algemeen klassement gehad. Het verhaal ging dat de koersdirectie bepaalde renners en ploegleiders had aangespoord de volgende dag iets te gaan ondernemen, maar men had ook wel beweerd dat er behoorlijke premies gezet werden op uitlooppogingen om de Belg op de knieën te dwingen.

In de jaren tachtig was er een bijna identiek geval geweest. Ergens in Bretagne eindigde een etappe met een grote lus vlak voor de aankomstplaats. Eén Franse renner – geen grootheid en ook nog van een te kleine ploeg – dreigde het hele peloton op één ronde te zetten, maar de Tour-directeur had de verantwoordelijkheid van de koers ineens en dwingend in handen van enkele grote ploegen gelegd. Hij had kort en snel overleg met hun ploegleiders gehad. De Franse solist kwam dus net niet in het peloton uit, maar hij behield wel een kleine voorsprong aan de finish en de Tour was voor de volgende weken gered.

Van der Meer kon zich dat laatste voorval nog goed herinneren. Hij had het thuis zitten berekenen, kijkend naar de televisie en luisterend naar de radio. Als de renner in kwestie inderdaad had kunnen aansluiten bij het peloton, dan had hij aan de finish een voorsprong van zeventien minuten gehad: precies de tijd die het peloton nodig had om die lus af te leggen. In dat geval was de eerste plaats in het algemeen klassement voor ten minste tien en misschien wel veertien dagen bekend, want de Fransman had zich heerlijk mee laten zuigen in de boezem van het peloton en had lachend iedere dag de gele trui aangedaan, het geld opgestreken en de publiciteit opgeëist. Van der Meer had geobsedeerd naar de tv zitten kijken en het grote spel van de fietsbazen toen al begrepen: kleine renners mochten kleine etappes winnen en soms even in het licht rijden, maar de echte schijnwerpers dienden op de toppers gericht te zijn; kleine coureurs moesten hun plaats weten. Dat was toen zo, dat was nu zo en dat zou altijd zo blijven.

Dazan stuurde van de auto weg en reed tot naast Van der

Meer. 'Hij is er nu van overtuigd dat het tussen ons zevenen gaat,' zei de Italiaan.

'E poi?' vroeg Van der Meer.

De Italiaan haalde zijn schouders op en zei: 'Hij vroeg nog even heel voorzichtig of we niet helemaal voluit wilden rijden, maar hij wist dat hij verkeerd zat en zweeg er verder over.'

Van der Meer keek op zijn horloge. Het was even voor half-drie in de middag. Hij schatte dat er nog zo'n vijfentachtig kilometer gereden moest worden. Nog twee cols; deze dus, die niet zo vervelend was, maar die nu toch langzaam aan voelbaar werd en dan de slopende slotklim naar Sestriere. Tussen beide klauterpartijen zaten nog een vervelende afdaling en een venijnig stuk vals plat op Italiaans grondgebied. Pas als de vaart er bij de zeven man vooraan helemaal uit zou gaan en als er voor uit het peloton heel goede klimmers zouden wegrijden, kon er iets aan de grote voorsprong gedaan worden, maar bijna veertig minuten verschil was nooit meer dicht te rijden; dat wist Duprez en dat wisten de renners in de kopgroep.

'Heeft ie nog namen genoemd?' vroeg hij. 'Die twee liever niet,' antwoordde Dazan en hij knikte naar de twee man die op kop reden: Andersen en White.

Van Geneugden, die vlak voor Dazan klom, keek om en snauwde naar achteren: 'Allez verdomme, koersen en niet kletsen. Jullie lijken wel ouwe wijven.'

Van der Meer kon zich indenken dat de Tour de France-baas in een heel moeilijk parket zat. Vooraan reden geen grote winnaars. Dazan en hijzelf waren doorgewinterde profs, beter dan gemiddeld natuurlijk, maar geen Ronde-renners. Van Geneugden was meer een klassieker-coureur. Kupfernagel had naam gemaakt als tijdrijder en had in de Tour de l'Avenir één keer bij de eerste vijf gereden, maar kon natuurlijk nooit een grote ronde winnen. Dutronc was te licht, wél een goede klimmer, maar – hoewel Fransman – toch geen winnaar. White was Amerikaan en redelijk onbekend. Andersen, de man die de laatste kilometers bijna speels de pedalen had beroerd en duidelijk had gemaakt dat hij in aanmerking kwam voor de etappezege, was een totaal onbekende, een rookie, een eerstejaars.

De weg liep links schuim omhoog en Van der Meer voelde de eerste pijnscheuten in zijn linkerbovenbeen; een slecht teken, maar daar was iets aan te doen. Hij friemelde even in zijn achterzakje en vond een van de pilletjes van José. Op het moment dat hij in zijn zakje aan het grabbelen was, kwam de motor van de Franse televisie naast hem rijden en zag heel televisiekijkend Europa hem iets in zijn mond steken en wegspoelen met een slok uit zijn bidon. Terwijl de cameraman pal naast Van der Meer bleef rijden, grijnsde de Nederlander in de lens en riep: 'No doping,' hetgeen even potsierlijk klonk als het eerlijk was. Hij had zojuist een antikramppilletje genomen, wat hij vaak in bergetappes moest doen.

'Wat deed jij waardoor die camera zo dicht bij je bleef?' vroeg Dazan even later toen hij naast Van der Meer was komen rijden. 'Niets... Ik nam een kramppilletje en die klootzak dacht natuurlijk dat ik mijn mik volstopte met zwaar vergif,' grijnsde Van der Meer.

Dazan lachte terug: 'Jij kunt dus geen grote dingen meer?'

Van der Meer schudde zijn hoofd: 'Nee, ik rij mee, maar ik ga niet voor de zege... Jij wel?'

Dazan danste nu op de pedalen, schudde alleen zijn hoofd en zei iets als: 'Forse.' Van der Meer dacht dat dat 'misschien' betekende, maar zeker was hij er niet van.

Kupfernagel zakte nu per honderd meter klim iets naar achteren. De Duitser was, aangespoord door Dazan, voor in het groepje aan het steilere gedeelte van de klim begonnen, maar reed nu in zesde positie. Andersen reed makkelijk aan de leiding, had zijn handen los op het stuur liggen en had een perfecte cadans gevonden. Van der Meer reed achteraan, maar zette even aan om langs de Duitser te komen.

'Wie lange noch?' hoorde hij naast zich. Van der Meer wist

het niet, hij schatte nog zes kilometer klim, en zo te zien zat Kupfernagel er goed doorheen. Zou straks weer zijn ploegleider...?

'Noch drei,' beet hij terug. Van der Meer keek snel om en zag dat de Duitse wagen inderdaad voor aan de traag voortgaande rij auto's te zien was. Men was voorbereid, leek het hem.

Van der Meer reed langs Van Geneugden, die heel even misschakelde, en kwam in het wiel van White. De Amerikaan keek even om en trok een grimas naar Van der Meer: 'Van mij ben je ook nog niet af.'

Een kilometer verder reed Andersen langzaam maar heel zeker van de anderen weg. Dutronc liet de Noor als laatste gaan. Het was geen demarrage, het was ook geen tempoversnelling; het lag meer aan het feit dat de anderen het tempo van de Noor net niet konden volgen. Zo ontstond de situatie dat drie kilometer onder de top van de Cenis Andersen een meter of tweehonderd voorsprong had op Dutronc en dat White, Van Geneugden en Dazan daar weer vijftig meter achter lagen.

Op twintig meter achter het trio danste Van der Meer naar boven. Hij reed nauwelijks op reserve en had toen hij een haarspeldbocht nam een paar keer snel naar achteren gekeken. Kupfernagel had karakter en volgde op tweehonderd meter. Achter hem reed nu een ware armada aan volgers; bijna de hele weg was vol, zo zag Van der Meer toen hij weer een bocht door draaide en op een bord las dat het nog twee kilometer was tot de top.

Dat was te doen, want hij wist dat het zwaarste deel van de klim nu achter de rug was.

Als er niets geks zou gebeuren, zouden de zeven man over vijfenvijftig kilometer samen aan de laatste klim gaan beginnen.

Dat idee wond Van der Meer op. Zou hij daar niet proberen aan te vallen? Wat was erop tegen vandaag de etappewinst te halen? Wilde hij eigenlijk niet deze Tour winnen? De mogelijkheid bestond, maar hoe?

Zijn linkerbeen voelde ineens wat beter aan. Hij klom zelfs iets lichter nu, weliswaar op een versnelling die hij voor zichzelf nooit voor mogelijk had gehouden, maar waarom zou hij niet...?

Voor zich uit zag hij Van Geneugden stoempen. Die reed nu zestig meter voor hem en dat betekende dat bij de Belg het beste er nu toch ook af was. Wie, dacht Van der Meer, was het fitst van allemaal? Ja, die Noor, maar kon hij én de etappe winnen én de Tour?

Nee. Weliswaar wist hij niet hoe goed Andersen in het rijden van lange tijdritten was, maar ongezien durfde Van der Meer wel te stellen dat een debutant hier niet de Tour kon komen winnen. Dutronc? Uitgesloten, want die reed een heel slechte tijdrit. Van Geneugden dus ook niet, concludeerde hij toen hij rechts van de weg de Belg passeerde. Hij keek in het gezicht van de zwaar zwetende man.

'Hebt u nog te eten bij?' riep Van Geneugden op bijna onderdanige toon.

Van der Meer dacht snel na en schudde zijn hoofd. Weliswaar voelde hij bij iedere pedaalslag de bidon met geprepareerde thee in zijn onderrug duwen, maar waarom moest hij nu deze eikel, die waarschijnlijk te weinig gegeten had bij de laatste bevoorrading, gaan helpen? Per slot van rekening mocht hij hem eigenlijk niet.

En dus riep Van der Meer: 'Nee, sorry,' maar dat laatste woord kwam er niet bepaald gemeend uit.

'Shit, gij kaaskop,' riep de Belg en hij kwatte op de weg.

Amsterdam

Om zes uur waren de mannen weer bijeengekomen voor een borrel. Heel even had Van der Meer, in het busje terug naar het hotel, het idee gehad dat het verblijf in de brouwerij een diep gat in de dag had geslagen, maar de schade bleek mee te vallen. De meesten gaven toe dat ze even hadden geslapen en hier en daar was een aspirientje ingenomen. Om kwart over zes stond het zevental er weer blinkend bij. Zes mannen hadden zich in een pak gestoken, alleen White had dezelfde kleren van een avond eerder aan.

Van der Meer had direct na binnenkomst in het hotel gevraagd of Jacqueline dienst had. De telefoniste had ontkennend geantwoord. Vijf minuten later was de telefoon op zijn kamer gegaan en had Van der Meer, terwijl hij zich net stond uit te kleden, de hoorn gegrepen en iets te brutaal en te luid 'Jaaaha' in de hoorn geroepen.

Heel even was het stil gebleven aan de andere kant, maar toen had Jacqueline gezegd: 'Goedemiddag, ik heb begrepen dat u naar me gevraagd hebt.'

Hij was even van zijn stuk gebracht. 'Sorry voor mijn nogal enthousiaste manier van opnemen,' had hij gezegd, maar zij had hem snel afgetroefd: 'Ik begrijp dat het bezoek aan de brouwerij van vanmiddag geslaagd te noemen is.'

Hij was op de rand van zijn bed gaan zitten en had met zijn vrije hand door zijn haar gewreven, net alsof hij betrapt was.

'Eh, ja sorry,' begon hij. 'Eh, ik wilde eigenlijk tussentijds even mijn dank overbrengen... Ik bedoel, ik ben aangenaam verrast dat alles zo goed is verlopen tot nu toe... en eh, ik wou dat dus even zeggen.'

Zij had even gewacht en toen ferm geantwoord: 'Dat is mijn werk. Blij dat u het op prijs stelt.'

'Nou,' had hij gezegd, 'dat geloof ik dus niet... dat het alleen maar uw werk is… En daarom, omdat ik denk dat het toch ook voor u iets geks is, wilde ik u daar even over complimenteren. Die glazen in de brouwerij waren bijvoorbeeld zeer geslaagd.' Ze ging er niet op in en had gevraagd of hij nog iets extra's voor de avond wenste. Hij had 'nee' gezegd, maar ook dat hij nog iets kwijt wilde.

'Zeg het maar,' had ze gevraagd en Van der Meer had niet meteen een sterke openingszin klaar gehad. Hij wilde vragen of het misschien mogelijk was elkaar dit weekend in het hotel te spreken, en eigenlijk wilde hij dat het liefst deze avond. Maar tegelijkertijd wist hij dat zoiets niet gevraagd kon worden.

'Eh, ja, vanmiddag was dus enorm geslaagd… Ik denk dat we het vanavond ook wel redden. Dus… eh, morgen zal het wel uitslapen worden met veel aspirines en…'

Zij reageerde uitdagend: 'En wat verder?'

Hij had een droge mond gekregen en wist niet goed wat hij moest zeggen. Vrij bot en met een iets te hoge stem had hij na enig dralen gesteld: 'Nou ja, bedankt tot zover. Zie ik u wellicht nog?'

Het bleef even stil aan de andere kant van de lijn. Toen had ze uitgemeten, een tikje bekakt zelfs, geantwoord: 'Als alles goed is maandagochtend, als ik weer in het hotel werk.'

'Nou, tot maandag dan,' had Van der Meer teruggezegd en hij had heel even gewacht voor hij de hoorn neerlegde. Misschien wilde ze nog iets zeggen.

Nee dus.

Hij had even naar de tuterende hoorn in zijn hand zitten kijken en toen, bijna gedachteloos, het nummer van zijn exvrouw ingetikt. Nadat de telefoon zesmaal was overgegaan, was er een bandje ingeschakeld. Hij had haar stem gehoord met de mededeling dat boodschappen van welke aard dan ook ingesproken konden worden.

Maar hij had geen boodschap voor haar.

Vervolgens had hij de receptie gevraagd hem een uurtje later te wekken en had hij een heerlijk ontspannen uiltje geknapt.

Van Geneugden zat Dazan uit de leggen hoe het toch zover gekomen was met die twee callgirls en die badscène toen Van der Meer het woord vroeg. De zeven zaten in een keurig ingerichte kamer van het hotel. Er stond een tv-toestel in de hoek, met een videorecorder erbij, ze hadden gerieflijke stoelen, er stond veel drank op tafel en er waren schalen met hapjes.

'Gentlemen, one moment please,' had hij gezegd en hij was gaan staan.

De ober bij de deur had hem toegeknikt ten teken dat de gastspreker was gearriveerd.

Van der Meer keek het gezelschap rond en begon: 'Zeven jaar geleden maakten wij geschiedenis. Dat weet ieder van ons nog heel goed. Je mag zeggen dat onze levens van nu toch gekleurd zijn door de ontwikkelingen van die befaamde dag. De hele sportwereld sprak er toen over en nu nog steeds.'

De mannen keken hem aandachtig aan. Waar wilde hij naartoe?

Van der Meer ging verder: 'Hebben we ons weleens afgevraagd hoe de buitenwereld op dit alles reageerde? Hoe anderen nu op die idiote dag terugkijken? Ik heb een bekende uitgenodigd, een televisiejournalist die die bewuste dag van begin tot einde meegemaakt heeft en die nog steeds in het wielerwereldje rondhangt. Hij heeft een uitgesproken mening over wat er zoal gebeurt. De meesten van jullie hebben hem wel meegemaakt. Ik vraag jullie aandacht voor Stijn Miller.'

De deur van het zaaltje ging open en met een mooie, ingehouden glimlach op zijn gezicht stapte de veteraan-wielercommentator binnen. Van der Meer liep op hem af, schudde hem de hand en maakte vervolgens het rondje langs de anderen. Andersen was de laatste die voorgesteld werd en Miller knikte beleefd toen hij de strak in het pak geklede Noor de hand schudde. 'U had ik nog nooit persoonlijk gesproken,' zei de tv-man, die vervolgens naar de kopse kant van de zaal liep, in de buurt van de videorecorder, en het gezelschap lachend aankeek.

'Wat een eer, wat een geweldige eer,' sprak hij.

Col du Mont Cenis (anderhalve kilometer onder de top)

Van der Meer passeerde Van Geneugden en luisterde niet naar zijn gescheld. Waarom zou hij? Klote-Belg. Snel keek hij op zijn horloge. Het liep tegen drieën. Hij zat al zes uur op de fiets en hij moest nog zeker twee uur. Hij vloekte luid voor zich uit en keek naar zijn hartslagmetertje op zijn stuur: bijna maximaal. Hij moest opletten dat hij niet heel erg in het rood ging rijden, net nu de strijd op deze col goed was losgebroken.

Hij zag White honderd meter voor zich uit dansen en nadat hij de volgende lus had genomen, had hij kort zicht op Dazan, die iets voor de Amerikaan klom en heel even dacht hij Dutronc dáár weer voor te hebben gezien. Waar was die godvergeten Andersen? Waarom klom die klootzak hier de sterren van de hemel? Wie had hem dat geleerd? Wat had hij genomen om hier goddomme de andere zes zomaar achter te laten? Ging die Noor dan het hele spel naar huis rijden? Dat kon niet waar zijn.

Van der Meer moest lachen om zijn eigen vastberadenheid. Het zweet liep nu tappelings langs zijn gezicht, zijn hartslag schoot voortdurend over de 190 heen – voor hem heel hoog, misschien wel gevaarlijk hoog, maar iets zei hem dat hij nu maar door moest gaan. Vooruit... op weg naar eeuwige roem, of anders een idiote ervaring. Wie kon het zeggen? Nog nooit had hij in de Tour in zo'n situatie gereden. Hij had drie klassiekers op zijn naam staan en had etappes gewonnen in Giro, Vuelta en Tour, maar dit was ineens wat anders – tenminste, zo voelde het aan.

De weg liep nu vrij prettig omhoog; niet meer van die geniepige, scherp draaiende bochten die de dijbeenspieren in één klap afsneden en je naar adem deden snakken; nu was het één lange, geleidelijke klim van 1500 meter naar de top.

Van der Meer probeerde zich te herinneren of hij weleens van de Cenis gedaald had, maar wist het niet zeker. Hij wist wel dat hij, 's ochtends voor de start, zijn kaartje bekeken had en daarop een vrij steile tekening had gezien. Betekende dat inderdaad dat het een gevaarlijke, snelle afdaling zou worden of hadden de kaarttekenaars van de organisatie weer eens een foutje gemaakt, zoals ieder jaar een paar keer gebeurde? Moest hij voorzichtig gaan dalen of zouden de verschillen op de top van deze berg een springplank kunnen zijn voor de rest van de etappe? Wie hier niet voluit naar beneden zou gaan, zou beneden, in Italië, weleens met dubbele rente moeten gaan terugbetalen.

Hij trok zijn koerstrui recht, ging even rechtop zitten, pakte zijn bidon en dronk snel zes grote slokken lauwe thee. Hij ritste zijn shirt bij de hals dicht en draaide zijn kletsnatte koerspetje met een snelle beweging om. Een helm droeg hij nooit in een klim. Hij wist dat het stom was, maar zo'n idioot ding hinderde hem altijd; het knelde, het leek bijna zijn gedachten vast te binden.

Op de een of andere manier voelde hij dat hij niet op reserve naar beneden moest gaan. De slag kon nu vallen en hij wilde er koste wat het kost bij zijn. Dat merkwaardige idee van een paar minuten geleden, toen de gedachte aan winnen ineens en voor de eerste keer door zijn hoofd spookte, was hij nog niet kwijtgeraakt.

Van de juryleden bij de streep op de top van de col kreeg hij 'Une minute trente' mee in het passeren en dertig meter verder had hij vrij zicht op de schitterende maar inderdaad o zo steile afdaling. Geroutineerd schakelde hij bij, ging even verzitten, schudde zijn scrotum heel even recht en legde zijn handen in de onderkant van de beugels. Dit was voor echte renners en hij nam zich voor die rottige anderhalve minuut snel dicht te rijden. Hij keek twee etages lager en zag het shirt van Dutronc en dertig meter daarachter Dazan met White. Hij lag dus vijfde, want hij nam aan dat Andersen op kop lag en hij wist zeker dat Kupfernagel en Van Geneugden achter hem reden. Hij schakelde bij en trapte nu vol door. Hij voelde dat de haren in zijn nek overeind gingen staan. Met enig genot zelfs voelde hij een rimpeling over zijn rug trekken. Dit was toch godverdomme het einde, waarom zou hij nu níét voluit dalen?

Ineens voelde hij het pure genot van de grote snelheid. Hij joeg op de volgende bocht aan en passeerde moeiteloos een van de televisiemotoren.

Bijna speels liet hij zich door de bocht vallen en hoorde achter zich het schavende geluid van een over de grond schurende motor. Dommerik, dacht Van der Meer en hij keek niet eens om. 'Nooit een renner op drift willen volgen, klootzak,' riep hij hardop en hij trapte door. Heel even flitste het door hem heen dat cameraman en motorrijder hopelijk ongedeerd waren, maar daar kwam de volgende bocht alweer.

Ook deze nam hij met speels gemak. Was het de adrenaline die hem ineens vleugels gaf? Hij dacht van wel en keek naar de lange weg vooruit. Hij zag White, die hij vijftien seconden later passeerde alsof deze stilstond. In het langszoeven hoorde hij: 'Fuck you!' Hij trapte vol door en had twee minuten later ook Dutronc ingehaald. De Fransman daalde als een schooljuf en remde krachtig af voor iedere bocht en toen Van der Meer langsroste wees Dutronc snel op zijn voorhoofd.

Van der Meer lachte voor zich uit en liet heel even de spanning van zijn dijen los. Hij reed nu wel heel erg op het randje en de totale afdaling was dertig kilometer lang. Zo kon hij niet doorgaan.

Het duurde ruim vijf minuten alvorens hij Dazan voor zich zag en nog enige minuten tot hij pal naast de Italiaan reed. De Neus keek opzij en lachte hem toe: 'Spericolato.'

Van der Meer knikte. Dat was hij inderdaad: roekeloos, maar wel binnen zijn eigen grenzen en hij voelde zich heel prettig.

'Andersen... il Norvegese?' riep hij, en Dazan knikte in de ruimte voor hen. 'Quanto?' vroeg Van der Meer toen ze zij aan zij de volgende bocht in draaiden.

De Neus haalde zijn hoekige schouders op: 'Due minuti...?' Hij wist het ook niet.

Gedurende vijf minuten bleven de twee samen. Ze reden flink door, maar Van der Meer voelde aan zijn spieren dat de spanning van de eerste kilometers van de afdaling eraf was. Wat moest hij nu doen? Achter die Noor aan gaan jagen en hem bijhalen om dan met twee of drie man voorop te komen?

Dazan kon, als hij wilde, goed dalen, dus die zou hem kunnen volgen. Het gat met de mannen achterop zou groter worden. Minuten misschien wel, en dat zou beslissend kunnen zijn voor het verdere verloop van de etappe. En, bedacht Van der Meer ineens, hoe zou het toch met Kupfernagel zijn? Hij was de allerbeste daler van allemaal en met zijn mik vol durfde hij natuurlijk alles om in deze afdaling de voorsten terug te halen.

Van Geneugden mocht ook niet afgeschreven worden, want de veteraan kon dit vak ook aan en als de Duitser voluit zou gaan, zou de Belg de eerste zijn die hij tegen zou komen – en dus?

Van der Meer schakelde bij en keek schuin opzij naar Dazan, die een gezicht trok: moest dit nu?

Drie minuten later zag Van der Meer de Noor twee etages lager dalen. Eén blik was voldoende. De jonge Viking was aangeschoten wild en hij wist het. Krampachtig probeerde hij zijn met fraai klimwerk verkregen voorsprong vast te houden, maar twee minuten later hadden Dazan en Van der Meer hem te pakken. De Noor keek opzij en er trok een glimlach van opluchting over zijn gezicht: hij was niet meer alleen, hij hoefde het gewicht van deze wonderlijke etappe tenminste niet in z'n eentje te dragen.

De drie stoven het bergdorp Molaretto door; ze waren in Italië en op een lang stuk rechte weg konden ze rechts boven zich vijf of zeven bochten hoger kijken. Van der Meer zag het als eerste: Kupfernagel was hun volgende belager geworden en daalde als een waanzinnige, Dazan zag de Duitser nu ook en begreep de gevolgen. Zes lange rechte stukken, zes bochten en de passage door het dorpje; dat moest voor de onstuimige Duitser te doen zijn, een kwestie van minuten.

Weer wisselden Dazan en Van der Meer snelle blikken, zoals ze al eerder gedaan hadden deze dag. Gek, maar Van der Meer voelde dat de Italiaan te vertrouwen was en ergens had hij het gevoel dat dat vertrouwen wederzijds was – gewoon twee veteranen die in één koers aan elkaar overgeleverd waren.

'Go!' riep Van der Meer en hij schakelde op: als die Duitser dan zo nodig hier al zijn krachten moest verspelen, moest hij dat ook maar voelen. Dazan schoot in het wiel van Van der Meer; Andersen had even iets meer moeite.

Na twee bochten voelde Van der Meer weer dat ritme van een kwartier eerder terugkomen. De stukken rechte weg waren nu langer en de bochten waren niet zo scherp en gevaarlijk meer als in de eerste kilometers naar de top, maar het was bepaald nog geen plezierritje naar beneden.

Van der Meer bleef op kop en keek schuin onder zijn linkerarm door; Dazan volgde op tien meter, vlak daarachter daalde Andersen met een verwrongen gezicht.

Hoe hard reden ze nu? Van der Meer dacht ergens boven de tachtig kilometer per uur, het voelde in ieder geval supersonisch snel aan. De volgende bocht liep naar links en hij draaide op hoge snelheid zijn fiets de extreem rechter kant van de weg door: dit heette 'op het randje dalen'. De drie renners reden vol, hadden de vingers om de remmen en stonden een heel klein beetje in hun pedalen, de billen ietwat los van het zadel. Als er iets zou gebeuren, konden ze zo sneller reageren, eventueel in een val de fiets wegschoppen of in ieder geval gelanceerd vallen.

Van der Meer zag zijn fout meteen en rukte zijn voorwiel rakelings langs het muurtje. Hij hoorde dat Dazan luid tierend ook op de fiets bleef, maar Andersen ging recht over het vijftig centimeter hoge obstakel heen. Van der Meer wilde omkijken, maar hij zag de volgende bocht aankomen en scheurde er van rechts naar links doorheen. Dit was goddomme gekkenwerk, maar ergens, diep in zijn lijf, voelde hij een enorm lekker gevoel opstijgen. Het was geweldddadige, zoete pijn die snel door zijn spieren en aderen stroomde. Hij voelde zich fantastisch.

Was het omdat hij die verrotte Noor, de beste klimmer van de kopgroep, nu blijkbaar geëlimineerd had? Omdat er één tegenstander minder was? Omdat hij durfde en kon wat anderen niet konden?

Een minuut later keek hij om en zag Dazan wenken.

Heel even hield Van der Meer in met trappen en Dazan kwam kort naast hem.

'Die Noor is godverdomme naar beneden gelazerd,' riep de Neus.

Van der Meer knikte snel, riep: 'Peccato,' en trapte voluit door. Het lazerus voor iedereen, dacht hij en hij dook met meer dan zeventig kilometer per uur een vrijwel haakse bocht in. Die thee werkte prima.

Amsterdam

Stijn Miller stond naast het tv-toestel en had de video stopgezet. De zeven renners tegenover hem hadden deels geïnteresseerd, deels verbaasd geluisterd en tv gekeken.

Op zich was het een heel aardig idee geweest. Van der Meer had Miller drie weken eerder vanuit New York opgebeld en hem een vrije opdracht gegeven voor deze vroege avond: hij moest zijn kleine, maar zeer betrokken publiek gedurende een klein uur bezighouden. Dat zou kunnen met een voordracht over wat er die dag in de Tour gebeurd was, maar ook met een na-analyse, zoveel jaar later dus, aan de hand van bestaand televisiemateriaal.

Miller, die enthousiast had gereageerd op het verzoek van Van der Meer, had werk gemaakt van zijn filmpje, zoals hij het zelf noemde. Het eerste kwartier had hij een helder betoog gehouden waarin hij vooral de karakters van de zeven koplopers had ontleed, wat hem vaak lange lachsalvo's van de zeven hoofdrolspelers opleverde.

Nu zette hij het beeld stil en zagen de zeven man een bocht in de weg en een muurtje van ongeveer vijftig centimeter hoogte.

'Hier,' zei Miller en hij wees naar het beeld, 'hier werd de Tour volgens velen beslist... Dat wil zeggen, voor de kijker, voor de wielerfan. Onze gastheer en Dazan zijn dus net voorbij en wat we nu gaan zien schrikt me na al die jaren nog altijd af.' Hij drukte op de PLAY-knop en het beeld bewoog weer.

Een van de televisiemotoren stopte. Aan de beweging van de camera zag je dat de cameraman afstapte en over het muurtje heen filmde. Heel even werd het beeld onduidelijk, waarschijnlijk omdat de automatische sluiter van de ultralichte camera zijn werk deed, maar vervolgens zagen de zeven het beeld dat de meesten zeven jaar eerder op de avond van de etappe via de Franse en Italiaanse tv wel zeventien maal teruggezien hadden.

Achter het muurtje was een klein, gapend gat en onder in dat gat zag je het shirt van Andersen. Je zag dat de renner bewoog; zo te zien hing hij in de takken van een boom. De cameraman had een stap over het muurtje gemaakt en had ingezoomd op de Noor, die weliswaar een vrije val van misschien wel tien meter had gemaakt, maar die dus bewoog en, vreemd genoeg, zijn fiets met zijn rechterhand vasthield.

Inmiddels waren naast de cameraman nog twee onbekenden opgedoken, mensen die uit een volgwagen waren gestapt. Een van hen, een jonge kerel nog, liet zichzelf vrij behendig langs de begroeide rotswand naar beneden glijden. Het beeld bleef gericht op Andersen, die iets onverstaanbaars naar boven riep, maar aan de gelaatsuitdrukking van de Noor was te zien dat hij okay was.

De jonge helper bleef op ongeveer drie meter van de nog steeds half in de boom hangende Noor op een plateautje staan en het beeld zoomde even op hem in toen hij zijn hand uitstak en de Noor toeriep zijn fiets los te laten.

Terwijl het beeld weer totaal werd, zag je Andersen met zijn rechterhand de fiets van zich af duwen en vervolgens loslaten. De man op het plateau probeerde het verbogen rijwiel aan te pakken, maar miste op een halve meter – en de fiets stuiterde wild het gapende gat in.

Een tweede man, een motorpolitieagent, eentje van de tour, was inmiddels ook in beeld verschenen en liet zichzelf tot naast de jonge man op het één meter uitstekende balkonnetje zakken. De twee probeerden hun arm te strekken en contact te krijgen met de linkerhand van Andersen, maar dat lukte niet; tussen de uitgestoken handen bleef dertig centimeter ruimte.

Het volgende beeld kwam uit de koers. De doldriest dalende Kupfernagel was tot op honderd meter van de twee koplopers gekomen en de Franse regisseur had, ondanks de spanning rond de beelden van de val van Andersen, toch ook oog voor de wedstrijd gehouden.

In het volgende beeld zag je Andersen, die behoedzaam op een nu licht doorbuigende tak probeerde te gaan verzitten.

De twee mannen op het plateau keken omhoog en iemand naast de cameraman gooide iets naar beneden, een bos touw of een sleepkabel uit een auto.

De agent ving de bos, rolde de rode kabel uit en gooide een deel naar Andersen, die pas na vijf pogingen het uiteinde van de kabel ving en deze direct een meter of drie, vier naar zich toe haalde. Hij maakte een lus in het eind en schoof die over zijn hoofd en middel, zodat hij gevangen leek door een lasso, hem over het hoofd gegooid door de twee cowboys vlak bij hem.

Weer schakelde de regisseur over naar de wedstrijd, waar Kupfernagel zich lachend bij Dazan en Van der Meer voegde en brutaal ging zitten drinken.

Het volgende beeld liet Andersen zien, die op handen en voeten probeerde een tamelijk grote tak boven zich te bereiken, waarvandaan hij waarschijnlijk een sprong naar het plateau dacht te kunnen maken.

Dat geklauter duurde misschien één minuut. De Noor hield even de stam van de boom vast, duwde zich af, sprong lenig, met opgetrokken knieën en landde vervolgens tussen de politieman en de Tour-volger in. Hij greep de uitgestoken armen van de mannen en stond twintig tellen later naast de cameraman.

De zeven mannen zaten op het puntje van hun stoel. Hoelang hadden ze deze beelden niet gezien? Andersen antwoordde dat hij een jaar of vijf geleden in een Noors tv-programma zijn hele verhaal nog een keer verteld had en dat hij toen voor het laatst deze dodensprong gezien had. Van der Meer wist zeker dat hij na die avond van Sestriere nooit meer deze bloedstollende televisiebeelden gezien had. Van Geneugden zei dat hij ze nog weleens had teruggezien, en ook Dazan en Kupfernagel knikten; ook zij hadden nog weleens een cassette in hun videorecorder gestopt en de huiveringwekkende avonturen van hun kopgroepgenoot bekeken.

'Moet je opletten,' zei Miller en hij wees naar het beeld.

Andersen stond nu aan de andere kant van het muurtje en in beeld zag je een stuk of tien, twaalf mensen rondrennen. Men was op zoek naar de Ronde-dokter, maar deze was er nog niet.

Andersen lachte voor zich uit toen hij zichzelf levensgroot in beeld zag op de tv in de hoek van de kamer. Hij bloedde aan zijn armen, had een jaap in zijn wang en zijn valhelm stond scheef op zijn hoofd. Er zat een grote scheur in het wielershirt, bijna haaks over de borst, maar het opvallendst was de enorme rust die de Noor uitstraalde temidden van alle hectiek.

Miller drukte de STOP-knop in en wendde zich tot de Noor: 'Ik zou graag willen weten wat u toen voelde.'

De anderen keken Andersen aan, die met zijn ogen even de kring langs ging en met vaste stem zei: 'Ik wilde een fiets hebben, dat was eigenlijk alles. Als je zoiets meemaakt, denk je niet aan uitvallen... Ook al ben je gewond... je wilt fietsen. Er stond daar iemand van de organisatie naast me te roepen dat ik naar het ziekenhuis moest en dat er een helikopter moest komen, maar ik had niets – tenminste dat vond ik. Ik riep naar mijn ploegleider dat ik mijn reservefiets moest hebben. Kijk maar.'

Miller liet het beeld weer lopen en inderdaad zag je de Noor naar zijn ploegleider een paar meter verderop schreeuwen.

'Let goed op,' zei Miller en hij wees naar de bovenkant van het beeld. Daar zag je de Ronde-arts aankomen, een nogal ruw type, een *bush-bush*-dokter, zoals de renners hem noemden.

De arts pakte de pols van Andersen en legde even zijn hand in diens nek. Inmiddels had de mecanicien een reservefiets van het dak van de wagen gehaald en zette dat karretje, zonder kaderplaatje uiteraard, tegen de wagen van de arts. Andersen liep twee stappen, nog steeds met de arts aan de hand, naar die fiets, maar de dokter hield de Noor toch enigszins tegen. Andersen rukte zich los en pakte het stuur.

Feilloos registreerde de camera de acties. Je zag de vertwijfeling bij een paar omstanders. Kon je een renner die toch een sensationele tuimeling gemaakt had, weer op de fiets zetten? Moest die arts niet kijken of er misschien wat gebroken was?

Andersen schudde de Fransman nu af, gaf hem bijna een zet, maar hield zich meteen weer in. Hij maakte het handgebaar van 'sorry', maar stapte wel op zijn fiets, klikte zijn schoentjes in, begon te trappen en verdween om de bocht. Aan het laatste beeld was goed te zien dat het zadel van dit karretje veel te laag stond voor de lange Noor.

De zeven man keken gebiologeerd naar het beeld dat door Miller weer stilgezet was. 'Jullie weten allen nog hoe de situatie op dit moment was. Drie man aan de leiding; Dutronc, White en Van Geneugden op ruim twee minuten, en ik heb het eergisteren nog een keer uitgetimed: vanaf het moment dat Andersen weer op de fiets klom, waren de koplopers bijna zeven minuten door. Dat was dus op iets meer dan vijftig kilometer voor de finish.' Hij drukte de PLAY-knop weer in en vervolgens zag het zevental de drie koplopers het plaatsje Souza binnenrijden. 'Ook dit vond ik niet onbelangrijk,' zei Miller.

Kupfernagel knikte en bromde luid: 'Scheisse Fernsehen...' De anderen lachten.

Souza

Van der Meer had zich als eerste opgericht en de lange galoppade van de col af kwam enigszins tot rust. Hij keek achter zich en zag een wagen of vijf, zes, plus een tiental motoren. Hij stak zijn hand op en vroeg om de koersdirectie. 'Nieuws over die Noor,' had hij gevraagd en Duprez had hem toegeschreeuwd: 'Die zit weer op de fiets... Heeft geluk gehad, was in een boom blijven hangen.' Van der Meer had geknikt en had het tegen zijn metgezellen geroepen. Beiden hadden hem redelijk neutraal aangekeken en alle drie de mannen hadden vervolgens om drinken gevraagd.

De weg was hier slecht, met kuilen en veel stof, en opvallend veel supporters stonden langs de kant in de greppel. Dazan werd luid toegeroepen, helemaal bij het uitrijden van het stadje; daar waar honderden *tifosi* samengepakt stonden. Er steeg een enorm gejuich op uit de kleine menigte en Dazan zwaaide even naar zijn landgenoten. Weer had Van der Meer de koersdirecteur geroepen en soepel had de chauffeur van de wagen met bordnummer 1 zijn auto naast de Nederlander gebracht. 'Hoeveel kilometer nog naar de finish?' had hij gevraagd en het antwoord had hem een glimlach opgeleverd: 'Encore cinquante trois kilomètres.' Mooi, had Van der Meer gedacht en hij had zich tegelijkertijd afgevraagd of hij een zesde zintuig had voor dit soort zaken. Hij was gek op priemgetallen, hij lette er misschien wel te veel op in alles wat hij deed, maar hoe kon het dat hij nu, op dit moment van de dag, wéér geconfronteerd werd met een getal dat hem sympathiek voorkwam? Was dit pure mazzel of bestond er meer?

'Et la situation?' had hij geroepen, zo luid dat Kupfernagel en Dazan het ook konden horen. De Duitser en de Italiaan hadden snel hun fiets richting koersdirectiewagen gestuurd en gedrieën hoorden ze de stand van zaken: de drie achtervolgers kwamen iets dichterbij, reden nu op ruim een minuut en Andersen daalde met de Ronde-dokter naast zich. Hij liet zich aan zijn armen verzorgen en had zeven minuten en twintig seconden achterstand. Het eerste peloton was op twee kilometer van de top van de Mont Cenis en de bus reed op meer dan een uur achterstand. Als de situatie zo zou blijven, zouden meer dan vijftig renners die avond naar huis moeten, want de bus zou dan buiten de tijd in de garage komen.

Van der Meer had moeten lachen om die beeldspraak van Duprez en had hem toegeknikt: 'Daar vind jij wel wat op, nietwaar?', en de koersdirecteur had vlijmscherp gereageerd: 'En er zitten drie ploeggenoten van jou in die groep.'

Die laatste woorden waren toch een poosje bij Van der Meer blijven hangen. Moest hij zich vandaag onsterfelijk maken bij zijn ploeggenoten? Moest hij nu nog een keer gas gaan geven en zorgen dat die klootzakken morgenochtend allemaal via Turijn naar Schiphol of Zaventem konden vliegen? Als er zeven man vooruit zouden zijn op een manier zoals het vandaag gegaan was, en hij had daar niet bij gezeten, dan reed hij hoogstwaarschijnlijk zelf ook in de bus, realiseerde hij zich. Dan kon hij ook morgen naar huis en was zijn startgeld voor de criteriums ook direct terug tot pakweg achterhonderd piek, hooguit duizend.

Hij herinnerde zich zijn gesprek van die ochtend met Rolf Wagen, de jonge journalist. Had hij daar niet gezegd dat je een zware etappe het best in de bus kon voltooien? Driemaal had hij de Tour gereden voor een topklassering; hij was zeventiende, negentiende en drieëntwintigste geworden in die uitgaven, en de andere keer had hij het zware werk in de bergen gelaten voor wat het was en had hij, tegen de wil van zijn ploegleider en sponsors in, genoegen genomen met een plaats ergens tussen de dertig en zestig. Het had, zo had hij die mensen uitgelegd, geen zin voor hem om zich helemaal uit de naad te rijden voor de prachtige zestiende of tweeëntwintigste plaats. Tegen Den Daas, die zelf een keer bij de eerste twintig had gereden, maar daarna renner-te-voet werd omdat hij zo sterk in het rood gereden had dat zijn motortje welhaast doorgebrand leek, had hij vóór de proloog in San Sebastián nog gezegd dat hij niet op een topklassering hoefde te rekenen. Den Daas had hem toen van onprofessioneel gedrag beschuldigd en Van der Meer had hem beleefd gevraagd zijn kloten te kussen.

Ineens ging hij rechtop zitten. 'Verdomme,' zei hij tegen zichzelf, 'als er drie man naar huis gaan, zijn we nog met drie renners over... Lekker voor de komende dagen. Wel rustig aan tafel, en misschien wel goed voor de premies, maar stel nou eens dat ik erg hoog in het klassement kom te staan... Wie gaan er dan voor mij op het vlakke rijden op weg naar Parijs? Wie gaat er de koers controleren? Van der Meer schudde zijn hoofd, dit was even te veel voor hem. Hoe moest dit?

De drie reden in slagorde over de warme weg, de vaart was er nu uit omdat er gegeten en gedronken werd en Dazan pakte zijn kaartje uit zijn achterzak. Van der Meer stuurde zijn fiets naast die van de Italiaan en keek mee.

'Ben jij nog goed of zelfs maar super?' vroeg hij cynisch.

De Neus hield zijn blik op het kaartje gericht en bromde terug: 'Goed en moe. Ik hou me aanbevolen.'

Van der Meer knikte en liet zich terugzakken in derde positie. Hij eigenlijk ook. Hij keek naar Kupfernagel en kreeg ineens een wrede gedachte: die kloothommel uit de DDR gaat de Tour toch niet winnen... Weer schudde hij zijn hoofd, maar tegelijkertijd begon hij verder te denken. Wat als de andere drie terug zouden komen? Dutronc zou dan de beste klimmer zijn, want Andersen kon het gat nooit meer goedmaken... Moest die lelijke Fransman dan winnen? En wat had hij daar dan wel voor over?

Van der Meer verwierp direct die gedachte over Dutronc, want hij wist ook dat de Fransman geen tijdrit kon rijden.

Misschien wel de etappe, maar niet tot in Parijs. Dazan dan? Niet uitgesloten. Van Geneugden? Dat zou ook kunnen. Gezien de erelijst van de Vlaming zou het niet gek zijn, maar zou hij ooit door de controle komen? Niet alleen vandaag dus, maar gedurende de hele laatste week? En al helemaal na de tijdrit? Van der Meer wist zeker van niet. White dan? Nee, de Amerikaan wist niet hoe dit spel werkte, maar had natuurlijk wel een rijke sponsor achter zich. Dat laatste idee deed Van der Meer glimlachen. De handel lag hier op straat. Maar White was natuurlijk te onvolwassen om in te zien hoe er straks geklommen moest worden.

'Waarom jijzelf niet, lul?' riep hij voor zich uit, maar tegelijkertijd voelde hij de lichte kramp weer in zijn linkerdijbeen. Het zou straks een woedende klim van vierentwintig kilometer worden. Dat was moordenaarswerk, zeker na een dag als vandaag. Alleen Dutronc leek hem in staat hard tegen deze col op te rijden. Weer vroeg hij zich af of hij niet voor de winst zou gaan en weer zei zijn tweede ik dat hij daarvoor niet goed genoeg was. 'Bullshit,' riep hij nu voor zich uit, zodanig dat Kupfernagel, die net langs hem terugkwam, moest lachen.

'Dat zeg je toch wel tegen jezelf?' bitste de Duitser en Van der Meer antwoordde snel: 'Nee, tegen jou natuurlijk.'

Zo gingen er twee minuten voorbij. De weg liep nu gluiperig langzaam omhoog, wat ook zo aangegeven was op de kaart. Alledrie schakelden terug en vlak voor een schuine bocht naar links keek Van der Meer achter zich de lange weg af. Hij zag drie renners, op ruime achterstand weliswaar, maar zij zagen de kopgroep natuurlijk ook, zonder zich te hoeven omdraaien. Ze beslopen hun prooi, maar de vraag was of ze kracht genoeg zouden hebben om aan te sluiten voordat de echte klim naar het Italiaanse wintersportoord zou beginnen. Van der Meer schatte de afstand op zes-, zevenhonderd meter, maar was daar niet zeker van.

Kupfernagel zag de Hollander achteromkijken en hield

even in. 'Die Arschlöcher kommen zurück,' riep hij. Dazan riep slechts: 'Merda,' en ging aan de leiding rijden.

Andersens achterstand was inmiddels teruggelopen tot zes minuten en tien seconden. De Noor zette er flink de sokken in.

Amsterdam

Stijn Miller keek de groep rond. De video stond weer stil en het bevroren beeld van de drie koplopers lachte de mannen toe. Er was een ober binnengekomen die koffie en thee had geserveerd en twee grote schalen verse tapas had neergezet. Miller had nu het gevoel dat hij ver kon gaan met de zeven excoureurs en vroeg of ieder van hen zich nog kon herinneren wie zij gedacht hadden dat de etappewinnaar zou worden en wie de Tour-winnaar. Miller ging de kring langs. White was de eerste. De Amerikaan haalde zijn schouders op, wachtte en sprak bedachtzaam de namen uit: 'Dutronc voor de etappe, ikzelf voor de eindzege, omdat ik veel beter tijd kon rijden...' De Fransoos keek de Amerikaan geamuseerd aan: 'Dacht je dat toen echt?' White knikte en zei: 'Nu nog.'

'Ik zag mezelf wel de etappe winnen, vooral toen we op dat vals-platte stuk terug konden komen bij de koplopers,' zei de Fransman, 'maar ik heb nooit gedacht dat ik de Tour daar, in die etappe, kon gaan winnen. Alles hing af van wat Kupfernagel zou doen.'

De Duitser lachte en knikte: 'Gut gesehen, mein Lieber. Ik was de hele dag de minste als het bergop ging; dat weten jullie toch nog wel? Ik had geluk, laten we het daarop houden. Voor mij was Van Geneugden dé man. Die reed nergens een trap te veel. Ik heb nooit aan winnen gedacht. Ja, heel even, toen we de laatste klim begonnen, toen ik wist dat Andersen niet meer terug zou komen.'

Dazan schudde zijn hoofd. 'Ik zal heel eerlijk zijn, maar ik had geen idee. Ikzelf reed de laatste twee beklimmingen niet goed meer. In de afdaling kon ik me handhaven, mede ook omdat Van der Meer zo goed ging. En voor de eindzege... Ik zag het gebeuren, maar het verbaasde me wel. Eerst dacht ik dat White goed zat, maar later weer Kupfernagel.'

Miller keek naar Van Geneugden en de Belg schraapte zijn keel: 'Om jullie de waarheid te zeggen, ik wilde wel winnen, maar ik zat met een geweldig probleem. Ik zou de wijzers van de controleapparatuur dwars in het rood gepiest hebben, want ik zat redelijk geladen... al vanaf het begin van de etappe. Ik was drie dagen eerder verkouden geworden en voelde me toen zwakker worden. Ik wilde per se Parijs halen voor de criteriums en nam een risico. Onderweg heb ik toen wel na zitten denken wat ik moest doen. Tot aan de voet van de laatste klim voelde ik me de sterkste van allemaal, maar ik vertrouwde Van der Meer de hele dag al niet en helemaal niet in het laatste uur van de koers.'

Allen keken de gastheer aan. Wat moest hij zeggen? 'Eh, ik vertrouwde jou ook niet,' zei hij en hij keek Van Geneugden aan.

'Waarom niet?' vroeg de Vlaming. 'Omdat ik dacht dat je toneel zat te spelen. Ik wist vrijwel zeker dat je gepakt had, maar ik wist niet wat... of je had kunnen coveren of zo. En ik vond inderdaad ook dat je de hele koers de indruk gaf op reserve te rijden.'

White, met zijn glas in de hand, nam het woord: 'Ik heb de laatste twee uur met reserve kunnen rijden. Hebben jullie dat niet gemerkt? Ik begon als een gek, maar ik reed al dagen goed, net alsof ik kracht overhield. Vanaf de beklimming van de Cenis heb ik weinig kopwerk gedaan. Ik was er bijna zeker van dat ik met Andersen en Dutronc weg zou kunnen rijden.'

De Noor was de enige die nog niets gezegd had. 'Nou, dan ik maar,' zei hij, een beetje schaapachtig. 'Eh, ik klom heel goed, maar ik was bang in de afdalingen. Ik had me voorgenomen tot de Italiaanse grens bij de eersten te blijven en op vijftien kilometer van de finish te demarreren. Ik had mezelf wél als etappewinnaar gezien, maar aan de totaalzege had ik nog niet gedacht. Ik vond dat Van der Meer op een gegeven moment wel heel sterk reed. Ik wist dat hij een betere tijdrit kon rijden dan ik en ik twijfelde aan Dazan. Ik vond dat jij' – hij keek de Italiaan recht aan – 'op een of andere manier aan het linkeballen was. Achter Van der Meer aan rijden in de afdaling nadat je hem eerst had losgereden; dat vond ik niets.'

Dazan nam nu het woord: 'Ieder koerste op zijn manier. Jij' – hij blikte naar Van Geneugden – 'jij deed niets te veel; jij hebt voortdurend op reserve gereden en je hebt zitten kijken wie je in de laatste klim kon flikken. Of zie ik dat fout?'

De Belg lachte luid en hief zijn armen ten hemel: 'Ik en flikken, kom nou toch! Als ik geflikt had, dan toch mijzelve. Ik kon nooit bij de eerste drie finishen omdat ik dan zeker piesen moest gaan. Dat wist ik en ik had geen idee hoe de lottrekking zou zijn. Misschien dat de juryleden wel opdracht hadden gekregen om de anderen uit de kopgroep min of meer bij toeval aan te wijzen voor de controle. Heus, ik zat daarover meer in dan over wat ook.'

Miller keek de groep rond. Er was nauwelijks consensus te vinden in de antwoorden op zijn twee vragen. Nogmaals probeerde hij het: 'Wie was er die dag het sterkste?'

Even viel er een stilte. Toen wees Kupfernagel naar Andersen, en de anderen, op Van Geneugden na, knikten. Dat waren ze met de Duitser eens. Van Geneugden zei: 'Nee, onze gastheer had kunnen en moeten gaan winnen. Wie dat niet zag was blind.'

Van der Meer lachte hardop en pakte een glas Spa: 'Wat geeft jou die zekerheid? Wist jij van de kramp in mijn dijen? Nee toch? Ik reed sterk in de afdaling, maar daar werd de etappe niet beslist. Daar raakten we de beste man kwijt…'

'Dus toch…' zei Andersen bedachtzaam.

Van der Meer keek de Noor aan. Daar had hij gelijk in.

Verrek, die val... Hoe werd die ook alweer veroorzaakt?

'Heb je mij ooit mijn manier van dalen kwalijk genomen?' vroeg Van der Meer aan Andersen.

De Noor schudde zijn hoofd: 'Nee, ik kan mezelf wel zaken kwalijk nemen, zoals jij het noemt. Ik dacht dat ik net zo goed kon dalen als jullie, maar daarin vergiste ik me. Ik was overmoedig geworden in de beklimming van de Iseran toen ik voelde dat ik betere benen had dan bijna iedereen. Mijn ploegleider kwam me toen mededelen dat ik een premie van een miljoen Noorse kronen zou krijgen als ik de Tour zou winnen; dat was doorgebeld vanuit Spanje door de grote sponsor die ergens op een terras naar de televisie lag te kijken. Ik weet nog dat ik een tijdje over die mededeling heb zitten nadenken. Een miljoen kronen... Dat was wel heel veel.'

Miller nam het woord weer over en vertelde leuke anekdotes van die dag. Over hoe de televisiecommentatoren van de diverse landen elkaar met vraagtekens in de ogen hadden aangekeken, hoe er geanalyseerd werd zonder dat men, vanaf die kleine tribune op die Italiaanse skipiste, ook maar enigszins wist wat er zich in de kopgroep afspeelde. Dat dat bij wielrennen eigenlijk altijd gebeurde. Commentatoren zagen net zoveel als de kijker thuis, vaak nog op een armetierig klein, slecht werkend monitortje waar nauwelijks kleur in te krijgen was.

'Onze verhalen,' zei Miller tegen de zeven man die hem nu allen geamuseerd aan zaten te kijken,' onze verhalen klopten soms wel en vaak niet. Wij zagen wat jullie wilden dat we zagen, maar meeluisteren naar jullie gesprekken was niet mogelijk. Jullie in je ziel of lichaam kijken kon niet, zodat we moesten afgaan op onze ervaring, een beetje mensenkennis, het interpreteren van lichaamstaal en intuïtie. In deze etappe was dat buitengewoon moeilijk, maar wel boeiend.'

'Waarom, als ik vragen mag, bent u ooit wielrennen gaan verslaan?' vroeg White.

Miller antwoordde: 'Omdat ik, ondanks veel gesjoemel en getruc, de wielrennerij altijd heb gezien als een harde en eerlijke sport. Ik weet dat jullie de boel soms mooi konden belazeren, maar toch bleef het presteren voor mij altijd overeind. Ik geniet van zware bergetappes waar sportmensen hun hele hebben en houwen moeten blootleggen. Ik heb vroeger in de Tour wel filmpjes gemaakt van renners die aan het eind van hun Latijn binnenkwamen, met pis en stront langs de benen, met verdraaide ogen en hartslag 200. Een uur later zag je die coureurs gewassen en gemasseerd vrij fris weer terug. Dan zaten ze in hun trainingspakje in een hotelletje en dronken ze hun kopje thee en lazen hun krant of babbelden wat met supporters.

Dat heb ik altijd boeiend gevonden en ik moet toegeven dat ik juist dat heroïeke zo aantrekkelijk ben blijven vinden. Ze zagen mij niet bij een kermiskoers in België en maar heel soms werkte ik in een kleine ronde. Het grote werk heeft me altijd sterk aangesproken... Giro, Tour; de Vuelta misschien iets minder, maar dat was meer onbekendheid van mijn kant. Sommige klassiekers waren groots: Vlaanderen, Parijs-Roubaix, Lombardije. Ik vond Parijs-Tours niet boeiend, de Amstel in dit land ook niet, Luik-Bastenaken-Luik was op de grens. Ik heb me altijd prettig gevoeld in de nabijheid van echte kerels op de fiets; stoempers, duwers, waaghalzen. Mooiweerrenners hoefden voor mij niet. Ik heb jarenlang één stelregel gehandhaafd: als je waaier kon rijden, dan was het voor mij goed.'

'Dat kon ik niet, dat rijden in jullie verdomde strontwaaiers,' zei White met lachende stem.

Alle anderen lachten mee.

White schoof naar voren op zijn stoel, stak zijn vinger op en de anderen luisterden.

'Ik reed mijn eerste Gent-Wevelgem... Ik meen dat jij' – hij keek Van Geneugden aan – 'toen won. Ik begon vooraan in de eerste waaier; dat was toen we van de kust af waren gedraaid en naar de Kemmel toe reden. Ik verloor contact met de eerste groep, waaide in *no time* naar de tweede groep, werd daar weer uit gelost en kwam ten slotte in de zevende waaier terecht. Samen met vakantie vierende Spanjaarden, een paar Fransen en opgefokte kermiskoersjongens uit België en een Colombiaan ben ik toen gefinisht. Op drieëntwintig minuten van de winnaar. Ik zal dat nooit vergeten, want mijn ploegleider zei na afloop dat hij me nooit meer in België en Nederland zou opstellen als ik als een oud wijf uit die kutwaaiers geblazen zou worden.'

Weer lachten de anderen.

Miller vroeg het woord en zei; 'Laten we teruggaan naar de etappe. We rijden dus op Italiaans grondgebied en hebben drie koplopers. Hij draaide zich om naar de videorecorder en wilde de PLAY-knop indrukken. 'Eén klein momentje graag,' riep Van Geneugden en hij stond op: 'Even piespauze gaarne.' De Belg liep op de deur af en Van der Meer riep hem na: 'Dat deed je zeven jaar geleden niet zo snel.' De Belg hield zijn pas in en draaide zich langzaam om. Hij keek Van der Meer recht in de ogen: 'Daar hadden we zeven jaar geleden wel iemand voor om dat te regelen, nietwaar?'

Dazan kuchte luid en Van der Meer knikte bedachtzaam. Een korte stilte vulde op bijna oorverdovende manier de kamer.

'Allez, ga piesen,' zei Van der Meer en maakte een armbeweging naar de Vlaming.

'Eins zu null,' zei Kupfernagel iets te luid terwijl hij zich een pilsje inschonk.

'Geheimen blijven nooit geheimen,' zei Van der Meer tegen Miller, die probeerde de stilte te doorbreken.

'Deze kende ik zelfs,' zei de tv-man. Hij wachtte tot van Geneugden weer terug was en drukte op de PLAY-knop.

'Ik ben benieuwd hoe het er nu uitziet,' zei White.

'In ieder geval anders dan je toen dacht te weten,' antwoordde Van der Meer.

Chiomonte

Van der Meer zat na te denken, terwijl hij een bijna platgedrukt puddingbroodje uit het papier haalde. Als hij nu met de mannen vooraan rustig aan zou doen, dan zouden Van Geneugden, White en Dutronc terugkomen en was zelfs het risico groot dat Andersen binnen bereik zou komen. Als ze voluit zouden doorrijden, zouden de meer dan dertig man in de laatste bus naar huis moeten en dat zou hem op een andere manier pijn gaan doen.

Hij riep Dazan en vroeg de Italiaan hoeveel ploeggenoten hij dacht in de laatste bus te hebben. De Italiaan haalde zijn schouders op. Eigenlijk kon dat hem niets schelen, maar ineens begreep hij de achtergrond van de vraag.

'Un problema,' zei hij en hij keek Van der Meer aan. De twee wenkten Kupfernagel en vroegen hem of hij enig idee had wie er van zijn ploeg achterin reden. De Duitser zei dat hij het geen probleem vond; naar huis of net in koers blijven, het maakte hem niets uit. Het was binnen zijn ploeg toch een klotezooi; niemand reed voor een ander, dus als hij een paar man een vroege uitschakeling kon bezorgen, was dat best.

Van der Meer keek de Duitser aan. Was hij wel helemaal okay?

Een motorrijder van de organisatie kwam voorzichtig naast de drie rijden en riep: 'Trente secondes pour les trois.' Van der Meer knikte naar de man ten teken dat hij het gehoord had, maar hij was veel meer geïnteresseerd in de achterstand van Andersen.

'Et Andersen?' riep hij in de richting van de man.

De motormuis haalde zijn schouders op; die gegevens had hij nog niet gehoord. Hij gaf gas en spoot van de renners weg.

'Lul, doe je werk dan goed,' riep Van der Meer hem achterna.

De drie renners aan de leiding hadden nu gegeten en gedronken en schakelden voorzichtig op. Het was nog drieënveertig kilometer naar de finish – nog anderhalf uur afzien.

De weg liep weer wat naar beneden en Van der Meer keek om. Hij zag slechts een lege weg. Het gat mocht dan dertig seconden zijn, maar zoals zo vaak aan het slot van een lange etappe bleken dit dertig harde seconden te zijn. Het beste was er bij allemaal af en zo vreemd was dat nou ook weer niet. Ze reden nu meer dan zes uur bergop en bergaf, en hoewel het natuurlijk hun vak was, hadden ook zij hun grenzen. Zo'n etappe als vandaag was buitengewoon, qua afstand en qua zwaarte. Van der Meer kon zich niet herinneren ooit zo lang zo hard gereden te hebben.

De wind kwam nu van schuin rechtsvoor en Van der Meer vond dat niet prettig. Hij keek naar zijn kamwiel en zag dat hij de vijftien nu toch met moeite kon rondkrijgen. Wind en vermoeidheid en wellicht een langzaam omhooglopende weg. Hij keek eens naar de versnellingen van de andere twee en constateerde dat Kupfernagel kleiner reed en Dazan ook op de vijftien harkte. Bij alle drie was inderdaad het beste eraf. Dat ze hier aan kop van de koers reden, was louter en alleen te danken aan hun daalkunsten en ook aan het feit dat die verrekte Noor daar op zijn kop was gaan staan. Andersen was anders al van ze weggereden, zo wist Van der Meer, die zijn hand opstak. Hij wilde toch nog eens praten. Nu kon het nog. Straks, als ze bij Oulx waren, zou de klim gaan beginnen en dan was iedere zucht lucht nodig om te klimmen.

Uit de achterhoede hoorde hij getoeter en tot zijn verbazing zag hij dat de wagen van Den Daas, zijn ploegleider, naar voren schoot.

'Dat heb je snel gedaan,' riep Van der Meer en de oud-coureur aan het stuur van de grote Fiat lachte hem toe: 'Zo vaak heb ik geen renner in een bergetappe op het voorste plan rijden. Ik heb als een gek moeten rijden om veertig minuten te overbruggen.'

'En het is natuurlijk goed om je smoel op tv te laten zien,' lachte Van der Meer, die zag dat de cameraman die schuin achter hem reed nu de Hollandse ploegleider breed in beeld nam. Den Daas zag het ook en acteerde perfect. Hij hing iets uit het raam en maakte met zijn linkerhand gebaren van 'allez, allez'. Net alsof hij wist wat er allemaal gebeurd was de afgelopen uren.

Van der Meer stuurde tot vlak naast de wagen en vroeg twee volle bidons, die hij meteen aangereikt kreeg.

'Nog iets anders?' vroeg zijn ploegleider.

Van der Meer keek hem aan en dacht snel na: 'Nee,' schudde hij, 'ik heb alles, nog één kramptabletje, een vrolijkmakertje voor in de finale en een plaspil.'

Den Daas stuurde met de bocht mee. 'Heb je het gevoel dat je kunt gaan winnen?' vroeg hij.

Van der Meer keek even voor zich uit en schudde zijn hoofd. 'Te veel last van mijn linkerdij... Bergop kan ik niet honderd procent rijden als de weg steil is.'

'Neem dan iets extra's,' riep Den Daas en hij vroeg iets aan de ploegarts rechts achter in de wagen.

Van der Meer stuurde weer naar de auto toe en keek de jonge arts recht in de ogen: 'Jij hebt toch geen toverspullen bij je? Je kunt misschien een hockeyploeg harder laten lopen, maar dit is echt een ander vak,' bitste hij en stuurde naar de linkerkant van de weg.

'Hé, Tim,' riep Den Daas.

Van der Meer keek nog een keer naar rechts, maar geclaxonneer achter hem deed hem schrikken. Hij keek om en zag White op twintig meter achterstand aan komen rijden.

Alleen.

'Godverdomme, wat moet die kut-Yank hier?' riep Van der Meer voor zich uit en schakelde bij. De dood of de gladiolen dan maar, dacht hij en hij demarreerde aan de linkerkant van de weg, met zijn neus vol in de wind.

Dazan keek hem verbaasd na toen hij langskwam en Kupfernagel paste direct.

White streek eerst op de Duitser neer en een minuut later kwam het tweetal bij Dazan. De drie reden een brede bocht door en zagen het bordje SALBERTRAND staan. Tien meter verder stond Van der Meer met zijn voorwiel in de hand. Plat.

'Asshole!' riep White in het voorbijrijden. Kupfernagel spoog op de grond.

Van der Meer raakte niet in paniek, kreeg het wiel gestoken en was een minuut later bij de drie man terug. Van Van Geneugden en Dutronc was geen spoor te zien. De weg was hier evenwel bochtig en smal; het zou best kunnen dat ze vlak achter de kleine kopgroep reden.

Amsterdam

Stijn Miller lachte om de opmerking van Dazan. De Italiaan, rustig achteruitgezeten in de leren stoel, had op het beeld gewezen en gesteld dat de man die nu net lekgereden had de straf van God had gekregen.

'Een normale renner was op dat moment nooit gedemarreerd,' had hij gezegd, en Van der Meer had gevraagd waarom hij dat dacht. Dazan had direct teruggekaatst: 'Wat had het voor zin? Wat wilde je daar bereiken?'

Van der Meer had even gewacht en gezegd: 'Ik wilde niet dat Van Geneugden en Dutronc dichterbij zouden komen,' waarop Dazan zei: 'Dan was demarreren wel het stomste dat je kon doen. We hadden daar toch ook tempo kunnen rijden.'

Miller knikte en zei: 'Dat lijkt mij ook, maar wacht. Kijk wat er vervolgens gaat gebeuren.' Hij zette de videorecorder weer aan en de acht man keken naar het beeld.

Ze zagen eerst de koplopers, met Van der Meer die aansloot en grimmige blikken naar Dazan en White wierp. Vervolgens kwamen de hard op kop sleurende Dutronc en de rustig meerijdende Van Geneugden in beeld.

Miller zei: 'De achterstand van deze twee bedraagt hier nog geen halve minuut, maar wat niemand wist was dat Andersen al een minuut van zijn achterstand af gereden had.'

De Noor knikte vanuit zijn stoel en riep dat hij, vanaf het moment dat de Ronde-arts klaar was en al rijdend op zijn verzoek zijn kapotte armen vol jodium gesmeerd had, een aangename prikkeling door zijn lijf had gevoeld. 'Weten jullie dat ik vanaf dat moment weer goed ben gaan rijden?' merkte Andersen op. Niemand zei iets.

De anderen keken weer naar de vier man aan de leiding. Je kon zien dat de weg omhoog ging lopen. Dazan reed aan de leiding, White volgde makkelijk en Van der Meer zat een beetje met zijn versnelling te spelen, net alsof hij de juiste tred niet kon vinden. De camera zoomde in op het tandwiel van de Nederlander en miste daardoor het moment dat Kupfernagel de drie moest laten gaan.

Even later maakte de camera een zwaai en zag je de Duitser op tien meter achterstand spartelen. Hij maakte een gebaar met zijn hand. Miller zette het beeld weer even stil en vroeg wat Kupfernagel daar bedoelde.

De Duitser keek de kring rond en lachte, bijna schaapachtig: 'Dat weet ik niet precies meer. Ik voelde dat mijn kaars daar zo'n beetje opgebrand was en ik denk dat ik ze gedag zwaaide. Het ging weer bergop, dus...'

Van der Meer onderbrak de man die naast hem zat: 'Ik heb dat die dag nooit goed kunnen zien, maar lag het aan je versnelling of had je gewoon geen benen? Je daalde als de beste en op het vlakke volgde je toch ook heel normaal?'

Kupfernagel knikte: 'Ik reed best goed, maar ik kreeg nooit die kleinere versnelling goed rond. Dat heb ik mijn hele loopbaan nooit gekund, het zat er al in vanaf mijn juniorentijd. Vergeet niet dat wij in de DDR opgevoed werden met de grote versnelling. Toen ik zeventien was, reed ik mijn wedstrijden al met de 12 en 13. Volgens onze trainers was dat de manier om ooit te winnen voor het vaderland. Wij werden opgeleid om tijdens de wereldkampioenschappen de honderd kilometer op de weg te winnen. Ik weet nog wel dat onze trainers daar allemaal op hamerden. Dat was goed voor de sport, voor de DDR en voor onszelf... Dan konden we bewijzen dat we als viermansploeg de hele wereld aankonden. Als je in zo'n selectieploeg uitkwam, zat je goed. Trainingskampen in Rusland en Bulgarije, en ik ben wel zes keer naar Cuba geweest om daar te overwinteren en goed in vorm te komen voor het Europese seizoen. Ik heb nooit geleerd met een klein versnellinkje te rijden. Ik heb het mezelf later een beetje aangeleerd, maar ik kon het gewoon niet goed genoeg. Ik weet nog wel dat er een aparte selectie in de DDR was met renners die klimcapaciteiten hadden. Die jongens reden de koersen in Joegoslavië, Italië, soms Zwitserland, en ze trainden ergens in een kamp in de Karpaten. Die renners zagen wij nooit. Het was net alsof dat een ander ras was.'

De anderen hadden geïnteresseerd naar de Duitser zitten luisteren. Van Geneugden vroeg: 'Werden jullie in die kampen inderdaad volgestopt met spierversterkers, zoals ze in het Westen altijd beweerden?'

Kupfernagel haalde zijn schouders op: 'Ach, volgestopt? Wat heet? We kregen injecties... vaak en veel, en er werd bij gezegd dat het suikers, glucoses, vitaminen en ijzers waren – stoffen die onze lichamen nodig hadden. In Leipzig werkten we wel in hogedruktanks, vooral als er Olympische Spelen of wereldkampioenschappen aankwamen. Ik moet je eerlijk zeggen dat ik nooit opgelet heb wat al die doktoren met ons deden. Eens in de zoveel tijd kwam er een man van de wielerbond die uitlegde dat we grote coureurs konden worden en dat we de kracht van het sportsysteem van de DDR konden uitdragen. Dat zelfs de partijleiders onze daden nauwkeurig volgden en dat we ons geen zorgen hoefden te maken over wat er allemaal met ons gebeurde. Er werd gesteld dat onze artsen de beste ter wereld waren en wij geloofden dat allemaal. En eerlijk gezegd maakte het me ook niet zo heel veel uit wat ik toegediend kreeg, als ik maar kon koersen en winnen. Vergeet niet dat ik als twintigjarige in Erfurt al in een Mercedes reed – wie kon me dat nadoen? Als ik maar die drie maanden per jaar naar Cuba kon, als ik maar de Regio-Tour kon rijden of die week in Bretagne. Ik haatte Warschau-Berlijn-Praag, de zogenoemde Tour voor Staatsamateurs. Dat was voor ons de ergste wedstrijd om te rijden. Er werd per dag bepaald wie er mocht gaan demarreren en wie kon winnen. Als de Russen aanvielen, moest ik altijd mee. Als de Polen gingen werken, moesten Hauptmann en Klier mee, zo was van bovenaf bepaald en zo ging dat bijna altijd. Ik herinner me nog een keer tijdens de wereldkampioenschappen... Ik weet dat jij' – hij wees op Dazan – 'daar voorop kwam te rijden in Chambéry. Je was een mooie, jonge coureur uit het voor ons rijke en machtige Italië. Wij stuurden toen Huppner met je mee; kun je je dat nog herinneren?'

Dazan fronste, probeerde de beelden van die koers waarschijnlijk scherp te krijgen en zei: 'Ik weet wel dat er een grijs shirt met me meekwam. Wat was er zo bijzonder aan?'

Kupfernagel lachte: 'Onze organisatie ging zover dat Huppner niets anders hoefde te doen dan jou volgen en je stuk zien te krijgen. Jij was toen met enige naam aan de start gekomen en onze leiders hadden ons allemaal met dat soort opdrachten aan de start gebracht. Soms was dat om gek van te worden, maar vaak lukte het wel.'

'Je was die manier van rijden in deze Tour toch wel kwijt?' vroeg White en de Duitser knikte. 'Zeker. Ik leerde snel al jullie trucs.' De anderen knikten ook; dat hadden ze gemerkt.

Heel even bleef het stil in de kamer. Miller vroeg vervolgens weer de aandacht en zei dat hij een tiental minuten van de koers weggeknipt had en dat hij nu doorging op het moment dat de gastheer van dit weekend in de problemen was gekomen. Hij drukte op de knop en het beeld toonde Van der

Meer, die langzaam aan loste. De camera zwaaide naar voren en Dazan klampte aan bij White. De Amerikaan reed met de handen losjes op het stuur, Dazan danste. Er volgde een cameraschakeling en Dutronc passeerde solo de zwaar transpirerende Kupfernagel. De camera volgde de Fransman, die in een lichte tred aan het klimmen was.

Miller vroeg: 'Hoe kwam u ineens zo goed?', en Dutronc antwoordde na een korte pauze: 'Ik had goed gegeten en gedronken, en was niet in paniek geraakt. Mijn inschatting was steeds geweest dat Dazan, Kupfernagel en Van der Meer minder waren in de klim en daar gokte ik op.'

De acht mannen keken weer naar het beeld, waar Dutronc nu bijna in het wiel van Van der Meer kwam en, na daar misschien twintig seconden gereden te hebben, doorging. Van der Meer lachte om het beeld waarop hij, vergeleken met de Fransman, bijna stilstond.

'Wat had jij daar opgestoken? Dat is toch geen rijden meer na bijna zeven uur koers?'

Dutronc trok een gezicht en keek de groep rond: 'Eentje voor de finale, meer niet. Ik ben er altijd heel voorzichtig mee geweest. Mijn ploegleider was het komen aanreiken, buiten het zicht van welke camera dan ook. Ik had ooit eens in de Giro zo'n dingetje genomen en dat was me toen goed bevallen. Nee, voor de rest kon ik bergop wel zonder, vergeet niet...' Hij hield even in. Hij was nooit een opschepper geweest en eigenlijk wilde hij zeggen dat hij altijd een goede klimmer was geweest. 'Vergeet niet dat ik altijd redelijk goed omhoog kon,' zei hij.

'Ça se voit,' zei Miller, die weer naar het scherm wees.

Op dat beeld klom Dutronc nu regelrecht naar het achterwiel van White en zakte Dazan terug.

'Dit was het moment dat ik dacht de Tour te kunnen winnen,' zei de Amerikaan en Andersen vroeg: 'Op basis waarvan?'

De Amerikaan keek naar de Noor en wachtte even: 'Weet ik eigenlijk niet. Ik wilde alleen verlost zijn van Van der Meer.

Alle anderen konden me niets doen, zo had ik berekend. Ik zou sowieso een betere tijdrit rijden dan Dutronc en ook beter dan Andersen als die nog zou terugkomen. Nou, de anderen waren minder in de klim... Kupfernagel zou zelfs veel gaan verliezen. So that's why.'

Miller vroeg in het algemeen: 'Had iemand op dit moment in de koers nog rekening gehouden met Andersen?'

Er volgde een korte stilte. Toen zei de Noor: 'Ja, ik, maar toen voelde ik dus dat de fiets waarop ik reed niet helemaal goed afgesteld was en ging ik twijfelen. Ze hebben toen een tweede reservefiets voor me klaargemaakt op de wagen, maar ik heb waarschijnlijk net iets te veel moeten geven in de eerste kilometers van de klim. Ik weet nog wel dat ik toen maar ben blijven staan, mijn zadel stond gewoon te laag om goed te kunnen klimmen. Dat heb ik gedaan totdat ze mijn fiets in orde hadden.'

Dat beeld was nu zichtbaar, vanuit de lucht via de helikoptercamera, want de Noor had geen motor met camera bij zich in de buurt. De kijker kon zien hoe Andersen weer van de fiets moest en een karretje kreeg waarmee hij beter uit de voeten kon. Zijn achterstand op de twee koplopers was teruggebracht tot drie minuten en veertig seconden, zei Miller.

'Ongelofelijk,' riep de Noor vanuit zijn stoel en hij voegde daar speels aan toe: 'En dat puur natuur!'

'Ja, en gij gelooft dat,' schoot Van Geneugden terug.

De Noor knikte vol overtuiging: 'Ik geloof dat inderdaad. Ik kon dit. Beter dan wie dan ook wist ik dat schoon rijden heel goed mogelijk was. Niet altijd, niet in iedere koers, maar ik koerste die dag schoon. Ik wil daar alles op zetten... Ik heb natuurlijk geen bewijs, maar neem mijn woord.'

'Hmm,' zei Dazan en Van der Meer trok even zijn schouders op. Als hij het zelf zei... en met zoveel overtuiging nog wel.

Miller keek de mannen aan: 'Even een plaspauze, stel ik voor, voordat we naar de slotkilometers gaan.'

Vier man verlieten de kamer. Van der Meer bleef in zijn stoel zitten. Ondanks het feit dat hij vond dat de televisieman goed werk deed en van zijn presentatie een spannend uurtje maakte, was hij toch al aan het denken over het verdere verloop van de avond. Hoe zou het met de dames zijn? Zou dat goed komen?

Oulx

Van der Meer hoorde getoeter achter zich en keek over zijn linkerschouder. Hij vond dat ze hem met rust moesten laten. Hij zat vreselijk af te zien en wist dat hij zeker de etappe niet meer kon winnen en dat hij voor de eindzege in deze Tour waarschijnlijk twee of drie minuten te veel zou verliezen in deze laatste klim. Daarbij kwam dat de kramppijnen teruggekomen waren, vooral in de achterkant van zijn linkerdij; dat was gedurende zijn hele loopbaan in bergetappes zijn zwakke plek geweest.

Tot zijn verbazing was het niet de wagen van Den Daas die langzaam naast hem kwam rijden, maar de auto van ploegleider Schulz. Wat moest die hier? Zat Kupfernagel dan al vlak achter hem? Reed ie nu zo belabberd dat die klote-Duitser dichterbij kwam?

Heel snel, goed gearticuleerd en dus duidelijk hoorde Van der Meer de woorden uit de mond van Schulz komen: 'Als je hem vanaf nu nog kunt helpen… graag. Vijftig procent van de winnaarsgage in Parijs.'

Meer niet. De ploegleider gaf gas en zette zijn auto een meter of vijftig verder in de berm.

De Duitse ex-renner stapte uit en ging tegen een boom staan plassen. Op deze manier leek zijn actie volkomen normaal. Hij was, zoals ploegleiders wel vaker deden, heel even voor zijn renners uit gereden voor een sanitaire stop, zodat hij daarna weer kon aansluiten. Niemand van de volgers had gezien dat Schulz even had ingehouden. Niemand, behalve de mecanicien op de achterbank en een onbekende man – waarschijnlijk iemand van het bedrijf – voorin.

Van der Meer probeerde helder na te denken. Wat had die Duitser nou precies geroepen? Vijftig procent van de winnaarsgage? Hij voelde zijn hartslag klimmen en keek op zijn metertje. Hij reed al tegen de 190 slagen aan; hij moest dus opletten. Dat betekende... Van der Meer ging heel even rechtop zitten en siste... Dat betekende ruim vier ton, Jezus!'

Van der Meer keek achterom en zag niets. Een mooi lege weg, maar hij kon ook maar zeventig meter achteruitkijken. Hoe was de stand van zaken nou ook weer?

Hij probeerde helder na te denken, pakte zijn kaartje uit zijn achterzak en al klimmend probeerde hij te schatten hoe ver Oulx van de finish was. Hij hield het op goed twintig kilometer. Voor hem uit reden Dutronc, White en Dazan. Van Geneugden had hij al een tijd niet meer gezien; de Belg was gewoon te bang bij de eerste drie van de etappe te eindigen. Weer keek hij even om en weer zag hij niets; hij was er toch zeker van dat Kupfernagel achter hem reed, en aan de actie van Schulz te oordelen reed hij niet ver achter hem. Over Andersen wist hij niets en dat stak hem.

'Okay,' sprak hij tegen zichzelf, 'je rijdt hier dus op de vierde plaats, maar winnen is er voorlopig niet meer bij.' En even later, bijna glimlachend: 'Probeer dan maar iets te verdienen, lul. Baat het niet, dan schaadt het voor die rottige twintig kilometer ook niet meer.'

Vijf minuten later hoorde hij weer toeteren en zag hij over zijn schouder de Duitser langzaam tot aan zijn wiel komen. Van der Meer reed tempo, had een behoorlijke versnelling staan en siste Kupfernagel direct toe: 'Ga nou verdomme eens een tandje groter rijden... Je kúnt gewoonweg niet klein rijden. Zo kom je nooit boven.'

Kupfernagel schakelde voorzichtig bij en vond het wiel van Van der Meer. Zonder verder iets te zeggen trapte hij een behoorlijk tempo door. De Hollander keek niet om, maar gaf na ongeveer twee minuten met een beweging van zijn linkerelleboog aan dat de Duitser over moest nemen.

Kupfernagel hijgde luid toen hij naast Van der Meer kwam. Heel even hadden zij oogcontact. Van der Meer vroeg zich af of Kupfernagel ingeseind was door zijn ploegleider. Zou hij weten van het aanbod? En had hij de kracht om dit tempo nog twintig kilometer vol te houden? Van der Meer besefte dat iedere profrenner goed 'in het wiel' bij een ander kon rijden, maar bergop gold die regel niet. Daar was het ieder voor zich en was de kleinste tempoverhoging van de een soms al dodelijk voor de ander. Hoever kon hij gaan met deze mof achter zich aan? Van der Meer trapte door, passeerde de Duitser weer en vroeg snel: 'Geht's?' Hij keek opzij en zag het zwaar zwetende hoofd knikken.

Kupfernagel wist dus hoe laat het was. Hij moest dit wiel houden en zevenhonderd maal sterven en dan maar zien hoe groot zijn achterstand bij de finish zou zijn.

Van der Meer keek de weg voor zich af en zag de contouren van een ploegleiderswagen. Dat moest die van Dazan zijn. Lastig voor het verdere verloop, maar niet heel vervelend. Als de Italiaan nou ook maar niet in de slag met de Duitser zat, als er maar niet nog meer gedeeld moest worden.

Van der Meer stak zijn hand op en vroeg om de wagen van Den Daas. Hij wilde drinken en kreeg van zijn ploegleider te horen dat zojuist over de Tour-radio bekendgemaakt was dat er nog steeds vanuit de wagens bevoorraad mocht worden. De jury wilde menselijk zijn en gezien de lengte van de etappe en de warmte op de laatste twee cols had men deze beslissing genomen.

'Hartelijk dank, jury,' riep hij in de auto en hij pakte twee volle bussen aan. 'Water?' vroeg hij. Den Daas knikte: 'Een met water, de ander met cola-plus.'

Van der Meer keek weer naar de auto. 'Cola-plus? Wat zijn jullie in godsnaam met me van plan?'

Den Daas bleef nog even naast de renner rijden: 'Weet je wel in welke positie je bent uitgekomen? Je kunt nog altijd de Tour de France gaan winnen, maar dat schijn je je niet te realiseren. Je rijdt hier nou wel mooi op kop met die Duitser achter je aan, maar je moet eens goed nadenken. Er komen nog vier man voor de eindzege in aanmerking, heb ik net uitgerekend. Jij bent er godverdomme een van... Je moet nu wel iets speciaals gaan doen, anders zijn die lui vooraan definitief weg en kun je dat tijdsverschil in ieder geval nooit meer goedmaken in de komende week. Vandaar je colaatje. Snap je het nu wel? Lul, je kunt de grootste koers ter wereld gaan winnen. Nu moet je risico's durven te nemen. Je kunt toch als vierde binnenkomen, maar tot vlak onder de top vaart maken.'

'O ja, voel jij mijn benen dan?' schoot Van der Meer giftig terug.

Den Daas liet de wagen langzaam terugglijden. Tot slot riep hij: 'Als je meer terug gaat vallen, kom je die Noor weer tegen. Die klimt wél om de Ronde te winnen.'

De nadruk waarmee zijn ploegleider het woord 'wel' uitsprak, deed Van der Meer omkijken. 'Hufter,' siste hij tussen zijn tanden door.

Al die tijd had Kupfernagel in het wiel van Van der Meer gereden.

'Alles verstanden?' vroeg Van der Meer.

De Duitser had alleen maar geknikt. Hij zag af als een beer.

Aan de rechterkant passeerde een organisatiewagen. De chauffeur hing half uit het raam: 'Encore dix-sept kilomètres. Allez, allez, bon courage,' zei hij met prettige stem en hij reed langzaam verder. Honderd meter verder op de weg deed hij dat weer. Nu naast Dazan.

De koplopers reden door het piepkleine dorpje Solomiac. Het was nog steeds heet op de steeds stoffiger wordende weg.

Stijn Miller had de smaak goed te pakken. Met zorg had hij de video laten monteren. Hij wist dat de spannendste momenten nu kwamen.

'Attentie,' zei hij en wees naar het beeld. White en Dutronc reden zij aan zij en via de camera in de helikopters werd het verschil met de volgende coureurs getoond. Dazan reed alleen op de derde plaats, zo te zien op een afstand van vijf- tot zeshonderd meter. Daarachter pikte de camera Van der Meer en Kupfernagel op; vervolgens kwam er een behoorlijk stuk lege weg en werd duidelijk dat Van Geneugden angstig alleen reed, slechts gevolgd door zijn eigen ploegleider. De helikopterpiloot vloog fraai langs de bergrand links van hem, zodat hij de S 24 voortdurend onder zich hield. Andersen was de zevende renner die zichtbaar werd. De Noor had een achterstand van een paar honderd meter op Van Geneugden. Achter Andersen reden wel tien auto's en een vracht aan motoren. Zat de suspense van de etappe hier, bij deze dappere Noor, die door alle pijngrenzen heen reed en een achterstand van meer dan zes minuten met heldenwerk aan het terugbrengen was?

Miller keek zijn kleine publiek aan, liet de video doorlopen en zei: 'Het volgende beeld is aan de voet van de echte klim.'

De cameraman nam het bordje CASENA TORINESE duidelijk in beeld en vervolgens zagen ze de dansende gestalten van Dutronc en White. 'Hier hebben jullie bijna één minuut op de drie achter jullie.'

Dazan wees naar het beeld: 'Moet je al die mensen zien. Wat een onwaarschijnlijk enthousiasme. Het is dan wel niet de Giro, maar mijn landgenoten weten in ieder geval wel wat aanmoedigen is.'

De camera bleef bij de twee koplopers. Dutronc had vrijwel voortdurend de leiding en danste in een soepele cadans naar boven. White klampte aan, ging nu eens staan en dan weer zitten en had geen ritme meer in zijn manier van rijden.

'Reed jij met of zonder?' wilde Dutronc weten.

De Amerikaan moest lachen om de intonatie van de Fransman. 'Nee, ik had wel wat opgestoken. Na honderd kilometer ongeveer, een oosters product dat mijn soigneur me meegegeven had. Het werkte als de vroegere amfetamines, had hij gezegd: snel en goed. Ik had drie van die capsules bij me. Ik wist wel dat er bij gebruikers onzekerheid was of het traceerbaar was. Zoals veel van die oosterse producten was dit ook pas kort op de markt. Wij namen het binnen onze ploeg en er was nog een Franse arts die er heil in zag, maar de onberekenbare factor was dus de opsporingskans. Mijn verzorger riep altijd dat het gemaakt was van de gemalen kloten van een wasbeer, vermengd met pollen en iets synthetisch waar ik de naam niet van wist. Het werkte veel sterker dan een flinke dosis Stimul, zei diezelfde verzorger.'

Miller wees naar het scherm, waar Dazan terugzakte tot het duo Van der Meer-Kupfernagel en waar Andersen, vanuit de lucht te zien, bijna tot bij Van Geneugden gekomen was. Miller merkte op dat zeven jaar geleden Radio Tour op precies dit moment bekendmaakte dat de laatste renners aan de afdaling van de Cenis begonnen waren.

'Wat een slagveld,' zei Van der Meer.

Hij wist maar al te goed hoe groot dat slagveld geweest was, omdat hij later, na de etappe, toen hij al in zijn hotel was, begreep dat de laatste drie renners op meer dan een uur hun helletocht eindigden. Twee van die drie waren ploeggenoten van hem geweest. Ze waren die avond hun koffers gaan pakken en hadden in stilte meegegeten. Geen van hen had een woord met Van der Meer gewisseld.

Miller vroeg nog een keer om attentie. White had alle moeite om in het wiel van Dutronc te blijven. De Amerikaan had al een keer geprobeerd terug te schakelen, maar kreeg nog steeds geen cadans en zocht dus maar weer naar zijn oude versnelling waarmee hij vrijwel de hele dag de steilste beklimmingen gedaan had.

'Hier ben ik niet te best meer,' zei hij, terwijl hij met grote ogen naar zijn eigen beeltenis zat te kijken.

Dutronc zat met samengeknepen ogen naar de beelden te turen. 'Ik in principe ook niet zo, maar het idee dat ik deze grote, wellicht historische etappe kon gaan winnen, gaf me net die extra kracht die ik nodig had.'

'Nooit aan de totaalzege gedacht?' vroeg Miller. Alle anderen keken de Fransman nu aan. Hij keek de kring rond en schudde zijn hoofd: 'Nee, misschien wel naïef, maar ik was zo in mijn nopjes met deze etappezege dat ik niet veel verder dacht. Heel even, in het midden van de etappe, had ik me afgevraagd of we allemaal dicht bij elkaar stonden. Ikzelf had wat tijd verloren op weg naar Valkenburg en het stond me bij dat ook Andersen toen bij mij reed. Dat was die etappe die in Brussel gestart was.'

Andersen knikte en zei: 'Klopt, ik was daar toen ook een minuut of zoiets kwijtgeraakt. In Saint-Servais had ik daar wel iets van teruggepakt, maar ik had achterstand. Ik stond ook pas vijfenvijftigste in het klassement die ochtend.'

'En u?' vroeg Miller beleefd aan White.

De Amerikaan haalde zijn schouders op. Ik had een minuut of drie achterstand op geletruidrager Josselin, dat wist ik zeker, en ik had het vermoeden dat Van der Meer de best geklasseerde van ons allemaal was.' Dutronc bevestigde: 'Daar was ik ook van uitgegaan. Dazan kon en mocht eventueel terugkomen en meewerken, maar Van der Meer wilden we voorin kwijt en we wilden hem liefst niet meer terugzien, temeer omdat hij behoorlijk rap in de sprint kon zijn, zelfs in bergetappes.'

Van der Meer lachte hard en zei: 'Ik heb me tijdens de etappe geen moment gerealiseerd dat ik de best geklasseerde was. Ik heb voortdurend gereden met het idee dat de Tour in de tijdrit naar Blois gewonnen zou worden en dat je hier dus kort bij de winnaar moest blijven... wie dat ook zou zijn.'

Miller zei: 'Dan nu naar de finale,' en de aanwezigen verschoven allen bijna onmerkbaar naar de punt van hun stoel.

Die finale was ingezet door White. In een alles-of-nietspoging was hij weggesprongen, maar meer dan vijftien meter had hij niet gekregen. White reed aan de binnenkant van de klim, dicht tegen de rotswand aan. Dutronc volgde aan de andere kant van de weg, vlak bij de hekken. Minutenlang bleef de Fransman achter de Amerikaan aan rijden en vervolgens zagen ze vanuit de lucht Andersen, die Van Geneugden makkelijk gepasseerd was en nu oprukte naar de groep Van der Meer-Dazan-Kupfernagel.

Bij het bordje SESTRIERE-CHAMOLAS-DU-COL lag White nog steeds licht voor, maar Dutronc begon langzaam zijn sterke benen te hervinden. Vanaf dit dorpje was het zwaarste klimwerk achter de rug. Tot de streep was het nog drieënhalve kilometer en kon er op macht gereden worden. Dutronc sprong even later behendig over White heen.

'Kijk, dit is opvallend,' zei Miller en hij wees op het beeld dat slow motion was opgenomen op de video. Het drietal achter de koplopers bleek nog steeds bijeen te zijn. Van der Meer reed aan de leiding. Kupfernagel zat strak in zijn wiel en daarachter zwoegde Dazan. De tijd onder in beeld toonde het verschil: één minuut en twintig seconden.

Dazan trok een grimas: 'Jezus, Van der Meer, wat deed je lange aflossingen. Als je zo goed reed, zoals je daar liet zien, waarom was je dan niet eerder meegegaan met White en Dutronc? Man, moet je kijken wat je er hier een snok aan geeft. Zelfs in slow motion rijd je te hard voor ons.'

Van der Meer lachte. Nu hij zichzelf zo terugzag, kreeg hij een wee gevoel in zijn maagstreek. Had ie inderdaad zelf kunnen winnen?

Miller leek zijn gedachten te raden: 'Heb je daar nog aan winnen gedacht?'

Van der Meer schudde zijn hoofd: 'Toen niet. Maar nu ik het allemaal terugzie, twijfel ik.'

Dazan interrumpeerde: 'Andere belangen waarschijnlijk?'

Niemand in de kamer zei iets. Iedereen keek Van der Meer aan.

Kupfernagel deed alsof hij ernstig door het slow motion-beeld van drie voortgaande renners aangetrokken was en zei niets. Hij keek zelfs niet in de richting van de gastheer. Hij keek naar de beelden alsof ze nieuw voor hem waren.

Sestriere (twee kilometer onder de top)

Van der Meer voelde dat zijn longen op barsten stonden. Hij had de laatste tien minuten voluit aan de leiding gereden en een vloekende Duitser en een verbaasde Italiaan achter zich aan gevoeld. Op een stukje vlakke weg hield hij even in en maakte duidelijk dat iemand moest overnemen. Dazan deed dat en Van der Meer riep om een wagen.

'Hoeveel voor hebben we op Andersen?' riep hij naar Den Daas, die achter hem opdook.

Zijn ploegleider haalde zijn schouders op: 'Waarom wil je dat weten? Vraag me liever hoeveel je achter ligt op de koplopers, verdomme. En ik weet het trouwens ook niet.'

'Vraag dat dan aan zo'n motorjongen,' brieste Van der Meer terug.

Den Daas hield in en zette zijn wagen even stil langs de kant van de weg.

Een halve minuut later was hij al terug: 'Nog maar dertig seconden achter jullie,' riep hij met overslaande stem.

Van der Meer rekende snel. Kupfernagel moest die voorsprong zeker blijven behouden, want wie weet kon Andersen de volgende dagen in de bergen nog eens ten aanval trekken. Hij wist dat de Noor inderdaad een kleine achterstand in het algemeen klassement had en rekende uit dat de Duitser in de tijdrit naar Blois waarschijnlijk een kleine vier minuten sneller kon rijden dan Andersen, twee minuten beter dan White en zes minuten sneller dan Dutronc. Heel even schoot door zijn hoofd dat hij, als het erop aan zou komen, heel weinig voor de Duitser hoefde onder te doen, maar die zalvende gedachte had nu geen zin meer. Nu moest er nog hard doorgereden worden. De handel lag immers op de hete weg voor hem.

Dutronc had nu een meter of zestig voorsprong op White. De Amerikaan reed geheel zonder controle over zijn daden, schokschouderde over de weg en kon nooit meer winnen. Hij had vrijwel de hele klim dik over de rooie gereden en dat voelde hij nu. Zijn benen blokkeerden en razendsnel had hij teruggeschakeld om met wat bijna een kinderverzetje was de laatste kilometer in te gaan.

Dutronc had nog wel benen en liep verder weg; zeventig, tachtig, honderdtien meter.

Tour-baas Duprez was uit het dak van zijn auto gaan staan en bekeek de superbe etappezege van zijn landgenoot. Wat er achter de Fransman gebeurde, wist ook de Tour-baas niet. Enerzijds had hij slechts zicht op zijn zegevierende landgenoot, anderzijds was er nauwelijks nog radiocommunicatie met de andere wagens.

Zo ontging het iedereen dat Andersen al tot op tien seconden van de drie achtervolgers was gekomen en in één lange zucht over hen heen leek te sprinten, toen een lekke band hem tot staan bracht.

Amsterdam

De acht mannen zogen de beelden in zich op. Hoewel de meesten deze beelden de afgelopen jaren meerdere malen hadden teruggezien en allemaal de afloop kenden, keken ze geobsedeerd naar het toestel, op het puntje van hun stoel.

De Franse televisieregisseur had moeten kiezen. Razendsnel had hij tweemaal heen en weer geschakeld tussen koploper en de totaal doodzittende White, maar toen ineens Andersen vlak achter de drie achtervolgers opdook, schakelde hij ook dat beeld mee. Hij had het geluk aan zijn kant, want precies op het moment dat Andersen aansloot, moest hij een vrij bruuske beweging langs Van der Meer maken aan de kop van het kleine groepje en zag je meteen dat de Noor plat reed. Andersen ging rechtop zitten, stak zijn hand omhoog, schreeuwde iets, maar de regisseur koos even voor de alleen rijdende Dutronc en keerde toen weer terug bij de Noor. De dramatiek was groot. Andersen smeet zijn fiets weg en het gele ding kletterde vijf meter verder over de weg.

De mannen in de kamer keken de Noor aan, die helemaal achter in zijn stoel was gaan zitten. Hoe was het mogelijk?

Andersen knikte de anderen toe, terwijl Miller de band even stilzette en zei: ‘Pech bestaat. Mijn val was geen pech, dit wel. Dit brak me. Ik heb weleens het idee gehad dat ik in één lange sprint nog bij de eersten had kunnen komen. Ik voelde op dat moment mijn benen nauwelijks, ik reed nooit beter in mijn leven. Tot die lekke band dus...’

Miller startte de band weer. Dutronc naderde de finish en ging achterom zitten kijken. Miller kon het niet laten te zeggen: ‘Wellicht had u dat beter niet kunnen doen. Het zou immers een secondenspel worden en...’

Dutronc was snel met zijn antwoord: ‘Ik was compleet gelukkig met mijn etappezege. Ik dacht daar toen niet aan verdere consequenties. Dat zie je toch ook.'

Het beeld toonde een blije Fransman die rechtop ging zitten en zijn trui rechttrok.

Onder in beeld verschenen cijfers. De gereden tijd: 7.44.51 en daaronder de gemiddelde snelheid van de winnaar: 32 kilometer en 849 meter. Van der Meer telde, zoals hij zo vaak deed, razendsnel de cijfers op. Het was ooit begonnen als grap, maar nu leek het wel een afwijking van hem. 'Opgeteld zevenenveertig,' zei hij tegen zichzelf: 'Dat kon ook bijna niet anders. Een schitterend getal.'

Dutronc bolde uit en liet zich gelukzalig in de armen vallen van zijn Franse verzorger en een drietal overijverige Tourdienaren die ervoor aangetrokken waren de etappewinnaar veilig op te vangen en uit handen te houden van opdringerige persjongens, die zoals altijd direct hun stupide vragen op de sportman wilden gaan afvuren. 'Wat voelde u toen u door de finish kwam?' Of: 'Was u niet verbaasd toen u alleen aan de leiding kwam?' Of, nog beter: 'Bent u blij?' De drie Tourmannen moesten de etappewinnaar naar het huldigingspodium loodsen en deden dat met zoveel inzet dat Dutronc bijna doodgeknuffeld werd, boos om zich heen mepte en duidelijk hoorbaar schreeuwde: 'Merde alors!'

Het beeld pakte vervolgens de kapotgereden White op, die bijna stapvoets met een achterstand van 29 seconden over de meet kwam en direct naar rechts op zijn zij tegen een dranghek aan viel. Agenten snelden te hulp. Het beeld werd heel even chaotisch en slecht. Er volgde een storing en daarna een camerazwiep en vervolgens schakelde men terug naar de kluwen mensen rond Dutronc: de regisseur was nu de draad kwijt. Moest hij kiezen voor de wedstrijd of voor de grote Franse blijdschap?

Weer trok een lelijk storingsbeeld over het scherm, waarna voor de veiligheid van het boventotaalshot van de finish gekozen werd. In de verte naderde een renner, de nummer vier van deze etappe. De regisseur hervond zichzelf heel even, hoewel hij de binnenkomst van nummer drie, Andersen, gemist had. De Noor had één minuut en zeventien seconden moeten toegeven op Dutronc en was al binnen. Hij stond voorovergebogen over het stuur van zijn derde fiets van die dag. Hij kotste een bruingeel sap op het warme asfalt en schreeuwde het uit: 'Utrolig… Utrolig!' Zijn Spaanse verzorger stond er wanhopig bij. Waar had ie het over? Wat moest hij nu doen? Hij probeerde hem een bidon in de hand te drukken, maar Andersen smeet het ding met volle kracht weg. De soigneur deed een stap terug. 'Placido,' zei hij en legde een natte lap in de nek van de briesende Noor, die weer een grote straal kots naar de grond stuurde.

Die vierde renner was Dazan, die onder luid gejuich van het voornamelijk Italiaanse publiek over de streep kwam. Onder in beeld verscheen zijn achterstand op de winnaar: één minuut en veertig seconden. Negen seconden later kwam Kupfernagel binnen, en de Duitser viel, net zoals White, letterlijk van zijn fiets. Een van de lage camera's stond niet ver weg en men zag de Duitser met een groenig soort snot om zijn mond op de grond liggen. Het leek wel of hij heel traag kotste.

Zoals zo vaak brak er bij de mannen op het asfalt rond de finishstreep even lichte paniek uit. De verzorger van de Duitse ploeg zat op zijn knieën naast Kupfernagel en probeerde met een natte handdoek het groene slijm van diens gezicht te poetsen. Fotografen knipten, agenten bliezen vervaarlijk op hun fluit en de Franse regisseur miste de binnenkomst van Van der Meer.

Miller drukte op de STOP-knop. 'Wat een finale, wat een onvoorstelbare finale,' zei hij, en de renners knikten. Van Geneugden floot tussen zijn tanden en Dutronc zei met zachte stem: 'Ik heb het er weer koud van gekregen.' Van der Meer stond op en keek naar de nog steeds achter in zijn stoel leunende Andersen. 'Waar haalde jij in jezusnaam die kracht vandaan? In de laatste kilometer heb je bijna veertig seconden op mij gewonnen.'

'Maar u koerste toch niet meer?' riep Van Geneugden. 'U waart aan het rekenen geslagen!'

'Ja, maar hij maakte er één woedende sprint van... Jammer dat we dat nooit in beeld hebben gehad,' zei Miller.

Andersen keek de anderen aan met zachte weemoed in zijn blik. Eerst die val, later die fietswissel, die weliswaar kort duurde, maar toch. Ten slotte die lekke band en nog kwam hij binnen de twee minuten binnen.

'Ja, ik had kunnen winnen, maar het gebeurde niet,' zei hij ineens flink. Hij stond op en beende met grote passen de kamer uit.

De anderen keken naar de dichtvallende deur. Andersen had moeten winnen. Dat was de enig juiste conclusie.

'Vertel eens, hebben jullie hem laten vallen?' vroeg Miller, terwijl hij naar Van der Meer en Dazan keek.

Beiden haalden de schouders op, bijna tegelijkertijd.

'Laten vallen... dat kun je nooit zeggen. Hij wilde ons volgen in een heel moeilijke afzink en dat werd hem fataal,' sprak Dazan zacht.

Van der Meer knikte bedachtzaam: 'Ik moet wel zeggen dat ik het prettig vond dat hij er niet meer bij was voorin. Zo eerlijk ben ik wel. Hij was de beste bergop... simpel. Hoe minder concurrenten, hoe beter.'

Miller zei: 'Vergeef me dat ik het nog een keer vraag, maar dan zal ik het anders stellen: hebben jullie zoveel risico genomen met het doel hem kwijt te spelen?'

Dazan zweeg en keek Van der Meer aan. De deur ging open en Andersen kwam weer binnen.

'Ja,' zei Van der Meer en hij herhaalde zijn antwoord met duidelijke stem: 'Ja.'

Miller keek de gastheer aan, stak zijn handen in zijn broekzakken en zei: 'Gek, maar dat heb ik ook altijd gedacht.'

'Wat precies?' vroeg Andersen geïnteresseerd.

'Nou, dat Tim van der Meer een van de meest rücksichtslose renners was die ik ooit in het peloton heb meegemaakt.'

'Omdat hij mij zover kreeg hem in die ziedende afdaling te volgen?' vroeg de Noor.

'Er bestaat een verschil tussen uitdagen en in het ravijn laten rijden,' zei Miller.

'Nee,' zei de Noor, 'dat ben ik niet met u eens. U benadert dit op ethische wijze, gezien vanaf de zijlijn. In topsport telt geen huiskamerethiek, zeker niet in de Tour de France. In de koers is alles toegestaan. Ik ben niet zo opgevoed, maar ik heb die wetten geleerd... heel snel overigens. Het aardige is dat ik nu weer heel anders leef, maar daar gaat het nu niet om.'

Miller knikte. Hij had de boodschap begrepen.

Ooit, in de Ronde van Spanje, had Van der Meer, die op zeventien minuten over de streep kwam, hem op het televisiepodium aangehouden en gewaarschuwd dat hij moest oppassen met het ventileren van zijn bij tijden giftige en vaak netniet-rake analyses. Van der Meer had met strakblauwe ogen naar hem gekeken en gezegd: 'Niet alles wat jij denkt of vindt, is vandaag ook gebeurd.'

'Hoe weet je wat ik vandaag gezegd heb?' had Miller enigszins geschrokken gezegd en Van der Meer had geantwoord: 'Ik heb tijdens de etappe een tijdje over jou en die andere heren commentatoren en mooischrijvers na zitten denken... Daar was toch tijd genoeg voor. Ik denk dat je soms spoken ziet waar het eerlijke, hardwerkende renners zijn.'

'Ben je kwaad op me of zo?' had Miller uitgeroepen.

Van der Meer had zijn hoofd geschud. 'Nee, kwaad is niet het goede woord. Ik hoorde gisteravond van mijn vrouw dat je over mij gezegd had dat ik meer berekenend reed dan dat ik voluit trapte. Dat is niet waar en ik vind niet dat jij dat zo kunt stellen.'

'Dus toch boos?' had Miller geconcludeerd en Van der Meer had terwijl hij half en half doorliep over zijn schouder gezegd: 'Nee, dat zei ik je toch net? Ik kan niet boos zijn op domme mensen.' Onmiddellijk had hij zich omgedraaid: 'Sorry, dat laatste bedoelde ik niet zo.'

Dat voorval was nu zes jaar geleden. Sinds die tijd hadden de twee elkaar nog drie keer gesproken. Miller vond Van der Meer een sterke persoonlijkheid, maar wist niet precies wat hij aan hem had.

Toen Van der Meer hem drie weken eerder had gebeld en hem uitgenodigd had een lezing over de kopgroep en de beroemde etappe te houden, had hij ook even een droge mond gekregen. Wat wilde die ex-renner van hem? De waarheid? En wiens waarheid? En wat moest hij denken van die gage? Vijftienduizend gulden, exclusief het maken van de video. Hij moest de rekening achterlaten bij de directeur van het hotel, dan zou het allemaal goed komen.

Sestriere

Van Geneugden reed bijna stapvoets over de streep. Zijn achterstand op Dutronc bedroeg bijna vijf minuten. Een van de verzorgers van de Belgische ploeg ving de coureur op, gaf hem een lap om zijn gezicht af te vegen en vroeg direct: 'Hedde gij niet met die mannen mee kunnen komen?'

Van Geneugden stapte van zijn fiets en schudde zijn hoofd. Nadat hij twee bidons lauwe thee gedronken had, wenkte hij een andere soigneur. 'Weette gij welke nummers piesen moeten gaan?' vroeg hij, en de man haalde zijn schouders op: 'Nee.'

'Ga erachter en snel,' brieste de coureur en hij zette zijn fiets tegen het hek, recht onder de tribune waar de tv-commentatoren nog steeds volop bezig waren. Hij keek omhoog en knipoogde naar zijn landgenoten. Een van hen wenkte de renner. Of hij maar snel naar boven wilde komen voor een interviewtje. Van Geneugden beklom de tv-tribune en liet zich gedwee ondervragen. Of hij niet mee had gekund? Of hij niet harder had kunnen trappen? Waarom hij op de laatste col in het geheel niet in beeld was geweest?

Na vijf minuten stond de Belg weer naast zijn fiets, maar hij wist nog steeds niet of hij wel of niet naar de controle moest. Hij zag zijn verzorger aankomen: 'Gij niet,' riep de man bijna jubelend van een afstandje en Van Geneugden liet een verlossende lach horen.

'Waar is het hotel?' vroeg hij.

De verzorger wees hem een torenflat, tweehonderd meter links achter de finish. 'Vijfde etage, daar liggen wij allen,' zei de man en hij gaf Van Geneugden, die weer op zijn fiets was gaan zitten, een duw mee.

De Belg verdween tussen drukdoende politiemensen, journalisten en verzorgers en trapte zich omhoog richting douche en massage. Hij was zevende geworden en hoefde niet naar de controle. Dat laatste was voor hem het allerbelangrijkste van de dag.

In het voorbijrijden keek de Vlaming omhoog bij het huldigingspodium. Hij zag Dutronc met de bloemen in de hand staan. Voor de rest had hij geen idee. Wie zou de gele trui mogen aantrekken? Als het maar niet die arrogante kaaskop was, bedacht hij, en hij reed weg van de finishplaats. Hij had deel uitgemaakt van een historische kopgroep, maar wilde nu naar de beslotenheid van de rennerskamer. Hij had een heel gespleten gevoel. Enerzijds had hij graag mee willen rijden met de eersten, maar de voortdurende dreiging van de dopingcontrole had hem in de finale tot fietsende toeschouwer gemaakt.

Eigenlijk nam hij het zichzelf kwalijk dat hij niet meer lef getoond had. Terwijl hij zijn fiets bij de mecanicien op de parkeerplaats inleverde en voorzichtig, met bijna stijve benen, de stenen trap van het skihotel beklom, verwenste hij zichzelf. Waarom die andere types wel? dacht hij, want hij was er zeker van dat ten minste de veteranen van de kopgroep ook iets opgestoken hadden voor deze etappe.

Voor hij in de lift stapte had hij zichzelf al een antwoord

gegeven: omdat de anderen waarschijnlijk betere camouflagemiddelen gebruikt hadden.

Op de gang van de vijfde etage aangekomen liet hij een lange, reutelende scheet, die stonk.

Zijn masseur, gekleed in korte broek en schort, hoorde het geluid vanuit de open deur van een van de kamers en riep: 'Welkom in de hemel.'

Van Geneugden antwoordde: 'Kust u ook mijn kloten,' liep zijn kamer in, trok zijn koerskleren uit en ging klaterend staan wateren in het kleine toilet. 'Tenminste geen controle hier,' zei hij tegen zichzelf en hij bekeek zijn evenbeeld in de spiegel van de badkamer.

'Lul, enorm grote, fantastische, bange paardenlul dat u bent,' zei hij tegen de spiegel en stapte onder de douche.

Amsterdam

Stijn Miller keek de groep rond. 'Ik ben me vanavond eens temeer bewust geworden van het unieke van die dag van toen,' zei hij.

Dazan had hem toegelachen en gevraagd: 'Wat was uw mening op die dag zelf? Weet u dat nog?'

Miller had even nagedacht en geantwoord dat hij een superbe etappe van een zevental dapperen had aanschouwd.

Dazan had doorgevraagd: 'Maar wist u hoe alles gegaan was die dag?'

Miller had zijn schouders opgehaald en gezegd: 'Nee, hoe zou dat hebben gekund? Ik ben ook die dag afhankelijk geweest van de beelden die ik binnenkreeg op de commentaarpositie. Ik herinner me dat mijn eerste tussenconclusie, zo om een uur of twee, was dat de hele Tour de France op zijn kop gezet was. De eindwinnaar zou uit de kopgroep komen en de anderen reden verder voor spek en bonen mee, inclusief alle grote Ronde-renners. Dat laatste was opvallend. Ik herinner me dat ik ergens tijdens de etappe een bijgedachte kreeg. Ik weet niet meer of ik die ook uitgesproken heb, ik denk het wel, maar ik vroeg me af of jullie de poet onderweg verdeeld hadden. Kijk, dat Dutronc de etappe ging winnen was niet zo verrassend, iedere kenner wist dat hij de beste klimmer was. Vanaf een uur of halfvier heb ik goed zitten kijken of ik aan de beelden kon zien wie er voor de eindoverwinning zou rijden. Ik moet eerlijk zeggen dat dat me toen niet goed gelukt is, temeer omdat we Andersen zo lang niet in beeld hadden.'

Van der Meer was opgestaan en had de tv-man vriendschappelijk op de schouder geslagen: 'Het is in jullie vak niet altijd goed te weten hoe het echt gegaan is,' had hij gezegd en de anderen hadden geknikt: wat een waarheid.

Miller had zich niet helemaal op zijn gemak gevoeld in die situatie en ietwat geforceerd geroepen dat hij had gevoeld dat er wel iets speelde, maar dat hij het risico om namen te noemen te groot vond. White had opgemerkt dat hij, een halfjaar na de Tour, benaderd was door een journalist van *Sports Illustrated* met het aanbod de hele etappe te ontleden en daar een groot verhaal over te schrijven. Het zou niet alleen een heldenepos worden, maar tevens een aanklacht tegen het valsspelen. White had gelachen: 'Ik had behoorlijk wat geld kunnen krijgen, maar ik heb het niet gedaan.'

De anderen hadden zwijgend naar de Amerikaan gekeken. 'Waarom niet?' had Dutronc gevraagd.

Even was het stil gebleven en White had zacht maar duidelijk gezegd: 'Moet jij dat vragen?'

Dutronc had gezwegen en in de stilte die volgde was Van der Meer recht tegenover Miller gaan staan en had het woord gevraagd.

'We hebben vanavond een mooie reconstructie gezien, waar we allemaal van hebben genoten en daarvoor zijn we u dankbaar,' had hij gesteld en hij was naar de deur gelopen, waar Eric Katzman, de hoteldirecteur, binnengekomen was met wat spullen in een grote, plastic zak.

Van der Meer had de gele trui voorzichtig uit het plastic gepakt en op een tafel uitgespreid. Vervolgens had hij de grote zwarte viltstift gepakt, het shirt platgestreken en aan Dutronc gevraagd er als eerste zijn handtekening op te zetten. 'Eerst de winnaar van de dag,' had hij gezegd.

Terwijl de andere renners op hun beurt stonden te wachten, had hij Katzman aangesproken: 'Verrekte goed gedaan. Ik moet zeggen dat jullie inderdaad alles kunnen organiseren. Wie heeft deze gele trui versierd?'

Katzman nam de complimenten graag in ontvangst. Hij zei: 'Wie denk je?' en Van der Meer wachtte heel even voor hij zei: 'Jacqueline.'

Katzman knikte en vervolgens pakte Van der Meer de viltstift aan om als laatste met kloeke letters zijn naam op de rechterschouder van de originele gele trui te zetten.

Van der Meer pakte het shirt met de zeven namen erop van de tafel en ging twee meter van Miller staan. 'Nogmaals onze waardering. Bedankt voor de onderhoudende manier waarop u ons hebt beziggehouden en ik dacht dat het voor u een waardevol aandenken zou zijn, zeven jaar na dato. Doe er iets moois mee. Lijst 'm in, hang 'm op of schenk hem aan een goed doel. Zie maar.'

Van der Meer gaf hem een hand en overhandigde het door allen getekende shirt.

Miller wist niet goed wat hij zeggen moest, kleurde zelfs enigszins in zijn nek en schraapte zijn keel: 'Eh, hmm, heren, dit is een wel heel fraai aandenken aan een heel bijzondere dag. Ik dank jullie zeer.'

Er viel een korte stilte, die door Kupfernagel venijnig werd doorbroken: 'En toch weet ik zeker dat u en al die collega's op dat podium geen reet snapten van wat er die dag allemaal bij ons gebeurd is.'

'Is het niet júllie etappe geweest? Moet voor ons de grote

mystiek niet in stand blijven? Soms is het beter bepaalde dingen niet te weten,' zei Miller, goed getimed.

Van der Meer vulde de volgende stilte in: 'Ja, ik begrijp uw redenering. Eh, nogmaals bedankt en tot ziens.'

Miller pakte de gele trui en gaf iedereen een hand. De heren van de kopgroep stonden in een kring om de verslaggever heen. Vlak voor hij wegstapte zei Andersen: 'Als u het allemaal zou weten, zou u het ook niet geloven. Neem dat maar van mij aan.'

Miller wachtte even en wendde zich tot de gastheer: 'Dank in ieder geval voor de eervolle opdracht en wellicht dat ik ooit nog eens jullie grote waarheid kan achterhalen.'

Van der Meer begeleidde hem naar de deur en zei: 'Blijf hopen. Maar ik zeg er één ding bij: u en uw soortgenoten, die dikbetaalde, alleswetende mannen op dat tv-podium, zullen het nooit snappen, ook als iemand het te weten zou komen. Tussen weten en begrijpen ligt immers een wereld van verschil.'

De deur viel achter Miller dicht. Van der Meer draaide zich om en Katzman verzocht de mannen over vijf minuten in de hal van het hotel klaar te staan. Voor diegenen die nog een sanitaire stop wensten te maken was dit het moment. De avond ging nu serieus beginnen.

White hield Van der Meer in het voorbijgaan aan: 'Weet die lul van de tv helemaal niets?' Van der Meer sloeg zijn arm om de schouder van de Amerikaan: 'Nee, maar wie weet hier wél alles?'

White keek de gastheer aan: 'Ik in ieder geval niet, maar jij wel, daar ben ik nu wel zeker van.'

'Ik hoop dat je van heel goed eten houdt,' zei Van der Meer en hij liep met de Amerikaan naar buiten.

Sestriere

Van der Meer had zijn gezicht door José laten afdrogen en had te snel twee blikjes cola leeggedronken. Het koele vocht deed weldadig aan in zijn al een tijdje opspelende maag. Hij boerde een paar keer luid en zag toen journalist Wagen naast zich opduiken.

De jonge journalist opende nogal zegevierend: 'Wat had ik je vanochtend over White gezegd?'

'Goed je huiswerk gedaan, maar die gaat tóch niet de Tour winnen,' had Van der Meer vrij gedecideerd gezegd.

Wagen had hem gevraagd naar het totstandkomen van de kopgroep en was vervolgens overgegaan op de valpartij van Andersen. 'Ik heb niets gezien. Na een poosje merkte ik dat we hem kwijt waren,' had Van der Meer naar waarheid gezegd.

Zeker vijf of zes Nederlandse journalisten luisterden al schrijvend in hun opschrijfboekjes mee. Er stond een nogal drukke vent van de radio zenuwachtig in zijn microfoon te roepen en Van der Meer zag dat er twee camera's op hem gericht waren. Hij diende dus op zijn woorden te letten.

'Ooit zelf aan winnen gedacht?' riep een van de televisiejournalisten luid en Van der Meer schudde zijn hoofd: 'Daar heb ik toch net iets te weinig klimcapaciteiten voor,' zei hij en in het groepje bleef het stil, totdat de radiojongen in zijn microfoon riep: 'Godverdomme jongens, laat nou iemand me uitluisteren... Ik sta naast Van der Meer, let nou eens op.' De anderen lachten. Van der Meer spuugde op de grond, en de radiojongen zei: 'Sorry.'

Van der Meer zag dat net buiten de kring de assistent-ploegleider van de ploeg van White naar hem stond te wenken. Hij kende de man als een nogal serieuze Britse renner die vanwege een rotte knie ineens uit het peloton was gestapt en nu dus hulpje was in een ploeg vol onbenullen, gedeformeerde honkballers en gelukzoekers. Zo te zien had hij Van der Meer dringend nodig.

'Geen vragen meer?' riep Van der Meer na twee minuten en het bleef stil. Enigszins stijf in de heupen klom hij op zijn fiets en peddelde traag van de Hollandse journalisten weg. De radioman liep nog even met hem mee en zei dat hij hem die avond nog wel zou komen opzoeken in het hotel. Van der Meer knikte: 'Okay, ik zie je dan wel.'

Veertig meter verder stond de Engelsman te wachten. Van der Meer hield in, stak zijn hand uit ter begroeting en zei: 'Wat is er?' De assistent-ploegleider gebaarde met zijn hoofd en maakte duidelijk dat Van der Meer moest volgen.

Ze passeerden een afzetting van Italiaanse politiemensen en kwamen naast een van de bussen van de Tour-organisatie uit. Hier stonden ze uit zicht van bijna alles en iedereen.

'En?' vroeg Van der Meer. De oud-renner keek hem strak aan. 'Luister... White moet piesen, dat weet je... en hij...'

Van der Meer maakte handig gebruik van de pauze die viel: 'En wat heb ik daarmee te maken? Ik hoef toch niet?'

De Brit ging door: 'Je kunt een behoorlijk bedrag verdienen als je hem helpt. Begrijp je wat ik bedoel?' Van der Meer hield zich van de domme en deed alsof hij weer op zijn fiets wilde stappen, maar de ex-renner hield hem vast aan zijn arm en zei: 'Ik kan namens mijn sponsor een behoorlijk bedrag bieden. Moet je horen, als jij hem in de cabine bij die Hollandse dokter een beetje kunt helpen, kan onze ploeg wat voor jou betekenen. Begrijp je me?'

Van der Meer snapte de boodschap, maar hoe, in jezusnaam, moest hij dit kunstje flikken? 'Enig idee?' vroeg hij.

De ex-renner was snel met zijn antwoord: 'Ja, natuurlijk. Die piesdokter moet afgeleid worden. Dan zou het voor elkaar komen.'

'Condoom of flesje met urine?' vroeg Van der Meer.

'Zeg het maar, jij kent die trucs immers,' was het antwoord.

Van der Meer deed alsof hij schrok en zei: 'Ho, ho, als je zo begint... Ik bedoel... Wat is de inzet hier helemaal? Jullie man is als tweede binnengekomen en denkt nu waarschijnlijk de Ronde te kunnen winnen. Dat is het toch?'

De ex-renner knikte: 'Wat stel je voor? Noem iets en ik zal zeggen of het kan of niet.'

Van der Meer keek rond. De twee stonden nog steeds alleen, maar hij zag een cameraploeg van de Nederlandse televisie op hen afkomen. Die mannen kon hij nu missen als kiespijn. Heel snel zei hij: 'Een ton, Hollands geld... Als het me lukt,' en de ex-renner knikte nog sneller terug.

Van der Meer wist meteen dat hij te weinig gevraagd had.

'Tim, zie je jezelf nog als kanshebber voor de eindzege?' vroeg een man met microfoon in zijn hand. Van der Meer antwoordde: 'Snel jongens, ik wil hier geen kouvatten. Ik heb vandaag een flinke opdonder gehad.'

Amsterdam

De zeven mannen stonden nu samen in de grote hal van het hotel. 'Wat gaat er nu gebeuren?' had Van Geneugden gevraagd. 'Red light district tour?' had White lachend geroepen. 'De stoute madammen dus,' had Van Geneugden direct geantwoord en Van der Meer had gezien dat de anderen bepaald gretig reageerden. Dus toch, dacht Van der Meer, die Katzman met snelle passen op de groep af zag komen.

De hoteldirecteur trok Van der Meer zacht maar dwingend uit het groepje weg en draaide hem met zijn rug naar de anderen toe. 'Luister, we hebben nog tien minuten tot een kwartiertje nodig. Er is iets tussen gekomen op de boot en er moet even geïmproviseerd worden. Weet jij iets?'

Van der Meer keek de directeur aan en zei voorzichtig: 'Ze willen de hoerenbuurt zien, maar dat duurt weer te lang.'

Katzman schudde zijn hoofd: 'Nee, prima idee. Hierachter, als je het hotel uit gaat naar links en dan de tweede steeg naar het Singel neemt, daar heb je ook een kleine rosse buurt. Als jij nou die mannen lopend meeneemt en het op je gemak doet, dan zorg ik dat iemand je op het Singel tegemoetkomt en dan ligt de boot achter de Koepelkerk. Loop niet te snel, geef een mooie rondleiding en dan komt het goed.'

Van der Meer was zijn kompanen voorgegaan de zwoele zaterdagavond in. Buiten was het net boven de twintig graden en de heerlijke Amsterdamse stadslucht kwam hen direct tegemoet. 'Naar links,' had Van der Meer geroepen en de zeven kerels slenterden vervolgens tussen toeristen, junkies en hoerenlopers door.

Uit de cafés klonk muziek, het was druk op straat en de zeven hadden lol als schooljongens toen ze uitkwamen voor een etalageruit waar een prachtige, grote zwarte meid in bijna niets gekleed naar hen knipoogde.

'Wat kost dat nou?' vroeg Dutronc en Kupfernagel had de deur bij de mevrouw al opengedaan.

'What is the price?' vroeg hij met een zwaar Duits accent.

De hoer kende deze trucs en schoot terug: 'Als eentje het doet en de rest kijkt zeker... Duizend gulden, omdat het zaterdag is. Speciale prijs.'

Gierend van de lach waren ze verder gelopen. Kupfernagel had geroepen: 'Wie wil erop jongens? Ik weet hoe het is: op zwart gaat het dubbel zo snel.'

Op het Singel had Van der Meer Jacqueline van een afstandje aan zien komen. Ze zwaaide, niet uitbundig, maar meer als teken van 'hier ben ik'. Van der Meer had zich afgevraagd waarom ze daar liep.

'Hallo, sorry voor het oponthoud,' had ze gezegd en ze had de anderen toegeknikt. 'Will you follow me, please?'

De mannen waren haar gevolgd naar een steiger waaraan een rondvaartboot lag afgemeerd.

Van der Meer had van verre al naar de boot gekeken en nog meer naar het groepje jonge vrouwen dat ongeveer midscheeps bijeenstond, glas in de hand en een en al afwachting.

Terwijl Van der Meer de kleine loopplank over liep, flitste het even door hem heen dat deze attractie misschien te veel van het goede zou zijn, maar hij had het idee drie weken geleden geopperd en ook dit gedeelte van de organisatie leek goed te lopen.

'Heren,' zei hij, 'we gaan een gezellige avond maken en beginnen met het tonen van deze mooie stad. Veelal gebeurt dat door een gids die de toeristen hier via een microfoon van alles vertelt, maar ik dacht dat het chiquer was om ieder zijn eigen gids te geven.' Hij draaide zich naar de groep van zes jonge vrouwen en liep op hen af: 'Hallo, ik ben Tim. Ik ben de gastheer van het weekend en ik stel jullie graag voor aan mijn vrienden.'

Terwijl de schipper de boot heel langzaam liet optrekken en richting sluis voer, stonden zeven mannen en zeven vrouwen zich midscheeps aan elkaar voor te stellen. Van der Meer zag hoe subtiel de organisatie was geweest. Hij had Katzman gevraagd ervoor te zorgen dat er voor iedere renner een gastvrouw zou zijn die zijn landstaal zou spreken. Hij keek naar de jonge vrouwen en zag dat bescheiden vlaggetjes van de landen in kwestie hun bovenkleding sierden.

'Heel goed gedaan,' zei Dazan, die oog voor zulke zaken had, en natuurlijk ook had gezien dat de dame met het Italiaanse vlaggetje een ravissante schoonheid was.

Terwijl de boot langzaam het IJ op voer en de contouren van het Centraal Station aan de rechterhand zichtbaar werden, zag Van der Meer dat iedereen zijn partner gevonden had en dat er door twee obers van achter uit de boot glazen champagne gebracht werden. Ineens had hij door dat Jacqueline naast hem stond met een klein Nederlands vlaggetje in haar hand.

'Pardon,' zei hij ongelovig en zij haalde snel haar schouders op: 'Ik zal je dit allemaal nog weleens uitleggen. Doe maar of het zo hoort.' Hij nipte van zijn glas en ging naast haar zitten. 'Hoezo, of het zo hoort?' zei hij.

Ze keek hem enigszins cynisch aan en toastte: 'Proost, en dat het een gezellige avond mag worden.'

Van der Meer wist van zichzelf dat hij zelden om een antwoord verlegen zat. Sterker nog, hij was rap van tong en had in zijn omgeving altijd zijn zegje klaar, maar op dit moment wist hij niets te zeggen. 'Ik snap het niet,' was het enige dat hij kon uitbrengen, en de vrouw tegenover hem lachte hem toe: 'Dat kan ik me indenken.'

Van der Meer keek achter zich in de luxueus uitgevoerde boot. Zijn maten zaten allen te kletsen met hun gastvrouwen; de sfeer leek al goed. Hij zag Dazan met de oogverblindende jonge vrouw. White had een leuke blondine naast zich. Kupfernagel een stevige, wuft geklede meid van in de dertig. Dutronc zat met brede gebaren iets uit te leggen aan een kleine, sterk opgemaakte Française. Andersen zat te luisteren naar een donkerharige, sportief geklede jonge meid, en Van Geneugden tikte al met zijn tweede glas champagne tegen dat van zijn voluptueuze gastvrouw.

Van der Meer moest inwendig lachen: het lijkt wel een koppelkoers, dacht hij en hij keek naar de vrouw die naast hem zat. Ze volgde geïnteresseerd de acties van de anderen in de boot. Hoe kwam zij hier terecht? En wat was haar rol? Wat was er gebeurd dat juist zij hier met dat rood-wit-blauwe vlaggetje stond?

Sestriere

Van der Meer was achter Dutronc de ruimte binnengelopen waar een geelgejaste judoleraar de hellebaardier was. Dit was verboden gebied voor vrijwel iedereen in de Tour. Zelfs Ronde-baas Duprez was eens door zo'n geeljas ruw buiten de hoge hekken gesmeten. De renners die zich voor de controle kwamen melden, werden doorgelaten en als er een soigneur van de ploeg meekwam, dan kon deze buiten de caravan op de fiets van de renner letten. Voor de bezoekers stond er een bankje buiten.

De Fransman stapte als eerste de halfdonkere ruimte binnen. Het rook er muf. Van der Meer volgde Dutronc en hoorde dat White achter hem aansloot.

De dienstdoende 'piesdokter' – een algemeen erkend begrip in grote rondes en bepaald geen baantje waar de juryleden om stonden te springen – stapte achter een schot vandaan en zei: 'Goedemiddag.'

Van der Meer kende de man wel. Hij kwam uit Limburg en had een goeie naam als jurylid. Dit jaar had hij pech, want het was al zijn tweede termijn als piesdokter, waarschijnlijk omdat hij makkelijk zijn talen sprak en op een soepele manier met de renners omging.

Van der Meer keek snel om zich heen. Hij had deze Tour pas een keer hoeven plassen; dat was in Pau geweest. Toen was hij de caravan binnengekomen, had de Limburger een hand gegeven, moeiteloos twee flesjes volgepiest, ze neergezet en een blikje bier van het tafeltje meegenomen. Voor diegenen die niet of nauwelijks 'konden', stond een kleine drankvoorraad klaar: flesjes water, diverse biertjes en een vruchtensap dat hij niet herkende.

Nu echter had Van der Meer geen oog voor die zaken. Hij schatte de situatie in en zag dat zijn landgenoot achter een van de schotjes bleef staan, terwijl White een fles Evian opendraaide en vrij gulzig begon te drinken.

'Hallo Tim. Goed gereden,' hoorde hij. Hij zag de man die toevallig Dokter heette, Wim Dokter, een lijst pakken die op het tafeltje tussen de blikjes en flessen lag.

'Ik mag niet klagen. Het liep niet slecht, maar ik heb afgezien als een gek,' zei Van der Meer terug en hij zag dat Dokter de rugnummers checkte van de renners die nu bij hem in de cabine stonden.

Dutronc stond met zijn rug naar de Limburger toe en vroeg een biertje. Hij had wel het gevoel dat hij kon plassen, maar het leek haast wel of de urine niet door de blaas heen kwam, zei hij. Alsof hij daar door een onzichtbare dam werd opgehouden.

'Allez, pissez,' zei Dokter, maar Dutronc ging eerst even op een krukje zitten en dronk rustig zijn biertje op. Hij speelde met zijn lid en zijn scrotum alsof hij zijn hele zaakje losmaakte.

De deur ging open en Andersen stond even in het volle licht.

'Welkom,' riep Dokter. De Noor stapte binnen en sloot de deur achter zich.

Van der Meer zag dat dit het moment was en deed een stap in zijn richting. 'Sorry voor die beweging toen je langs wilde komen,' zei hij en hij pakte voorzichtig de linkerarm van Andersen vast. 'Jezus, dat zijn nog eens schaafwonden,' zei hij en betrok Dokter direct in het gesprek. 'Hé Willem, moet je dit eens zien. Hij is het ravijn in gelazerd en heeft daarna een geweldige achtervolging gereden.'

Tegelijkertijd drukte hij de Noor in de richting van het deurtje en zei: 'Willem, hier, je moet het eens in het volle licht zien, je gelooft je ogen niet.' Tegen de Noor zei hij: 'I'll translate for you later, but I want to show him your wounds.'

Heel even was Willem Dokter zich bewust van de situatie. Regel één in zijn bestaan als piesdokter was te allen tijde: blijf in de caravan als de renners daar bezig zijn hun flacons te vullen. Maar Van der Meer was zo oprecht bezig en die Noor was ontzettend toegetakeld. Hij kon allicht even naar die blessures kijken. Hij stapte met de Noor en de Nederlandse renner snel de caravan uit en sloeg, automatisch, de deur achter zich dicht.

Van der Meer dacht en handelde nu op topsnelheid. Hoelang had White nodig? En moest die Dutronc ook nog iets flikken? Het leek hem wel.

'Kijk,' zei hij en hij wees op de lange, diepe striemen op beide armen die door een korst van bloed en jodium bedekt waren.

'Does it hurt?' vroeg Dokter belangstellend aan de Noor. Andersen haalde zijn schouders op. Van der Meer wees ook nog een lange schram op de rechterdij van de Noor aan en Dokter ging even door de knieën om goed zicht op die wond te hebben. Niet dat hij er iets aan kon doen. Sterker nog, hij wist er helemaal niets van, maar hij had met de Noor te doen en omdat Van der Meer ook zijn menselijke kant toonde, dacht de Limburger dat het gepast was in ieder geval enige interesse voor de renner te tonen.

'Dat zie je niet vaak, hè,' zei Van der Meer. Andersen pakte de deurklink van de caravan en Van der Meer legde zijn hand vriendelijk op de schouder van Dokter: 'Nee, er is niemand naar binnen gegaan terwijl wij hier stonden. Ik heb er speciaal op gelet en ik zag jou ook kijken.'

Van der Meer trok de deur achter zich dicht, liet zijn ogen heel even aan de schemering wennen en zag dat Andersen al aan het plassen was. De Noor deed dat midden in de caravan, staande, zonder gêne, met een volle, brede straal. Achter een van de schotten zag Van der Meer Dutronc bezig en net toen hij zich afvroeg waar die rottige Amerikaan was, stapte White achter het tweede schotje naar voren en zette de twee potjes op de tafel naast Dokter. Hij veegde zijn handen af aan zijn koersbroek en toonde het jurylid zijn rugnummer. Dutronc deed even later hetzelfde. Andersen volgde en het drietal stapte de caravan uit.

Dokter zei: 'Dat is snel gegaan, jongens. Meestal gaat het moeilijker in een bergetappe,' en Van der Meer zei: 'Weet je nog verleden jaar in de Vuelta toen Rodriguez Garcia, die Spaanse klimmer, helemaal niet kon en iedereen en alles twee uur moest wachten op die bergtop waar het sneeuwde en twee graden vroor?'

Dokter knikte; dat was een heel bekend verhaal uit de piescontrolewereld.

Het jurylid pakte zijn lijst weer en keek naar Van der Meers rugnummer. Nadat hij het nog een keer goed bekeken had, zei hij: 'Weet je dat jij helemaal niet hoeft?'

Van der Meer speelde het mooi mee. Hij had zijn broek al half naar beneden gestroopt en stond in zijn hoekige naaktheid voor de controleur. 'Wat zeg je nou? Op de streep vertelden ze me dat ik moest. Weet je het zeker?' Dokter keek nog eens naar de lijst en toen weer naar Van der Meer. 'Nee, jij hoeft niet.'

'Ook niet als reserve?' vroeg Van der Meer. Het zweet brak hem nu langzaam uit; stel dat hij inderdaad moest piesen. Hij zou behoorlijk door de mand vallen, dacht hij. Hij schrok ervan dat hij zo geweldig toneel kon spelen, maar ergens voelde hij dat hij Dokter in een hoek dwong die gevaarlijk was. Toch gaf het hem een prettig gevoel. Dit was flikken op hoog niveau; hier had hij nooit over kunnen dromen.

Heel even viel er een korte stilte. Van der Meer trok zijn broek weer op en zei: 'Nou, dan niet,' pakte een biertje van de tafel en vroeg of Dokter een pilsje meedronk. Ging hij nu niet te ver?

Dokter bedankte, keek nog één keer op zijn lijst en telde de potjes die op het tafeltje stonden. Zes stuks. Die zouden straks verzegeld worden en met een speciale bodedienst worden verstuurd. Nog twee renners moesten komen plassen, dat was zeker; maar dat waren coureurs die in het peloton reden en voordat die groep binnen was... Dokter keek Van der Meer met felle ogen aan. 'Dit heb ik nog nooit meegemaakt: een renner die zich komt aandienen voor de controle en die niet moet... Tim van der Meer, je bent een speciale vent.'

'Vertel het vooral niet verder... dat ik speciaal ben,' zei de renner. Hij dronk de laatste slokken bier weg, liet een flinke boer en sloeg de controleur vriendschappelijk op de schouder: 'Bedankt dan maar voor het pilsje. Als ik kan, zal ik er jou weleens eentje aanbieden,' zei hij en hij opende de deur van de caravan.

'Ik hou me aanbevolen,' zei Dokter, die achter hem aan stapte. Van der Meer pakte zijn fiets en lachte naar zijn landgenoot.

'Hebben ze jou weleens positief bevonden?' vroeg Dokter.

Van der Meer speelde de vermoorde onschuld en wees met zijn rechterwijsvinger priemend in zijn borst: 'Wie? Mij? Nee natuurlijk niet, nooit. Je weet toch dat wij renners nooit iets nemen? Wij krijgen weleens wat... Tabee.'

Via het deurtje in het hek en een groet aan de geeljas reed Van der Meer weg.

Willem Dokter bleef de Nederlandse coureur enige tijd nakijken. Hij voelde aan zijn water dat er iets niet in orde was. Maar wat? 'Ach,' zei hij tegen zichzelf en liep terug naar de caravan. Moest hij, als kleine piesdokter, hier op deze berg in Italië de wereld gaan verbeteren?

Hij sloot de deur achter zich en trok een blikje bier open. Het zou nog even duren voor de volgende coureurs bij hem langskwamen. Hij hoopte dat hij die avond in een behoorlijk hotel zou slapen. Deze Tour was slopend voor hem. Iedere dag die donkere caravan, iedere dag toezien op die jongens die bij hem moesten komen piesen. Nee, hij was liever jurylid in een auto. Kon ie mooi tijdens de laatste honderden meters van een etappe uit het dak gaan staan. Zagen ze thuis via de tv tenminste ook dat hij in de Tour was. Dat hij wat deed.

Amsterdam

Het was Dutronc geweest die op een gegeven moment in de boot naar Van der Meer toe was gekomen. Met een korte hoofdbeweging had hij duidelijk gemaakt dat hij even iets 'privé' aan de gastheer wilde vragen en de twee waren drie meter richting kapitein gestapt. De Fransman had zijn hoofd vlak bij het linkeroor van Van der Meer gebracht en gevraagd of dit een grap was en zo nee, wat de rol van die vrouwen dan was.

'Gezelschap, puur gezelschap,' had Van der Meer gezegd. 'Ik wil dat jullie het heel goed hebben vanavond.'

Dutronc had even gewacht en toen, in al zijn onschuld, aangestuurd door de alcohol van de afgelopen uren, opgemerkt: 'Maar tot hoever en hoe laat gaat dat gezelschap?'

Van der Meer had de Franse klimmer geamuseerd aangekeken: 'Het is net als met het rijden van een loodzware etappe. Je gaat zo ver als je kunt.'

'Om bij de finish te komen!' had de Fransman lachend gezegd, ten teken dat hij toch niet helemaal gek was.

De boot tufte rustig door de grachten en de sfeer aan boord leek prima. Er werd gelachen en gedronken en na een wat stugge start, waarbij de renners zich bijna uitsluitend met de gastvrouw naast zich bemoeid hadden, was het gesprek inmiddels algemener geworden.

Van der Meer keek naar zijn maten en kon een glimlach niet onderdrukken. Daar zaten ze, zeven jaar later. Helden waren ze toen geweest, in juli 1992, beschreven in vele verhalen als de renners die de grootste wielerkoers ter wereld in één demarrage op zijn kop hadden gezet. Zeven niet eens zo heel grote coureurs die dagen-, nee wekenlang de krantenpagina's in Europa hadden beheerst. Als helden waren ze later, na de Tour, ontvangen op de criteriums waar ze allen voor geweldige bedragen hadden rondgereden. In het Brabantse Chaam hadden ze voor de start met z'n zevenen naast elkaar gestaan. Meer dan honderdduizend mensen waren op die doordeweekse wedstrijd afgekomen en toen Van der Meer in de eerste ronde min of meer voor de gein wegreed en de zes anderen heel even meekreeg voordat de rest reageerde, was dat reden voor het dolenthousiaste publiek het dorp zo'n beetje af te breken. De Bende van Zeven was weer op drift.

Van der Meer was nu tegenover Jacqueline gaan zitten. Dat praatte wat makkelijker.

'Hoe heb je dit alles georganiseerd?' vroeg hij geïnteresseerd.

Ze nam een slokje champagne en zei: 'Daar zijn tegenwoordig bureaus voor. In ons hotel werken we voor onze gasten ook wel met die callgirl-services, dus ik wist zo'n beetje welke kant ik op moest. Het heeft drie dagen geduurd voordat ik deze meiden bij elkaar had. Het was niet zo moeilijk Engelssprekenden te vinden; Duits en Frans viel ook wel mee, maar Italiaans en Noors was een probleem. Dat meisje dat perfect Noors spreekt, komt van een organisatie uit Den Haag; de andere meiden zijn allemaal van Amsterdamse organisaties.'

'Hoe heb je het gedaan? Ik bedoel, wat heb je ze verteld of gevraagd?'

'O, dat gaat zo professioneel. Dat je dat niet weet... Je belt en je legt je eisen neer bij diegene die bij dat bureau de contacten met de klanten doet. Het lijkt een beetje op een slavenmarkt: groot, klein, blond of met sproeten, de taal waarin gesproken moet worden, of er nog extra eisen voor de nacht zijn... of het alleen maar om een etentje gaat, of museumbezoek, of een borrel, maar ook SM en de hardste seks die je kunt bedenken. Alles heeft zijn prijs, ik neem aan net zoals in die wielrennerij van jou.'

Van der Meer vroeg: 'Wat heb je over de mannen van dit gezelschap gezegd?'

Ze keek hem strak aan: 'De dames wisten met wie ze te maken kregen. Katzman had een A4'tje geschreven over wie jullie waren en zijn, hoe het zeven jaar geleden allemaal gebeurd was en hoe beroemd jullie in de internationale sportwereld als groep geworden zijn. Ik heb de dames daarnet nog even gezegd wat er verwacht kon worden: gezelschap, borrelen, diner, en daarna de vrijheid. Jouw vrienden moeten zelf maar bepalen wat ze willen en dat met hun escorts regelen. Het hotel rekent met de bureaus af als de rapporten na het weekend binnen zijn. Het basisbedrag tot en met het diner heb ik afgesproken op tweeduizend gulden per dame; wat er verder berekend wordt, zie ik maandag wel.'

Van der Meer keek zijn overbuurvrouw bijna dromerig aan. Hij vond haar interessant, maar wist dat hij niets bij haar beginnen moest. Ze zag er sterk en goed uit, had manieren, was heel beschaafd gekleed en maakte duidelijk dat ze dit alles als werk beschouwde. Ze had tot nu toe geen enkel teken van toenadering gegeven.

'Blijft dan de vraag waarom jij hier nu tegenover mij zit,' zei hij.

Ze knikte: 'Ik heb je daarnet al gezegd dat ik het zou uitleggen. Omdat je zo nieuwsgierig bent, wil ik het je nu best vertellen. Op het afgesproken uur hadden zich zes meiden bij de afvaartplaats van de boot gemeld. Dat wil zeggen, er was wel een zevende, maar die moest plotseling afhaken; ze werd niet lekker... Toen hebben ze via het hotel mij gebeld en ben ik in vliegende vaart naar het Singel gekomen.'

Van der Meer zweeg.

'Als we ons laten voorstaan op het leveren van maatwerk voor onze topklanten, hoort dit er dus bij,' zei ze gedecideerd en met licht cynisme in haar stem.

'Je hoefde toch niet te komen? Er had toch iemand anders gevonden kunnen worden?' zei Van der Meer terwijl de boot voorzichtig de brug onder de Munt naderde.

'Zoals ik net al zei: wij handelen onze hotelzaken graag goed af. Ik vind mijn vak leuk en ik kon een uur geleden geen snellere oplossing vinden.'

Het gezelschap stapte op een steiger aan de Amstel uit en de gastheer van het restaurant wachtte hen op.

'Hier is de tafel goed,' riep Van der Meer. Hij keek Dazan en diens gastvrouw na. De Italiaan had het helemaal gemaakt. De jonge vrouw was verdronken in de charme van de Neus.

Terwijl hij brede armbewegingen maakte, vertelde hij van alles over wielrennen, het rijke Italiaanse leven en het speciale van dit weekend.

Van der Meer keek of de andere koppels ook contact hadden en vlak voordat hij het restaurant binnenstapte, zag hij dat Jacqueline met hetzelfde bezig was: ook zij keek of alles klikte. Zij deed dat echter met een koele, professionele blik. Van der Meer nam zich voor haar later te vragen of ze wilde ontdooien.

Het gezelschap had een grote tafel in de hoek gekregen. Op de prachtig gedekte tafel stonden kleine sculpturen van wielrenners. De heren herkenden na enig zoekwerk zichzelf en een kleine golf van enthousiasme trok over de tafel. Van der Meer keek naar Jacqueline en knikte haar toe: heel goed gedaan.

'Een vriendje van me… beeldhouwer en in jouw sport geïnteresseerd… Het leek me een aardig idee,' zei ze en ze lachte hem heel voorzichtig toe.

De patron verscheen en sprak het gezelschap in diverse talen toe. Hoe vereerd hij was deze unieke groep wielrenners in zijn eenvoudige stal te mogen begroeten. Hij had een diner samengesteld waarbij van alle nationaliteiten kleine specialiteiten terug te vinden waren.

De stemming steeg per gang en niet te vergeten per glas wijn.

Om elf uur wist Van der Meer van de studente Noors dat haar vader een bekende schaatser was geweest en dat ze Andersen aardig maar saai vond. Vervolgens had hij een diepzinnig gesprek gehad met de mevrouw die het Duitse vlaggetje op haar blouse gespeld had en hij begreep van haar dat ze Kupfernagel helemaal te gek vond: leuk, spontaan en heel charmant. Van der Meer had haar gevraagd wat ze overdag deed. 'Ik studeer Oudduits en ben bijna klaar… dan ga ik doceren in Oxford,' had ze gezegd.

Sestriere

Van der Meer was in zijn hotelkamer aangekomen en had meteen de televisie aangezet. Terwijl hij zich uitkleedde, zag hij beelden van het tweede peloton, dat nu in de klim bezig was. Hij herkende één ploeggenoot; voor de rest veel Fransen en Italianen, een enkele Spanjaard en wat los grut. De eerste echte bus moest nog komen, bedacht hij toen hij onder de douche stapte en het warme water over zijn vermoeide lijf liet stromen.

Hij had zijn haar gewassen, was een minuut of vijf op de douchevloer gaan zitten, had vervolgens in de douche geplast, mikkend op zijn eigen voeten, terwijl hij: 'Goed tegen de schimmel' had geroepen, had zich afgedroogd, en was met een handdoek om zijn middel naar de kamer van Ricardo gelopen.

Ricardo was de man met de magische handjes, een supermasseur, een jongen die al met de voetballers van Juventus en Nederlandse hardloopsters en volleyballers gewerkt had. 'Ga liggen, Champ,' zei de masseur en hij sloeg Van der Meer kletsend op de bil.

'Godskolere, wat een dag,' zei de renner toen Ricardo met lange strijkende bewegingen over zijn rug heen ging.

'Ik heb een hele tijd gedacht dat je zou gaan winnen,' had de masseur gezegd. Van der Meer had gezwegen.

'Omdraaien,' had Ricardo na een tijdje geroepen en Van der Meer had zitten toekijken hoe zijn kuiten gekneed werden. 'Ik dacht dat je misschien wel kon winnen,' had de masseur zich na vijf minuten hard werken zomaar laten ontvallen, en Van der Meer had teruggebromd: 'Dat zei je daarnet ook al.'

Ricardo kneep flink door in de kuit zodat hij er zeker van was dat de renner het goed voelde en zei: 'En daarnet gaf je ook al geen antwoord.'

‘Wat moet ik zeggen?’ zei Van der Meer. ‘Dat ik net niet goed genoeg was? Zit je daarop te wachten? Je hebt toch al meer sporters op je tafel gehad na een grote wedstrijd? En je weet toch dat ik geen groot klimmer ben?’

‘Zou kunnen,’ knikte de masseur, die nu de voeten van de renner deed.

‘Hoe bedoel je… “zou kunnen”?’ herhaalde Van der Meer.

Ricardo wachtte even, alsof hij naar een aanloop zocht.

‘José zat hier vanmiddag bij mij op de kamer naar de laatste klim te kijken en die zei ineens dat je in de slag zat. Dat zag hij aan je manier van rijden,’ zei de masseur.

Het bleef zeker tien seconden stil.

‘José lult uit zijn nekharen en wordt oud,’ zei Van der Meer en hij stond plotseling op van de massagetafel. Zonder iets te zeggen sloeg hij de handdoek om en liep de kamer uit. Eenmaal drie stappen op de gang, draaide hij zich om, liep terug naar de kamer en zei: ‘Sorry, Ricardo, sorry, maar ik kan nou eenmaal slecht tegen mijn verlies.’

Terug op zijn kamer kleedde hij zich aan: boxershort, T-shirt, sokken, sportschoenen, trainingsbroek. Hij keek naar de televisie en zag nog net de laatste groep over de streep komen. Hij herkende drie ploeggenoten en zag aan de tijd onder in beeld dat voor hen de Tour voorbij was. ‘Jammer jongens, dan hadden jullie maar moeten doorrijden,’ mompelde hij en hij hoorde het schelle geluid van de telefoon in het halletje.

‘Hallo, met Tim,’ zei hij in de hoorn.

‘Je hebt goed gereden!’ hoorde hij haar zeggen.

‘Ja, ik had geluk,’ zei hij vrij opgewekt. ‘Heb je het gezien?’

Ze vertelde dat ze net thuis was gekomen, dat ze de hele dag op het strand was geweest, maar dat de buurman enthousiast was komen vertellen dat hij zo goed gereden had en dat hij zelfs wel kans had nu hoog in Parijs te eindigen en misschien wel de Tour te gaan winnen. Van der Meer had geprobeerd iets van dat enthousiasme te temperen: ‘Ik kwam in een groepje uit vóór een valpartij; zo heldhaftig was het eigenlijk niet, we hebben alleen een geweldige voorsprong kunnen nemen. We waren met z'n zevenen en de nummer acht kwam met iets van achtendertig minuten achterstand binnen.'

'Maar sta je er goed voor?' vroeg zijn vrouw.

Hij dacht even na en zei: 'Ja, in Parijs hebben we best wel iets te vieren.'

Ze vertelde dat ze die avond met twee vriendinnen ging stappen en zei voordat ze ophing dat ze aan hem zou denken.

Met de woorden 'See you in Paris' beëindigde hij het gesprek. Hij legde neer en bleef even naast de telefoon staan. Ja, hij was gek op haar, maar de wilde verliefdheid was er niet meer. Hij gaf om haar, belde iedere dag op, was geïnteresseerd in haar doen en laten, maar er was iets dat hij niet kon definiëren. Ze leek wat afwezig, was ook niet erg geïnteresseerd in wat hij deed. En waarom stapte ze zoveel? Eerst de hele dag aan het strand, nu vanavond weer de stad in. Was dat haar antwoord op het alleen-zijn als hij ergens koerste?

Hij liep het gangetje in, haalde zijn schouders op en zag twee journalisten op zich afkomen. 'Ook dat nog,' verzuchtte hij.

Amsterdam

Het diner naderde zijn laatste gang: de zevende natuurlijk. Het liep tegen enen en de sfeer was fantastisch. Beter had Van der Meer het zich niet kunnen wensen. De gerant had een heel goede kijk op de zaken en schonk behendig zijn heerlijke wijnen in. Precies goed getimed, zodat het geen dronken boel werd.

Van der Meer had het geweldig naar zijn zin. Hij had met alle dames wel even kunnen praten en had gezien dat de heren hetzelfde deden; voortdurend werd er van plaats gewisseld, zoals aan het begin van het diner door Jacqueline was voorgesteld.

Nu zag hij dat ze in een serieus gesprek met Andersen gewikkeld was. De Noor wees op zijn armen en Van der Meer kon wel ongeveer bedenken waar het over ging.

Kupfernagel en zijn dame leken voor elkaar gemaakt. Het Vrouwenbeest, zoals hij vroeger al in het peloton genoemd werd, deed zijn naam eer aan. Niet eens erg vervelend, vond Van der Meer, die met zijn glas in de hand naast Van Geneugden neerviel.

'Vermaak je je?' vroeg hij de Vlaming.

'Ik moet u één ding zeggen, kaaskop: organiseren kunt u als de beste,' was het eerste dat de enigszins bestofte Belg zei.

'Dat is allemaal door anderen gedaan,' merkte Van der Meer op en hij wees op Jacqueline, die vijf stoelen verderop nog steeds zwaar zat te bomen.

'Gaat u die vannacht poepen?' vroeg Van Geneugden met een valse twinkel in zijn ogen.

'Nee, zeker niet,' lachte Van der Meer terug.

'Ze is toch een schoontje,' zei Van Geneugden wellustig.

'Dat ontken ik niet, maar er zijn nog andere waarden... denk ik maar.'

De Belg nam een slok en zei: 'U hebt daar wellicht gelijk in, maar ik weet nochtans van mezelf dat ik me te vaak verlaat... Ik val makkelijk voor de eenvoudige zonden in het leven.'

'Wat doe je verder nog, heb je een baan?' vroeg Van der Meer, die het antwoord eigenlijk al wel kon raden.

Van Geneugden schudde zijn hoofd: 'Sinds ik gestopt ben met koersen doe ik niets. En het bevalt me eigenlijk best. Ik heb mijn supporters nog steeds en...'

Van der Meer onderbrak hem: 'Ik heb ergens gehoord dat je financieel in de problemen was gekomen?'

De Belg knikte: 'Dat is waar, maar ik had ook niet zo'n pak poen zoals u toen ik gestopt was.'

‘Je had toch wel íéts overgehouden?’ vroeg Van der Meer.

‘Ja, maar ik heb de laatste vier jaar flink geleefd en sinds Madame de helft heeft meegenomen toen ze vertrok…’

Van der Meer keek de Belg aan. Zeven jaar eerder had hij de hele etappe het gevoel gehad dat Van Geneugden het niet op hem begrepen had. Was dit het juiste moment dat te vragen? Hij twijfelde.

De Belg zweeg even en probeerde het voorzichtig met: ‘Ik heb altijd het idee gehad dat u mij niet mocht, in het peloton niet en daarneven ook niet.’

Van der Meer lachte en zei: ‘Ik wilde jou hetzelfde vragen.’

Van Geneugden pakte de arm van zijn buurman vast en kwam met zijn hoofd iets dichterbij: ‘Het was nooit een kwestie van niet mogen… U waart altijd een speciale in het peloton. Laat ik het zo zeggen… zoals u ons nu geïnviteerd hebt, verbaast dat me niet. Die manier van leven had u als coureur ook al. U bent eigenlijk nooit coureur geweest, u waart een zakenman op de fiets. U hebt nooit een wielerhart gehad. Dat heb ik altijd beweerd en ik geloof dat nog steeds… Toch kon u harder fietsen dan menigeen. Dat heeft me altijd zo verbaasd. Waarom bent u zeven jaar geleden die stront-Ronde niet gaan winnen? In alle commentaren achteraf werd Andersen als de sterkste aangemerkt, maar volgens mij was u dat. U moet een geweldige slag afgemaakt hebben gedurende die dag.’

Van der Meer voelde de woorden van de Belg als naalden door zijn ziel gaan. Hij wist dat ieder woord waar was.

‘Wacht maar tot morgen,’ glimlachte hij flauw naar de Belg.

Sestriere

Van der Meer was 's ochtends om tien uur naar de start gereden. De 148 overgebleven renners zouden in groep de col afrijden en pas in Casena Torinese, aan de voet van de col, zou de officiële start van de etappe naar Alpe d'Huez plaatsvinden.

Het was rustig en kil op de vertrekplaats boven. Van der Meer groette Dutronc in het voorbijrijden. De Fransman droeg een blauw jack over zijn gele trui en reed bijna onopgemerkt tussen het voornamelijk uit Italianen bestaande publiek door. De Fransman had zijn hand opgestoken toen hij op vier meter afstand van Van der Meer was en had bij het passeren duidelijk 'Merci' gezegd.

Message understood, dacht Van der Meer die zijn fiets had neergezet en een bekertje koffie had gehaald.

Hij was gaan zitten in een van de zitjes in het vertrekdorpje, dat vandaag leger was dan de andere dagen. Hij had *l'Equipe* van een tafeltje gepakt, snel de foto's bekeken en de pagina met de klassementen voorgevouwen. Hij had wel ongeveer een idee hoe het nu verder ging; hij kende zijn eigen positie in de koers, maar hij wilde precies weten hoe het klassement eruitzag. En dus spelde hij het Classement Général. Dutronc had 63 uur, 34 minuten en 54 seconden gefietst in deze Tour en had 29 seconden voorsprong op White. Voor de Amerikaan was dat een gunstige uitgangspositie, want Dutronc kon geen tijdrit rijden. De vraag was of White dat straks, naar Blois, nog wel kon.

Op de derde plaats stond nu Andersen met 2.07 achterstand op de Fransman. Was hij in staat meer te doen? Van der Meer wist bijna zeker van niet. De blessures zouden tegen gaan werken, de Noor zou moeilijke nachten krijgen en hij mocht blij zijn als hij Parijs nog zou halen. Kupfernagel stond vierde op 2.55 en dat was voor de Duitser te doen. Dutronc was een zekere prooi; White leek ook geen probleem. Dazan stond daaronder, op 2.59, maar Van der Meer wist dat de Italiaanse veteraan het altijd zou afleggen tegen de Duitser als het om tijdrijden op een redelijk vlak parcours ging. Wel achtte hij de Neus nog in staat iets te ondernemen in de slopende etappe van de volgende dag, op weg naar Saint-Étienne. Daar had hij de avond tevoren aan tafel nog over zitten praten met Den Daas. Niet de etappe van vandaag naar Alpe d'Huez zou gevaarlijk worden voor de posities van de kopmannen; nee, naar Saint-Étienne zou iemand van de zeven iets kunnen proberen.

Vandaag was het voor de echte toppers, voor de Spaanse klimmers, voor de grote verliezers van gisteren. Niemand van de kopgroep zou meegaan, dat was zeker. Van der Meer wist dat er vandaag wel gekoerst zou worden, maar meer ook niet. Wellicht dat Kupfernagel in de problemen zou kunnen komen, maar dat was van later zorg. Tot nu toe had de Duitser goede kaarten en zat hij op de achterhand. Als hij de volgende dagen redelijk zou doorkomen, mocht hij alles zelf beslissen in de tijdrit van vierenzestig kilometer.

Van der Meer las zijn eigen naam op de zesde plaats, op 3.07 van Dutronc. Hij had zicht op zeker de derde plaats in Parijs. Toen Den Daas hem dat de vorige avond voorgehouden had, had hij gelachen en geroepen dat het podium halen al fantastisch was. Den Daas had hem toen vlijmscherp toegebeten: 'Maar ik begrijp dat je nu je eigen positie al bepaald hebt,' waarna Van der Meer van tafel was opgestaan en zwijgend naar zijn kamer was gelopen.

Van Geneugden stond zevende en had 5.22 achterstand op Dutronc. Achtste was de Fransman Josselin, die gisterochtend nog in het geel vertrokken was, op 36 minuten en 11 seconden. 'Jammer,' bromde Van der Meer. Hij vouwde de krant dicht en liep terug naar zijn fiets.

In de verte had hij het fluitsignaal van de Tour-organisatie gehoord. Het was tijd voor weer een werkdag.

Terwijl hij traag opreed naar de start, werd hij op zijn schouder getikt. Hij keek om en zag het serieuze gezicht van White. De Amerikaan knikte hem toe, maar zei niets. Zwijgend reden ze naast elkaar voort.

Terwijl ze aansloten bij de renners die voor de streep stonden te wachten, dacht Van der Meer: maar jij gaat tóch niet de Tour winnen. Bijna had hij die woorden ook uitgesproken, maar hij hield zijn mond.

Drie rijen voor White en Van der Meer stond Kupfernagel met twee ploeggenoten. De Duitser stond zijn zonnebril op te poetsen.

Amsterdam

Om even voor halftwee waren er vier taxi's voor komen rijden. Het gezelschap had afscheid genomen van eigenaar, gerant en bedienend personeel en Van der Meer had tot zijn niet-geringe verbazing gezien dat White een bedrag van honderd gulden in een ongebruikt wijnglas had gestopt. 'Daar wordt voor gezorgd,' had hij nog uitgeroepen, maar ook Andersen en Dazan hadden meteen een biljet uit hun zak gehaald en toen ze zagen dat ze niet anders konden hadden de drie anderen dat ook gedaan. Waarmee Van der Meer de enige was die niets had gegeven. Hij had in zijn zakken gezocht en alleen wat Nederlands kleingeld, een bundeltje dollars en twee creditcards gevoeld. Schaapachtig en onder gejoel van de anderen had hij een biljet van honderd dollar gepakt en Van Geneugden had geroepen: 'Altijd baas boven baas!'

'Kan ik je naar huis brengen?' had Van der Meer tegen Jacqueline gezegd, maar hij wist het antwoord al.

'Nee, dank je,' had ze direct gezegd. 'Ik weet de weg in Amsterdam.' En terwijl er al drie taxi's weg waren, had hij heel even vrij dicht tegenover de nu moe uitziende vrouw gestaan. 'Neem deze taxi dan,' had hij gezegd en zij had even getwijfeld. 'En jij dan?' vroeg ze.

'Ik loop liever,' had hij geantwoord en had het achterportier van de wagen voor haar opengehouden. 'Tot maandagochtend,' had hij met ferme stem gezegd en zij had hem even lachend aangekeken. 'Wat wil je zeggen?' had hij gevraagd.

Zij had gezegd: 'Je wilt niet samen met die anderen in het hotel aankomen, is dat het?' en hij had heftig geknikt: dat was het.

'Zeven jaar geleden kwamen we ook niet samen aan, nietwaar?'

'Je wilt niet zien hoe het verdelen van de buit toegaat,' zei ze met een zweem van spot in haar stem.

Dat had ze goed ingeschat. Hij zou alles betalen, maar hij wilde het niet zien. Vandaar zijn wandeling door nachtelijk Amsterdam, in de hoop dat hij alleen in het hotel zou aankomen en rechtstreeks naar zijn kamer kon gaan.

'Ik snap het,' zei ze en stapte in.

'Probeer eens te ontdooien,' zei Van der Meer.

Ze keek op, knikte even en zei: 'Slaap lekker. Ik zie je maandag. Bedankt voor de gezellige avond.'

'Je jokt,' zei hij snel.

'Niet helemaal, maar ik begrijp nu een heleboel meer van jou en je trawanten,' zei ze en ze sloot het portier.

De Mercedes zoefde weg en Van der Meer stond alleen op straat.

'Vooruit dan maar,' zei hij tegen zichzelf en hij begon te lopen.

Blois

Van der Meer zat op een stoeltje in het starthokje voor de tijdrit. Hij had goed warmgereden en het zweet gutste van zijn voorhoofd. Hij voelde zich alleen, had een leeg gevoel in zijn lijf en probeerde zich te concentreren. De Tour de France stond op het punt beslist te worden. De architect van het klassement zag uit zijn ooghoek dat twee cameramensen van elkaar beconcurrerende Nederlandse televisiestations hem vol in beeld hadden. 'Vluchten kan niet meer,' had hij geforceerd lachend in de richting van de cameramensen geroepen en hij was op zijn tijdritfiets gaan zitten. Vandaag zou hij alles op alles zetten om derde te worden en niet te winnen.

De voorgaande etappes waren zenuwslopend geweest. Dazan had geprobeerd slinks weg te rijden op weg naar Saint-Étienne, maar de knechten van Kupfernagel en White hadden de Italiaan bijna de gracht in gereden in hun pogingen rust in de groep te houden.

Die etappe was dodelijk zwaar geweest. In een wilde galop was de karavaan door het puffend warme Frankrijk getrokken en een paar keer had Van der Meer zijn hele strijdplan in duigen zien vallen; Kupfernagel zelf brak bijna door in een derde pelotonnetje terecht te komen en toen er, op tien kilometer voor de finish, toch een vrij behoorlijke groep wegreed, besefte Van der Meer iets te laat dat White gluiperig meegeslopen was. Met doodsverachting had Van der Meer toen het peloton gegangmaakt en had men de groep teruggehaald, vlak voordat ze Saint-Étienne binnenreden.

Dat was ongeveer het laatste dat hij had kunnen doen in deze Tour. Vanaf dat moment was een diepe, bijna zure vermoeidheid in zijn lichaam gekropen. Niet alleen in zijn benen, maar overal. Slapen ging slecht, hij had nauwelijks nog trek in eten en in Montluçon was hij zelfs in een groep aangekomen die een tiental seconden achterstand had op het voorste gedeelte van het peloton. Het had hem niets kunnen schelen, ook niet toen hij die avond door Den Daas aan tafel verrot was gescholden. Hij had moeten opletten en niet moeten zitten pitten. Hiermee vergooide hij toch goddomme al zijn kansen op het podium. Of hij dat besefte. Hij was immers professional en diende ook zo te handelen. Had Nederland weer eens kans op een Tour-winnaar, liet meneer zich godverdomme verrassen in een nietszeggende kut-etappe... Dat en nog veel meer had Den Daas in zijn blinde boosheid geroepen.

'Dat podium,' had Van der Meer na enige seconden wachten tegen zijn ploegleider gezegd, 'dat podium kan ook mijn kloten kussen, als een podium dat al zou kunnen... Weet je, jullie kunnen allemaal mijn rug op. Jullie hebben geen idee...'

Hij was van tafel opgestaan en naar zijn kamer gegaan, waar twee minuten later José op de deur had geklopt.

Van der Meer had de soigneur zwijgend aangekeken. Wat kwam die hier doen?

'Ten eerste ben ik niet té oud,' had de verzorger gezegd en hij was op het bed gaan zitten.

Van der Meer had heel snel nagedacht en toen direct de link met Ricardo gelegd. 'Zo heb ik het ook niet bedoeld,' had hij alleen maar geantwoord.

José had hem aangekeken en kort gelachen: 'Al zou je het wel zo bedoeld hebben... Tim van der Meer, ik heb nondeju al heel wat renners onder handen gehad en ik heb ze allemaal leren kennen en leren waarderen. Jij bent een speciale, een heel speciale zelfs, omdat je een halve intellectueel op de fiets bent. Begrijp me goed, ik zal je uiteraard blijven verzorgen, maar ik denk dat je te hoog spel speelt en ik weet dat dit hele proces waarin je je begeven hebt, je gaat opbreken. Ik weet van andere renners, van vroeger ook, dat ze jaren geestelijk bezig zijn geweest nadat ze ooit ergens een grote slag hadden gemaakt. Wat dat betreft ben jij niet anders, hoewel je toch anders bent... Snap je me?'

Van der Meer had de oude soigneur lang aangekeken en toen gezegd: 'Ik denk dat ik het aankan.'

'Ik denk het niet,' had de verzorger gereageerd. Hij was opgestaan en naar de deur gelopen en had vlak voordat hij de gang in was gestapt scherp gezegd: 'Het duurt jaren voordat je dit allemaal verwerkt hebt. Ik weet niet hoe je het in elkaar gestoken hebt, maar ik heb te veel meegemaakt in dit vak. Ik ben niet blind en misschien wel oud, maar niet té oud, neem dat van mij aan.'

Van der Meer had even later een harde trap tegen de kamerdeur gegeven.

Het jurylid naast hem telde af: 'Cinq, quatre, trois, deux, un, partez...' en liet de fiets los. Van der Meer trapte en schoot het podium af. Na ongeveer twintig seconden voelde hij dat hij achter zijn adem zat. Hij was nerveus en schakelde terug in plaats van op. 'Godverdomme!' riep hij hard tegen zichzelf en sneed de eerste bocht aan. Nog maar vierenzestig kilometer, dan was de kwelling voorbij.

Pas na vijf minuten voelde hij dat hij in zijn ritme kwam. Hij draaide de grote versnelling en werd rustiger. Nu was het zaak goed gedoseerd te rijden. Hard, maar niet te hard.

Na twaalf kilometer kreeg hij van Den Daas, die schuin achter hem moest blijven rijden, een tussentijd door. Hij had de tweede tijd tot dat moment. Alleen Kupfernagel was sneller; Dutronc moest nog langskomen bij het timingspunt.

Zo gaat ie goed, dacht hij, pakte zijn bidon en nam een snelle slok, zo gaat ie beter, alweer een kilometer.

Ondanks zijn inspanningen moest hij lachen om zijn infantiele gerijm.

'Kom op, Tim, harder, harder,' hoorde hij de stem van zijn ploegleider achter zich.

'Onbenul,' siste hij voor zich uit en schakelde naar de 12.

Amsterdam

Het was nog steeds druk in de stad. Op het Rokin passeerde Van der Meer groepen jongeren die op weg naar een feest leken te zijn. Ze droegen kratjes bier met zich mee en maakten luidkeels lol.

Van der Meer voelde zich goed, zij het dat hij een tikje licht in het hoofd was. Oorzaak: drank. Hij had geprobeerd matig te drinken, maar vanaf het bier in de brouwerij, via de champagne in de rondvaartboot en de goede wijnen in het restaurant was hij toch wel ruim aan zijn tax gekomen. Drank maakte hem over het algemeen zacht en sentimenteel.

Nu had hij het weer. Terwijl hij richting Dam liep, gingen zijn gedachten terug naar jaren geleden. Amsterdam was zijn woonplaats geweest, maar als profwielrenner had hij in die jaren eigenlijk geen thuis gehad. Ja, zijn koffer was zijn thuis geweest. Hij had zichzelf altijd Amsterdammer gevoeld: brutaal, met een rappe tong en met gevoel voor humor, maar ergens had hij toch ook een rem op al die zaken gehad.

Grote wielrenners kwamen niet uit de grote stad. Wie had dat ook alweer gesteld? Van der Meer glimlachte voor zich uit. Stijn Miller had het tegen hem gezegd in een grote, lange live-uitzending op de dag na de Tour-aankomst in Parijs: toprenners waren boerenzonen uit Bretagne, knoesten van het harde Zwitserse bergland, jongens uit de Po-vlakte en bonkige kinkels uit West-Vlaanderen. En Van der Meer was een Mokummer, die ook nog zijn middelbare school had afgemaakt en die grotestadsmanieren had en hij was dus anders, had de tv-man gezegd. Van der Meer had het maar zo gelaten. Als men dat van hem vond... okay, wat moest hij er verder mee?

Hij woonde in die tijd gerieflijk in het zuidelijk gedeelte van de stad, was getrouwd met een vrolijke, speelse, jonge vrouw die zijn hard verdiende geld er met vervaarlijke snelheid doorheen joeg, maar zelfs dat kon hem toen niets schelen. Hij was redelijk succesvol in wat hij deed in die dagen. Men kende hem in Nederland; hij was een geziene gast in tv-talkshows, hij had een vlotte babbel, zag er sterk en goed uit en de toekomst leek nog ver weg.

Hij stak schuin de Dam over richting Nieuwe Kerk en bedacht dat het misschien wel zes jaar geleden was dat hij hier gelopen had. Hij was, nadat hij gestopt was met fietsen, langzaam uit deze stad weggedreven. Hij was wereldburger geworden, had eerst een appartement in New York gekocht waar hij veel verbleef en had later een boerderijtje boven Montpellier aangeschaft, waar hij echter zelden of nooit kwam en waar hij een Franse familie als anti-krakers liet wonen. In Amsterdam had hij een flat in de Beethovenstraat aangehouden, maar als hij daar twintig keer per jaar kwam, was het veel.

Meestal sliep hij ergens onderweg, in te grote kamers van te dure hotels. Vaak alleen, heel soms met een vriendin, een kennis of een oude vlam. Hij was zakelijk geslaagd, zei men. Hij was machtig rijk geworden, maar had geen seconde rust in zijn bestaan weten te krijgen. Hij was gescheiden en ontevreden over zijn sociale leven. Hard werken en veel reizen verdreven de kwellende verveling in de uren dat hij single leefde. Hij kocht wat hij wilde kopen, maar vaak wilde hij niets kopen. Een paar jaar geleden had een landelijk avondblad een groot stuk gepubliceerd over de miljoenen die de ex-renner in korte tijd verdiend had in zijn kleine imperium dat hij The Leading Group had genoemd. Een van de opvallendste passages uit dat artikel wist hij zich nog altijd te herinneren. Die ging zo: ‘De ex-wielrenner moet goed gespaard hebben, want zijn eerste investeringen waren goed en brutaal. Hij gokte opvallend in buitenlandse aandelen en had er blijkbaar voldoende financiële ruimte voor.’

Verleden week nog had een of andere snotneus van een

glossy Nederlands blad hem gebeld met de vraag hoeveel miljoen hij op zijn rekening had staan, want het was weer tijd voor de jaarlijkse miljonairslijst. Van der Meer had de jongen in drie zinnen duidelijk gemaakt dat het zinloos was verder met hem te praten. 'Dat interesseert toch niemand in Holland. U verveelt me met die vraag en, let wel, ik weet het niet eens,' had hij gezegd en hij had rustig neergelegd. Wat een onzin...

Het vervelende vond hij dat hij inderdaad niet wist hoeveel geld hij bezat. Het was een typische eigenschap van nieuwe rijken. Het stoorde hem dat hij die kwalijke trek ook had. Nog geen tien jaar geleden wist hij niet hoeveel hij had, maar wist hij zeker dat het niet veel was, en nog steeds interesseerde het hem niet. Nu echter met één verschil: hij bulkte van het geld.

Hij keek naar het voormalige postkantoor, nu een winkelcentrum, en sloeg rechtsaf de Nieuwezijds Voorburgwal op. Er kwam geluid uit de cafés waar hij langs liep; dit was zo'n typische zomerse avond in Amsterdam, alles en iedereen leek in de stad te bivakkeren. Het was lekker warm en op zulke avonden had deze stad dat heel speciale dat hij nooit had weten te definiëren: gezelligheid, spanning, uitdaging. Er hing een bijna tastbare sensuele gloed over de mensen; iedereen deed wat hij wilde... Hij bedacht nog wat andere omschrijvingen, maar werd afgeleid toen hij Andersen aan de andere kant van de straat met zijn gastvrouw zag lopen. Van der Meer stond even stil en keek de twee na. Ze verdwenen een café in en heel even had Van der Meer zin om de straat over te steken en quasitoevallig hetzelfde etablissement binnen te stappen.

Hij schudde zijn hoofd, zei 'nee' tegen zichzelf en liep verder. Vrijwel meteen viel hij terug in zijn oude gedachten. Wat zou hij gaan doen? Hij was alleen en hij voelde het. Vaak kon hij uitstekend tegen dat alleen-zijn, maar nu was het ineens hinderlijk; het knelde, het deed hem zelfs pijn.

Hij had zijn medekoplopers allemaal voorzien van gezelschap en hijzelf liep nu eenzaam door de stad, die niet eens meer de zijne was, in een stemming die hij ook al niet thuis kon brengen.

Zijn hotel was nog anderhalve minuut lopen, maar moest hij nu direct naar zijn kamer lopen en gaan slapen? Was er niets meer te doen in de stad?

Hij vertraagde zijn pas, probeerde een antwoord te vinden, dacht heel even aan de straatjes die hij links van zich zag en waar het druk was met hoerenkijkers en cafégangers. Zou hij?

Nee. Ineens nam hij een paar flinke stappen en liep door richting hotel.

Even later duwde hij de deur open en stapte de koele ruimte in.

Hier binnen kon het overal zijn: Washington, Tokio, Londen of Amsterdam.

Hij liep naar de lift en hoorde zijn naam roepen. 'Hé Tim!'

Hij draaide zich om en zag Katzman op zich afkomen.

'Ik ben even gebleven om te horen hoe alles gegaan was,' zei de hoteldirecteur.

Van der Meer knikte: 'Goed, heel goed zelfs... Ik denk dat iedereen het heel aardig heeft gevonden tot nu toe.'

Even viel er een stilte tussen de twee mannen.

'Nog iets drinken? Ik heb een lekker biertje voor je klaarstaan,' zei Katzman en hij wees met zijn hand naar de bar.

'Eentje dan,' zei Van der Meer.

Blois

Na tweeëndertig kilometer tijdrit had Stijn Miller in zijn microfoon geroepen dat een derde Nederlandse Tour-winnaar tot de mogelijkheden behoorde. De resultaten halverwege waren net op het scherm geprojecteerd en de commentator had met bijna overslaande stem geroepen dat Van der Meer op weg was naar in ieder geval de tweede plaats. Hij was Kupfernagel tot op drie seconden genaderd.

Van der Meer kreeg die tussentijden even later door. Hij reed in een heerlijke cadans, had geen enkel probleem met de grote versnelling en had tot zijn tevredenheid gezien dat hij zijn hartslag goed onder controle kon houden. Hij was dan wel tot in zijn diepste vezels zwaar vermoeid, maar dit kon hij nog. Weliswaar 'bien préparé', zoals José hem die ochtend gezegd had, maar dat hoorde bij deze topsport.

De oude verzorger had hem 's ochtends op zijn kamer opgezocht en hem een kleine injectie in de rechterbil gegeven. 'Je bent een heel speciale, maar dit is het minste dat ik voor je kan doen,' had de verzorger gezegd en toen Van der Meer gevraagd had of het gevaarlijk was voor de controle, had José zijn hoofd geschud: 'Nee, het is een mooie cocktail.'

Van der Meer had zich er verder geen zorgen meer over gemaakt: José was wel oud aan het worden, maar hij verstond zijn vak. Hij wist veel van deze materie en had ook altijd de goede preparaten. Hij had de verzorger weleens gevraagd hoe hij toch aan die geavanceerde spullen kwam en José had toen geantwoord: 'Jij hebt medestanders in de koers, ik heb vrienden in mijn metier. Zo zit dat.' Van der Meer wist van José dat hij een paar maal per jaar naar een apotheker in de buurt van San Sebastián reed en daar zijn voorraden aanvulde. Hij had de soigneur altijd vertrouwd.

Den Daas kwam tot twee meter schuin achter hem en riep de tijden door een megafoon. Van der Meer luisterde naar het blikken stemgeluid: 'Je rijdt nog maar drie seconden achter Kupfernagel. Dutronc is al weggevallen; hij heeft nu al meer dan twee minuten ingeleverd. White is nog gevaarlijk. Andersen rijdt sterk, maar jij kunt gaan winnen.'

Winnen, had Van der Meer bedacht. Wat winnen? De tijdrit, de Tour? Waar had die idioot in de auto het over?

Hij had een halve minuut na zitten denken over wat zijn

ploegleider geroepen had en vroeg zich af wat hij nu precies bedoeld had met die drie seconden? Was dat de achterstand in de tijdrit of had Den Daas de verreden tijden al doorberekend in het algemeen klassement?

Ineens voelde hij een vreemde, bijna warme rilling door zijn lichaam trekken. Winnen? Drie seconden – hoe, waar, wanneer? Hij liet de straten van het dorpje Autreche achter zich en zag dat de haren op zijn armen recht overeind stonden. Goddomme, bedacht hij zich, zo heb ik me nog nooit gevoeld. Achter zich zag hij een motor van de Franse televisie en schuin daarachter een wagen of vijf. Den Daas stak zijn vuist uit het open raam en riep iets. Van der Meer kon het niet verstaan.

Hoe, bedacht hij zich, terwijl hij even terugschakelde omdat er een klein, gemeen heuveltje in het parcours aankwam, hoe moest hij erachter komen wat de betekenis was van wat zijn ploegleider net geroepen had? Hij was geroutineerd genoeg om te weten dat hij nu niet uitgebreid met hem kon praten; hij wist immers dat er een UCI-jurylid naast Den Daas zat. In de Tour kon best eens gesjoemeld worden, maar nu was hij met eredivisiesport bezig. Dit waren de beslissende kilometers in een groot sportevenement en met de camera's op de kanshebbers gericht, kon hij hier niet uitgebreid om uitleg gaan vragen.

Over het hellinkje heen hervond Van der Meer zijn ritme en wist hij ook een oplossing voor zijn probleem. Hij schakelde, keek even naar zijn ketting en stak zijn hand op. Het duurde misschien tien seconden totdat Den Daas zijn wagen naast hem schoof. Van der Meer keek de auto in en riep tegen Kamiel, de mecanicien: 'Kijk even naar mijn versnellingsapparaat.'

Kamiel snapte direct wat er moest gebeuren en hing vijftien seconden later met een oliespuitje in zijn hand uit het raam.

'Is het drie seconden in de tijdrit?' riep Van der Meer door de wind heen naar zijn ploegleider.

Kamiel tikte hem tegen de bil en het jurylid, rechts van Den

Daas gezeten, zag erop toe dat Van der Meer op geen enkele manier de auto zou aanraken.

'Nee, lul, je ruikt geel,' riep Den Daas terug.

Christus te paard, dacht Van der Meer en hij stuurde van de auto weg. Hij zag op zijn hartslagmetertje een ongekende reactie en snoof wat snot uit zijn neus weg.

Twee minuten later twijfelde hij aan de woorden van zijn ploegleider. Was dit een list om hem nog harder te laten rijden? Zat die klootzak hem nu te bedonderen? Door de jaren heen had hij al wel meer vreemde trucs met ploegleiders meegemaakt. Den Daas was er eentje met een heel speciaal gevoel voor ploegleidershumor. Twee jaar geleden, op weg naar Metz, kwam hij aan de leiding en kreeg zicht op de etappezege. Vlak voor de finish had hij zijn ploegleider gevraagd of deze wist hoe de laatste kilometer liep, ietwat bergop of geheel vlak? Den Daas had hem vanuit zijn wagen met een stalen gezicht toegeroepen: 'Die blonde geile Ronde-miss die de etappewinnaar kust, heeft nooit een slipje aan, wist jij dat?'

Van der Meer had de etappe gewonnen en bij de huldiging de jonge vrouw aan haar bips gevoeld. Terwijl hij met zijn linkerhand een grote bos bloemen omhooghield en naar het publiek en de fotografen zwaaide, had hij zijn rechterhand achter de Française gevouwen en heel snel en gericht zijn actie onder het korte rode rokje uitgevoerd. Zoals zo vaak had zijn ploegleider ongelijk. De vrouw had het waarschijnlijk niet eens gemerkt.

Amsterdam

Van der Meer had nog tweemaal 'De allerlaatste dan' gezegd en had de koele pilsjes met enige voorzichtigheid opgedronken. Katzman had eerst de zakelijke dingen voor de volgende dag besproken – de brunch en daarna het afscheid – en toen waren de twee, zittend aan de bar, over de Tour van destijds begonnen.

'Wat ik nooit begrepen heb,' had de hotelman gezegd, 'waren die laatste kilometers van de tijdrit. Ik herinnerde me nog dat Stijn Miller in alle staten was en bijna ging schreeuwen dat we weer een Tour-winnaar hadden en dat je drie seconden achterstand op die mof had, maar wat er daarna gebeurde weet ik eigenlijk niet meer.'

Van der Meer had zijn buurman met een enigszins natte blik aangekeken en gezegd: 'Ik eigenlijk ook niet.'

'Ik kan me nog wel herinneren dat je pech aan je ketting had,' merkte Katzman op.

'Klopt,' zei Van der Meer.

'Maar toen, wat gebeurde er daarna dan?'

'Die Duitser reed harder dan ik. Zo simpel was het.'

'Je weet dat kritische journalisten daar nog dagen na die tijdrit aan getwijfeld hebben,' zei Katzman voorzichtig.

Van der Meer knikte. Hij had die verhalen ook gehoord en had er twee gelezen. De analyse van de jonge schrijver Wagen was erg dicht bij Van der Meers waarheid gekomen, herinnerde hij zich. De man had een goed verhaal in elkaar getimmerd dat duidde op een wel erg behulpzame actie van Van der Meer in de laatste beklimming van de grote alpenrit, gevolgd door een plotselinge terugval van de Amsterdammer in de tijdrit op het moment dat hij zich naar geel leek te rijden. Wagen was overigens snel uit de wielersportjournalistiek vertrokken en was nu correspondent van een ochtendkrant in Washington.

Het andere verhaal, dat hij daags na de Tour gelezen had, was van de hand geweest van een Amsterdamse grachtengordelschrijver, die weliswaar een onwaarschijnlijke hoeveelheid onzin opgeschreven had maar in die onzin wel een paar keer het perfide bestaan van profwielrenner en de uitwassen daarvan had aangestipt en juist sommige details heel goed gezien had. De man had nog een prijs gekregen voor dat artikel en was later, vóór een televisieuitzending waarin ze allebei te gast waren, op Van der Meer afgestapt en had min of meer zijn excuses gemaakt dat hij zulke lelijke dingen over hem geschreven had.

Van der Meer herinnerde zich nog precies wat hij toen geantwoord had. 'Uw woorden kunnen mij nooit raken,' had hij gezegd en de journalist had ietwat uit de hoogte gezegd: 'Ik ben bang dat zulks waar is, u zult ze niet snappen,' waarna Van der Meer geknikt had en met de woorden: 'Dat zal het zijn. Ik ben immers maar een wielrenner' was weggelopen.

'Wat mij altijd heeft tegengestaan,' zei Van der Meer, die de barman een kop koffie had gevraagd, 'was het feit dat die lul de wielrennerij had afgeschilderd als een woest festijn van elkaar bedonderende, doping verslindende, onwetende, dommekrachten die niets anders deden dan vals spelen.'

'En dat is dus niet zo?' vroeg Katzman met precies voldoende cynisme in zijn stem. Hij keek naar de ex-renner, die flauw glimlachte.

'Wat verwacht je nou dat ik zeg? Dat ik dat bevestig? Fietsen is voor mij een heel belangrijk deel van mijn leven geweest. Ik heb er plezier aan beleefd en ik heb geleefd met de regels van het peloton... en ik geef toe dat dat vaak niet de regels zijn die in jouw omgeving tellen. Natuurlijk heb ik dingen gedaan die niet mochten, natuurlijk heb ik weleens renners laten winnen – maar ook laten verliezen. En natuurlijk heb ik weleens doping gebruikt, alleen heb ik en hebben al mijn collega's van vroeger, toen en nu, dat niet van de daken lopen schreeuwen. Wielrenners mogen dan voor dom doorgaan, althans in de ogen van anderen, ze zijn in ieder geval niet zo dom dat ze hun eigen nest bevuilen door van alles tegen iedereen te gaan roepen. Er ontspoort er weleens eentje, maar...'

Katzman interrumpeerde: 'Die sport van jou is zo'n beetje de meest gesloten wereld die er is.'

Van der Meer knikte bedachtzaam, wachtte even en zei: 'Weet ik niet precies. Zouden Formule I-coureurs en NBA-spelers en topvoetballers in Engeland en Italië hun wereldje ook gesloten houden?'

Katzman zei: 'Dat denk ik wel.'

'Kijk,' ging Van der Meer verder, 'al die dopingverhalen hebben de wielersport geen goed gedaan, maar niemand uit de sport is ermee naar buiten gekomen. Verleden jaar heeft toch het idee bij de sportvolgers geleefd dat iedere coureur maar aan de pillen en de spuit moest om vooruit te komen. Dat is de grootste onzin die er bestaat, afkomstig uit het brein van mensen zoals die kerel die toen dat verhaal over mij schreef – hoe heet hij alweer?'

Katzman zei snel: 'Jean-Paul van Asseldonk,' en Van der Meer knikte: 'Ja, die... dat soort salon-menswetenschappers... journalisten, kunstenaars, reclametypes, advocaten, het nieuwe beursproletariaat, incrowd, schrijvers, televisiemensen, de laatste lichting beleidsbepalers in de politiek ook. Ze denken allemaal dat ze weten hoe het binnen de grote sport toegaat, maar hun weten is slechts gissen, romantiseren, een gerucht opvangen en dat projecteren op hun eigen bestaan. Die Miller van de tv heeft ook zo zijn eigen manier van interpreteren; soms zit hij goed, maar vaak ook niet. En als mensen die meningbepalend zijn op tv, radio en in kranten nou maar genoeg onzinnigs naar voren brengen, dringt het ooit weleens tot de massa door hoe...'

'De massa heeft zich nooit van het wielrennen afgekeerd, zelfs verleden jaar niet,' zei Katzman.

Van der Meer reageerde, met zijn armen wijd uitgespreid: 'Natuurlijk niet. Het zal het grote publiek een zorg geweest zijn hoe ik die Tour toen gereden heb. Ik heb ze later zien staan bij de criteriums... tienduizenden... drie rijen dik in kleine plaatsjes... pilsje in de hand en genieten.'

'Is dat dan je bevestiging voor goed gedrag?' vroeg Katzman.

Van der Meer dronk zijn koffie, stond op en legde zijn rechterarm om de schouder van de man met wie hij vroeger op school had gezeten. 'En jij, wat heb jij van je leven gemaakt?' zei hij.

Katzman lachte hikkend en zei: 'Niets. Ik ben directeur van een goed lopende hut geworden; ik werk me de kolere, verdien goed geld en ben zelden thuis.'

'Getrouwd?' vroeg Van der Meer, terwijl hij de schouder van zijn vriend weer losliet.

Katzman knikte zonder enige overtuiging: 'Ja, maar dat huwelijk heeft klappen gekregen.'

Ze stonden nu allebei achter hun barkruk, klaar om weg te lopen.

Ineens kreeg Van der Meer een ingeving: 'Pies je naast de pot?'

Katzman keek hem verbaasd aan: 'Wat bedoel je?'

Van der Meer keek naast zich en zag de twijfel over Katzmans gezicht trekken.

'Ik kan het me wel voorstellen... Wat een leuk mens,' zei hij ineens en hij liep drie passen naar de deur.

Achter zich hoorde hij de stem van Katzman: 'Hoe weet jij dat? Heeft ze...?'

Van der Meer haalde zijn schouders op, keek niet meer om en beende weg. Terwijl hij in de lift stapte, had hij al spijt van zijn opmerking.

Blois

In Santenay, na zesenveertig kilometer, was Kupfernagel de snelste. Van der Meer had 31 seconden achterstand op de Duitser, Andersen volgde op 57 seconden, White was bijna twee minuten achterop geraakt, mede door een lekke band al na drie kilometer, en Dutronc was bijna vier minuten kwijt. Het klassement leek gemaakt. Dazan reed keurig op de zesde plaats; alleen Koupernikov, een Russische hardrijder in Italiaanse dienst, had zich speciaal voor deze tijdrit gezet en stond tussen de eersten van de voormalige kopgroep in.

'Allez, allez,' hoorde Van der Meer voortdurend achter zich, maar harder reed hij toch niet. Zijn ritme was nog goed, maar ergens, diep in zijn lijf, voelde hij iets wat hij heel zelden bij wedstrijden meegemaakt had: bijna bittere vermoeidheid, die tergend langzaam zijn spieren binnenkroop en die het gevoel van lichte pijn, kramp en ook misselijkheid gaf.

Hij transpireerde zwaar en voelde dat hij schuim om zijn mond had; wel het teken dat hij voluit ging, want goede tijdrijders hadden dat eigenlijk altijd. Heel even haalde hij zijn rechterhand van het ossenkopstuur en veegde onder zijn neus. Hij bekeek de vangst en bromde in zichzelf.

Dazan reed nu voor hem. Hij zou de Italiaan gaan inhalen, dat was zeker.

Twee minuten later sloop hij langzaam langs de Neus. Van der Meer had de rechterkant van de weg gekozen en Dazan reed helemaal links, maar toch kruisten hun ogen elkaar op het moment van passeren. De blik van Van der Meer was blank; hij vergat zelfs er triomf in te leggen. Dazan echter reageerde flink. Hij trok een grimas en riep: 'Stronzo.' Van der Meer maakte een gebaar met zijn linkerhand.

Het gevolg was dat Dazan zich liet uitdagen en gedurende zeker twee kilometer aan de uiterste linkerkant van de weg bleef rijden, terwijl Van der Meer aan de andere kant reed, misschien anderhalve meter schuin voor hem.

Getoeter uit de volgwagen van Van der Meer was constant hoorbaar, maar de Italiaan bleef volharden, terwijl ook hij begreep dat het jurylid dat naast Den Daas zat, niets van deze koersvervalsing wilde weten.

Hij ging ervan uit dat hij nog niet geheel gepasseerd was en dus reed hij uit volle macht door. Beiden draaiden de 12 rond, alsof het geen moeite kostte, maar binnen in de lijven van de twee profs kraakte het.

Dit vreemde schouwspel eindigde toen Dazan ineens de spanning van zijn spieren haalde en onder luide verwensingen de Hollander verder liet rijden. Van der Meer glimlachte; dit was nog eens een grappig duel geweest. Wat hij niet wist, was dat hij dermate hard was gegaan dat hij na de tijdsmeting van Molineuf, na bijna vijfenvijftig kilometer, slechts zeven seconden achter Kupfernagel reed.

Stijn Miller ontplofte op dat moment bijna. De commentator, die bij de vorige doorkomst Van der Meer had afgeserveerd en de eindoverwinning bij óf Kupfernagel óf White had neergelegd, moest in zijn berichtgeving ineens van koers veranderen.

Het beeld toonde de volkomen in elkaar geklapte Dutronc, die weliswaar door een armada aan motoren en auto's gevolgd werd en ook veel te veel in beeld kwam, maar die in de hele tijdrit en in het algemeen klassement geen rol van betekenis meer speelde.

De Franse tv-regisseur had het er maar moeilijk mee. Hij moest de gele trui laten zien, hij moest oog hebben voor de nummer twee, White, maar ook moest hij op de kanshebbers voor het eindklassement letten. Hij had dus een motor naast Kupfernagel gestationeerd en had er één een tijdje bij Van der Meer gehouden, maar het doldwaze duel tussen Dazan en de Hollander was slechts heel even via een helikoptershot aan het volk vertoond, omdat ook de acties van Andersen nog interessant begonnen te worden toen bleek dat Kupfernagel, Van der Meer, White en Andersen binnen één minuut van elkaar reden.

Miller sprak van een ongekend boeiende tijdrit en gebruikte alle overtreffende trappen die zijn woordenschat hem bood. Doordat Dutronc echter in beeld bleef, had hij geen idee hoe het nu met Van der Meer ging.

Het scherpe, bijna speelse duel met Dazan brak nu echter ook de Hollander op. Hij voelde dat zijn krachten langzaam wegvloeiden uit zijn benen en zocht direct naar een kleinere versnelling. Hij dronk snel een paar slokken van de nog steeds halflauwe pap en probeerde zo lang mogelijk het ritme aan te houden dat hem tot nu toe zo verrassend goed in de race gehouden had.

Terwijl hij in de verte de contouren van de stad Blois zag, voelde hij dat hij terug moest en niet zo'n beetje ook. Het harde, snerpende getoeter van Den Daas achter hem hielp niets; het beste was eraf en de tijdrit zou een kleine drie kilometer te lang voor hem blijken te zijn. 'Eenenzestig kilometer was een betere afstand geweest,' sprak hij tegen zichzelf.

Tweemaal schakelde hij nog op, maar hij moest ook tweemaal terug omdat hij voelde dat er een bijtende, zuigende kramp door zijn benen schoot. Hij vloekte tegen zichzelf, maar kon niets anders doen dan tweemaal op de trappers gaan staan en zijn benen helemaal strekken.

Den Daas verscheen naast hem. Uit boosheid en misschien ook wel teleurstelling schoot de ploegleider door. 'Kom op godverdomme... nog twee kilometer. Je ligt fantastisch man! Kom op, je kunt nog winnen! Kom op, Tim!'

Van der Meer hoorde een vreemde toon in de stem bij zijn ploegleider, zeker bij het noemen van zijn naam, en hij keek even opzij. Den Daas gesticuleerde breed: kom op, naar voren, duidde hij op bijna komische wijze aan en Van der Meer kon niets anders doen dan even lachen.

Hij had godbetert alles gegeven en beter dan ooit gereden, maar het licht ging bij hem uit en dat uilskuiken achter het stuur begreep dat niet.

'Kom op, Tim, nog anderhalve kilometer...' hoorde hij achter zich.

Het zouden de zwaarste vijftienhonderd meter uit zijn wielerloopbaan worden, bedacht hij terwijl hij nu met een hand op zijn rechterdij duwde.

Eerst dacht hij dat hij zou ontploffen, maar even later wist hij dat dit nou 'vierkant rijden' was. Hij kon nu de 15 ook niet meer goed rond krijgen en toen hij weer getoeter achter zich hoorde, passeerde Dazan met gemak aan de andere kant van de nu brede weg.

'Kuttenkop,' riep Van der Meer luid, maar de Neus keek niet op of om en reed vrij gemakkelijk van hem weg.

Ineens besefte Van der Meer dat hij die scheldnaam het best aan zichzelf kon geven. Hij had zich enorm laten opnaaien door de Italiaan en betaalde die fout nu met dikke rente terug. Had hij gedurende die minuten van dat ijzingwekkende duel naar zijn hartslagmetertje gekeken? Hij kon het zich niet herinneren. Hij was een enorme lul geweest, bedacht hij, en hij zag de rode driehoek in de verte hangen. Wat had Den Daas straks geroepen? Nog anderhalve kilometer? Rekenen kon hij ook al niet!

Van der Meer keek achterom. Den Daas had alles begrepen en bleef binnenboord, riep zelfs niets meer. Hij wist het; hij zou nu niet de geschiedenisboeken in gaan als ploegleider van een Tour-winnaar.

Nog even zette Van der Meer aan, maar de kramp trok lange sporen van heftige pijn door zijn bovenbenen. Hij had zichzelf helemaal in het rood gereden en was blij dat hij nu met een klein versnellinkje kon fietsen.

Hij zag de afleiding voor de auto's, schakelde nog één keer op, maar hield gedurende de laatste twintig meter voor de finish zijn benen stil. Hij stierf van de pijn en hoorde in het geweldige lawaai bij de aankomst zijn gereden tijd niet. Het kon hem eigenlijk ook geen moer schelen.

Op de tv-tribune riep Stijn Miller verdwaasd in zijn microfoon: 'Wat is er in de laatste kilometers met onze held gebeurd? Onwaarschijnlijk dames en heren, nog nooit heb ik zoiets meegemaakt. Waar is deze eindtijd goed voor? Het is de beste tijd tot nu toe, verreweg zelfs, maar is hij goed genoeg voor een groot feest? Kijk nog eens naar deze herhaling. Ai, ai, ai! Tim van der Meer toch, je krijgt je pedalen niet meer rond, man... Waar zul jij zondag staan?'

Langzaam reed Van der Meer uit, passeerde zonder naar hem te kijken José, die zestig meter na de finish trouw met een warme, natte handdoek klaarstond, en spoog het nog onder zijn neus en rond zijn mond klevende slijm weg.

Hij voelde zijn verlies vooral in zijn benen, reed nog tweehonderd meter voorzichtig door en draaide toen langzaam zijn fiets.

Ha, daar kwamen de Nederlandse journalisten in een grote groep op hem afgehold. Hij rochelde een grote blok slijm vermengd met spuug en zelfs wat bloed op het asfalt en zei tegen zichzelf: 'Nu gaat het gezellig worden.'

De eerste journalisten liepen nu op een holletje naast hem mee. Niemand vroeg iets. Het was een idiote stilte.

Amsterdam

Van der Meer was om tien uur het zaaltje binnengelopen waar de afscheidsbrunch geserveerd zou worden. Drie obers waren bezig met dekken en groetten, bijna in koor: 'Morgen.' Van der Meer knikte terug. Hij bezag de tafel, die zoals gevraagd rond was, in het midden van de ruimte.

Aan de kopse kant van het zaaltje was een groot planbord neergezet, waar Van der Meer naartoe liep. Hij testte de zwarte viltstift, schreef het woord KOPGROEP op het glimmend wit, pakte het rechthoekige vegertje en wiste zijn krabbels weer uit.

Om halftwaalf waren de zeven mannen besteld via het uitnodigingskaartje dat op alle kamers was neergelegd: slotbrunch.

Van der Meer keek op zijn horloge; hij had nog even de tijd. Hij liep gedachteloos de ruimte uit, twijfelde of hij naar zijn suite terug zou gaan, waar hij nog een aantal faxen moest doorlezen, maar besloot toch een wandeling te gaan maken.

Amsterdam op zondagochtend was voor vroege toeristen, zo zag hij al snel. Horden Japanners liepen fotograferend rond en de eerste rugzakkers zochten hun weg naar de coffeeshops, maar echte Amsterdammers waren er niet te zien. Dat was altijd al zo geweest, herinnerde hij zich. Vroeger ging hij graag op zondagochtend vroeg trainen en als hij dan thuiskwam, na zo'n hondertwintig kilometer tegen de wind in trappen, arriveerde hij altijd op het moment dat de hoofdstad wakker werd, traag en mooi.

Van der Meer stak schuin door naar het Damrak, zag dat op het pleintje tussen Beurs en Bijenkorf een terras ingericht werd, ging in de zon zitten en bestelde een dubbele espresso en een Spa-rood.

De avond tevoren had hij toen hij op zijn kamer kwam direct twee Saridonnen ingenomen, maar ergens in het midden van zijn lijf had hij dat gevoel dat hij weleens met 'brak' aanduidde: geen echte kater, wel een tikje nadorst.

Hij dacht na. Hoe zou hij zijn toespraakje straks moeten beginnen? Moest het kort en geestig zijn, of moest hij juist de tijd nemen om alles uit te leggen? En wanneer moest hij met de enveloppen komen? Wie eerst, wie als laatste? En moest hij bij iedereen iets anders vertellen? Was het gepast zijn hele doen en laten van de laatste vijf jaar aan deze mannen te vertellen, of moest hij het maar een beetje algemeen houden? Moest hij uitleggen hoe zijn imperiumpje werkte? Ging dat iemand überhaupt iets aan?

Hij dronk zijn koffie en zag niet dat White hem schuin vanachteren naderde, voorzichtig de stoel naast hem terugtrok en ging zitten.

'Good morning. Mind if I sit down?' zei de Amerikaan.

Van der Meer keek verbaasd naar zijn buurman, die nog steeds de ribcord broek droeg, nu evenwel met een T-shirt en een simpel hemd met korte mouwen erboven.

'No, no, not at all,' reageerde Van der Meer, terwijl hij rechtop ging zitten.

Even viel er een stilte tussen de twee mannen. De Amerikaan bestelde thee en zei toen: 'Ik heb je eigenlijk nooit zelf kunnen bedanken voor die middag in Sestriere. Daar kwam ik gisteravond pas achter. Ik herinner me wel dat we een dag na die etappe even oogcontact hebben gehad, maar ik geloof dat ik nooit iets tegen je gezegd heb.'

Van der Meer knikte hem toe: 'Klopt. Ik heb daar nooit mee gezeten, hoor. Het was een snelle afspraak geweest en ik begreep dat het gelukt was.' Hij moest lachen om die woorden en vervolgde: 'Niemand was immers positief in die hele Ronde. Nou dan...'

'Je gaf ons precies genoeg tijd. Dat herinner ik me heel goed, want toen jij die piesdokter aan de arm meenam, wist ik van de zenuwen nauwelijks hoe ik het moest doen. Die Fransman was sneller, die had het al vaker meegemaakt.'

Van der Meer herinnerde zich de halfduistere caravan waar de twee renners in zeer korte tijd hun handelingen hadden moeten verrichten.

'Wie had er voor jou gepiest?' vroeg hij en de Amerikaan haalde zijn schouders op. 'Ik denk de chauffeur van de bus, maar dat heb ik nooit gevraagd. Het moest snel gebeuren en daarna is er binnen de ploeg ook nooit meer over gesproken. Ik weet niet eens hoe ze jou betaald hebben... Dat ging mij verder niets aan; daar moest de ploegleiding maar voor zorgen.'

Van der Meer keek de Amerikaan aan. Hij geloofde hem. White was toentertijd een jonge, onervaren renner geweest, die ineens uitzicht kreeg op de overwinning in de Tour de France.

'Wat gebeurde er eigenlijk met jou in die tijdrit naar Blois?

Volgens mij reed je beter dan iedereen gedacht had en er was toch iets...?'

White knikte Van der Meer toe: 'Als ik daar niet lek had gereden, eigenlijk vlak na de start, had ik kunnen winnen. Daar ben ik bijna zeker van. Ik had alle moraal en vooral omdat iedereen naar dat knettergekke duel Kupfernagel-Andersen en ook naar jou keek, kon ik redelijk in de luwte mijn tijdrit rijden. Ik weet nog wel dat ik aankwam en mijn gereden tijd zag; ik wist niet dat ik zo hard gefietst had. Gek, maar ik zie het nog zo voor me. Jij stond niet ver van me af met een hele horde journalisten om je heen en Andersen stond kotsend vlak achter me.'

Van der Meer probeerde het beeld terug te halen. Hij sloot zijn ogen en dacht na. Hij voelde de Amsterdamse ochtendzon op zijn gezicht tintelen. Wilde hij het allemaal nog wel weten?

Blois

Ze moesten vrij lang wachten voordat Dutronc binnen was. De Fransman kwam met zijn hoofd diep tussen zijn hoekige schouders gebogen over de finish. Het geel stond hem op datzelfde moment al niet meer en uit het kamp van de Duitse ploeg, twintig meter verder op het asfalt, klonk gejuich. Kupfernagel werd omstuwd door geeljassen naar het podium gebracht en Van der Meer keek van een afstand toe.

'Jij bent derde,' had Den Daas hem even eerder met overslaande stem toegeroepen, en hij had zijn gezicht laten afpoetsen door José.

Hij kreeg een tweede bidon met lauwe thee aangereikt en begon voorzichtig te drinken. Al zijn ingewanden steigerden nog steeds, zijn maag draaide zich om en hij moest voorzichtig op zijn linkerbeen gaan staan omdat de kramp vierkant in zijn dij schoot. Hij had de journalisten allemaal geantwoord, had twee blikjes cola naar binnen geklokt, waardoor hij nog heviger was gaan transpireren, en had zijn gedachten en gevoelens nauwelijks in bedwang kunnen krijgen. Alles tolde. Hij stond op de derde plaats in het algemeen klassement, maar hij herinnerde zich de woorden van Schulz bij het passeren op weg naar Sestriere: 'Vijftig procent van de winnaarsgage in Parijs...' Hij wist zeker dat hij dat gehoord had. Als die Schulz nu ook nog maar wist wat hij gezegd had.

Hij wist dat in dit metier een woord een woord was en hij ging ervan uit dat hij niet door die moffen geflikt zou worden. Dat betekende wel dat hij ineens een rijk man was, en dat besef, dat de afgelopen week wel sluimerend in zijn hoofd aanwezig was geweest, werd nu steeds duidelijker.

Van der Meer keek naar het huldigingspodium en zag Kupfernagel, die de twee Ronde-missen dicht tegen zich aan trok. Zelfs nu had hij daar nog aandacht voor.

De binnenkomst van de Duitser was spectaculair geweest. Van der Meer had bij de journalisten zijn verhaal gedaan en had van een afstandje gezien dat Andersen en Kupfernagel vlak achter elkaar binnenkwamen. Dat betekende dat de Duitser de Noor bijna te grazen had genomen, maar het betekende ook dat Andersen, de jongeling van het gezelschap, een heel sterke tijdrit had gereden. Kupfernagel had hem drie kilometer voor de finish bijgehaald, maar de Noor had niet opgegeven en in een dodelijke sprint was hij op vierhonderd meter voor de finish weer langs de Duitser getrokken. Een van de journalisten was snel aan het hoofdrekenen geslagen en had geroepen dat White waarschijnlijk tweede zou worden, en Andersen of Van der Meer derde. De verschillen waren klein, had hij erbij gezegd, en Van der Meer had geknikt: dat was bekend.

Hij hoorde de eindtijd van Kupfernagel en zei tegen de jonge journalist Wagen: 'Dan zit ik goddomme binnen de minuut... Ik ben tevreden.'

Na de binnenkomst van White hadden de journalisten weer staan rekenen, nu met papier en pen, en iemand had geroepen: 'Die Amerikaan heeft maar zeven seconden achterstand op de Duitser. Wacht, ik weet niet of ik het goed doe... Nee, het is één minuut en zeven seconden... Nee, toch niet.'

Iedereen had gelachen om de onhandige man en Van der Meer had gezegd: 'Als ik zo fiets als jij rekent...', waarna de journalist scherp had geantwoord: 'Dan reed je over het algemeen goed en in de top van het klassement.'

'Ik zou zoiets niet van mezelf zeggen,' had Van der Meer voorzichtig gesteld. De volgende ochtend stond in een van de Nederlandse ochtendkranten dat wielrenner Tim van der Meer na de finish nogal uit de hoogte had gedaan.

'Hoe is het mogelijk...' hoorde hij José naast zich zeggen.

'Hoe is wat mogelijk?' vroeg hij zijn verzorger.

'Dat de misschien wel zwakste klimmer uit de kopgroep van Sestriere hier de Ronde gaat winnen,' zei de oude soigneur, die bedachtzaam zijn hoofd schudde.

'Dingen gebeuren zoals ze gebeuren,' zei Van der Meer, die zijn fiets pakte en voorzichtig opstapte. Hij had een trainingsjack aangetrokken en wilde langzaam naar de teambus rijden. Hij had grote behoefte aan rust en een lange massage. Vlak bij de bus echter was hij ingehaald door een geeljas van de organisatie. Of hij direct mee kon komen naar de dopingcontrole; ze hadden vergeten het hem te zeggen; de nummer twee van de etappe moest immers altijd plassen.

Hij had een handdoek om zijn nek geslagen en was weer omgekeerd. Drie minuten later had hij twee volle flesjes ingeleverd, die jurylid Dokter speciaal voor dat doel had neergezet. Hij was alleen met de piesdokter in de caravan geweest. Bijna zwijgend had hij, met zijn koersbroek op zijn knieën en met zijn hele zaakje in de richting van de controleur, zijn behoefte gedaan en toen, alsof het een gewoonte was, weer een biertje van tafel gepakt, het blikje geopend en de inhoud in één keer naar binnen laten klokken.

De piesdokter had hem aan staan kijken en hem alleen maar toegevoegd: 'Goed dat je vandaag alleen bent.'

Van der Meer had lachend een zure bierboer gelaten, had zijn landgenoot op de schouder geslagen en gezegd: 'Nog maar twee dagen, dan mag je weer de vrije wereld in. Volgens mij kun jij geen piesende kerels meer zien.'

Jurylid Dokter was hoofdschuddend in de caravan achtergebleven. Hij wist nog steeds niet wat hij van Van der Meer moest denken.

In zijn hotel aangekomen had hij direct de televisie op zijn kamer aangezet en een nabeschouwing op de Franse tv gezien. Dutronc was lang in beeld geweest en had in een stekelig interview gesteld dat je van een goede klimmer niet ineens mocht verwachten dat die ook nog een goede tijdrijder over zo'n extreem lange afstand zou zijn. De Franse wielerverslaggever, een nogal pedant type dat altijd opvallend gekleed in beeld verscheen en belangrijker deed dan de renners, had Dutronc ten slotte gevraagd of hij wist hoe spannend het nu was in de strijd om de eindoverwinning en wie zijn favoriet voor die zege was.

Dutronc had gezegd dat hij geen idee had en dat het hem om het even was, omdat hij nu wist dat hijzelf kansloos was geworden. Vervolgens was er een kaart in beeld verschenen met daarop de uitslag van de tijdrit. Van der Meer had razendsnel meegelezen, terwijl hij naakt op het voeteneind van zijn bed zat.

Kupfernagel had de vierenzestig kilometer afgelegd in 1 uur, 13 minuten en 21 seconden; ongekend snel overigens. Van der Meer keek naar de andere namen. Hijzelf was tweede geworden op 57 seconden achterstand. 'Niet slecht,' mompelde hij nog maar eens voor zich uit, 'maar die kuttijdrit had eenenzestig kilometer moeten duren.'

Vervolgens verscheen de naam van White. De Amerikaan

had 2.31 achterstand opgelopen, maar dat was een geweldige prestatie. Dazan volgde op 2.40 en toen verscheen de naam van de niet-tijdrijder Andersen, die zijn hele hebben en houwen in de strijd had gegooid en op 2.56 was geëindigd. Daarna de Rus Koupernikov op 2.59 als eerste van de niet-kopgroepers, en voor de volledigheid gaf de Franse regie nog de namen van Van Geneugden op 5.01 en Dutronc op 5.36.

Van der Meer had voor zichzelf berekend dat hij derde stond en knikte toen hij het klassement in beeld kreeg.

Kupfernagel stond in het geel, White was tweede, met een achterstand van slechts zeven seconden. Hijzelf was derde op 1.08 en er trok even een schok door zijn lijf terwijl hij de achterstand van Andersen zag: 1.09.

Er mocht dus de komende twee dagen niets gebeuren. Hij wilde koste wat het kost die derde plaats vasthouden en wist dat hij dus zeer oplettend moest rijden. Eén seconde verschil... hoe kon het bestaan?

Hij mocht niet vallen, hij mocht in de finale van een van de twee etappes niet achter een eventuele breuk in het peloton terechtkomen. Hij moest dus nog twee dagen volop en geconcentreerd aan de bak.

En de vraag was of White de komende dagen met zijn Amerikaanse ploeg nog iets zou gaan ondernemen, omdat zeven seconden toch maar zeven seconden was.

Hij kon het zich niet voorstellen, want het was een bijna ongeschreven wet dat er na de laatste tijdrit in de Tour niet meer aangevallen zou worden op de ranglijstposities.

Van der Meer was opgestaan en was de douche in gelopen. Hij had de warme kraan opengedraaid en moeten constateren dat niet alle Franse douches goed werkten. Dit was er eentje waarbij heel voorzichtig negentien straaltjes uit een lelijk plastic douchekopje kwamen. 'Welkom in de wondere wereld van het Novotel,' had hij geroepen en hij was naakt en halfnat de douche weer uit gelopen toen hij de telefoon hoorde gaan.

'Hallo,' had hij in de hoorn geroepen.

‘This is Jack,’ had een stem gezegd.

‘Jack?’ had Van der Meer herhaald.

‘From the Bald Eagle-team, you know. We moeten elkaar nog zien...’

Even bleef het stil. Toen zei Van der Meer: ‘Hoe gaan jullie betalen?’

‘Doe maar een voorstel,’ had Jack geantwoord.

‘In dollars... In Parijs, na aankomst,’ had Van der Meer gezegd en Jack had gesteld dat het in orde kwam.

Van der Meer had opgehangen en was teruggelopen naar de douche.

Amsterdam

Om even over twaalven zat het gezelschap bij elkaar. Er was een enorme tafel vol heerlijkheden gedekt en ze dronken allemaal koffie. Van der Meer had zichzelf voorgenomen niemand van zijn gasten te vragen naar zijn nachtelijke escapades. Hij vermoedde dat er vroeg of laat wel iemand over zou beginnen, maar tot dit moment had niemand zelfs maar een toespeling gemaakt.

De gesprekken gingen over vertrektijden van de diverse vliegtuigen, en Andersen en White zaten telefoonnummers uit te wisselen. ‘Heren, dat hoeft niet,’ had Van der Meer gezegd en hij had hun alle zes een bruinleren schrijfmap aangeboden. Ook dit idee was uit de koker van Jacqueline gekomen. Oog voor detail, had hij bedacht toen hij de mappen uit de klaarstaande doos had gepakt.

In de map vonden de heren een vulpen waarin hun naam was gegraveerd, een volledige lijst van elkaars adressen en telefoonnummers, een schrijfblok en enveloppen. Overal waren klein en beschaafd de woorden DE KOPGROEP opgedrukt.

'Klasse,' had Dazan gezegd en de anderen hadden geknikt: dit was werkelijk heel speciaal.

'Waarom eigenlijk?' begon Dutronc. 'Waarom heb je dit alles zo tot in de puntjes verzorgd? Waarom heb je ons hier in luxe laten baden: het eten, de reis, de cadeaus, tot en met de nachtservice van gisteren... Ik heb er vannacht over na liggen denken, maar heb geen goed antwoord gevonden.'

Van der Meer keek de groep rond. De anderen knikten zwijgend; ze waren het met de Fransman eens.

'En ik wil nog iets weten. Ik heb in diverse wielerbladen van toen altijd moeten lezen dat u iets met getallen en cijfers had. Ook in die Ronde. Hoe zat dat precies?' vroeg Van Geneugden. De Belg had net een hele verhandeling over EPO-gebruik zitten houden en tussen hem, Kupfernagel en Dazan waren stevige woorden gesproken. 'Jullie waren de eersten die het als ploeg deden,' had de Vlaming tegen Kupfernagel gezegd en Dazan was ertussen gekomen: 'Nee, dat waren wij. Nee, eerst was er de Pronto-ploeg... Kunnen jullie je nog dat jaar herinneren dat ze alles kort en klein reden? Eén, twee en drie in de Waalse Pijl met acht minuten voorsprong, overal goed voorin, Giro gewonnen... Zij begonnen, met die dokter... Kom, hoe heette hij ook alweer?'

Van der Meer had mee staan luisteren: 'Was dat Dottore Bonzi niet?'

'Juist, die was het,' had Dazan gezegd en was verder gegaan met een eng verhaal dat hij ooit van een jongen uit zijn ploeg had gehoord. Die renner had twee jaar voor Pronto gereden. Alle anderen luisterden nu.

'Het was in de Giro. Er was zo'n grote Rus, Snaitov, die stond een week aan de leiding en die moesten ze 's nachts om drie uur wakker maken... dan moest ie wat drinken. Die goser moet helemaal volgezeten hebben, dat was geen bloed meer, dat was stroop geworden.'

Van der Meer had het verhaal eerder gehoord. Hij wist dat Snaitov in die jaren bepaald niet de enige was geweest bij wie dat gebeurde. 'Ze kunnen het nu bijna vinden, hè?' vroeg hij in het algemeen, en Kupfernagel knikte en zei: 'Bijna. Het schijnt van het laboratorium af te hangen, of van de bond die laat testen.'

Dazan vulde aan: 'Er is een nieuw middel, heb ik begrepen, een betere vorm van EPO. Wel linker bij grotere hoeveelheden, maar niet traceerbaar, en sterker. Ook niet zo duur, zodat niet alleen de toprenners...'

'Heb jij ooit EPO genomen?' vroeg White aan Andersen.

De Noor schudde zijn hoofd: 'Ik durfde niet. Ik ben daar eerlijk in. Ik heb nooit iets in kuurtjes gezien, ook niet in die makkelijke herstelmiddelen. Als ik wilde herstellen, reisde ik naar Noorwegen en ging ik langlaufen. Daar kwam ik in de winter van op krachten, raar maar waar.'

'Ben jij dan de enige?' vroeg Kupfernagel, die de groep rondkeek.

Andersen wachtte even, keek naar de anderen en antwoordde geestig: 'Ben ik daarmee verdacht?'

'Ja, heel erg verdacht,' zei Van der Meer, die opstond en naar het bord liep, de viltstift pakte en DE KOPGROEP opschreef. 'Dit is een mooie Nederlandse term en jullie kennen inmiddels de betekenis,' zei hij.

De andere mannen volgden zijn acties. Wat was die Hollander nu van plan? Ze hadden heel wat verrassingen achter de rug, maar wat zou er nou nog komen?

'Heren, ik wil graag het een en ander uitleggen,' zei Van der Meer en keek het gezelschap rond. 'Ik ben ruim vijf jaar geleden met koersen gestopt en ben vrijwel direct begonnen in mijn volgende leven. De meesten van jullie weten dat ik in zaken zit. Ik koop en verkoop dingen... Olie, goud, aandelen, koffie, rubber, zilver, opties – weet ik veel wat nog meer, en het is me de afgelopen jaren zeer goed gegaan. Als ik jullie vertel dat ik gedurende de eerste jaren heel succesvol met clickfondsen heb gewerkt, zegt dat jullie misschien voldoende.' Hij keek de groep rond.

Dazan en Kupfernagel knikten. Dutronc zei dat ook hij redelijk succesvol met opties was geweest, maar Andersen en Van Geneugden beweerden dat ze nooit één aandeel gekocht hadden. De Noor spaarde conventioneel, zoals hij stelde, gewoon op een spaarrekening, en Van Geneugden riep ietwat uitdagend: 'Bij mij is het meeste er toch wel doorheen gegaan.' White vertelde dat hij al zijn zuurverdiende centen mee naar Amerika had genomen en ergens in zijn appartement bewaarde. Hij was eigenlijk aanhanger van het principe dat geld niet kon jongen en daar kwam nog bij dat hij niet zo heel veel financiële middelen nodig had om in zijn tweede leven een bepaalde vorm van geluk te kunnen vinden.

Van der Meer had gezegd: 'Ieder het zijne, maar laat ik eerst even terugkomen op wat Van Geneugden zojuist zei: dat ik iets met cijfertjes zou hebben. Daar is weleens iets over gepubliceerd, maar niet iedereen in ons vak wist het.'

'Je was een wiskundig genie op de fiets,' grapte Kupfernagel en de meesten lachten. 'Je stond bekend als een man die naar zichzelf toe rekende,' vulde Van Geneugden met scherpe stem aan.

Van der Meer schudde lachend zijn hoofd en ging verder: 'Nee, verre van dat, maar ik had wel iets met cijfers. Noem het bijgeloof, maar ik heb altijd sterk in priemgetallen geloofd. Ik vond 17 bijvoorbeeld een mooi rugnummer en ik wilde graag dat etappes 229 kilometer waren, en dat er dertien of zeven man in een kopgroep zaten, dat mijn kamer op de vijfde verdieping was en dat ik zevenenveertigste in het klassement stond... Het is idioot, ik weet het, maar op de een of andere manier lette ik altijd op cijfers en getallen.'

Tegenover hem bleef het stil. De mannen aten iets, dronken hun koffie en luisterden naar hun gastheer.

Die vervolgde: 'Ik zal jullie duidelijk maken wat ik bedoel. Niet dat ik geobsedeerd ben door cijfertjes, maar ze spelen wel een rol in mijn leven. Ik daag een ieder van jullie uit om zich zijn rugnummer van toen te herinneren. Ik ben ervan overtuigd dat de meesten hun eigen rugnummer van dat jaar niet meer weten.'

Hij keek de groep rond en zag peinzende blikken.

'Ik reed met... eh, met... Ein Hundert Sieben und Fünfzig,' zei Kupfernagel, en Van der Meer riep: 'Genau', en was verbaasd.

'Wie nog meer? Wie weet zijn eigen nummer nog?'

White stak zijn hand op: 'Sixty-seven, I think,' zei hij voorzichtig.

'Nog meer?' zei Van der Meer.

Andersen probeerde het voorzichtig: 'Iets in de tweehonderd... misschien 213 of zo, maar het kan ook 203 geweest zijn.'

'Klopt,' zei Van der Meer tegen de Noor: 'To hundre od tre.' Hij deed zijn best zijn Noors zo goed mogelijk uit te spreken. Andersen knikte hem glimlachend toe: heel goed.

Van Geneugden wist ook zijn nummer nog en lachte: 'Ik was den 28, nietwaar?' Dazan dacht ergens in de twintig en Dutronc zei ferm: 'Cinquante-sept et toi, Monsieur le Nez, tu portais le dosard numéro quatorze, n'est-ce pas?'

Van der Meer klapte in zijn handen: 'Bravo!' Hij had gedacht dat de score veel lager zou uitvallen.

Hij pakte de viltstift en draaide zich naar het bord.

'We hadden dus een kopgroep met de volgende nummers...'

Onder elkaar schreef hij het rijtje:

Dutronc	57
White	67
Andersen	203
Kupfernagel	157
Dazan	14
Van Geneugden	28
Van der Meer	137

Hij wendde zich naar zijn gezelschap: 'Bij elkaar 663. Dat had ik toen we samenreden na een paar kilometer al bekeken,' zei hij en hij vervolgde: 'Je zult wel denken dat ik gek ben, maar ik heb dat altijd gehad: ik geloofde in ontsnappingen met mooie nummers. Ik heb altijd gevonden dat een ontsnapping zin had als er veel...' Hij wachtte even. Wist iedereen wat een priemgetal was? 'Eh, nombre premier, prime number, Primzahl... eh.' Hij dacht na. Ooit had hij het Italiaanse woord ergens gelezen. Wat was het nou ook weer?

'Numero primo,' hielp Dazan hem.

Van der Meer keek Andersen aan. 'Sorry,' zei hij.

Andersen lachte breed. 'Primtall,' riep hij duidelijk gearticuleerd en iedereen grijnsde.

De Noor ging door: 'Gek, maar ik reed graag met een oneven nummer. Ik heb zeventien koersen in mijn leven gewonnen en vijftien daarvan waren met een oneven rugnummer. Een fan van mij heeft dat een keer opgezocht. Ik had ook wel iets met getallen.'

'Jezus, waar jullie je mee bezig hebben gehouden!' zei Van Geneugden. 'Ik koerste en het was me toch worst wat er op mijn rug stond.'

'Wacht even,' riep Van der Meer. 'Met welk rugnummer zijn de meeste Rondes gewonnen?'

White antwoordde direct: 'Met nummer 1...'

Van der Meer knikte: 'En nummer 61,' zei hij snel, maar het antwoord van de Amerikaan klonk ook heel goed.

De sfeer was nu prima. De andere zes keken de gastheer vragend aan en Van der Meer ging door: 'Ik heb ooit een artikel gelezen dat ging over een heel speciaal getal en daar kregen wij die dag mee te maken, geloof het of niet. Ik weet nog goed dat we tien kilometer onderweg waren en net te horen hadden gekregen dat we een paar minuten voorsprong hadden. Vlak voor me reden toen Dazan, Van Geneugden en Dutronc, en ik keek naar de cijferreeks van de rugnummers.'

Van der Meer schreef de cijfers achter elkaar op het bord:

142857 en vervolgde: 'Zo op het oog een doodnormaal getal, maar je kunt hier van alles mee doen...'

Zijn gasten keken hem vol verbazing aan, en ook met lichte twijfel. Waar wilde hij naartoe met dit gereken? Was de gastheer nu langzaam aan het doorslaan? Wat had dit nog met de etappe van toen te maken?

'Het is gek, maar dat getal, dat 142857, heeft me altijd voor de geest gestaan. Ik zal jullie laten zien wat ik bedoel.'

Hij vermenigvuldigde eerst met 2, schreef 285714 op, vermenigvuldigde toen met 3, waarna hij op 428571 uitkwam, en ging door tot de vermenigvuldiging met 6, met als uitkomst 857142.

'Kijk, je ziet de getallen steeds achter elkaar terugkomen en ik heb dat op die dag voortdurend voor ogen gehad. Een kopgroep met die drie nummers moest goed zijn, daarom waren we ook zo succesvol.'

De zes keken hem aan. Dazan had verbazing in zijn blik: dat deze Hollandse hardfietser deze tic zelfs in zijn sportbeleving had meegenomen! White zat de rekenwerkjes van Van der Meer na te tellen en zei; 'Unbelievable,' en Kupfernagel vroeg: 'Heb jij je echt met zulke zaken zitten bezighouden die dag?'

Van der Meer knikte en zei; 'Niet alleen die dag. Ik deed het in iedere koers. Ik lette altijd op rugnummers; ik probeerde combinaties te vinden... Het mag dan geen enkele waarde voor jullie hebben, maar voor mij was het een manier om tijdens de koers soms mijn zinnen te verzetten. Zo werkte ik met nog te rijden kilometers of de nummerplaten van langskomende auto's. Ik geef het toe: idioot, maar ik heb er nooit iemand anders mee verveeld. Ik heb het altijd voor mezelf gehouden.'

'Ben je voor de rest goed met cijferwerk?' vroeg Andersen op serieuze toon. Van der Meer knikte. 'Ja, dat ben ik. Ik reken snel uit mijn hoofd en mensen om me heen in mijn bedrijf zien me vaak rekenen als we zaken zitten te doen. Ik klop natuurlijk geen computer of rekenapparaat, maar ik heb inderdaad iets met getallen.'

Hij wendde zich weer tot het bord en veegde alle berekeningen weg.

'Kijk,' zei hij en hij schreef weer 142857 op. Nu vermenigvuldigde hij het getal met 7. Eerst keek hij naar de mannen. 'Met hoeveel waren we in de etappe?' vroeg hij in het algemeen.

'Seven,' zei White. 'The famous fucking seven.'

Van der Meer rekende rustig verder en schreef 999999 op. Lachend draaide hij zich om.

Dazan krabde zich nu achter zijn hoofd. 'Wat betekent dit dan voor je?' vroeg de Italiaan.

Van der Meer haalde zijn schouders op en zei: 'Van voren naar achter en van achter naar voren waren we dus hetzelfde; we waren ook deelbaar door drie...'

Hij deelde, schreef duidelijk 333333 op en hoorde zacht gelach achter zich.

Van Geneugden was de draad kwijt: 'Verontschuldig me Tim, maar waart ge onder de koers met deze zaken bezig als u de betere drog gepakt had? Is zo misschien die hobby gekomen?'

Van der Meer schudde zijn hoofd: 'Niet altijd en pakken had er niets mee van doen, maar dit getal was zo mooi. Kijk...' Onverstoorbaar ging hij verder. Hij deelde weer door 3 en bleef, zo zei hij, een palindroom houden: 111111. 'Hecht er de waarde aan die jezelf wilt, maar ik had daar lol in. Ik kan het eenvoudig houden en doorgaan, en jullie zullen versteld staan.' Hij deelde 111111 door 3 en schreef 37037 op. 'Dat is een symmetrisch getal en als ik dat dan door drie deel, kom ik weer bij ons groepje uit.'

Hij schreef 12345,67 op en keek naar zijn totaal verbijsterde maten. 'Dat zijn wij, de nummers 1, 2, 3, 4, 5, 6 en 7... van de Tour de France van 1992. Vergeet het allemaal, maar ik heb er toen veel lol aan beleefd en nu eigenlijk weer omdat ik zie dat jullie mij nu een grote mafkees vinden.'

Andersen keek naar het volgeschreven bord en zei: 'Logisch dat het je zakelijk goed gaat, als je zo met cijfers overweg kunt!'

Van der Meer schudde krachtig zijn hoofd: 'Zo werkt dat niet. Ik wist het toevallig van dit getal. Ik kende de mogelijkheden. Eh, nu word ik toch wel weer serieus, want ik heb dit bord niet voor niets hier laten neerzetten. Wacht...' Hij stapte op de tafel af en schonk zichzelf een koffie in.

De anderen volgden zijn voorbeeld en heel even bleef er een bijna tastbare spanning hangen. Wat was hij nu van plan?

Van der Meer veegde het bord weer helemaal schoon, maar liet wel DE KOPGROEP staan.

Hij draaide zich om en kuchte. 'Eh, mannen,' begon hij en hij voelde een tinteling over zijn rug trekken. Hij voelde dat hij geëmotioneerd raakte en nam snel een slok koffie.

'Mannen,' begon hij weer. Hij vond nu de juiste klank in zijn stem en ging door: 'Er is na die bewuste etappe een heleboel gegist en gepraat. Ik weet niet in hoeverre ieder van jullie geweten heeft wat er allemaal gebeurd is, maar vandaag is dan een mooi moment om dat uit te leggen. Laat ik beginnen met mijn gedachten dat iedere profrenner vrij is een slagje in het peloton te maken; dat is altijd mijn stelregel geweest.'

Van Geneugden zei vrij strak: 'Aha, nu komt het grote geheim van meneer Van der Meer. Hier hebben we dus zeven jaar op moeten wachten.'

'Ssst,' zei White geërgerd.

Van der Meer ging door: 'Ik heb in die bewuste etappe een slag gemaakt en ik heb jarenlang naar een mogelijkheid gezocht dat met jullie te bespreken. Nu is dan het moment aangebroken. Ik ben er niet trots op dat ik het toen gedaan heb. Sterker nog, ik heb het er best moeilijk mee gehad, maar ik wilde op mijn manier eerlijk zijn en heb voor deze manier gekozen. Ik zal jullie vertellen hoe het gegaan is.'

Hij keek de groep rond en zag zes paar afwachtende ogen.

'Wacht,' zei Dazan, 'weet niemand hiervan… anders dan jij?'

Van der Meer knikte en zei: 'Er zijn mensen die misschien een deel weten, maar ik heb het nooit met iemand besproken. Ik zeg jullie eerlijk dat ik groots getoucheerd heb van de ploegleider van Weltcom.'

Kupfernagel bestudeerde zijn schoenen en bleef naar de vloer kijken toen Van der Meer verder ging: 'Kupfernagel wist alleen dat hij bij mij in de buurt moest blijven, al vanaf de tweede col geloof ik. Wij samen hebben er nooit één woord over gewisseld. Het was een bliksemsnelle afspraak tussen ploegleider Schulz en mij en niemand heeft dat ooit gezien.'

White riep: 'Dat verklaart verdomme het feit dat Kupfer boven op de col nog zo dichtbij zat. Ik heb me daar altijd geweldig over verbaasd omdat hij er op de tweede en derde col gewoon af moest.'

Van der Meer ging verder: 'Ik had mijn woord gegeven en Schulz heeft zijn woord gehouden. Dat is deel een. Daarnaast heb ik een truc uitgehaald die twee van jullie kennen…' Hij keek naar de zes man en White knikte. Dutronc vertrok geen spier.

Van der Meer vervolgde: 'Vraag me niet hoe het gegaan is, maar het is gebeurd. Ik kon de piesdokter misschien een driekwart minuut afleiden en dat is voldoende geweest voor…' Hij keek naar de mannen tegenover zich.

'Voor mij en voor Dutronc,' zei White. De Amerikaan spreidde zijn armen. Moest hij ontkennen? Dutronc zei nog steeds niets.

'Wacht even…' zei Andersen traag. De Noor ging staan. 'Willen jullie zeggen dat… ja godverdomme, dat is ook wat. Van der Meer, wat ben jij die dag een hond geweest! Je laat me het ravijn in rijden, je snijdt me later zodat ik lek rijd en je gebruikt mijn blessures om die aan die angstige landgenoot van je te tonen… Verdomme… Ik zie het nog gebeuren… Die interesse die je daar ineens had, het feit dat ik buiten in de zon de sneden in mijn armen moest laten zien... Jezus, onwaarschijnlijk... Ik ben daar, op die dag, aan alle kanten beetgenomen!'

Van der Meer nam voorzichtig het woord over: 'Ik geef toe dat mijn optreden geen hoofdprijs verdient als het om normaal menselijk gedrag gaat, maar de Tour de France is in zijn belangrijkste momenten ook niet voor normale mensen. Ik heb gehandeld zoals ik toen dacht dat ik moest handelen en daarvan probeer ik nu tegenover jullie te getuigen.'

Even bleef het stil. Dazan floot tussen zijn tanden. White zei: 'You bloody...', maar hield verder zijn mond.

Andersen zat nog steeds met zijn hoofd te schudden en het bleef zeker een minuut stil in de ruimte.

Van Geneugden doorbrak die stilte met een duidelijk: 'Allez, gij hebt dus getoucheerd van alle kanten...', en Van der Meer zei: 'Dat heb ik inderdaad.'

'Veel?' vroeg Dazan ineens geïnteresseerd.

Van der Meer knikte: 'Veel voor die dagen, dat wel. Niet veel als je het afzet tegen wat White, Dutronc en zeker Kupfernagel na de Tour uit wedstrijden haalden. Kijk, als ik niet dat hele gedurfde spel met die Nederlandse controleur in die piescabine had gespeeld, waren White en Dutronc hoogstwaarschijnlijk positief... Of niet?'

'Ik heb mijn twijfels of ik, als Fransman, ooit positief zou kunnen zijn in de Tour als ik de zwaarste alpenetappe gewonnen heb,' zei Dutronc peinzend. Van der Meer had die gedachte ook weleens gehad.

'Ik was eraan gegaan,' zei White zonder omwegen.

'En dus heb ik het volgende gedaan,' zei Van der Meer. Hij schreef het getal 500 000 op.

Dazan siste weer. Hij mocht dan dagelijks met lires werken en in lires denken, hij was voldoende in Nederland geweest om snel te beseffen wat Van der Meer hier opschreef.

'De twee bedragen samen maakten toen dit bedrag... in guldens, wel te verstaan,' zei Van der Meer en hij zette twee schuine strepen als deeltekens naast de 500 000. Links zette hij een 7 neer en terwijl Andersen 'No... not this,' zei, schreef hij met kloeke cijfers de berekening 71428,571 op.

'Vergeef me dat ik niet in tienden van centen kan betalen, maar jullie zien wat ik zie. Het getal van zojuist is weer terug. Het zat vanaf het begin in de wedstrijd, het zat de afgelopen jaren in ons en het komt vandaag dus terug.'

Hij liep naar de zijkant van het drankentafeltje, waar zijn attachékoffertje stond. Met een handige beweging knipte hij het ding open en pakte zes grote witte enveloppen uit het koffertje.

De ex-coureurs zaten hem nu ademloos aan te kijken.

Van der Meer gaf de eerste envelop aan Andersen: 'Alsjeblieft... Ik hoop dat je het accepteert, hoewel ik me kan voorstellen dat je je bijgedachten zult hebben.'

Tegen Van Geneugden zei hij: 'Jouw deel is hier. Doe er iets verstandigs mee.' De Belg wilde direct de envelop openscheuren, maar hield zich nog net op tijd in.

Dazan was de derde ontvanger. Knikkend pakte hij de envelop aan: 'Cornuto,' zei hij slechts. Klootzak.

White accepteerde de envelop eerst zwijgzaam, keek Van der Meer aan en zei: 'Dit is dus je grote afkoop... Nu is je geweten gezuiverd, neem ik aan?'

Van der Meer reageerde niet. Hij liep naar Dutronc en gaf de envelop aan de bleke Fransman, die niets anders deed dan het geschenk voor zich op tafel leggen. Hij keek de Nederlander aan en schudde slechts zijn hoofd.

De laatste was voor de afwachtende Kupfernagel, die 'Danke' zei en de envelop direct dubbelvouwde en in zijn binnenzak stak.

Van der Meer schraapte zijn nu ineens gortdroge keel en probeerde: 'Mannen... of dit mijn afkoop is? Dat zou kunnen. Ik heb het door mij getoucheerde bedrag meteen gebruikt voor hoog spel op de fondsenmarkt in New York en hier in Amsterdam, en ik heb er heel veel geld mee verdiend.

Drie jaar geleden is langzaam het idee gerijpt voor deze terugbetaling. Ik heb ieder een zevende deel van het bedrag van 1992 gegeven, zijne ruim 71 000 gulden. Het is zwart… niemand van jullie hoeft het waar dan ook aan te geven. Hoe ik dat gedaan heb, is mijn zaak. Ik hoop dat jullie het willen accepteren, dat jullie vinden dat ik… die rare Hollander, hiermee mijn wielerleven ten opzichte van mijn medekoplopers tenminste op dit gebied gezuiverd heb… en ik hoop dat jullie…'

Verder kwam hij niet. Hij voelde een warme rilling door zijn borst trekken en zijn ogen werden vochtig. Hij liep naar de drankentafel en schonk zichzelf een glas water in. In één teug leegde hij het glas, maar toen hij weer wat wilde zeggen, lukte dat hem nog steeds niet.

Hij zag de mannen tegenover zich. Dazan zat bijna gedachteloos de knisperende bankbiljetten te tellen. Ook Van Geneugden had de hele bundel in zijn hand. White stond naar de envelop te kijken en zei droog: 'So this is a Sunday-morning-gift of about thirty five thousand dollar.'

'Yeah,' vulde Andersen aan: 'Tax-free.'

Van der Meer ging bij zijn vrienden aan tafel zitten, maar de eerste minuten was er geen normaal gesprek mogelijk. Kupfernagel probeerde het wel, maar Dazan wuifde de woorden van de Duitser bot weg. Ten slotte was het Andersen die zei: 'Ik heb nog nooit van mijn leven zoiets meegemaakt en ik geloof niet dat ik hier de enige ben. Tim, je hebt ons hier verrast, en dan heb ik het niet over het feit dat je ons dit geld zomaar meegeeft. Het gaat wat mij betreft meer over de gang van jouw gedachten. Je flikt mensen, je toucheert, je bent daarna succesvol met dat geld en dan koop je je morele schuld af. Ik ben sprakeloos, echt waar. Dit lijkt wel een film, maar ik heb sterk het idee dat ik er middenin sta.'

Van der Meer keek de groep rond. Langzaam begon er weer een gesprek op gang te komen, hoewel in eerste instantie stug. De gastheer had een snelle inschatting gemaakt. Van Geneugden, Dazan en Kupfernagel hadden het geld gewoon hard nodig. Over White en Andersen twijfelde hij. Dutronc leek hem financieel redelijk onafhankelijk.

'Als er iemand is die grote morele problemen heeft...' begon hij.

Dazan lachte ineens hardop: 'Nee, die morele problemen laat ik graag bij jou... Ik heb het even op me in laten werken, maar ik vind het eigenlijk wel een chique oplossing van je. Dat geleuter met die klotecijfertjes begrijp ik nu ook. Ik heb je altijd een heel vreemde man in het peloton gevonden, maar na dit weekend snap ik wel meer van je. Je kon goed fietsen, maar je was nooit een echte wielrenner.'

Hij stond op en kwam naar Van der Meer toe.

De mannen stonden tegenover elkaar. Dazan kuste Van der Meer stevig op iedere wang. De anderen keken toe.

Parijs

Van der Meer had de laatste sprint van een afstandje gevolgd. Hij reed op ongeveer de dertigste lijn en was hoegenaamd niet geïnteresseerd in welke ereplaats dan ook. Dus zat hij, aan de buitenkant van de groep, ietwat omhoog de sprint te volgen en zag tot zijn verrassing dat Van Geneugden won.

'De schlemiel slaat terug,' zei hij tegen zichzelf en hij trok zijn remmen dicht.

Daar stond ie dan: de nummer drie van de Tour de France.

De mannen van de organisatie kwamen hem al halen. Hij wachtte even op José, die met de onafscheidelijke natte lap langskwam, en liet zich naar het erepodium meenemen. Hij zou alles over zich heen laten komen en wel afwachten. Hij had zich voorgenomen te genieten, als hij dat kon.

Een uur later, na de ereronde, die gezien het geringe aantal renners van zijn Tritec-ploeg bepaald geen succes was, had Van der Meer even gewacht op het moment dat zijn drie ploeggenoten al weg waren naar het rennershotel. Hij had een sponsortrui aangetrokken en was op zijn dooie gemak rechts van de finish weggereden in een eenrichtingsstraat, zoals alle renners ieder jaar na het defilé deden.

Na vijf minuten was de ploegleiderswagen van Bald Eagle, de ploeg van White, naast hem komen rijden. De Engelsman had het raam opengedraaid. Van der Meer had heel even naar binnen gekeken en toen de dikke, bruine enveloppe aangepakt. 'Thanks, Jack,' had hij gezegd en de Engelsman had 'Thank you' geantwoord, met veel nadruk op 'you'. Vervolgens was de auto rustig doorgereden.

De Bald Eagle-ploeg had de nummer twee van de Tour de France afgeleverd en de directie van het Amerikaanse concern had het sponsorcontract met drie jaar verlengd. Men was heel tevreden over White. Niemand van de Raad van Bestuur die voor dit weekend naar Parijs was gekomen, had ooit van het bestaan van een piescaravan af geweten. Niemand van dat gezelschap kende het werkwoord 'flikken'. Waarom zouden ze ook?

Van der Meer had de bundel snel onder zijn koerstrui in zijn broek laten glijden, waar die nu stevig tegen zijn buik duwde.

Hij had omgekeken, maar behalve een groepje Spaanse coureurs op misschien honderd meter achter hem, was er helemaal niemand van het hele Tour de France-circus te zien. Hij trapte door, ging een tijdje rechtop zitten en dacht aan de avond tevoren, toen nota bene drie man van de Weltcomploeg hem opgewacht hadden op het moment dat hij een ommetje in de buurt van het hotel maakte. De drie hadden op een terras gezeten en hun gesprek was kort en goed geweest. Op woensdag, na Chaam, zouden in ieder geval twee man van de Duitse ploeg zich 's avonds laat bij Van der Meer in Amsterdam komen vervoegen en zou het bedrag betaald worden.

Schulz, de ploegleider, was als eerste opgestaan en had Van der Meer een stevige hand gegeven: 'Je had een baanrenner kunnen zijn,' had hij gezegd en hij was weggelopen, gevolgd door de twee anderen.

Van der Meer keek naar de drukte rond het hotel. Hoe de organisatie er toch toe kwam alle ploegen voor deze slotdagen in één hotel te stoppen, was hem een raadsel. Buiten, rond het wagenpark, stonden honderden, misschien wel duizenden toeristen de renners op te wachten en Van der Meer laveerde voorzichtig door de grote groep mensen heen.

Hij gaf zijn fiets aan de tweede mecanicien met de woorden: 'Morgenavond in Boxmeer heb ik hem weer nodig. Verzorg hem goed,' en liep naar de ingang van het hotel.

In de lobby was het net een markt. Er liepen honderden mensen rond, veelal vrouwen, kinderen en familieleden van renners, en bij de liften stonden massa's mensen te wachten. Het was er chaotisch en Van der Meer voelde het stevige stuk papier in zijn broek nu tegen zijn bovendij aan prikken.

Heel even bleef hij staan om zijn ogen aan de halve duisternis te laten wennen. Hij wist dat zijn vrouw in de massa linksachter in de hal zou zijn. Waarschijnlijk was ze in het gezelschap van andere rennersvrouwen en zat ze een glaasje te drinken, zoals ieder jaar.

Klikkend op zijn koersschoenen liep hij door de hal en zag haar twintig meter verderop zitten. Hij kreeg een droge mond. Ze zag er woest-mooi uit, in een te korte rok en een wikkelblouse van, zo te zien, blauwe zijde, en ze had haar haar opgestoken.

Hij hield in en vroeg zich af of het niet beter zou zijn eerst zijn leuke pakketje naar zijn kamer te brengen, maar zij had hem ook gezien en was opgestaan. Van een afstandje zwaaide ze met de kamersleutel en tien seconden later klom ze tegen hem op.

Van der Meer had altijd een geweldige pesthekel aan dit hele gedoe gehad. Alle kippetjes werden bij de hanen gebracht en in de hal al begon het ritueel tussen mannen en vrouwen die elkaar bijna vier weken niet gezien hadden en die wisten wat ze binnen nu en vijf minuten zouden gaan doen.

Ze hadden de lift gedeeld met vijf Belgen die ook met hun vrouwen naar de kamer gingen en waren op de zeventiende etage uitgestapt. Van der Meer had zijn arm losjes om haar schouders gelegd en geprobeerd op een heel gewone manier te vragen hoe het ermee ging.

Die poging stelde niets voor. Hij voelde zijn bloed naar zijn slapen stijgen en werd overal warm.

Zijn vrouw draaide de sleutel om in het slot. Hij duwde haar voorzichtig de kamer binnen en trapte de deur dicht. Zij draaide zich in het halletje om. 'Hoi,' zei ze, lachend en uitdagend.

Hij stak zijn hand onder haar rok en pakte haar zacht in haar kruis. Tegelijkertijd trok hij haar blouse los, zag haar borsten vrijkomen en duwde haar de kamer in.

Zonder iets te zeggen, pakte zij de zijkanten van zijn koersbroek en trok die snel en zeker naar beneden. Terwijl er een bruin pakketje op de grond viel, pakte ze met haar rechterhand zijn nu volle lid en begon er langzaam aan te trekken.

Van der Meer tilde haar voorzichtig van de grond, legde haar op haar rug op bed, scheurde in één beweging haar broekje kapot, knielde voor haar neer en drong met kracht bij haar naar binnen.

Hij had zijn shirt nog aan, zijn koersschoenen en zijn sokken ook, en hij voelde dat zijn zonnebril nog op zijn hoofd stond. Hij kuste haar fel, nat en woest en bewoog ritmisch vanuit zijn heupen. 'O god,' riep hij en hij verhoogde meteen zijn tempo.

Zij zei: 'Geeft niets... kom maar.'

Een minuut later stond hij weer voor het bed, hijgend.

Zij lag wijdbeens op het dek en keek hem met zachte ogen aan.

Tot acht uur bleven ze in de kamer en ze deden het achter elkaar door; eerst staande voor het raam, daarna onder de douche, in bed, zij leunend over het badkamermeubel, en tot slot in bad. Zij zat op hem, nadat ze hem, onder water, voorzichtig gepijpt had. Klaarkomen deed hem nu pijn. Haar niet. Ze wist niet van ophouden.

Ze had de envelop voor het bed op de grond niet gezien. Hij had het ding opgeraapt en in zijn koersbroek gestopt.

Toen ze zich allebei stonden aan te kleden, riep hij uit de badkamer: 'Hou je eigenlijk nog wel van me?'

Zij stond in het halletje haar haar te kammen. 'Een beetje nog,' had ze gezegd.

'Dat is precies genoeg,' had hij lachend teruggeroepen.

Amsterdam

Van der Meer had in zijn eentje gegeten. In de middag had hij alle zes mannen gedag gezegd. White was als laatste vertrokken en daarna had Van der Meer eventjes stil voor zich uit staan kijken.

'En nu?' had hij tegen zichzelf gezegd, maar niemand had antwoord gegeven. Hij was naar zijn suite gegaan, had een douche genomen en had vervolgens drie uur liggen slapen.

Na het eten was hij door de hal gelopen en had een receptioniste hem geroepen: er was een envelop voor hem achtergelaten. Hij had het witte pakketje opgehaald en had de jonge vrouw gevraagd hem om acht uur de volgende ochtend te wekken.

Of hij nog iets extra's wenste?

Hij had haar gevraagd een pot koffie en voldoende mineraalwater te brengen en alle nog aanwezige weekendkranten.

Terugdenkend aan het afscheid van de mannen was hij de lift in gestapt. De meesten waren heel fysiek geweest. Veel hoofden tegen elkaar. Dazan had iedereen gekust, Andersen had strakke handen gegeven. Hij leek sinds de brunch geheel van slag. Vier man reisden samen naar Schiphol, Van Geneugden had zijn auto laten voorrijden en alleen White hoefde niet direct weg. Hij had de avondmachine naar New York.

'May be in seven years,' had de Amerikaan gezegd, op de vraag of ze hem ooit nog terug zouden zien.

Van der Meer liep zijn kamer binnen en pakte meteen de hoorn van de haak. Hij zakte neer in de grote stoel en tikte het nummer in. Na vier keer overgaan werd er opgenomen. 'Hallo,' zei een vrouwenstem gehaast.

Heel even had hij meteen weer neer willen leggen, maar hij zei: 'Met Tim. Goedenavond.'

'Jezus, jij...' zei zijn ex-vrouw.

'Ja, ik,' antwoordde hij.

Van een vlot gesprek was geen sprake geweest. Ze vertelde dat ze gestrest was na een druk weekend en hij vroeg waar ze het dan wel zo druk mee gehad had.

'Sociale verplichtingen,' had ze gezegd.

Na drie minuten onzinpraat had hij haar gevraagd of ze de volgende ochtend wilde komen ontbijten. Gewoon zonder bijbedoeling, heel simpel een beetje bijpraten, keurig in het restaurant van het hotel.

'Gek, maar ik hoopte al dat je zoiets zou voorstellen,' had ze geantwoord, en ze hadden om halftien afgesproken.

'Dag, tot morgen dan maar,' had ze gezegd en Van der Meer had nog minutenlang peinzend naar de hoorn zitten kijken. Zo was ze de laatste jaren nooit meer tegen hem geweest. Wanneer waren ze ook alweer gescheiden? Ja, hij wist het nog: een halfjaar na de bewuste Tour de France. Nadat ze verteld had over haar fantastische zomerliefdes op het strand van Bloemendaal en in de zalige dancings in de avonduren. Hoe ze in rode, witte en zwarte cabriolets gereden had, zich had laten verleiden, en hoe ze rissen jonge kerels in haar bed had. Hoe ze 's avonds alleen nog op zijn telefoontjes uit Frankrijk wachtte en zich dan naar de armen haastte van iedere gebruinde spierbonk die voorradig was. 'Mijn man wordt derde in de Tour, maar ik ben eerste op het strand,' had ze ooit tegen een vriendin gezegd.

Ze had hem, later in Amsterdam, heel voorzichtig over haar bijna nymfomane leefwijze van de zomer verteld. Zonder schaamte, vlak nadat ze hard hadden liggen vrijen na het derny-criterium van Noordwijk, waar hij Kupfernagel met een banddikte had verslagen.

Hij had toen koel en bijna pesterig tegen haar gezegd: 'Madame liet zich naaien door allemaal lekkere beach-boys terwijl ik mijn ballen eraf reed in de Tour,' en zij had geknikt: 'Precies.'

'Ga je eigen weg dan maar,' had hij gezegd en hij had haar lang en heftig gekust. Ze waren nog tweemaal klaargekomen.

'Ik zal je typische wielerlijf missen,' had ze gezegd.

'Hoe bedoel je "typisch"?' had hij gevraagd.

'O, die diepbruine armen en benen en dat angstig witte lijf. Het is bijna eng om naar je te kijken.'

Er werd op de deur geklopt en een ober bracht een wagentje vol spullen: kranten, koffie, mineraalwater en een bak vers fruit. Van der Meer pakte een tientje van tafel en gaf het hem.

'Lekker weekend gehad?' vroeg de ober.

Van der Meer knikte, liet hem uit en schonk zichzelf koffie in.

Hij ging zitten en bedacht wat hij de komende week moest doen. Terug naar New York, op woensdag naar Curaçao voor een overdracht en op vrijdag weer naar Houston voor een pro-Am-golftoernooi. Hij wist niet of hij daar sponsor of speler was.

Hij pakte de kleine envelop van tafel en scheurde het papier voorzichtig open. Verbaasd keek hij naar de inhoud: een pakje bankbiljetten en daarachter een briefje. Hij liet de biljetten in de envelop en pakte het briefje. Het was in een vrij kloek handschrift geschreven:

Tim,
Excuses voor mijn manier van afrekenen, maar zo open als jij te werk bent gegaan, kan ik het niet doen.
Ik was nooit zover gekomen, maar jouw merkwaardige openheid heeft me aan het denken gezet. Jij hebt je vrijgekocht van ons, de andere zes, zoals je hebt gezegd. Je geweten moet nu gesust zijn, je moet nu rustig kunnen slapen, hoop ik.
Wat je moet weten, is dat jij niet de enige was die in de slag zat.
Herinner je je de tijdrit van Blois? Herinner je je nog hoe je naast me kwam, hoe ik aanzette en hoe je meeging? Hoe we minutenlang ver boven ons kunnen reden en hoe jij toen meteen instortte?
Ik zeg het je nu eerlijk: ik had die mogelijkheid met de Duitse ploegleider besproken. Op zijn voorspraak, dat wel. Hij voorzag dat hij Kupfernagel nog uit het geel kon gaan houden en ik kon hem helpen door jou in de slotfase te laten breken. Ik heb je keurig opgewacht, want ik vertrouwde je die dagen niet. Het gaf me toen een prettig gevoel jou te laten verliezen.
Ik heb tot op de dag van vandaag echter spijt van die actie en dat gevoel groeide dit weekend steeds meer.
Net als jij heb ik ook getoucheerd. Ik laat je hierbij de helft van het bedrag dat de Duitsers mij keurig betaalden. Het was overigens moeilijk binnen een uur dit bedrag bij een bank in het Centraal Station te verkrijgen, maar het is me gelukt.
Zie het als mijn boetedoening aan jou.

Ik durf hier te stellen dat jij de Tour gewonnen had als ik je daar, voor de finish in Blois, niet opgewacht had en je had laten sneuvelen.
Toen in dat duel won je eerzucht het.
Pene!
Dank voor een mooi weekend,

Ottavio Dazan

P.S. Ik heb dit nooit tegen wie dan ook verteld.

Van der Meer zakte achterover en blies een lange zucht naar het plafond.

De bedrieger bedrogen. Hij lachte zacht en zei: 'Enorme lul!' door de kamer. Hij keek naar het bundeltje bankbiljetten. Hij schatte het bedrag op vijfentwintig miljoen lire.

'Godverdommense luizige Italiaanse maffialul,' zei hij met luide stem en hij liep naar de badkamer.

Hij bekeek zichzelf lang en aandachtig in de spiegel. Hij was geflikt en hij had er nooit iets van geweten.

Hij pakte een aspirientje uit zijn toilettas en spoelde het tabletje snel weg. Dit zou echte hoofdpijn worden, wist hij. Verliezen was voor anderen geweest de laatste jaren, niet voor Tim van der Meer.

Parijs

Op zondagavond had Van der Meer contracten voor zestien criteriums getekend. De man die zulke dingen bij alle Nederlandse coureurs deed, was op zijn kamer langsgekomen, precies op het moment dat de Van der Meers klaar waren met toilet maken.

'Stoor ik?' had de man vanuit het halletje geroepen.

'Je weet hoe het er nu in dit hotel aan toe gaat,' had Van der Meer lachend gezegd.

Hij had naar de bedragen voor de criteriums gekeken en had geknikt: dat leek hem redelijk. Hij kon er in één maand nog eens ruim drie ton bij verdienen.

'Iedereen wil jou... Tim van der Meer,' had de manager lachend gezegd, en achter uit de kamer had zijn vrouw geroepen: 'Iedereen?'

Van der Meer had daar niets op gezegd.

'Ik ben de komende maand dus heel veel aan het koersen,' had hij haar toegevoegd toen ze de kamer uit liepen.

'Dat heb ik begrepen, maar je moet doen wat je niet laten kunt,' had ze gezegd en ze had haar arm om zijn middel geslagen.

In de lift hadden ze naast twee andere fris ruikende rennersstellen gestaan. De zes mensen hadden elkaar bekeken. Niemand had iets gezegd en ze hadden allemaal aan hetzelfde gedacht.

Amsterdam

Van der Meer was al om zeven uur wakker geworden. Hij had de vorige avond precies één krant doorgelezen, had twee flesjes mineraalwater leeggedronken en was met het licht aan in slaap gevallen. Hij had nauwelijks alcohol gedronken op zondag, maar hij voelde een ochtendkater en was zelfs misselijk.

Om halfnegen had Jacqueline hem gebeld. Of hij misschien een kwartiertje had om de zaken af te ronden. Ze zou in de lobby op hem wachten.

Een halfuur later was hij beneden gekomen, nog steeds katterig, en had om water gevraagd.

Ze zag er goed uit. Bijna klassiek netjes gekleed: mooie rok, linnen jasje, dure Italiaanse schoenen, amper opgemaakt, maar wel weer smaakvol. Ze rook fris en lachte hem toe: 'Hallo, hoe gaat het met je?'

Ze hadden een paar rekeningen doorgenomen, hij had een paraaf gezet op een papier met een fors bedrag en hij had geprobeerd te ontcijferen wat er aan de diverse escortbureaus betaald moest worden.

'Wil je dat echt weten?' had ze gevraagd.

Eerst had hij geknikt, maar toen ze alleen zei: 'Ik heb driemaal het volle bedrag moeten betalen,' had hij niet verder aangedrongen. Hij wist het wel.

Hij had haar vervolgens bedankt voor de zeer goede service en had haar iets over ontdooien gevraagd.

'Je kunt alleen ontdooien als je omgeving heel warm is,' had ze gezegd, en hij had flauwtjes gelachen: 'Begrepen, merci.'

'Heb ik je beledigd? Gaat iederéén zomaar met Tim van der Meer mee? Is dat het?' had ze gevraagd.

Hij had 'nee' gezegd en had haar toen gevraagd hoe het mogelijk was dat zij op zaterdagavond ineens op het Singel stond met die andere zes meiden.

'Dat heb ik je toch zaterdagavond al uitgelegd?' had ze gezegd. 'Er was ineens iemand uitgevallen. Dat was een spannend kwartiertje voor me.'

'Hoezo, iemand uitgevallen?' had hij gevraagd, en zij had hem alleen maar aangekeken en vervolgens haar blik abrupt afgewend.

'Hoezo uitgevallen?' had hij nogmaals en nu dwingend gevraagd.

'Gewoon... er was een meisje dat niet lekker werd... Dat heb ik je toch al verteld? Toen moest ik dus wel.'

Van der Meer zag haar blozen. 'If the truth dies then wisdom will kill us all,' had hij vrij nonchalant gezegd, citerend uit een artikel dat hij de vorige avond gelezen had.

'Abraham Lincoln,' had Jacqueline geantwoord en hij had verrast geknikt: 'Bingo.'

Hij had haar een krachtige hand gegeven en nogmaals bedankt voor de buitengewone service. 'Groeten aan die maffe Katzman, en doe een beetje voorzichtig met hem,' had hij gemeen gezegd en zij had nog een keer gebloosd. Van oor tot oor.

'Zo erg is het nou ook weer niet,' had hij gezegd.

'Klopt,' had ze geantwoord en ze was met opgeheven hoofd weggelopen.

Om tien over halftien was hij van zijn tafeltje in het restaurant opgestaan. Daar kwam zijn ex aan. Ze riep meteen van een afstandje dat ze te laat was, maar dat het een chaos in de stad was.

Van der Meer keek haar aan en vond dat ze getekend was; haar huid leek vaal onder veel make-up. Gingen voor haar de jaren ineens sneller tellen? En ze rookte nu ook, de ene sigaret na de andere.

Ze hadden een halfuur zitten praten. Over familie, over haar nieuwe huis, haar kapotte auto, haar toch ineens lege leven in haar nog altijd swingende sociale kringetje.

'Leuk dat je dit weekend in Amsterdam was en leuk dat die andere renners er ook waren,' had ze ineens gezegd en Van der Meer was rechtop geschoten in zijn stoel. Hoe wist zij dat? Hij had haar een avond eerder niets verteld van de reünie en nu...

'Wacht even,' zei hij streng en hij pakte haar schouder vast.

Ze draaide zich van hem af, wetend dat ze betrapt was.

'Godverdomme,' zei hij ineens veel te hard en hij verstevigde zijn greep. Alles werd hem in één klap duidelijk.

'Dus jij bent... Godver... Alsof ik het voelde... Hoe?'

Van der Meer kwam niet meer uit zijn woorden. Hij keek haar lang en zwijgend aan en vroeg toen: 'Waarom...? Je hebt een pak geld meegekregen... Waarom in godsnaam?'

Ze had zich half huilend naar hem toe gewend en 'sorry' gezegd. Zacht en nat.

'Hoe... hoe?' begon Van der Meer, bijna stotterend van boosheid.

Zij had hem aangekeken en gezegd: 'Ik was op die boot en toen kregen we met al die meiden zo'n keurig papiertje met daarop teksten wie jullie allemaal waren en wat jullie vroeger gedaan hadden. Nou, toen werd ik gillend gek. Ik riep direct dat ik dit niet aankon... om persoonlijke reden. Aan die trut van de organisatie heb ik toen gevraagd aan wie ik dan wel was toegewezen... Nou, toen...' Ze huilde nu voluit, zonder remmingen. Andere gasten in de ontbijtzaal keken naar hen.

'En die trut vertelde je dat jij aan Tim van der Meer gekoppeld zou worden voor die avond?' zei Van der Meer met een stem die zo angstig ijzig koud was dat hij er zelf van schrok. 'Dat je alles moest doen wat de klant zou vragen, nietwaar?'

Hij keek de huilende vrouw nu vol medelijden aan.

'Hoe kan je... waarom?' zei hij. 'Sinds wanneer zit je in dit... hoe noem je het... in dit vak?'

Ze snikte: 'Al vijf jaar. Het verdient heel goed.' Van der Meer had verder gezwegen.

'Weet je nog wat je toen in Parijs zei?' had hij na enige tijd opgemerkt. Ze had 'nee' geschud en hij had geantwoord: 'Dat een mens moet doen wat hij niet laten kan – weet je dat nog? Ik moest toch zo nodig die criteriums gaan rijden? Weer een maand van huis!'

Ze had geknikt: 'Ik begrijp je... maar ik schaam me zo,' en ze was weer in snikken uitgebarsten.

Hij had haar een kwartiertje later uitgeleide gedaan, had haar zachtjes tweemaal gekust en had haar tranen voorzichtig van haar vlekkerige wangen geveegd. 'Ik bel je de volgende keer wel weer als ik in de stad ben,' had hij gezegd, en zij had triest geantwoord: 'Doe maar niet' en was de deur uit gelopen.

Hij was zeker dertig seconden stokstijf in de hotelhal blijven staan en was als in trance naar zijn suite gelopen, waar hij zijn koffers had gepakt.

Om elf uur was hij in zijn gedachten nog steeds versteend. Hij had van woede gehuild en tegen zichzelf geschreeuwd, hij was twee keer onder de douche gaan staan en had zich voor de tweede keer die ochtend aangekleed. Hij had tweemaal haar telefoonnummer gebeld, maar had een antwoordservice gekregen. Hij had zijn reispapieren gepakt en gezien dat hij om één uur op Schiphol moest zijn voor de 641 naar New York. Ongemerkt had hij 6, 4 en 1 opgesteld en had geconstateerd dat 11 een mooi getal was.

Hij was naar beneden gelopen, was de receptie gepasseerd met de mededeling dat zijn bagage klaarstond om opgehaald te worden en dat hij nog even een frisse neus wilde halen. Eenmaal buiten had hij heel diep de maandagochtendlucht ingesnoven. Hij was links afgeslagen, had gezien dat aan de andere kant van de Nieuwezijds ruim zon was en was overgestoken.

Hij had de tram niet zien aankomen. Op het laatste moment wel gehoord. Het was lijn 7 geweest, een lestram.